U0074388

臺北告別

陳溪 著

自序

　　燥熱夏天快接近尾聲的時候，一股颱風正在浙江、上海與台灣之前熱烈舞動，我從浙江去上海、再從上海飛台灣的航班由此被延誤了。颱風覆蓋的城市正是這本故事裡重要的地方，我在命運強制讓我喘息的片刻寫自序，在又一段結束與開始的間隙，回想一下自己時至今日的過往。

　　多年前我正值十幾二十的青春時期，也喜歡讀一些青春殘酷的文學故事，情節我印象不深了，只記得那些文字的觸感與基調，滿足了一顆年紀不大但想表現人生沉重的心。當年歲漸長，我重新發掘現代寫作的樸實與深厚，看老一輩作家對社會與命運的誠意書寫，才懂得抵達人心與人性的文字不需要浮華辭藻矯飾。距離寫完這本書的初稿已有兩年，在校稿時看到從前寫的片段、對話或矯情修辭時，會不自覺地問自己，你真的希望她那樣做嗎？換一種命運會如何？把這段措辭刪掉會不會更好？有趣的是，就像和身體裡更稚嫩的自己對話，再試著回到兩三年前的心境中回想，找一找彼時的答案；但無論如何，我都沒有再對情節與整片描述作出大的改動，那是從前的我，縱然寫作多有不足，我也應包容與欣賞。當然也希望今後的書寫與處事，可以像腳踏扁舟，更輕鬆自然。

　　此刻我的身份是台灣某高校面臨畢業的社會學碩士生，如同人生中其他機緣，這些選擇都充滿了偶然與變化，好在我從沒有後悔過任何一個決定。這一路並不是一帆風順的，我聽到過的讚賞或質

疑、羨慕或嘲諷、鼓勵或貶低，都形塑起我對這個世界的判斷以及對自己的認知，總之，這個世界是立體的、有趣的，值得我以最大的誠意與努力去體驗。當我體驗到情緒迸發無可宣洩的時候，我就需要把它寫出來，有一個地方安放儲存，才能繼續輕裝上陣。我的作家夢想始於十六歲，但我早知「作家」二字的重量不是一個人隨意可承載的，如今我只希望做一個自賞的「作者」，記錄與表達便是我的訴求，若有三兩讀者與我交談，便是莫大的滿足了。

　　這個故事有關告別，有關我最畏懼卻不得不面對的人生場景。有時候感慨於自身的矛盾，熱愛自由卻害怕告別，熱愛遠行卻害怕坐飛機，熱愛「生活在異鄉」，卻害怕與家人的長久分隔。這些「熱愛」與「害怕」鑄成了我生活經歷的撕扯與對抗，每次對抗的結果幾乎都是「害怕」的事物佔了上風，也是這一次次的糾葛與自我和解中，我一次次地重新認識自己。我感恩我的母語中文，它的美妙與巧思讓我有機會將一些個人的熱忱、幸福、思念、牽掛、感恩、矛盾、無力，甚至是怨恨訴諸於文字，以此呈現與分享。

　　幾日前與家人去給祖父與父親掃墓。父親墓前栽種的兩棵松樹愈長愈高大，但底部大片樹枝已然枯死，姑姑姑父用鐮刀鋤頭砍了好久，我與堂弟在一旁收拾殘枝。我心下是很暖的，當大家為父親與祖父的長眠之地一起勞作時，就好像一家人還在一起話家常，從無人遺忘。接下來的幾日全家人一起去辦事，工作人員記錄家庭情況時，問我祖母，你大兒子走了幾年了。祖母說，走的時候四十二歲，今年有六十歲了，走了……十八年，十八年了。我坐在祖母身旁，聽見她又兀自小聲咕噥了好幾聲，十八年。我馬上轉開話題，問她晚上想去哪裡吃飯。

　　我心裡的十八年，過得緩慢又驟然。我從十幾歲的青少年，帶

著滿腔對未來的嚮往走進二十幾歲，如今已然慢慢沉澱進三十歲。而我的父親永遠四十二歲，我在他的面前永遠十五歲，我記得的永遠是他長滿老繭的厚實手掌，記得他歷經風霜的粗糙臉頰，也記得他的手機號碼，而他如果再見到現在的我，不知是否還能再認出我。我與父親實際相處的光陰不算長，那個遙遠的年代也未曾留下很多我與父親的影像紀念，但有時候年歲越久，父親的樣貌在我心中卻越顯清晰。告別是什麼？我從未覺得我與父親有過所謂的告別，只要我活著，只要我不曾遺忘，父親就永遠存在。所以這本書，獻給我的父親。

　　此外，回顧一路風雨與豔陽，除了至親家人，有些人和事始終是我生命裡不曾忘懷的：初中受到霸凌時依然願意和我做朋友的男生；高中時讓我漸漸開朗快樂起來的好友小組；在瑞典中餐廳打工時極其照顧我的姐姐一家，以及無親無故整日坐在餐廳的瑞典阿伯；上海外事機構裡為我寫過推薦信的同事老師，她因病離世捐贈了自己的遺體作醫學研究；當我因母親危難而身陷困境時對我伸出援手的各位好友，以及我台灣學校的潘學長資助；我在台灣的導師及各位慷慨授教的其他老師，讓我在海峽對岸體驗了難得的教育與人文關懷。未被提及的名字，尤其是瑞典、上海與台灣的各位好友師長，我始終深藏心中。

　　最後感謝我的三位台灣好友，Duke，Monica與Larry對這本故事中的一些台灣文化方面的糾正與資訊提供，當然你們的陪伴對我的異鄉生活也彌足珍貴。但因對台灣文化與本土風情依然欠缺十足的體驗與瞭解，書中若存在與台灣實際生活不符，或用詞書寫有錯漏之處，還請指正批評，也感謝包容。

　　颱風過後我將回到台灣的學校完成最後的畢業時光。在台北終

目次

第一章

「可是軟弱越久，越難重新站起來」

1.

　　她出生在八九十年代的浙江小城，當中國一切大型的動盪初落帷幕，她得以祥和地降生。一聲啼哭像是浩瀚海洋中飄動的波浪，瞬間被蓋過。那是世界上最最微渺的聲波，也是她走進一個生命體的莊嚴儀式。

　　這個家庭最大的特徵便是普通。住著單位分的房子，家中做些運輸生意，晚產的女嬰還算健康，隨著眉眼漸開，儼然長成了家中長孫女的模樣，獲得了來自各方的關懷。小城永遠是安穩的基調，有家戶發生超出日常的事件，是這個地方樂於捕獲的生活調劑。

　　她記憶深刻的童年，是在鄉下祖父母的土房子裡度過的。幾十年之久的土房屋，是祖父親自蓋的，屋內靠好多木梁支撐，年年被換上更鮮紅的春聯，褪色的紅紙依舊粘連，和這房屋還有屋裡的人一年一年老去。祖父母住在半山腰，鄰居們的房屋都是相似結構，每年都看到家家戶戶修修補補，特別是大風大雨過後的季節。她每次週末跑回鄉下，丟下書包的第一件事就是去找鄰居家的孩子，往後面的山裡跑。漫山遍野的橘子樹叢，在秋天之前是他們撒歡的遊樂場；到了秋冬，農人每日從家門前經過，上山收割果實，她站在屋子後面就能看到一整片山野的金黃，處處夾雜著忙碌的農人身影。童年的農村都是這樣興旺熱烈的樣子。這個時節，祖父母每日與上山剪橘子的村民打招呼都變得繁忙，自家也雇了臨時幫手去橘子地採收，屋裡有一間房就專門空出來盛放果子。她印象中，滿山橘黃是家鄉最最好看的景色。

　　她三個月大的時候就開始由祖母帶了。祖母是個典型的南方農婦，從隔壁村嫁過來，性格忍讓，手腳勤快，卻長了一米七的高個子。祖父個子矮小，早年在城裡的車站工作，因為一次事故截斷了左手的四個手指，脾氣有些暴躁，當面喜歡訓人，隔天沒見面又開始念叨牽掛。她記得童年的自己被寵壞的樣子，寒假裡不願意起床，祖母端了臉盆和牙刷來床邊伺候洗漱，再端來早餐，瓜子零食，在床上躺著看一整天的電視。爸爸媽媽忽然闖入，冷嘲熱諷地罵一頓，被拎起來寫作業。祖母站在後面搓著手看著，憨憨地笑，再拿來厚實的衣服替她一件件穿上，怕她著涼。

　　老房子的主臥室被一次次重新裝修，老式的雕花木床換成了現代床架床墊，泥石地被鋪上了瓷磚，天花板角落的漏洞被填滿了，屋裡還牽了電話線，祖母找了一塊漂亮的帕子天天蓋著這樽電話免得落灰。每到假期她乘車來鄉下，下車就衝向老屋，隔得老遠開始大聲叫「奶奶」，祖母就立刻從燒著柴火的灶台小跑出來，「哎」一聲，滿臉歡喜地迎接孫女。她喜歡摟著祖母的脖子又蹦又蹭，可總是夠不著，總把老人摟得彎下腰來叫她慢一點。祖母給她介紹村子裡和她年齡相仿的新朋友，她總是會害羞躲在後面，扭扭捏捏拿出自己從城裡帶來的玩具一起分享。她喜歡靠著祖母睡，一條腿肆無忌憚地搭在祖母身上，特別是冬天的時候，她冰涼的腳總有老人的體溫來給她捂熱。那是遙遠而又原始的暖意。

　　鄉下的住戶格局很少變化，祖孫三代住在緊鄰的兩間土屋裡，幾乎家家戶戶都如此，一直到八九十年代，都是世代相傳的鄰裡情。哪家有喜事或是困難，整個山頭在半天之內就能傳遍，該張羅的都會張羅起來。除了她七歲那一年秋天，山頭來了幾位遠方的客人住了一小段時間之外，幾乎沒有陌生面孔長時間地出現過。

　　她記得那幾個客人，一個銀髮老人，一個三十出頭的男子，帶著兩個女孩，操著完全不一樣的普通話口音，感覺甚是好聽。銀髮老人神情憂慮，雙眼眯著，總皺著眉頭。鄰裡間和他年紀相仿的老人和他聚在一起談話，好似開會一般講著很遙遠的事情，一群鄉民們出謀劃策討論著事件。她無聊時，就想跟著爺爺去觀看這「商討大事」的場面，爺爺讓她跟著，反正小孩子聽不懂。她確實一句也聽不懂，眼裡的好奇都放在那兩個外來的女孩子身上，她們真好看，梳著一樣的髮辮，一個比她高一些，一個比她矮一些。她垂涎的是她們總拿在手裡的圓形小紙牌，好像從來沒在小店裡見過呢。

　　她很想看看那小紙牌，又羞於憑空上前。終於，她決定拿出自己寶盒裡的彩色玻璃細線，那是當時小姑娘之間最流行的東西之一，比的是誰心靈手巧，能編出好看精巧的手鏈子。她挑出編得最好看的兩條，一條粉紅色，一條黃色，藏在口袋裡跟著爺爺去找她們。隱約覺得，她們倆也應該聽不懂大人們在說些什麼。她跑到人堆後面，拉拉她們的衣角，一起退到屋子角落裡去。

　　「你們是哪裡來的啊？你們拿的這個是什麼？」

　　「是額阿標（尪仔標）啊。你不知道這個嗎？」她們說。

　　「不知道，我沒見過，小店裡也沒見過呀。乾脆麵裡有水滸傳的卡片，和你們這個不一樣。」

　　「你們連這個都沒有？福利社裡都有啊！」

　　「福利社是什麼東西？」

　　兩個小姑娘相視，然後笑起來，怎麼會有人連福利社都不知道。

　　她一時間覺得有些窘迫，確實沒有聽說過福利社啊，為了挽回一點顏面，她隨即拿出自己心愛的小手鏈子，亮閃閃地捧在手裡，倏地舉到女孩子們眼前，「那你們有這個嘛？」

「哇，好好看哦！這是你做的嗎？」

「嗯！我一個人做的！你們喜不喜歡？」

得到兩人點頭肯定的答案後，她心裡滿是得意和驕傲。

「送你們。」

「真的？那我要粉紅色那個！」個子高的女孩馬上挑選了喜歡的顏色。這應該是姐姐。

「我也喜歡粉紅色哎。好啦那我拿黃色的。」小個子女孩拿了剩下那條。這是妹妹。

作為交換，兩個女孩自然把尪仔標也和她一起分享，教她玩法。小姑娘們的友誼簡單又快速。

她對她們遠道而來的真實目的並不感興趣，況且也不一定說得明白，只知道她們從很遠的地方來。小小玻璃細線編織的小手鏈，倒是串起了她們十分親昵的小友誼。她開始湊零花錢買各種顏色的玻璃細線，因為兩個女孩子好像沒錢，拿出的硬幣紙幣就像是遊戲裡用的，小店阿姨說這個不能用。她買來細線，教她們編織方法，還一起研究出了別的花樣。三只小板凳在她爺爺奶奶家的屋堂角落裡擺成小圈子，弄個大板凳當桌子，極其認真地做起手工活來。花生糕點擺在一旁，邊吃邊做。

不多久，三個小女孩的鐵皮寶盒裡就集滿了一堆的手鏈和小戒指，自豪得不得了。廉價透亮的玻璃細線在橘子山頭的陽光裡，映滿了年幼心靈的單純與快樂，和悅的童年笑聲穿過土屋的大堂，是令她懷念的小時候。

大概也就一個多月的時間，爺爺說，他們要走了。

她扭動著小身板和奶奶撒嬌，哇哇地哭，讓奶奶去挽留，不讓人家走。爺爺一聲令下不許胡鬧！奶奶給她擦乾眼淚，她抱著印有

威化餅乾的鐵皮寶盒跑去找兩個女孩,最後問了她們一句,能不能晚點再走?得到同樣不情願的否定答案後,她把寶盒遞了過去,作為友誼的離別禮物。

妹妹流著眼淚從盒子裡拿出一根粉紅的鏈子,塞給她。

「那你拿著這個,就是以後的約定吧。」

「約定是什麼意思啊?」她一邊流眼淚一邊問。

「就是以後要再見面啊,電視裡都是這樣演的。」姐姐說著也哭了起來。

她們掏出口袋裡的尪仔標全部送給了她。

那年的深秋,她有過這樣一段純真而短暫的手鏈友誼,雖然不知道遠方來的女孩們為何匆匆來去,但交換過彼此的心愛之物,她的童年裡留下別人家小孩沒有的尪仔標。

後來,她們再沒見過。

在小城市,人們會以為城市變遷的幅度遠遠小於其他地方,而每個家庭的大小事也從不會讓人措手不及。至少在她開始懂事的那段時間,她曾享受過這樣普通而又受保護的生活環境。直到父母親的關係分裂,演變成家裡的生意敗落,演變成討債人的追罵聲、家庭爭吵聲,以及形形色色的哭泣、躲藏,甚至憤恨。房子以極低的價格賣了,父親不知住到哪裡去了,她每次試圖去問,父親就讓她別問。母親帶著她各處找出租屋住,搬家成了常態,住過黑暗的毛坯房,住過別人的地下室。母親時不時換工作,也曾在小餐館給人洗碗,三百塊一個月,她放學就去小餐館,幫老闆娘折餐巾紙。

從那時候起,作為一個孩子,她多年來都以為,大人是不會笑的,大人沒有喜悅快樂,只有生氣、傷心與日復一日不得不支撐家庭

走下去的無奈與不甘。不知這一切是事發突然，還是她年齡小，始終沒有能力完全理解與反應出這些事的始末與具體面目，讓一切又來得緩慢而破碎。總之，她開始對生活產生無盡的疑惑，並且沒有興趣去解開這些疑惑，在校園裡變成一個連自己都不知覺的怪小孩。

她時常有著孤僻的樣子，一個人看書，一個人寫字，思緒飄了很遠，彷彿要與現實世界劃下界限。潛意識中她又十分想和別的同學一樣，成群結隊去吃飯去逛小賣部，她會對同學有著善意友好的態度，可時不時又在心裡看不起那些女生幼稚愛嬉鬧的模樣。她希望與同學分享零食，又不敢主動問話。她想和女生們一起做活動玩遊戲，又會緘默地躲在一邊避免被拒絕。

她發現祖母會流淚，沉默的愁容，繼續默默做著所有家事，在依舊沒有家庭話語權的情況下，偶爾輕聲喃喃自語，抹去臉上的淚痕。她還是疑惑，不懂，只能像以往一樣，依偎著老人逐漸疲乏的身軀。

事情往往沒有所謂最壞的盡頭。

她和母親住在城郊的出租屋裡。放學回家，看到母親雙眼呆滯，流了一臉的淚水不肯抹去。她丟下書包逼問，得到了這一生，第一個無法承受的消息。天花板好像在暈眩中轉動起來。

母親還是在乎的。

予善啊，你以後要堅強一點了。

親朋與鄰居在老房屋客堂搭起的靈堂裡，輪流對她這樣說。屋子裡都是人，熙熙攘攘，村裡婚喪嫁娶的樂隊看到她走進來，便開始吹奏那些刺耳又攪動人心與五臟肺腑的哀傷曲調。桌上擺滿了祭品，靈堂正前方擺著父親的遺像與骨灰盒，從車禍現場撿回的支離

破碎的遺骨化了灰，象徵性地倒在裡面。祖母在一旁的小房間裡啜泣，不停啜泣，開始大哭，叫著父親的名字，想喊她的兒子回家。

頃刻間她耳裡充滿了嘈雜到讓人發瘋的各種聲響，沒有表情與哭泣，發呆片刻，雙腿發軟，眼前黑了……

這是少年時期，她記憶裡最混亂與無望的時刻。以及這個時刻的無盡延續，彌漫整個人生。

小城依舊在特定的季節飄滿了江南晨霧，街道和小巷，商販操持著自家攤位販賣早餐食品。濕冷的初春空氣被一句句清亮的鄰裡交談聲劃過，早晨的例行問候，送著婦人們去市場買菜，送著孩子們背著五顏六色的塑膠硬殼書包去上學。即便是小地方，也不會因為一戶普通人家的重大變故而有任何改變。即將初中畢業的她，也得結束喪假，重新去上學。出門前，母親把她袖子上別著的黑色布條取了下來。

她進入學校之後，始終只是保持著低頭不語的狀態。好事的同桌女生是之前的鄰居，家中不幸傳播最快速的便是這些之前相識的社區居民。

「你爸爸死了？」同桌抱著極其好奇看熱鬧的心，帶著自己好友來問。

一聽到這句，她眼淚頓時往下掉。

「哎哎哎你別哭啊，」那女生說道，帶著輕微到不被人注意的幸災樂禍，「我們走吧。」和好友離開。

她感到前所未有的孤獨與自卑，一遍遍擦拭著眼淚，默無聲息地做題，袖口和作業紙都濕漉一片。她不想讓人看到她狼狽的面容，況且也似乎無人在意。

　　腦海中對於父親的記憶變得異常清晰起來。她梳理著回憶，想起一直以來只願緊抓母親的手不放，而總是坦坦然然毫無不捨地與父親說再見的姿態，令她懊悔而無所追溯。她忽然懂得了父親每次見她的眼神，歉意與憐愛，以及粗糙厚實的手掌紋路，怎會頃刻間變得如此了然，時常浮現。這些年，自己與母親的動盪生活令她疲憊，而父親，不也很久沒有過固定居所。小小的三口之家，卻是人人流離。

　　所幸中考成績斐然，考入了大家都期待的高中。漸漸長大的少女，在來自各個周邊鄉鎮同學的善意中漸漸學會了相處，好好讀書，憧憬著大學。偶爾會在路過隔壁班的時候，偷偷看一眼心儀的男生。

　　家裡的狀況沒有大的好轉，父親的遇難賠償很少，沒有為今後的生活帶來一絲半點支援。她依舊每天放學都等媽媽回到租住的小公寓裡做飯，看看電視，洗漱睡覺。只要一切相安無事，就是她能體會的最好的生活狀態。

　　人生命途的再次轉變，是任何人都始料未及的。誰也沒有想過，也沒人會相信，母親會憑藉自己的單薄力量，竟然送她出了國讀大學。在母親的思慮裡，命運已然艱難如此，何不順了孩子的志趣推她一把，奮力一搏，送她出去。瑞典在當時是不流行的留學國家，只因不要學費，母親借遍了所有親朋，湊夠了留學仲介的費用，再湊一湊機票和半年的生活開支，送她上了離開國界的飛機。

　　這一過程的艱辛，全由母親一個人硬扛。金錢或許不是最大的困難，旁人的不理解與嘲諷才刺耳，母親完全不理會，她只知道自己的孩子成長於不完整的家庭環境，但爭氣讀書，英文水準出眾，

小小的心靈不怨恨，卻載著出國看世界的夢想。她有著送孩子去完成夢想的執念，縱然過著慘澹的生活，卻似乎要將從前失去的所有幸福力量轉交到孩子手中，還有另一片天地去讓自己擺脫平庸與不幸，變得不一樣。

臨行前，祖母的淚水如雨落下，不舍與心疼，使這個一輩子沒出過遠門的老人，說不出一句話來。而她小小的身體，拖著龐大的行囊，裹著厚實的棉衣，第一次前往大上海，飛向寒冷的北歐冬季。

這一年，十八歲。

她開始主宰自己的生活。每一件大事小事都將由自己來全權決定與行動，她開始正式塑造自己的人格與價值觀，開始獨立與這個世界產生最近距離的交集，開始人生意義最初的探索。她大方地結交世界各地的同學朋友，適應西方社會的生活方式，她的東方背景與西方思維使她對這個世界有著獨特的理解與包容。她勤工儉學，時常給家裡打電話，完成論文，在歐洲旅行。在瑞典求學的時光，她發現生活的可能性，在這個自然美好的北歐國度，成為真摯善良而熱衷生活的人。她學會了嚮往與追求，學會跟著自己的念頭去探求心中捕捉的生活意義。她以為自己終於長大，終於無所畏懼地大步向前行走。

她以為會一直這樣。

多年後，在上海浦東機場的候機室，她翻閱著看了一半的《少年台灣》，是她閱讀蔣勳先生的第一本書。雖然目的地只是隔了一座海峽的台灣，兩小時的航程，卻使她感到莊嚴，有如當年第一次飛往瑞典的離別感。她回國後的上海體驗並不是極其深刻的，這裡

的車水馬龍，縱然繁花似錦，卻不知叫人如何留戀，甚至讓人有著「無需我留戀」的敬畏感。她的生活理想在於尋求一個內心豐滿的所在地，它必須是個有著獨特歷史情懷的地方，內在的對立特性與她一樣，先進與保守，國際又傳統，有著種種前進與後退遊戲中的微妙矛盾。她的情愫與她人文社科系的原始好奇被深深吸引，以及不知為何，總在冥冥中讓她有種似曾相識的體驗，似乎多年來的一種無聲召喚。伴隨著一些記憶承載，她開始覺得，台灣，可能是她在這一階段得以追求的生活土地。追求內心寬慰，抑或是去到一個文化相異的環境，只為生活在別處。

她開始計畫工作調離，一封封訴求郵件，那種懇切，居然真的打動了她所工作服務的外事機構駐台灣辦公室，給了她調離的機會。

在浙江、瑞典、上海之後，她的人生軌跡開始下一站的島嶼巡禮。

而這一切，在十八歲前的少年時代，在瑞典的成人禮中，在回到上海之後，以及終於去往台北的時分，她都從未想過，時間不曾停止對每個人羽翼的豐盈與損傷，陳予善的前行又將定格在另一場冬日細雨中。

2.

去往台北的航班，每一次顛簸都令她緊張，對飛機失事的恐怖畫面浮想聯翩。她長久以來都有著對飛機的恐懼，這種杞人憂天又令她羞於表露。她想過原因，是因為太過富於對死亡的想像。

落地桃園機場，二月的台灣比上海暖和許多，一點點冷峭的氣

流從外界飄過來，日光亮眼。她一只腳踏出飛機機艙，周圍的一切似乎並沒有顛倒的不同，可已然開始覺得，是新的土地。這裡的空氣會更濕熱嗎？人們的說話方式會不一樣嗎？她能夠進入這裡的生活嗎？

她對周遭多環顧了兩眼，擋了身後乘客的路。「小姐麻煩借過。」後面的台灣阿姨客氣地請她走快一些。她輕盈退到一邊，看著人流往前走動，聽著其中傳來的瑣碎交談聲。

嗯，這裡是台北。

在機場打了車，司機師傅一路上放著大悲咒，她望向窗外，又是一個他鄉。接近傍晚，終於到了事前租好的房子，在信義區的吳興街，是個巷弄裡的普通公寓樓。這是台北城區的一處街道，路邊都是林林總總的店鋪，小餐廳，藥局，水果店，高樓大廈在遠處。站在樓下可以看到台北101大樓，但走過去要七八分鐘的樣子。

門開了，高挑身材的台灣女生穿著寬鬆的白T，頭髮剛剛到脖子處，有些散亂，但還是面帶笑容歡迎了她。「你是陳予善吧？」聲音有些低沉，但清晰。她端詳著這位新住客良久，眼睛像是掃描器般掃遍了她的五官，甚至忘了請她進門。

予善帶些生澀地點點頭，被盯得有些局促起來。

「我是……陳予善。」

台灣女生反應過來，兩人一起將行李箱搬進了裡屋。

這是裝修簡潔的小公寓，潔白的牆壁，米色門窗架，家具簡單有秩，有些舊但不雜亂。單調的住所無甚稀奇，全靠這滿屋的畫作以及作畫工具填滿。油畫、水彩畫、彩鉛畫、黑白素描，以不同的姿態擺放在公寓的角角落落，每一張都像是隨手放置的，拼接起來

成為小公寓裡連軸但無連貫劇情的故事展。予善拾起沙發邊的一張素描和一只滑落的鉛筆放到茶幾上。素描是一個蜷縮著的長髮少女，髮絲隱約遮住了一只眼睛，眼神仿若祈求憐憫。她倒不覺得這畫詭異。

予善微張著嘴，從公寓這頭環視到那頭，忘了行李還在手邊。

「陳小姐……」台灣女生歪著頭看看她，提醒，快進入自己的房間。

「可以叫我予善。」帶著一些歉意，想到自己從下飛機到進入住所，好像一個初出社會的小女生，極其專注又心不在焉的樣子，有些好笑。

房東姑娘叫林佩嫻，比予善大兩歲。這名字聽著耳熟，大概台灣女生的名字都是此類風格吧。

予善的房間是次臥，家具依舊是簡單實用的樣式，牆的一角還擺了一架略顯陳舊的電鋼琴。佩嫻說不好意思，家裡其他地方擺不下了。

接下來的日子開始搭建生活。買生活用品，辦銀行卡，去機構報到。

這個季節的台北還得穿上外套注意保暖，予善獨自走在101附近的商業大道上，這裡雖沒有上海過於耀眼的繁華絢爛，卻也紮紮實實是個現代都市的模樣。摩登街區有移動小吃，年輕人樂於排隊買一些華夫餅與戀人分享；也有吹著薩克斯的中年人忘情演奏，樂聲被鎖在兩旁的商場之間，撞擊霓虹，堆滿了台北作為中心城市的驕傲。

這裡的人大部分都友好懂禮，普通話的口音自帶和善語調。予

善很快走遍了耳熟能詳的老街區，各個夜市、大稻埕、東區、西門町，無論是作為遊客抑或新居民，這些地點和上海比起來，都是傳統十足的生活景致所在。她走在台北的街道上，耳邊是不同口音的同樣語言，台灣人與遊客擦肩而過，她不言不語的臉龐與神態，沒有人以為她是外地人。

而她就是異鄉人，這許多年，一直都是。

新工作地點不算太遠，搭乘捷運也就三站，早晚高峰同樣有著擁擠的場面。從台北101下捷運，要經過一排排現代建築再拐進低矮樓房的街區，市井氣息在商業區四周發散開，老居民的生活好像從未被新建築改造過。予善想起上海的住處，不遠處頂著靜安嘉裡中心的氣派，與周圍的上海法租界洋房一同生存，生活的便捷快速似乎也從未真正推翻老上海人的慢生活。彼時她打開窗戶，透過法租界沿街的梧桐樹看那邊的高樓，覺得這是上海最美的狀態。

新同事保持著禮貌友好，工作內容除了需要適應一些台灣當地的法規之外，並沒有太困難的地方。同事們有著不一樣的打字系統，她也開始學習台灣注音，學繁體字；雖然是有些不一樣的文化習慣，但語言相通的環境裡，工作無非也是朝九晚五，上下班的常規例程。也好在多年在外生活的經歷，她對這裡新環境的融入還是很快的。

在漸漸熟悉這個城市的同時，認識房東兼室友的過程似乎還慢一些。

佩嫻沒有熱絡多言的習慣。予善越發覺得她看似神祕的一面，是一種吸引力。簡單幹練的穿著，作畫時的旁若無人，無需囑咐便會幫予善安排好生活的必需準備，新的髒衣籃、新的置物架、新的

垃圾桶，還有每個公用空間整理出乾淨的一半給她，門背上也掛了記事本和筆，以便同住時的資訊留言。她也會以同樣靜默的方式作以回饋，總是在廚房事先煮好開水晾著，收拾佩嫻匆忙留下的牛奶杯，整理落在鞋櫃外的兩雙拖鞋。她也懂得那些畫，那些私人的物品，都儘量少去移動。

　　佩嫻經營一家麵店，在距離公寓不遠處的前一街區。這裡混合著新舊式餐飲店鋪，賣水果和傳統小吃的陳舊經營面貌，旁邊便有著年輕人的新式早餐和咖啡店。佩嫻的麵店素淨簡潔，都是些比較普通的麵點餐食，水泥色的整體風格似乎顯得不夠熱情洋溢，只靠廚房的熱氣騰騰維持著生機。但店鋪乾淨素雅，與女主人在這裡走動的身影相得益彰，再忙碌都看不出些許浮躁。

　　門口的招牌是，希希麵店。簡單到無須思考的店名。

　　希希麵店有一位常客，戴著眼鏡的儒雅男子，嚴宇凡。他是報社職員，有著普通的長相，留著普通的髮型，拿著普通的薪水，過著普通的生活。唯一不普通的可能是他的單身爸爸身分，七歲的女兒漫漫乖巧可愛，每次來店裡都會歡樂異常地與佩嫻親昵地嬉戲玩鬧。佩嫻不是個善於歡笑的人，只是與這孩子透露出的喜愛疼惜，像花朵一樣的溫柔。

　　佩嫻之前在閑時教小孩子們畫畫，滿屋子都是兒童無拘無束的彩色想像，生活裡喜愛的事物都被小孩們搬上畫紙，樹木、玩具店、媽媽、遊樂場，她看著聒噪但單純的小生靈們歡聲笑語，覺得這一方熱鬧的空間，至為美好。在那裡，嚴宇凡每次來接女兒的時候，都會看見微笑恬靜的佩嫻老師，和孩子們一起擺弄顏料線條，心生情愫。一來二去，便熟識了起來，一直到佩嫻開了麵店，他與

漫漫都最快成為了這裡的常客，也時不時在忙碌時幫佩嫻顧店。

　　離開了年幼孩子們的環境，嚴宇凡才發現佩嫻並不是自己想像中的那種慈母式女子。她也有著自己的少言寡語，簡潔俐落，甚至還有我行我素。反倒是這樣獨立自由的性格，使嚴宇凡更為欣賞她的特質，與其做個柔弱覷睞的小女人，不如大膽一些，追求自在的生活。這大概是嚴宇凡作為單身爸爸的拘束，也一直嚮往，而無法實現的。

　　兩個作為室友的女生似乎沒有過多的交流，予善早睡，清晨出門工作時，佩嫻還在睡著。

　　下班獨自在家時，予善開著客廳的電視，時常有節目播放時論節目，偏激的一派政治團體會就某個社會問題大肆討論或討伐，唾沫橫飛。他們憤慨地敲著桌子，慷慨激昂地質問場外的反對團體行為用意，那副樣子好像是頭戴標語手拿旗幟的漫畫小人，勢如破竹地要衝出電視螢幕向世界怒吼。拋開話題主旨與意義不談，單單是這場面，讓她覺得有意思。

　　公寓客廳如同剛搬進來時的樣子，四周都放置著佩嫻的畫，從來也不整理成一疊，只是讓它們常年這樣零散放置著，當有新的畫完成，就隨意地覆蓋上去。看似凌亂的擺放，佩嫻在日常生活中卻也從不會冒失地壓上或坐上，除了時間久了會偶爾看到細密灰塵，這些畫都不會有太多陳舊的褶皺痕跡。予善自然也會小心對待，她沒有問過關於這些畫的含義，但猜想如果有任何對畫的不小心損傷，佩嫻很可能會拉下臉來。

　　那個長髮少女佔據了所有畫作的一半份額，予善小心翼翼地用慢動作翻看著，連它們的位置都不曾改動絲毫。在冷色調的背景

裡，像一個封閉而孤獨的空間，那少女總是露出半邊或三分之一側臉，簡單的眼睛描繪裡，卻彷彿能看到瞳孔深處的渴望與疑惑。她盯著你看，輕柔的眼光，目光相對的交接裡，不知她到底在希冀什麼。這一頭的濃密長髮真是好看，順著肩膀流瀉下來，好像一種保護色，溫暖地覆蓋在單薄的背脊上。

她也會微笑，在成片相連的水田波光裡。未到播種季節的水田猶如大地上巨型的鏡面，倒映著濃烈的晚霞色澤和周圍靜謐佇立的農家小樓，泛著輕柔的漣漪。她的側面被黃昏灑下的巨幅光亮照耀著，好溫暖。她提著裙子，抬著高高的腳步往前走，走進夕陽的最後一抹光束裡，刺眼得像是消失在世界的另一邊。這廣褒的水田與平原，有如海洋的巨大，可她並不顯得渺小，周圍一切的絢爛，都是為了她的至美輪廓而存在。

這少女是誰呢？她一定不是佩嫻虛構的人物，她一定是對畫作作者來說極為重要的人。這麼美，予善心裡想，真想親眼見一見。

予善漸漸進入了平穩的工作生活，循規蹈矩，白天上班，傍晚去誠品書店或是廣場散步。台北的大街燈火通明，她這樣一個人走過商場、走過101大樓已快成習慣。這一片地區的人，尤其是從捷運走出的人群，步伐都比較快。在最初的幾個月，在每一個獨自走過台北城市的夜晚，她都會寂聲地自言自語，這裡是台北，這裡就是台北。

是他出生與成長的地方。

他應該也曾走過這條街，他應該也買過這個夜市裡的蚵仔煎，他應該也曾坐在這個誠品的二樓喝過茶，應該也搭過同一班公車。

記憶裡的人與事，彷彿在這個新的城市裡，幻想生成了眾多從

前的過往。她知道不該強加回憶，可又怎能回避自己來到台灣的原始因由。藏在潛意識裡的動機與願望，似乎連自己都無法逃過。

她甚至會在紅燈前微閉雙眼，聽聞周圍的車水馬龍，與路過人群的交談喧囂。她渴望聞嗅到這種日常的氣息，似乎有種遙遠而熟稔的味道。這些聲息，都曾照拂過他成長的年歲，在這一刻，由她來重新體會。

她彷彿能感受到，也許此刻抑或從前的某個平行空間裡，他正生活在不遠處，去那家便利店買了同樣牌子的牛奶，也站在同一個紅綠燈前，默數二十秒的空白。然後在綠燈亮起時，人群重新開始移動，她意識到自己的幻想執念，意識到此刻現實中的孑然一身。

陳予善，你真的很庸人自擾。她只能這樣嘲諷自己。

朝九晚五的生活不鹹不淡，工作內容並不能使予善提起新的生活興趣。已經數不清是第幾次走過信義區的大街小巷時，她向佩嫻詢問，能否在下班後的時間裡去希希麵店幫忙。這大概是她們真正交流的開始。

在瑞典留學時，予善在週末去中餐廳打工兩年，所以對於服務客人，倒是很快上手。希希麵店大概也就是瑞典打工餐廳的一半大，予善幾天就學會了經營流程，除了不會煮麵，樣樣都可信手拈來了。

佩嫻有些許意外，這白領模樣的大陸女生，手腳卻勤快得很，漸漸成了得力的幫手。她以減免房租的形式回饋。予善也認識了嚴宇凡，也明顯看出嚴宇凡對佩嫻的心思。她以為，雖然他們相識多年，但自己作為室友都尚未能真的去瞭解佩嫻的個性，這位斯文儒雅又少言的男士，也未必真的能夠穿透她強硬的外表去接近。只是

這長久的愛慕心情，也算難得。

　　佩嫻對予善的回答是，像嚴宇凡這樣的好好男士，應該有一個真正的賢妻來拼起他生活的另一半。

　　傍晚時間比較忙碌，她們輪流吃晚餐。予善每天都準時下班，從辦公室疾步走出去捷運站，穿過高峰時的人群回吳興街，佩嫻幾乎在那時都已準備好了吃的給她。麵店的生意比較穩定，這小小一方天地的體力活，卻讓她感到更心安與自在，與佩嫻一起照料麵店，與老客人寒暄微笑，是一種滋生著信任感的差事。比白天上班還更期待一些。

　　店裡除了嚴宇凡這位常客，還有一位俊朗的青年人。他在附近寫字樓工作，下班後來這個街區吃晚餐後才去搭乘捷運回家。往往在夜幕降臨後，老街區的黃色路燈都亮起，小吃攤擺出來了，老居民出門談笑風生了，他便背著包走進希希麵店點餐。

　　通常都是予善為他收銀、端食物。他總是坐同一個地方，靠牆的第二個座位。予善很快熟知了他常點的口味菜色以及忌口，到後來，只要一句「今天要麵線還是牛肉麵，不放香菜，一點點辣椒」。男生的眼神裡露出些許羞澀與愉悅，用手摸摸鼻子，「對，今天要牛肉麵，謝謝你。」

　　把食物端給他的時候，予善從上望過去他的年輕眉眼，睫毛以從容的節奏刷過眼簾，耳鬢漆黑的碎髮輕柔地依附著，好似剛出校園的大學生。這樣平常的裝束，但凡帶上一丁點好感，都會顯得閃閃發光起來。他一抬頭，便是上揚的嘴角，對她禮貌點點頭。有幾個瞬間，她禁不住要回頭再看他一眼，或再與他說一句話，畢竟那

聲線的柔和速度，是有些似曾相識的，但她告訴自己，這是個完全不同的年輕生命，是陌生的，是陽光的，而且一定得是美好的。她悄悄捂住自己嘴巴，小跑進廚房。

而二十多歲的年輕人，對於如此自然形成的偶然相遇，縱使過了少年時期的情竇初開，總還是能保持著美好的期望與情懷。高挑俊秀的面龐與身材，有著大方無害的笑容與得體，幾乎每日背著黑色學生包，從寫字樓裡穿梭來這老街的普通麵店；她知道他愛吃什麼，不愛吃什麼，她知道他習慣的座位，以及習慣週中某一天不來是因為固定加班日，她甚至不知道他叫什麼，可卻是一個見面就能打招呼的熟識陌生人。即便如此，予善也從來對之緘默不言，這畢竟不是自己的「地盤」。

而這來往其中萌生的好感薄膜，終究還是由男生來輕輕戳動了。

那日予善下班晚了半小時，下了捷運急匆匆跑回店裡。男生隨後好一會兒也來點餐了，予善進廚房整了整亂掉的頭髮。離開之前付款，男生給的兩張紙幣中間夾著一張紙條，以及一盒開了包裝的爽口糖。她反應了三秒鐘，爽口糖是因為自己跑得急從背包外側掉出來的，拉鏈還開了一半。

「下次衝出捷運站，記得顧好包哦。」紙條反面是男生的手機號碼，以及他的名字，陸柏承。

陸柏承離去的背影在吳興街的蠟黃燈光裡拉了好長，步伐如風，沒有拖沓的留戀和回頭。予善看著他走遠，是要覺得他大方俐落的姿態令人欣賞呢，還是覺得翩翩公子的習性令人捉摸不透。

夜漸深，員工都陸續回家了。店裡的衛生已打掃好，不知是因為收工晚了一些，還是由於男生的緣故心思飄渺，予善的臉上顯出

倦容。佩嫻問她是否想吃些什麼，還沒等回答，便走回廚房，從裡間的櫥櫃裡拿出一大包東西，裡面是曬乾的粉麵類食材。默不作聲地拆出一大把，開始煮水，打雞蛋，切筍乾，擇豆芽，以及擺弄了一大堆佐料出來，麻利的動作令人十分好奇。予善知道這不是店裡的常規麵食，邊打著下手邊期待著即將成就的特殊美食。佩嫻不是台北人，予善想這很可能是她家鄉的傳統台灣地方麵點。

食材全部出鍋，主食又經過冷水焯了一遍，佩嫻用大筷子使勁攪拌所有佐料，加入醬料調味，淋一點香油，灑上一把色澤緋紅的花生米，兩大碗極其誘人的拌麵端上桌。深夜的希希麵店，此刻盡是幸福香氣。

予善略微疲勞的神情被美食喚醒，不僅因為食物本身的誘人，更因為眼前這碗圓柱條狀的麵食，佐料的搭配和攪拌方法呈現著遙遠而溫暖的色香味，她抓起筷子趕緊扒了幾口，竟與浙江家鄉的涼拌粉乾極其相似。許多年後，再次吃到老家夏天的味道，竟是在海峽對岸的異鄉城市。

她不禁一口氣吃了半碗，抹了抹嘴邊沾上的油。

「欸你很誇張，到底是多餓。」佩嫻剛坐下來拿起筷子。

「真的很好吃。你怎麼會做？」

「我阿公教給我的啊，這不是麵食，這是大米做的粉乾。我們家的小孩從小都喜歡吃，長大了我也會做。是不是很想付錢給我？」

粉乾，在予善的印象裡，只聽說過浙江的老家會將這種粉叫做粉乾，不似雲南或者廣西的米粉。用純大米製作的粉乾，彈性在嘴裡的口感很有嚼勁，淋上香油再加入各種拌料顆粒，特別在夏天用涼拌的方式製作，又快又有滋味，大街小巷到處都有叫賣的小店小

攤，加不加花生米和香菜、辣椒自己挑選，這是浙西地區人人都愛的當地傳統美味，也是她記憶裡十分誘人的家鄉牽掛。何以這小地方的傳統食物，會在早期就傳到海峽的另一端，可又從未聽說過？

她剛想開口問，便被另一個當下的問題頂了回來。

「那個男生今天給了你什麼？我看。」佩嫻問起那一幕，微微側著頭，好像質問學生的老師。

「沒什麼。」回答很是無聊。

「很小氣欸你。我告訴你哦，台灣男生和大陸男生不一樣，現在給你個機會向我諮詢，免得你萬一理解錯別人的意思，毀了自己一段姻緣。」佩嫻的眼睛被門外透進來的路燈光照亮，閃閃的，一動不動，覺得予善一定會交出小祕密。她伸出手等著回答，令對方沒有第二個選擇的樣子。

予善沒回應，直到佩嫻要端走她面前的粉乾，才妥協交出口袋裡的紙條。

「老套。」佩嫻快速看完後說。接著拿出手機要撥打男生的電話，被予善緊張地一把阻止。

「你幹嘛！」

「幫你打給他啊。」

「不要吧，哪有這麼不矜持。我才不是那樣的人。」

「女生就是這樣，心裡明明超想他，嘴上就只會說不要啦不要啦。」

「你不是女生哦？」予善忽然又反應過來，「欸你講得好色情。」她拿回紙條，揉成一團塞回口袋。

陸柏承在接下來的兩天都沒來店裡，予善在間隙會望望門外的

路，沒有他的身影，失落感就會一點一點疊加。

收工回家，她拿著紙條和手機坐在房間裡，坐了一個小時，手機按開又關上，腦海裡自言自語了一堆「要不要聯繫」的廢話，最終沒打出一個電話，沒傳出一條簡訊。

她打開房門去找佩嫻。佩嫻在洗手間，門虛掩著。

這是予善第一次看到佩嫻這樣的舉動。透過門的縫隙，看到佩嫻正扒拉著自己的白T領口，沒穿內衣，愣愣地端詳自己的胸部。似乎目光的撫摸還不夠，又伸了手進去。

她停住原本想推門的手，回到客廳。這台灣女生到底什麼癖好？

正發呆，佩嫻踏著拖鞋慵懶的腳步來客廳倒水，見予善手裡攢著手機和皺巴巴的紙條，便說，「想做什麼就去做吧，記得隨時保護自己就好。晚安。」

待佩嫻回房，予善一咬牙，按了發送鍵。

「Hi，我是希希麵店的陳予善。」

水到渠成的緣分，多少看起來有一點點像台灣偶像劇的青春情節。從一條簡訊開始，你來我往的情感推動，其間傳達好感的氛圍，讓年輕人的距離拉近得快速。陸柏承會等著予善晚間收工，佩嫻獨自回家，與予善兩人沿著老街區兜兜轉轉地散步。月光昏黃地映照著陳舊的小路，店鋪關門了，居民回家了，安靜的空氣裡時而敲打著清脆的笑聲。予善和他講一些趣事，講她剛來台灣時，不了解台灣居民生活的清潔制度，拎著一大袋垃圾到處尋找集中回收處，轉遍了整個社區也沒看到任何一個垃圾箱；事實上，在所有的大街小巷她都很少見過公共垃圾箱。後來佩嫻告知，每日固定時間會有收集垃圾的卡車，鳴著〈致愛麗絲〉的嘟嘟音樂聲到各個社區

回收垃圾。予善說，在大陸小城市，〈致愛麗絲〉的音樂是灑水車的專屬，夏天的柏油馬路上總能看到磨磨蹭蹭前行的藍色灑水車，唱著滑稽的經典樂曲，灑了一路的自來水，沒幾分鐘就被高溫烤了。

單單是大陸和台灣的不同生活習慣這一個話題，就夠兩個人聊上好大一籮筐。陸柏承是善於交談的男生，接得住予善的話，又能講出幽默的話題來逗她開心。如果予善在少年時多看些台灣偶像劇的話，她大概會覺得自己已然進入角色。看螢幕上的橋段或許會嫌老套，但發生在自己身上，大多數女生都會容易一時間享受角色優待。

週末，陸柏承騎著亮黃色的經典款偉士機車來到希希麵店門口，予善已經和佩嫻請好了假。柏承戴著頭盔坐在機車上，手裡拿著另一個頭盔等她出來。怎的女生在這種時候腳步會輕盈起來，臉上笑意變得緊張不自然，微低著頭踏出店門。柏承遞過頭盔，頭輕輕一歪示意她上車。這個細小的動作，像是從台灣劇裡複製下來，又顯得那麼自然而然。佩嫻停下手裡的工作跟在予善後面，站在店門口，目光與柏承相遇片刻，男生隱藏在頭盔裡的眼神與她輕眨致意。佩嫻沒有其他反應，搭了把手，扶予善上後座坐穩，囑咐句「路上小心」，再饒有意味地看了一眼柏承，轉身進門了。

從信義區到中正區，從國父紀念館到台大，從摩登市區到邊郊小道，沿路的街景逐漸變換。寬廣的柏油馬路，鱗次櫛比的豎式招牌是台北始終延續的自我定義之一，與騎樓一樣，是這個現代又傳統的城市中，一直的存在。

予善的手輕輕撫抓著男生腰邊的衣服，不敢抓太緊，更不敢鬆

手。每當機車從綠燈處重新駛起，都不免抓緊了他的衣角，隨即又各種拿捏地調整力度。這樣的一來一往著實讓人發汗。柏承清晰感受到了女生的小為難，不動聲色。

　　滿大街的機車在高峰時期有如潮水進退的齊整，台灣的機車交通經過長期的管理和改善，已然能夠做到大致的有序安全。作為機車潮水中的一滴，柏承顯得頗為熟練自如，方向的一點點角度移動都可穩健實地，在空曠抑或擁擠的馬路上，儘量避免讓予善受到旁邊機車的任何一點觸碰。

　　男生的偉士機車在眾多機車潮中顯得耀眼威風，亮黃的色澤閃爍著從四處反照過來的光線。每當大家一齊停下等綠燈時，身邊各個機車騎士都會投過目光來端詳車身。予善對偉士機車並不瞭解，看著身邊人們好奇的眼光，甚是不解。左看右看一番，一不留神，柏承忽然踩動引擎向前駛去。她猝不及防的一個踉蹌，心裡的小驚慌讓她不自覺摟住了男生的腰，緊緊的。柏承從前面拍拍她緊握的雙手，輕輕歪過頭說了句，別怕。

　　周圍車輛聲響嘈雜，耳邊卻是低柔的一聲安撫。予善抿著嘴微笑一下，沒有鬆開手。她輕輕地將頭靠在男生的左肩上，閉上眼睛，聽著馬路上呼嘯的聲音。

　　這是溫柔的一刻，更是在腦海深處匆匆穿越回記憶的時刻。

　　緊緊貼在身前的人不叫陸柏承，也不會溫柔回頭和她說「別怕」；他會載著她行駛在梧桐樹密集的上海閔行區街道上，邊騎邊唱著「任時光匆匆離去我只在乎你」，深情的樂曲被哼成輕快的小調引人發笑，予善在後座上啦啦啦地和著，怎麼都唱不出他自然拉長的顫音；他總是在行人車輛漸少的時候加快車速，予善拍著他的

肩膀嚴肅地告誡不可以這樣,他不聽,她就提高了嗓門一遍一遍喊「慢一點慢一點!」,他回答著「知道啦知道啦」然後笑著繼續加速,直到她生氣為止。

他說,在台北他就是這樣,開車和騎車都喜歡快速,覺得快樂;他說台灣的機車比上海的還多,但戴頭盔是硬性規定,他不喜歡,被罰了不知多少次。他向予善道來台北的點滴,和朋友騎機車去很多地方,好像永不停歇的雙腳,從南到北,從東到西。他拉著她的手說,「我一定要帶你去台北。」

她以為的此刻,像發生在一個被預知過的未來時空。她以為是他,在台北的馬路上騎機車帶她兜風,驕傲地提高聲調介紹著沿路的風景,哪裡是他小時候常來的地方,哪裡是他打工過的小店,哪裡是他念過書的中學。她閉上眼聽著他的興致盎然,緊緊環住他的腰,沒有再多說一句「慢一點」。

「別睡著喔。」耳邊響起低聲但清晰的話語。他們有著同樣的口音,不同的聲線。

予善睜開眼睛,在眼角的淚珠滑落之前馬上反應過來,別過頭去輕甩一下,用手擦了擦。

眼前的男生叫陸柏承,是認識不久的台灣大男孩。腦海裡的時光隧道像是驟然間被天光照亮,消失,記憶的生息被瞬間抽離,她的表情一片平靜,彷彿不情願脫離記憶的靈魂,恍如隔世,悵然若失。

「不要這樣,都過去了,不要這樣陳予善。」她低下臉龐,額頭靠在柏承的肩上,磨動著牙齒在心裡告誡自己。她和柏承說剛剛細沙飄進了眼裡,台北的機車就是一陣風。

柏承握緊她的手,輕輕摩挲了一下再放開。

　　予善願意端詳著男生的臉頰，十足顯年輕的皮膚質感，無邪的笑容，還有略顯稚嫩的溫潤聲線，是陸柏承自己的特質。他牽著她的手逛夜市，揀當地人最歡迎的小吃，用獨特的醬料，告訴她獨特的吃法。為了吃到更多樣的食物，每一樣都買少量，予善先吃，剩下的就被他拿過去消滅殘羹，包裝袋和竹籤被他一路拿著，十足貼心的樣子。

　　往台北週邊出去，是桃園市。予善只知道桃園有機場，別的無所瞭解。傍晚夕陽時，柏承開車帶她去了大溪橋。小小村鎮的縱橫街巷，有聞名的豆干小吃，各式豆乾和滷味匯成誘人美食，他去排隊占座，揀出女生愛吃的部分給她，給她拍街頭小吃遊客照。夜幕落下，大溪橋亮起成片的霓虹燈，紅黃藍綠色彩交替，映照著河水波光閃爍。

　　橋中央傳來清脆的吉他聲，和著悅耳的歌唱，是文藝青年帶著音響設備在橋上演奏。從高地望向大溪橋，有一種遙遠的感覺，橋上傳來的空靈歌聲穿過有些寒意的空氣，悠揚地敲打著他們的耳膜。柏承拉著予善往橋中間走去，坐在青年對面的長椅上安靜地聽歌。一首接一首，有國語，也有台語。柏承給她解釋台語歌的意思，其中有一首是〈家後〉，是江蕙唱愛情，唱親情，唱台灣人情。

> 穿好穿醜無計較　　怪東怪西嘛袂曉
> 你的心我會永遠記條條　　因為我是你的家後
> 阮將青春嫁置恁兜　　阮對少年就跟你跟甲老

　　幾首之後，青年停下彈奏，用話筒對長椅上的一排觀眾說，可以來自行點唱。推推揉揉幾下，予善走上前問他是否會唱〈南山

南〉，青年翻出譜子，和悅地準備為他們演奏，煞有介事地和大家報幕，「這首〈南山南〉送給對面那對情侶。」

兩人對青年剛剛的話語不知作何回應，互相的目光碰撞了片刻便開始了沉默。緩慢的歌聲暈染著溪水與紫色霓虹，像娓娓道來的故事或是情詩，唱得青年自己陶醉不已。

> 他說你任何為人稱道的美麗
> 不及他第一次遇見你……

柏承慢慢伸過手去牽住予善的手，放在自己掌心，臉卻始終向著唱歌的青年聽音樂。他露出笑容，像只狡黠兔子的可愛。女生默許著，讓這首〈南山南〉橫在空氣中，但願唱得再久一些。

離開大溪橋，不知又開了多久的車，從十分陡峭的盤山公路一圈圈往上，到達看台北夜景的好去處，烘爐地。停完車後須步行上山，予善愈加緩慢的腳步拾級而上，喘氣聲也急促起來。柏承在密集的台階中央停住，伸手拉予善一把。她感受到微涼而光滑的手掌皮膚，有力地握著她已冒著細汗的手，一級一級往上走。等爬完所有台階俯瞰山下時，兩人齊發出清脆的笑聲。

已是午夜時分，山上的巨型土地公雕像巍然屹立，面容慈祥又帶些可愛，亮堂的燈光從各個角度打上去，土地公全身明快的色彩在黑夜裡極其奪目，腳下四周分佈著幾個廟宇殿堂，供人參拜。予善跟著男生走過一個個廟宇前，看見仍有好多人精神奕奕且十分虔誠地在這裡進香參拜，便問了問。柏承說，他們很可能做的不是「白道」生意，所以通常都會在人最少的夜間來此向神明求財保佑。

「既然做的不一定是正當生意，為什麼神明要保佑他們？」予善似乎帶著一些正義感。

「社會複雜，謀生不易。」男生說完便帶她往更高處的空曠地走去。

夜風拂面，漆黑的夜晚在山頂的寂靜中尤為祥和。予善拉了拉領口，以免夜風灌進衣服裡。柏承注意到，默默脫下自己的皮外套給她披上，無聲的交流裡只有予善稍稍加快的心跳聲。遠處是台北全貌，閃閃爍爍的城市亮光，像是漫天灑下的星星，覆蓋了這座即將入眠的城市。柏承指了指東邊方向說那是台北101，予善著實找了很久都沒有找到本該高出一截的那座大樓，她想，如果是上海中心大廈的高度，大概才能一眼望見吧；抑或是此時有點困乏了，眼神都開始飄忽。柏承不放棄，使勁指著東邊，講解著101的位置，他說你必須找到101，那是你家附近啊。

是呢，此時的佩嫻應該已經入睡了，而她正從很遠很遠的高山上望著家的區域，視野會不會已經劃過希希麵店的上空呢？於是她開始仔細地尋找家的方向，在另一幢大樓的後面似乎看到了被擋住的101，有些興奮地說「我看到了看到了！」她轉向柏承指給他看，四目相對的片刻，風都來不及穿過兩人的眉眼之間，男生吻了上來，輕柔，安寧，靜止，閉眼。

人最細微的觸感總是在這種時刻，柔和但清晰無比。閉上眼睛才能不受視覺的干擾，悄悄地去體驗柔軟而甜膩的嘴唇挪動。予善聽到自己的心跳加快，砰砰砰的聲響，節奏快速而有序，彷彿能看到自己胸前的皮膚也在跟著大幅度起伏不止，讓人想去重重地按上，隱藏內心緊張。和從前的某個時刻一模一樣，鼻尖的輕微碰撞，極其淡雅的香味傳過來，一下又消失了，也是閉著雙眼，睫

毛還在不停地抖動，連呼吸都須要控制，不敢發出聲響。周圍太安靜。予善順手去拉住對方的衣角，那一刻的近距離，是該緊張呢，還是終於沉下心告訴自己，終於，是你。

是你嗎？她腦海裡飄過的念頭，讓她悄悄睜開了眼。

不是，不是你。

心跳在頃刻間慢了下來，拉著衣角的手不經意放開，被柏承拉住。她沒有退後，沒有推開，沒有再閉上眼睛，沒有再緊張到眼神閃爍，只是急著掩飾臉上似是而非的失落神情。

為什麼要這樣，為什麼會這樣？陳予善望著眼前的體貼男生，心裡一遍遍對自己說。

3.

睡了好久醒來時，天色已經漸漸暗了。睡得太久，頭昏昏沉沉，看著窗外遠方的晚霞抹掉最後一點紅暈，覺得嘴裡苦澀。半眯著眼起床，洗漱，梳頭，整整衣裳，慵懶地喚醒自己。不知佩嫻是在房間裡還是出去了，家裡一片安靜，只有窗外隱約傳來的老街人聲。

來到台北已將近半年，有時候覺得時間太快，彷彿上週才下的飛機，台北的事物雖已接觸多遍，但還是帶著未探究透徹的新鮮感；有時候又覺得已過了好久，學會了台灣注音打字，學會了希希麵店的日常打理，已經開始瞭解佩嫻，開始瞭解陸柏承。

坐在房間的窗台前，眺望模糊的遠方，陳舊的樓房互相遮擋，又是台北的一日落幕。台北如此的存在已有多久呢？予善讀過的所有台灣歷史文化書籍裡，都會用「風雨飄搖」這個詞來形容島嶼的世紀變遷。與大陸的恢弘變革一樣，這個小島也曾拼命掙紮在歷史

前進的洪流裡，怒吼咆哮，拼盡血淚。只是這弱小身軀獨擋一面的同時，更帶著一種悲壯的使命感。此刻有來自西太平洋形成的微風掠過窗前，萬家燈火初上，在家鄉，在上海，在台北，都是一片和平盛世，人人尚且擁有相對平穩的生活，幸運的人還有選擇人生方向的權利。予善覺得自己可能是這些幸運的人之一吧，但願。

房間的角落裡是那架一直用黑布蓋著的電鋼琴，可以看見外部木頭質感的表面落了灰。予善從窗台走過來，慢慢打開琴蓋，許是長久未開啟，有一瞬間的黏拙感。她插上電源，緩慢又厚實地按一下琴鍵，又一下，如水滴般圓潤又清晰的鋼琴韻律。有多久沒碰鋼琴，有多久沒聽到由自己的十指彈奏出的調子，如同一種即將到來的期待，雖身旁無人，卻莫名地緊張起來。

她在鋼琴前坐下，使勁回想著其時還滯留在腦海裡的曲譜。手指在空中演練幾遍，拂一拂琴鍵上細簿的塵埃，試著重新彈奏。

佩嫻悄無聲息地站在房間門外時，予善已經練習了很多遍。佩嫻端著溫水，靠著門框邊，靜靜聽著裡面的曲調，來自這架久未開封的電鋼琴。多久了，從它上一次被愉悅地彈奏著各式各樣歡快的曲子，上一次被它的主人認真擦拭，一年一年，不願計算。此刻坐在鋼琴椅上的女生，稍短一些的黑髮，也喜歡散落著披在胸前，也喜歡一個人走路，也喜歡時時照顧佩嫻的性格，打掃家裡，不亂動她的東西，也有一顆單純無害的心，會因為男生的體貼而去追隨與相信。

窗外的暖黃燈光照進予善的房間，好像夕陽餘暉般帶著溫度。光束裡的絲絲塵埃上下飄動。那音調節奏一定是帶著魔力般，連塵埃都不願落下，慢慢遊蕩著聽這大陸女生唱著遙遠的歌謠。她踏著每一個音符，輕輕搖晃著頭：

長亭外，古道邊，芳草碧連天

晚風拂柳笛聲殘，夕陽山外山

天之涯，地之角，知交半零落

一壺濁酒盡餘歡，今宵別夢寒

長亭外，古道邊，芳草碧連天

問君此去幾時還，來時莫徘徊

天之涯，地之角，知交半零落

一壺濁酒盡餘歡，今宵別夢寒

　　這歌謠是哪個天邊來的，有夕陽，有古道，有天之涯地之角，好像詩人訴說的遠方的故事，走在山的那一邊，縱然想念於心，卻不問歸期。台灣女作家林海音曾在她的《城南舊事》中兩次提到〈送別〉，但很多台灣年輕人只知詞而未曾聽過它的旋律。第一次聽到這樣悠揚安寧的曲調，配以芳草漫漫之天地的歌詞，尤為動容。

　　停下的同時，予善發覺門外的一點點動靜。她收回彈琴的手，看到佩嫻倚在門邊，有些局促地站起來，小心蓋上琴蓋。

　　「不好意思。我不是故意要動你的琴。我只是……」

　　「不是故意，難道是不小心？」看到予善緊張的樣子，佩嫻咧開嘴笑了起來。她走進房間，到鋼琴旁邊重新打開琴蓋，若有所思地撫摸了片刻。

　　「好好聽。」佩嫻轉向她。

　　「〈送別〉，我一直很喜歡的一首。」

　　「以前只知道詞，今天第一次聽到曲。送別，嗯，為什麼送別呢，怎麼送別？」佩嫻自言自語了一會兒，「教我唱可以嗎？」

予善坐回椅子上，重新彈奏起來。

「長亭外，古道邊，芳草碧連天……」久別的電鋼琴裡傳來的新旋律，佩嫻認真地看著聽著，像是聽著從前某個年代的懷念思緒，告訴她有關重逢的欣喜，終有一天每個人都會再相見，不再言語從前的送別離愁，回來的腳步快一些吧，莫徘徊。

她口中跟著予善一起哼唱，在予善專注彈奏時，悄悄地，落下一滴淚。

記憶中會有這樣極其平和的一刻，哽咽進喉嚨裡的想念，在長一句短一句的唱詞中，像是籠罩夕陽的塵埃霧靄，填進佩嫻常年遺落的空白。台北初夏的氤氳黃昏，今宵別夢寒。

嚴宇凡悄悄來找予善一起買生日蛋糕時，予善才意識到還沒問起過室友的生日。七月末的獅子座，看上去很符合佩嫻的個性。

那日是週末，下午佩嫻出去辦事，予善和宇凡在店中打理。晚些時候客人少了，宇凡去101附近的商場提生日蛋糕，白色奶油作底的六寸蛋糕，週邊一圈鑲著玫瑰花瓣，極其精緻好看。

天黑了，客人也漸漸走光了，快速麻利地做好了清潔。他們騰出靠裡面的一張桌子，鋪上乾淨的桌布，蛋糕擺在正中間，放上三個酒杯和一瓶紅酒，準備好蠟燭，等主人公回來。

一個小時，兩個小時。予善和宇凡從一開始圍坐著討論慶祝生日的祝詞和可實行的驚喜，到久久等待後的百無聊賴，四目相對不知再聊什麼。看著店外的街道人們越來越少，始終沒有佩嫻的身影。宇凡開始撥打佩嫻的電話，無人接聽。他們開始擔心起來，走到店外張望。

　　幸好，接近午夜時分，佩嫻踱著慢悠悠的步子從寂寥的街角那邊走來。宇凡急忙跑回店裡點蠟燭，關燈。而予善一時間有些沒好氣地責問她如何這麼晚才回，且不接聽電話。佩嫻沒說話，聽著予善的嘮叨走進店裡。

　　燭光被開門時的一陣微風吹得微微搖晃，宇凡唱著生日快樂歌迎接她們進門。予善收起嘮叨的姿態，也跟著唱了起來，拉壽星到桌邊坐下。

　　「你不會忘了今天是你的生日吧？好大牌的壽星。」予善認真地看著她。

　　「有事耽擱了吧可能。幸好還沒過十二點，快許願喔！」宇凡的目光如燭光般溫暖無邪。

　　可佩嫻始終都沒說話，微笑看著一桌的溫馨，一身疲憊的樣子。暖黃的燭光在她的眼睛裡搖啊搖，眼眸變得比燭光還亮。

　　「謝謝你們。」佩嫻說完雙手握在胸前，閉上眼睛開始許願。不知她心裡在祈求著什麼美好的願望，一字一句認真地表達。足足有幾分鐘，她的眼睛微微顫動，淌出淚水，流下臉龐。

　　這應是予善第一次看到佩嫻落淚，一時間有些驚詫。她輕輕問了句「你怎麼了？」

　　「沒有啦，很感動你們這麼晚還在等我慶生。」佩嫻抹掉眼淚揚出笑靨。

　　「那你剛剛這麼久都許了什麼願？」予善又問。

　　「許願不能講啦。」宇凡哈哈地回應。

　　打開燈，進行著生日的每一個小步驟。壽星一直微笑著聽候兩人的差遣，要怎麼切蛋糕，怎麼分配。一起舉杯，聽著酒杯碰撞的清脆聲響，祝願佩嫻人生的第二十六週年可以開心快樂。

宇凡大口地飲盡滿杯的紅酒，定了定神，起身走進廚房，不知從何處捧出一束鮮紅的玫瑰，走回到桌邊，顯得緊張又篤定。予善完全不知情這個安排，和佩嫻一樣也很是詫異。

「這麼多年，我相信你心中也很明瞭，只是一直不敢開口問你，不敢和你說。但今天想了很久，我也……我也想做我一直想做的事。佩嫻，你願意和我……在一起嗎？我們可以在一起嗎？」

嚴宇凡雙手捧著玫瑰花束，舉向佩嫻。於是空氣就這樣凝固了，時間就這樣靜止了。等待回答的嚴宇凡，不知如何作答的佩嫻，和很想離場的予善。佩嫻低下頭怔怔看著蛋糕不言語，手裡拿著的塑膠勺子還嵌在吃了一半的蛋糕裡。玫瑰的剪影倒映在桌上，佩嫻稍稍皺著眉，另一只手輕輕扶著眉心。

「我知道我真的很普通，無趣、木訥，還是個單身爸爸。但我會照顧家庭，會努力給你幸福。我願意順應你的個性，你有你的喜好和才華，你可以去做任何你喜歡的事，我會支持你，我和漫漫都會一直支持你。」宇凡繼續道，聲線裡有一些壓制的激動，輕微的顫抖與喘息。

佩嫻放下拿著勺子的手，頭往下更低了一些。

予善往後小心拉動著椅子，想退出這個尷尬的局面。

「你去哪？」被佩嫻叫住。

「去……廚房拿點東西。」

「坐下。」佩嫻拉她回座位，又囁嚅道，「宇凡……」

她叫了一聲他的名字，好像嘴邊的話被咀嚼了很多遍，不知要怎麼吐露出來。

「宇凡……我以為，我們早就有這個默契了。」佩嫻沒有看他們，把最後一口蛋糕送進嘴裡，站起身踱向店門。

她背對著兩人走進外面的街巷裡，滿臉是淚。

希希麵店裡蕭靜一片，嚴宇凡收回捧著花束的手，呆滯地坐回椅子裡。

「我早該知道的。」他說。

予善沒有回應，揀了幾個髒盤子勺子便回了廚房。

吳興街的夏日深夜，佩嫻拖著懶散的步子，一個人走回家。她忽然覺得生活開始複雜，彷彿再平靜的湖水，也有底下巨大的躁動漩渦，總會適時先給你一點漣漪。那個漣漪裡，可能會出現懷念的臉龐，可能會出現她不想將其攪進的，無辜的人。

那天以後，佩嫻開始調整店裡的人員安排，她去店裡的時間和頻率都少了一些。不似從前忙碌，很多時候開始在家畫畫或休息，她說要工作和生活平衡，也告誡予善應該多一點時間給自己。

同樣的，嚴宇凡來店裡的次數也減少了許多，心照不宣。有時候佩嫻在店裡會知覺到這種小小的斷層，曾經已經習慣的人和事物忽然消失了身影，才會發覺習慣的可怕，才會真的感知到那種存在。有次做事時翻到廚房櫃子後面的兩片乾枯花瓣，想來是那日宇凡藏花的地方。可是又能怎樣呢，無論如何，好像玻璃兩側的兩個人，看得見、聽得見對方，他會對你微笑，關心你的一切好不好；可你知道你的這一邊，彌漫的不一定是幸福光明的氣息，你也希望，他的那一邊，會出現一個溫柔善良的女生，填充他本就該明亮的世界。

他是珍貴的，但不屬於這一邊。

佩嫻沒有提起關於嚴宇凡的事，聽到店裡員工閒聊起，也不動聲色。她偶爾望望門外，沒有嚴宇凡，有時候望來的也只是陸柏

承，就繼續自己的事。

　　漫漫來店裡買麵食，佩嫻就知道宇凡一定在附近。她問漫漫為什麼爸爸不自己來買，漫漫說，「爸爸說怕打擾你。」

　　「漫漫，可不可以幫老師一個忙？去告訴爸爸，如果麵店很忙，爸爸又不願意來幫忙，老師會生氣。」佩嫻把食物給漂亮的小女生拿好，撫著她的頭髮說。從前教小朋友畫畫時候的稱謂，一直延續著。

　　「那我也可以繼續來麵店幫忙嗎？」

　　「漫漫，老師每天都在等你來啊。爸爸說的『打擾』，是他說得不對。」

　　「嗯！爸爸很笨耶！」漫漫天真地大笑起來。

　　「對不起，如果給你帶來了困擾，我很抱歉。但我和漫漫都願意一直做希希麵店的客人，如果你還願意的話。」晚間，宇凡傳來訊息。

　　「如果你總是喜歡這樣客氣，我真的會覺得困擾。我以為我們會一直有默契。」

　　「是，我懂。」

　　之後的宇凡漸漸回到麵店，回到從前一樣。予善看在眼裡，猜想這是一種怎樣的心境，從此在彼此心中都存在著一個被揭開過面紗的「相見」時刻，又重新被覆蓋上，那層褶皺應該很難被撫平吧。可能是這樣互相知曉但逼著不說的「默契」感，才得以維持很久很久，直到一方離去，這根「默契」的弦才會緊繃而斷，而結束。佩嫻在「享受」著這種感覺嗎？被陪伴，被關懷，可她也許從

未對他動過一點點的心。

　　陸柏承在店裡和予善商量一同旅行的事，計畫乘高鐵去墾丁。工作機構和麵店裡的假期都安排好後，他們便簡單收拾出發了。

　　夏日的台灣著實炎熱，陸柏承在路上會時不時為予善扇扇子，遞紙巾和瓶裝水。墾丁位於台灣南端的恒春半島，魏德勝導演的《海角七號》就在這裡拍攝。陽光、沙灘、藍天、海水、椰子樹，一切海島的生活氣息就像那裡的熱浪一般撲面而來。他們租了一台機車，行駛在海邊的公路上，椰子樹一棵棵往後跑去，海浪的聲響穿透鹹膩的空氣從不遠處傳來。這是予善第一次感覺到，與大海、與藍天，行走在同一個平行面上，這是所謂山那邊的生活，可以看見更遠的天空與世界。

　　恒春半島上氣候炎熱，種植著很多熱帶作物。柏承說，有時候不了解的話，會分不清檳榔樹和椰子樹。他給她講「檳榔西施」的意思，她給他講上海有些火鍋可以用椰子水作湯底。他仔細聽著墾丁夜市大街上有哪些遊客說話是大陸口音，然後告訴她「你的老鄉在這裡」，她告訴他大陸地大人多，江南的相鄰村落之間都會有著不同的方言。他要給她買遊客食品鳳梨酥，她說她早就決定最愛的是芋頭酥。他說在墾丁可以到達台灣的最南端，她說她此刻可以站在巴士海峽的海岸上，已經知足。

　　鵝鑾鼻的燈塔，森林裡的短徒步，以及墾丁到處的椰林樹影、海邊公路，無不熱情訴說著台灣島嶼的另一種典型生活，靠海吃海，視大海為生命的一部分。柏承在手機上查到一個人煙不多的小路上的海產店，不惜騎長路前往嘗鮮。予善坐在後座上歡樂洋溢，一路上唱著「陽光、沙灘、海浪、仙人掌，還有一位老船長！」柏

承笑著，扯著嗓門和她說，「這裡不是澎湖灣啦！」

　　予善最喜歡的墾丁時光都在這海岸公路的機車路途上，海風迎面吹來，有各種各樣的味道，雖然有時嗆得人無法好好說話，全身皆是黏黏的鹹味，但那種在寬敞的椰林路上時而超過汽車的快感，簡直超過所有度假生活的期待。她的手環著柏承的腰，男生在路上車少的時候，用右手去握著女生的右手，輕輕放到機車的把手上，一字一句頓著說：「你來開！」予善抓著那刺激的時刻，一點點轉動著把手加快了速度，還小心地左右移動控制方向，安全頭盔裡的髮絲都飛了起來，她覺得這可能就是在陸地飛翔的感覺吧。

　　吃完連名字都無法記住的海產菜，他們在公路邊隨意停下，走下大片的海礁地看落日。落日驕陽似火，緩慢移動著去觸碰海平線，是要落入海洋中去嗎？那邊的天空飄滿了被燒過的大片雲朵，畫面被全部拼接在一起，似要互相浸染，成為這一日落幕前最最壯麗的色彩屏障。遠處一艘船緩緩駛過，不知有多遠，所以無法判斷是多大的船，漸漸駛進落日餘暉中，巨大的紅豔光影溫柔照拂，護送著人類用來作業生存的辛勤船隻繼續駛向生活的前方。美輪美奐的一幕，是大自然與普通人和諧共生的讚頌。這大概不是每個地方都能創造的景色。

　　「落霞與孤雁齊飛，秋水共長天一色。」予善心裡想，我是那個孤雁。

　　她用相機上上下下地拍著這一幕，美得令人不忍多說話。柏承則坐在一旁的礁石上，擺弄著手機，手指靈敏地快速打著字。予善提醒他快趁日落結束前多看一眼大海，柏承應和著笑了笑，示意著手機，抱怨了一句工作煩雜。

　　晚間的墾丁除了滿大街的夜市小吃，還有寧靜但沒有燈光的海邊，柏承說，在那裡可以看「無光害星海」。看星星最好的地方就是大海上，沒有一絲的光學汙染，給了星空最純淨的視野空間，呈現它最美最亮的星辰燦爛。柏承載著予善往夜市的那一頭一直駛去，越來越遠，公路上開始沒有一點路燈，所有的光線來源只有星星和月亮。不知騎了多久，在一片沒有修飾過的海邊區域停下，兩旁是叢生雜草，好像還種了一些農作物，但看不清到底是什麼。

　　柏承牽著女生的手，慢慢走到空地上。空地周圍的植物不多，以免有蛇的出入。他們席地躺下，讓整個星空盡收眼裡。

　　海浪一階一階拍打岸邊，大多數時候都力度強大，高分貝的浪花聲響在極其寧靜的夜晚郊外格外明朗，甚至要蒙上耳朵。海風強勁的時候，岸邊的作物田地沙沙作響，和著大海的聲音，自顧自地打著有致的節拍。

　　予善望著滿目的星光，從這邊到那邊，尋找著北斗七星和北極星。夜空晴朗，她想著，已經很多年沒有看過這樣的夜空了，有和小時候一樣數不清的星星，還有著找特殊行星的心情。「無光害星海」，這名字取得，很是奢侈。

　　她輕輕閉上眼睛，從一片帶著亮閃閃的黑暗視野到另一片完整的黑色，耳朵裡聽到的音色變得更純粹一些，來自大自然的種種聲響交錯傳來，是最美妙的音樂。哪怕這樣睡著也沒有關係吧？在放空思想的這些時光，她願意什麼都不想，做個一身俐落、沒有過往的人，沒有從前用作懷念，沒有未來用作期許，成為一個「當下」的人。

　　可這樣的幾秒過後，哪怕腦海中不去想起，眼睛裡都會浮現出那個人的身影樣貌，始終不曾忘懷過的人。這一刻太過寧靜，那被

懷念的人，就這樣沒道理地從記憶的河流裡被再次撈起。她愣愣地直視著星空，此刻的他也能看到這些星辰嗎？

予善與柏承並排躺著，沒有什麼對話，沒有打破大自然面前的靜謐與沉默。許久之後予善起身，看看身邊的柏承，黑暗裡，他的臉被手機的螢幕照亮，他還是忙著不停打字。這麼晚的工作著實煞風景。予善心裡嘀咕了一句。

幾天的旅行接近尾聲，他們還了機車，和民宿老闆道了別。上了去往高鐵站的大巴士，最後一次經過海邊公路，這裡的椰林樹影，水清沙白，是墾丁留給每一位造訪客人的美好禮物。不管再怎麼商業改造，恒春的淳樸氣質從不曾真正改變，樹還是能長出真正椰子的樹，海還是那片鹹味的海。這是台灣給予善的又一份饋贈。

火車站放映著有關台鐵便當的廣告，講著台鐵便當從前的故事，那些阿嬤阿伯幾十年如一日，傾注了情感製作的台鐵便當，是老一輩習慣穿梭於城市間的台灣人的共同記憶。他們買了一份，味美價廉。

柏承應該是很疲倦了，在晃晃悠悠的回程高鐵上，慢慢睡著了。予善幫他拿掉手裡的東西放在小桌板上，往那邊挪了挪，讓他睡著的身體有個依靠。

從台灣南端一直北上的列車，車窗放映著台灣漸變的地理景致，像小電影的倒退播放。南北穿越的時長其實和浙江家鄉到上海差不多，卻會因為島嶼的關係，有一點點長途跋涉的錯覺。予善翻看著隨身攜帶的書，白先勇先生的《台北人》，讀著那個年代飄洋過海來台灣的大陸人們。

　　她對著手機螢幕發呆時，列車已行駛將近一小時，一半的路程。社交軟體上忽然傳來陌生人的訊息和圖片，一條接一條，還在不停地刷新。她沒有回復，看著跳動的螢幕畫面一幀幀閃爍，像生銹的尖刀一般傷人又噁心。

　　「你就是那個跟陸柏承去墾丁的大陸人，」

　　「你知道他剛跟我睡完嗎？」

　　「他在我面前都是男友的身分，」

　　「是不是覺得他很體貼很會照顧人？」

　　「你是傻還是賤？」

　　「我就覺得他行蹤不對勁，」

　　「我找了很久看到你ig上的墾丁照片，」

　　「你自己好好看清楚一點。」

　　緊接著是幾張陸柏承和這個女生的親昵圖片，看天氣和穿著，應該也是近期的。

　　予善重重地吞咽了一下，不自覺地慢慢磨動著牙齒，腦海裡和自己一字一句地說著，沒事，沒事。

　　她沒有回復對方，看了看身邊還在安靜睡著的男生。一樣的光滑皮膚，一樣的清秀眉眼，一樣的耳鬢碎髮，只是忽然覺得他身上像是籠罩了一層灰色的泥沙，讓人想立刻撇清抽離出這潭泥沼。她感到眼睛有些發熱，不停地想眨眼平復，讓自己一遍一遍有序地深呼吸，看看窗外和身邊的座位走道，依舊如常的一切。

　　「知道了。」她半晌回復了那女生一句。

　　對方依舊在不停地傳來訊息，時而情緒激動的發洩字眼，時而傷心落淚的委屈心情，以及告知了更多她和陸柏承之間的交往細節。予善無心仔細閱讀他們的故事，呆滯地望著前方的座椅靠背，

想著接下來該怎麼辦。

　　她將身體抽離了一下，柏承醒了過來，揉了揉眼睛，看看時間和前方到站。

　　「應該有一半路程了，」看到予善怔怔的摸樣，他邊擰水瓶蓋子邊問了一句，「怎麼了？」

　　「她找我。」她將刺眼的手機螢幕遞到他面前，眼神依舊向著前方。

　　陸柏承停下喝水的動作，一時語塞。他的驚詫不比予善少一星半點。

　　沉默裡彌漫著即將質問與解釋的前奏。只是予善一句也問不出口。

　　列車停靠在台中，人流開始移動。人們上上下下，刷新車廂座椅的乘客面孔。

　　予善忽的起身往車門跑去，幾乎是風一般地奔向車廂外，手裡只拿了一個手機。陸柏承還沒有反應過來，看著身旁的行李，連追出去的動作都僵在半空。車門正好關上了，列車開始行駛，柏承往窗外找尋著予善，卻只看到下車的一行乘客離去的身影。他重新坐好，頓了頓神，開始撥打予善的號碼。

　　跳下列車，發現自己置身於陌生的台中車站。她忽然覺得這裡好陌生，異鄉中的異鄉，始料未及的停留。手機裡是柏承的好幾個未接聽，接著是關切的訊息。她限制了他的號碼，不想增添更多的心煩意亂。她一點哭泣的衝動都沒有，胸口傳達出的空洞感，像是用竹籃一遍遍勤懇地打著水，到頭來都是一場空。是打水的人太愚蠢，還是虛假的竹籃蒙蔽了人的雙眼。

　　沒有地方可去，她就這樣坐在月台的長椅上，身邊等待的乘客換了一批又一批，開往台北的列車走了一輛又一輛。天色漸暗，她全身上下只有一部手機。到底要繼續坐在這裡做什麼呢？很久以後回過神，她頓時覺得好想好想回家。

　　「喂，佩嫻，你來接我好嗎？」

　　是在說了這第一句話之後，才覺得這一切的荒唐和委屈。開始遏制不住的哭腔，斷斷續續的咳嗽，以及為避讓周圍來往乘客的時而閃躲。她碎片式地告訴佩嫻收到的訊息和圖片，告訴她在陌生車站的茫然與求助。

　　又呆坐了幾個小時，直到佩嫻出現在眼前。予善看到她，瞬間低下頭，用手輕掩面頰哭泣起來。

　　佩嫻走過來輕輕擁抱。

　　「沒關係。回家。」

　　溽熱的台灣夏日，在夜間蒸騰著白天遺留的陽光熱氣。佩嫻開著車，往台北方向行駛。予善慵懶地靠在椅背上，百無聊賴地數著向後移動的路燈。

　　下起了大雨，四周漸漸茫茫一片。予善覺得有一種倉皇而逃的落敗感，不知為何。

　　「如果你想告訴我，我會認真聽。」佩嫻說。

　　半晌，予善思索著要怎麼訴說。她不願一個人吞噬著困惑與羞辱的感受，寧願說給佩嫻聽。

　　「那個女生找到我的ig帳號，給我傳了很多訊息和他們的照片。你覺得，我算是第三者嗎？」

　　「你覺得呢？」

「我覺得⋯⋯我覺得我很蠢。」

「很多女生都太容易相信別人。給你一點體貼、一點浪漫，就會讓你以為他騎著白馬只為你而來。可是他騎得了白馬，他一路遇到的就不會只有你一個人。你怎麼會是第三者，你可能已經是第四第五者了。」

「我一直以為，或者是讓自己以為，我是個理智的人。愚蠢的女生才會整日為戀愛小事難過傷神，沉迷於男生給的那些所謂的關懷體貼。不好的事情就必須撇開，要為自己負責，要做有腦子的人。」

「然後呢？」

「然後才發現，我相反是個極其軟弱的人。」

「你不是十八歲就一個人出國念書嗎，這麼多年一個人生活，應該是個極其堅強的人吧。」

「生活的事，我都可以自己搞定。只是一旦觸及情感，無論是親情友情愛情，我都會變得軟弱，無論多少次，都不堪一擊。」

「獨自生活久了，對心理脆弱的體會就會變得更強烈。」

「有一年冬天，我在瑞典的一戶丹麥人家中做互惠生，就是那種平時上課，課餘為他們家打掃衛生照顧小孩的工作。那時我十九歲，住在他們的地下室，地下室沒有暖氣，每天睡覺都覺得好冷。那時雖然學會了做家事，但他們家的四個小孩年齡都太小，加上語言障礙，每天清晨我都沒辦法像他們的媽媽那樣，順利幫每個孩子起床穿衣。丹麥媽媽對這一點很介意，覺得我沒有做好自己的工作。

有一天早晨，我六點多起床後開始打掃衛生，剛做完沒多久，丹麥媽媽走過來遞給我一封信。我有些不解，看到信封裡的白紙上寫著，『請在今天中午前離開我們家』。我一下子愣住了，但馬上

反應過來是因為我不會照顧小孩的原因。我很平靜地說了聲OK，放好東西就去地下室收拾行李了。

　　我拉著行李箱準備離開，丹麥媽媽可能在最後一刻覺得有些不好意思，問了我一句要不要吃了早餐再走，我說不用了謝謝，便走出了大門。你知道那時瑞典的天氣嗎？每天都是鵝毛大雪，清掃門前積雪都是我的工作之一。我站在瑞典的大雪天裡，冷得拿不了手機，卻也只是覺得自己就這樣被趕出家門，有點倒楣而已，甚至都沒有感到委屈。我立馬打了電話給朋友，求助收留幾天，然後馬上開始找新的房子。

　　這樣的事，你覺得夠辛酸和不幸嗎？在我現在看來，應該是很艱難的一段時間，可我從沒覺得委屈難過，因為我對那家人並沒有情感牽連，他們的行為傷害不到我的內心，這對我來說就不是個挫折或者困難。

　　可是一個人念書生活的時光，每當在國內的媽媽不接電話，我就會擔心得團團轉，坐立不安；每當那時的男友有一點點敷衍的話語，我就會胡思亂想，心情糟糕。這幾年我變得更加心理脆弱，有任何情感的風吹草動，我都會感到巨大的心理壓力。我才開始意識到，原來獨自生活的歷練，並沒有想像當中的成功。人人都以為我獨立堅強，對任何事情都得心應手，其實只有我自己知道，我開始變得脆弱，心理上的無助，沒有辦法解釋。」

　　「那麼對於陸柏承，你需要多久恢復？」佩嫻靜靜聽完，留了一些沉默片刻，問她。

　　「我不知道，我希望不會太久。那是不好的事情，不好的事情就應該及時撇開，劃清界限，過回自己的生活。」

　　「你既然都懂，就盡力去做。但是以後，也別再讓『不好的事

情』輕易接近自己，更別被他們白白傷害。」

「那我該怎麼做？」

「首先，想哭就大哭一場。然後，讓自己重新快樂起來，遠離他們，也遠離他們帶來的負面影響。」

「希望如此吧。我時常會因為自己的軟弱而自卑。有時候覺得自己沒用，糟糕透了。」

「如果你總是這樣苛責自己，你會越來越軟弱，那才是真正的糟糕透了。」

「謝謝你佩嫻，來帶我回家。」予善轉過去看看佩嫻開車的樣子，大雨在窗玻璃上一陣一陣刷著。

「那不然呢，大陸室友離奇失蹤，我可不想上新聞。」

雨勢沒有減小，但離台北的家越來越近。可以回家洗個澡倒頭就睡，真是此刻最期待的事了。

陸柏承沒有再來過希希麵店。他只能試著傳簡訊，說要把行李交給她，並說「對不起」。予善偶爾去查看他傳來的訊息，沒有立即回復。

說起行李的事，予善想要不就讓他寄來家裡。佩嫻則說，「我去替你取回就好。」

她不明白為什麼佩嫻一定要親自去取，但拗不過她的堅持，給了地址，心裡卻有一絲不知所謂的不安感。她囑咐佩嫻拿了東西就走，不要質問太多，不要和他牽扯。

接下來的時光，予善開始覺得十分難熬，無精打采、渾渾噩噩地數著每分每秒。她極強的回憶體能就像被安裝了嶄新電池的機

器，不可控制地爆發起來。這種體會那麼熟悉，似舊病復發的折磨，完全瞭解這個痛苦的過程習慣，但更多的是不願重新經歷一遍，卻無法控制。剛剛度過的每一幕，台北的機車、大橋的歌聲、大海的鹹味、星光的耀眼、椰林的微風，已經無法判斷它們是真實還是虛幻，是美好還是糜爛。

　　週末的白天空閒時，佩嫻準備出發，與衝進店裡的女生撞個滿懷。女生快步進門，走到櫃檯向後廚大喊。
　　「那個大陸女生是在這裡嗎？那個姓陳的大陸人！」
　　予善從後廚走出來，認出眼前的女生，是在ig上找到她的那位，是照片裡與陸柏承手牽手的那位。台灣女生也認出了予善。
　　「你少在這裡亂喊，要鬧的話請你出去。」佩嫻也快步走過來拉開女生。
　　女生沒有理會，直直地指著予善，眼睛泛紅，噴出淚花來。
　　「他有說過我是她女友！那你又是誰！你為什麼要和他旅行，為什麼要介入別人的關係！大陸來的就可以做不要臉的事嗎！」
　　「是不是他女友你自己都說不清？！已經警告過你不要在這裡亂喊亂叫！現在請你馬上出去！」沒等予善開口，佩嫻也回應以厲聲呵斥，拉著她的手臂往門外走，並讓予善進廚房回避。
　　女生掙脫佩嫻的拖曳。
　　「你還知道躲起來？是不是也覺得自己很丟臉？你出來啊，你敢出來說清楚嘛？！」
　　「我警告你不要在這裡亂講話！」幸好店裡已沒幾個客人，佩嫻使出更大的力氣把她拉出了門外。聽得出，這個女生自己都無法自信地說明他們的戀愛關係，一廂情願地在另一個女生面前討要自

己的位置。佩嫻等她平靜了一些，掏出紙巾給她擦淚。

「這位小姐，先把你們自己的關係理清楚，想想到底有沒有資格去質問別人。還有，口口聲聲大陸人地辱罵別人不要臉，你是在丟台灣人的臉吧。你現在最好還是回家洗個臉，冷靜一點再想想到底該去質問誰。」

女生走後，予善躲在後廚的裡間角落，在牆角蹲下，掩面而泣。為什麼會有這樣不堪的一幕，是誰做錯了，要受這樣的責問？又是誰太蠢，將自己置於如此的境地。她總是把責任往自己身上攬，外面的世界充滿虛假與傷害的事物，可為什麼偏偏是她，如此容易涉足欺騙。自己的蠢大於別人的壞。

佩嫻驅車前往陸柏承的家取行李。

豪華公寓社區的大門前，有穿著講究的迎賓指揮車輛進出，大理石鋪就的大廳有日日換新的巨型新鮮花束。被公寓保全詢問了一下，她找了個藉口上了電梯。

11層的電梯門打開，擺放整齊的一排男鞋，靠大門處是兩個大型實木書櫃，被各種文學與地理歷史書籍填塞得滿滿當當，其間不乏各種昂貴的典藏版全套學術藏書。這是整層式酒店服務型豪華公寓，通常每家人都會將門口的獨屬區域也裝飾得整潔得體。儼然是富貴書香門第的樣子，養育了生性風流的公子哥。

大門虛掩著，佩嫻去按了按門鈴。

陸柏承光著腳走過來開門，看到佩嫻，立即讓她稍等去取予善的包和行李。他沉默地把所有東西遞過去，沒有正視佩嫻的臉一眼。

拿過行李，佩嫻銳利的目光刺向眼前的男生，他始終沒有抬頭

回應什麼。

　　她轉身準備離開。陸柏承在她按下電梯指示燈之前問道，「予善還好嗎？」

　　「你覺得呢？」佩嫻停下按鍵的手。

　　「抱歉，我沒有想傷害她。」

　　「你想不想，不是重點。重點是她現在過不好自己的正常生活。」

　　「我能做什麼嗎？」

　　「你最好就在家自責，吃素、念經、禱告，然後放過所有善良的女生。」

　　「有必要說得那麼誇張？」

　　「所以你是覺得自己並沒有我們想得那麼混蛋是不是？」

　　「我從頭到尾都沒有碰過她的身體。」

　　「所以呢？就可以允許你那所謂的『女友』衝到我們店裡來罵她不要臉？」

　　「什麼時候的事？是盧曉雅嗎？她為什麼說是我女友？只是朋友吧。」

　　「呵，又是朋友。你們之間可笑的事，我們沒有興趣知道！我只知道你傷害了陳予善，你最好在家自責。」

　　「可是我從來都沒和她告白過，也從來沒說過我們正式在一起啊。」

　　佩嫻狠狠地瞪著陸柏承的眼睛，最後一句話何以被說得如此理所當然，難道如此就可以抹煞所有的過錯？

　　「你的意思是，陳予善自作多情，明明只是普通朋友，卻對你用情太多？你帶她看夜景，和她旅行，做了所有情侶之間的事，就

因為你沒有告白過，沒有和她上床，你就沒有任何責任，都是她一廂情願嗎？！」

陸柏承沉默了。

佩嫻重新按下電梯下行鍵。

「可她也是成年人，也不用總是抱著一顆少女心吧。相處在一起開心不是更重要嗎？和我出去，我對她也很好啊，該給的關心我都有做到啊。況且我們真的沒有上過床，你到底覺得她損失了什麼呢？」電梯快到時，男生重新辯解一番。

「陸柏承，你是完全不覺得自己有錯是嗎？！」

「有沒有錯又與你有什麼關係啦！你是她的誰？又有什麼資格來我家裡指責我！」

陸柏承的話音如重錘般落地，門廳裡隱約飄蕩著小聲的話語回音。佩嫻一只腳剛要踏進電梯，在回音的彌漫漩渦裡緊緊閉了下雙眼，心裡的憤懣湧上胸口，猛然回身，落下手上的行李包，大跨步到高大的書櫃前，用盡全身的氣力將一排排書籍掃落倒地。她使勁地破壞著眼前的一切物體，將一本本書砸落到精緻昂貴的地毯上，踢翻書櫃邊的花盆，踢亂擺放成一排的鞋子。陸柏承上前阻止，口中大叫著「你是不是瘋了！」佩嫻只一意發洩她的怒火，用力地推開男生，於是扭打成一團。

她始終沒有轉向陸柏承，沒有咬牙切齒地狠狠扇他兩個耳光，因為她還清楚這只是陸柏承。她的手重重地拿起門廳裡能夠觸及的各種物品，歇斯底裡地往地上、往牆上砸去。到底為什麼要造成這些傷害，到底為什麼都是她和她身邊的人來承擔後果！她不顧一切地撞擊著這些沒有生命的東西，此刻的痛彷彿是承接著彼時的無望，重新再「報復」一次，也無法改變任何事實了。

　　她太累了，靠在亂成一團的書櫃上，用手蒙住臉頰，尖銳而小聲地喘起來。她頭髮散亂，衣服由於太多的書籍滑落碰撞，有著撕扯的痕跡。她知道，心裡的恨，並不能因破壞與肢體衝突有所緩解，多的只是無可奈何。

　　陸柏承的反抗也讓他氣喘籲籲，不住地對佩嫻叫喊著「你發什麼神經！發什麼神經！」

　　樓上的鄰居聽到巨大的動靜立即下樓來看看情況。有人報了警，有人幫忙抓住這個狼狽不堪的肇事者，雖然她已累到不想再掙脫。他們質問著佩嫻為何如此野蠻發瘋，一個女生在別人家囂張打砸。她沒有回應一句，整整頭髮和衣服，只一味盯著陸柏承。鄰居開始七嘴八舌地詢問二人，都問不出個所以然來，直到警察來帶走他們，才漸漸散去。佩嫻在被帶走時，請求拿好予善的行李包。

　　門廳裡一片狼藉。撕破的書頁，分離的泥土與植物，到處流落的雜物交錯著。夕陽的餘暉很快從西面的窗戶照射進來，像烘托著雙雙落敗的戰地殘景，是佩嫻心中一地的陳年荒草。

　　在警察局被訊問的過程裡，佩嫻都無法好好說話。

　　這個夜晚，在執法人員聚集的地方，她不是作為控訴者，而是作為被訊問的對象坐在這裡。她想起多年前的深夜，無風無雨，她也是這樣歇斯底裡地對著自己大聲哭喊，劃破小城的夜空。他們輾轉反側，卻找不到她疾呼控訴的人……

　　她抹掉臉上的淚痕，隨即又不自主地流下來。她關心予善，有如多年前的關切在意一般。

　　「你先別哭，有些問題還是需要你回答。」警官坐在她對面，隨意地用筆敲著桌面。

　　佩嫻再次抹掉眼淚，清清嗓子，卻也還是不說話。

　　「要不先給你倒杯水。不管怎麼說，你私自闖進別人家還砸壞了財物⋯⋯」

　　「對不起。」

　　「現在不是說對不起啦。你們的關係，為什麼發生衝突⋯⋯」

　　⋯⋯

　　僵持耗費了好多時間精力，警官開始失去耐心，將她暫時擱置。他們來向柏承詢問情況，同樣是支支吾吾說不清楚。他在意的不是門廳裡的物品砸毀，他擔心的是要怎麼向馬上趕來警察局的父親解釋。

　　父親趕到，陸柏承開始誠惶誠恐。警官問不出的東西，在警局門口，在父親的嚴厲責問下全盤托出，不敢有一句謊話與狡辯。知子莫若父，縱然隱瞞撒謊，被威嚴鼎立的父親拆穿便是更嚴重的後果。

　　陸先生是台灣小有名氣的文化學者，早年開始研究兩岸關係歷史與文化交流。他家境殷實，與妻子離異後，便和獨子陸柏承居住在台北的這間豪華公寓裡。也許正是這樣無憂的家庭條件，使得翩翩公子哥的習性無所顧忌。

　　柏承交代了自己的過錯，低頭不語。陸先生想起方才回家看到的狼籍一片，就猜測是這混小子闖了什麼禍端。看著眼前噤若寒蟬的兒子，覺得自己的臉被丟盡，至少在鄰居和一堆警官們面前，哪怕他們還未明白真相，也感到顏面盡失。子不教，父之過。

　　「頭抬起來。」語調平穩又擲地有聲的一句。

　　啪！一個耳光重重地甩了過去。

　　「這一巴掌，打你不懂得什麼叫自重和尊重。」

佩嫻在座位上發呆，寧願此刻什麼也不要想。她不知道今晚的混亂會怎樣結束，看起來陸柏承的家庭是有社會地位的，她會被要求重金賠償嗎？她會被拘留於此嗎？予善在家是否安好，她和嚴宇凡還不知道事情的發生。

過了不知多久，警官走進來和她說，林佩嫻，你可以走了。

陸柏承的父親瞭解了情況之後，與警察局商討周旋，不會追究佩嫻的責任，讓她回家，也希望事情到此結束。

「林小姐，我替我的小孩和您，還有您的朋友道歉。我不知道我還可以為您的朋友做些什麼，但我自己的小孩，我以後會管教好。」陸先生看到佩嫻出來，便走過去，像一個學校裡做錯事的孩子家長，向另一個孩子的家長謙虛致歉。

佩嫻看了一眼陸先生，又看了看站在遠處牆角的陸柏承。

「就讓他別再打擾我的朋友，」她說完又想了想，繼續道，「還有，不好意思，你們的財物損失我會賠償。」

「那是小事了。只是你們年輕人，往後任何事情都儘量不要衝動。」

佩嫻拖著疲憊的身體，拿好予善的行李包，步履沉重地走出警局大門。

予善始終在心神不寧地等待佩嫻回家，一直到天黑，嚴宇凡陪予善一起打掃衛生和打烊。像先前佩嫻的生日那天一樣，將近深夜，她才慢慢悠悠地回到店裡，一臉倦容。

看到佩嫻有些凌亂的頭髮和弄髒的衣服，還有手背上隱約的劃痕，他們上前急切地問她「怎麼了」。她把取回來的行李遞上前，坐在一旁的椅子上趴下休息，不作回答。

「佩嫻你快告訴我們到底發生了什麼？你這樣總是弄得我們很擔心。」予善輕輕推著她的手臂。

「我真的很累了，之後再說好嗎。」佩嫻依舊是趴著，不肯抬頭。

予善剛想繼續追問，被嚴宇凡攔住。

「好，那我問陸柏承吧。」予善去口袋掏手機。

「我沒有進他家，所以只是把他家的門廳給砸了。他們報了警，我就被帶走了。」佩嫻起身去倒水，簡略地和他們說。

「可是、可是我有說不要和他糾纏太多，拿了東西就可以離開啊。我很感謝你去幫我取回東西，可是沒有必要去破壞他家，沒有必要再和他有牽扯了佩嫻！」

「破壞他家？你也是警察嗎？要再審訊我一遍？」佩嫻回過頭看著予善。

「我……」

「還是你心疼了？」佩嫻放下手裡的水杯，徑直走向門外。和那日的情境那麼相似，她獨自走出店門，疲憊地回家，留下後面的兩個人不知所措。

予善不知道，佩嫻原本已準備離開，是陸柏承一番輕蔑的話讓她憤慨不已，才揮手砸向門廳；她不知道，佩嫻因此想起的往事，她砸毀的不僅僅是陸柏承的家，更是她從前無可置之的傷痛。

打開家門，台北上空的各種光束照進來，一切都沒有什麼改變，靜謐安好。佩嫻沒有開燈，坐到客廳窗邊的沙發一角，看著被照亮的少女油畫躺在一邊，怔怔地，展開一絲絲笑意。濃密的黑髮鋪滿畫卷，少女露著側臉，似笑非笑，好像害怕，好像期待。她用

手輕輕撫著墨黑的油彩，看見黑色裡暈染出的金色黃昏，倒映在大片的水田裡，夕陽正好，護著少女無憂地奔跑，在最好的青春裡肆意奔跑，跑進太陽裡，化成一束耀眼而永生的光。

她用力地抹掉馬上要落下的眼淚，眼睛感到一陣疼痛酸澀。她不喜歡這樣的狀態，這是最近這段時間，第幾次哭哭啼啼了。望著窗外的矮房屋頂，在月色裡沉沉睡去。

予善回到家，看見睡著的佩嫻，便也沒有開燈，拿來毯子幫她蓋上。她從佩嫻手裡輕輕抽出那幅畫，平一平微小的褶皺，端正地擺到一邊。她知道畫中的長髮少女，是一份回憶。雖不知道這是誰，有過怎樣美麗而逝去的過往，但佩嫻心裡因此而埋藏的傷痛，她隱約覺得自己可以瞭解。她想起佩嫻對她說的「你心疼了？」是心疼，心疼自己，心疼眼前這個外表那麼堅強的台灣女生，也默默感謝她肯為自己這樣大打出手。

接下來的日子，予善開始整日昏昏欲睡的狀態。每天早晨四點多就會醒來，拉開窗簾，放上緩慢的音樂，坐在床上對著外面的世界發呆，聽著樓下的街道從安靜的空氣裡漸漸傳來居民們開始新一天的聲響。台灣的傳統早餐和西式早餐各占一半，年輕人和中年人拿了自己偏好的那份，在不同的時間從街區出發去工作。老街的生活氣息總是更清晰生動地展開，予善在這樣的清晨會想，在同一個社區進行著的生活，也可以這樣千差萬別，從源頭上就開始分岔了個人定義。

到了平時該起床的時間，她去洗臉刷牙，簡單吃個早餐，帶個剩下的小麵包就出門上班去了。她成為第一個到達辦公室的員工，這樣就可以最早下班，也可以選個最最靠牆角的隱蔽座位。中午同

事開始吃午餐，她嚼完麵包，喝口水，就一個人趴在辦公桌上睡覺。午休時間結束，她坐起身子時會感到腰背酸痛，發現袖子上一片潮濕。趕快去洗個臉，整整衣服，在洗手間坐上好一會兒。一整天的恍惚，時而大腦放空，時而工作分神。所幸工作內容熟悉，除了拖遝了一些，沒有出太多錯誤。

下午五點還沒到，她便收拾了東西離開辦公室，很多同事都未注意她的來去。她腳步快速地去搭乘捷運，像金魚一樣穿過人群縫隙，小跑著回家。沖個澡，不吃一點東西，在六點多鐘天還是明亮的時候，拉起窗簾睡倒在床上，縱然肚子餓得開始難受，也只是使勁讓自己儘快睡著。她沒有和佩嫻請假，熱衷於將自己關在小房間裡，睡眠讓她可以暫時遠離無謂的胡思亂想。

這樣持續了很多天，連開口說話都覺得聲音沙啞，聲調升高。

週五下班後回到家，急匆匆躺下隔絕世界。睡了沒多久，響起了房間敲門聲。敲了兩遍，予善並沒有起身去開，佩嫻逕自推了門走了進來，手裡捧著一碗熱騰騰的湯粉乾，香氣撲鼻。

她坐起身來靠在枕頭上，無精打采的眼神，嘴唇乾澀，臉色憔悴，儼然是好多天作息不正常的樣子。她默默地看著佩嫻小心放下手裡的食物在她床頭邊，又在她身旁坐下。四目相對。

「就一直這樣下去嗎？」佩嫻開口道。

「就是很累，想睡覺。」予善回答，目光轉向那一碗溫暖的家鄉味，熱氣四溢。

「過了這個週末，下禮拜回店裡幫忙吧。」

「我覺得很累。」

「回店裡，每天給你做粉乾吃。否則以後我再也不做了。」

予善怨念地望了佩嫺一眼。

「你最近照過鏡子嗎？你知道你眼睛浮腫，臉色蒼白，很醜嗎？」

「那就醜吧，我不在意。」

「下禮拜回店裡幫我，否則我給你漲房租。」佩嫺站起來準備走出去。

「欸，也太過分！」予善對著佩嫺的背影喊了一句，房門被帶上了。

她端起身旁的粉乾，忽然間特別想家。小時候在祖父母家過暑假，住在隔壁的堂弟還有鄰村的小姑姑都來老屋裡玩耍，小姑姑和他們的年紀一般大，農村裡的人口增加會讓輩分和年齡模糊了界限。爺爺給他們紮好了捉知了的竹竿和捕捉袋，奶奶用草帽和毛巾幫他做好全副武裝防曬，正午最熱的時分，他們像野孩子一樣出去田野和山頭捉知了。到了四五點，奶奶到處叫著他們的名字回家吃晚飯，幾個小孩像打仗結束一樣回家來，拎著滿袋的知了，嘰嘰喳喳的響聲在耳邊可以說是震耳欲聾。一人一碗粉乾，予善最挑剔，一會兒說要炒的，一會兒說要涼拌的，奶奶都依著她再去廚房做。電視機前圍著幾個目不轉睛的孩子，手裡端著大碗粉乾看卡通片，這種情況下，一碗粉乾通常要一小時才能吃完，奶奶不知來催過幾遍也沒人回應。

夏夜的南方特別炎熱，爺爺帶著孩子們在老屋門口的空地上搭木板床，鋪上涼席，在室外望著星星入睡。奶奶幫大家搖著蒲扇，搖得自己也快睡著。夜深了，爺爺和孩子們不願意進屋，奶奶嘟囔一句「哪有人在外面過夜的」就逕自回屋睡了。淩晨的時候，爺爺肚子餓醒過來，推推孩子們說「誰要吃粉乾」，一骨碌幾個人全都

爬起來，圍在土灶前看著爺爺笨手笨腳地煮東西。最終總是奶奶聽到聲響，睡眼惺忪地起床又幫他們做了好幾碗，搖著扇子在門前看著一大家人吃粉乾。蛙聲和蟬鳴在夜色裡更加清晰，但放低了音量，一天中最涼爽的微風吹過山腰的老屋門前，孩子們不睡覺，消磨著他們至為美好的童年時光。

予善最懷念這樣的夏夜，有家，有親人，有粉乾，在還沒有長大的歲月裡，不知煩憂為何物。她看著此時手裡的家鄉食物，置身於海峽對岸的台北城，像遙望遠方的夢鄉，自己已走出好遠的路。此後遇到的人和事，不再有人用保護的胸膛為她篩選出好與壞，她獨自乘風遇見一切，希冀自己擁有更強大的自我保護能力，可日復一日，怎得會變成如今的脆弱不堪。

4.

週末照常隔絕在家，拉起簾子在房間裡發呆，看書彈琴。封閉的小空間會讓人感到一時的安全。

佩嫻從陸柏承處取回的書，那日在火車上看了一半的《台北人》，予善翻到先前那一頁，重新閱讀。這是台灣書店購買的繁體字豎行書籍，她已經習慣這種與從前不同排版的閱讀方式。她記得母親偶然說過，從前的人讀書豎著讀，一直在點頭；現在讀書都是橫著讀，一直在搖頭。且不論當今書籍橫向排版是為了方便閱讀體驗，她頓覺這說法極有意思，也漸漸習慣這種點頭看書的方式。

總之，看書時總是可以心情愉悅一些，有深意的書籍會帶人進入另一種思考的節奏，走入文化與社會的深層，站到更高處去看待我們所處的這個世間，以及它的過去與現在。便是在這時，才會忘

卻了自我愁思的渺小甚至無謂。這不乏是個得當的方式，將情懷帶入到更有意義的情境中去。

那冰雪精靈般的尹雪豔，從上海到台北，用嬌媚的身段和靈性擺弄著命運中的路途與眾生；當年的藍田玉在煙花地唱著崑曲，一曲〈遊園驚夢〉似也書寫了她的驚夢人生，從大陸到台灣，美人遲暮；台兒莊戰場的老革命賴鳴升在除夕夜的飯桌上回憶當年大陸的硝煙戰火，堂堂男兒的家國情懷在海峽對岸的城市裡息聲奄奄，無盡感慨。

白先勇先生刻畫的台北人眾生相，他們生活在隔著海峽的島嶼之上，亦如隔著每個人的前世今生。那個年代的大陸人，因了種種緣由漂泊到台灣，背負著複雜的情愫與前半生的記憶繼續存活，換了副面孔，維持著他們後半生的殘存喘息。而唯一共有的是他們對大陸舊地的絲絲念及，綿延一生。予善想，如今的遷徙再不會用「漂泊」一詞，一切是自己的選擇，而持續多年的異鄉人身分，獨自生活的時常無助，因此而懷念從前人生的膽怯，卻又那麼無可否認。

佩嫻下午去了店裡。安靜了一整個下午，予善在小房間的天地裡靜默自處。外面忽然傳來小孩嘶聲力竭的哭泣聲，她掀開窗簾往外看，沒有動靜，再聽了聽，試探地走出房門找尋聲音的來源。

是公寓門外的樓道裡。對門鄰居的孩子小美站在門外大哭，滿臉恐懼的神色，手上衣服上還粘著鮮血，身後的公寓門開著。予善看著孩子身上的血，一時間也驚慌了，她蹲下去查看並詢問小美哪裡受傷了，小美持續大哭，使勁指著身後的門內，流著眼淚鼻涕叫著「媽咪，媽咪……」

予善大跨步走進鄰居的家裡，小美小跑著帶她進入臥房，媽媽

躺在床上，沒有了聲息，手腕旁邊是掉落在地板上的水果刀，床邊流了滿地鮮紅的血。予善第一次見到如此的場面，人命關天，她使勁平復內心的害怕與慌張，安撫著哭喊更大聲的小美，讓她不要一直搖晃媽媽，然後隨手扯過床上的小孩衣服，一圈一圈捆紮住小美媽媽流血的手腕。她兩手開始發抖，不停地對自己說「冷靜冷靜別慌別慌」，接著掏出手機顫顫巍巍地撥打了急救電話，緊張但克制地說了情況和地址，緊緊抱著小美。

幾秒鐘後她又拿起手機，給佩嫻打了求助電話。

接下來便是一行人跟到了醫院，醫生開始緊急搶救。搶救室外的予善和小美兩人，衣服上沾滿了乾涸的血跡，小美哭了太久十分疲倦，倒在予善懷中睡著了。大家焦急地在外守候著，互相寬慰，而除了小美是至親以外，她們都只是鄰居而已。予善看著睡著的小美，稚嫩的臉上有著漂亮無邪的安靜神態，這小小的孩子，何以要在童年裡經歷這樣的畫面。幾年來，大家只看到小美的媽媽一個人帶著孩子，幾乎從未見過她的丈夫，而她此刻怎會忍心撇下幼小的女兒，鐵了心要離開這個世界。予善和佩嫻，還有醫生警察，對於自殺行為的原因動機，都還沒有一點點線索。

週末的夜晚就這樣在醫院搶救室外的椅子上度過了，好消息是，小美媽媽脫離了生命危險，但仍處於昏迷狀態，需要在醫院一直密切觀察。

除了鄰居，似乎找不到更多的親屬來醫院照料。小美的媽媽梁嘉儀是香港人，更是增加了尋找聯繫人的難度。予善和佩嫻決定在醫院輪流照顧，也打算求助於嚴宇凡。

嚴宇凡帶著漫漫來醫院，漫漫一見到小美就擁了上去，原來她們是同一所幼稚園的好朋友。通過警察，以及幾個人的多方打聽，

得知嘉儀幾年前從香港嫁來台灣高雄，與工程師丈夫感情甚好，後來搬至台北。兩年後生下可愛的女兒，可是小美的爸爸很快就被委派跟隨大陸企業一起，去非洲尚比亞監管銅礦礦產開採項目，為了更好的收入，一去就是幾年。期間小美的爸爸只回過台灣幾次，他說等那口最大的礦井開採完畢就回台灣，今年是最後一年。嘉儀懷抱著希望如此等待著，本以為即將到來的團圓生活，卻被晴天霹靂般的消息打碎。銅礦發生大爆炸，尚比亞員工和中方人員皆有死傷，緊接著是當地人民的「報復性」打砸搶，混入了很多社會閑雜人等引發暴亂，小美的爸爸失蹤了。根據政府的調查報告通知，他已經在爆炸當場不幸遇難。

　　而大家的猜測也就不謀而合，嘉儀無法承受這個現實，多年的等待一夕破碎，致使她做出了極端的行為。無能為力的傷痛，沒有人知道，待嘉儀醒來後，要怎樣去安慰緩解這個年輕媽媽的痛苦，她面對著空蕩蕩的生活現實，難保不會再有第二次不理智的舉動。連小美都可能無法成為她堅強的最後理由。

　　嘉儀蘇醒時，已經被轉到了普通病房。她看著周圍一片醫院的場景，知道自己還活著，輕輕歎了口氣。

　　予善帶著小美到病床前，小美一聲一聲呼喚著「媽咪」，嘉儀的眼神裡萬般疼惜和憐愛，簌簌落淚。小美為媽媽拭去淚珠，她不明白為什麼媽媽醒過來還在繼續哭。

　　「為什麼要救我呢……」這是嘉儀醒過來之後的第一句話。

　　陪伴在旁的予善和嚴宇凡不知作何回答，只有小美一直依偎在她身邊。

　　沒有人提起她丈夫的事，只是零碎地囑咐著住院的各種事項，

讓她專注恢復健康，其他的事，從長計議就是。只是嘉儀自己，時不時就會望著窗外刺眼的陽光不停抽泣，她發瘋一般的想念，在虛弱的身體情況下，只能以無盡的淚水作出口。

「我等了那麼久，我等了那麼久……」

從梁嘉儀蘇醒過來，情緒就沒有好過。她有時會忽略小美的存在，咕噥著好想去找她的丈夫；有時可以下床，便走到窗邊，扒著窗沿使勁看外面，然後開始嘶聲力竭地大哭，而隨即因體力不支癱坐在地上，幾近昏迷。每次都會讓護士和予善她們感到緊張，生怕一個不注意，便又是一個意外。

這段時間，予善的很多心思轉移到了幫助照料這位鄰居的身上，自己先前的內心悲傷也無法時時顧及。這倒是個好事，是低落情緒的力量轉化。可日日瞧著絕望的嘉儀看不到生活的光亮，予善會覺得心痛而無助。

她開始仔細研究那個尚比亞銅礦爆炸事故的新聞，據尚比亞那邊的消息，嘉儀丈夫的遺骨還未完全尋找到。之後的暴亂比事故本身更為複雜，當地政府與使館還在全力維護社會秩序，穩定局勢。予善想，在嘉儀此刻最需要安心恢復身體的時段，應該讓她平復心理之痛，才有可能慢慢轉好。

她與佩嫻商量，在特殊的時候，撒一個善意的謊言。

幾天後，予善帶著小美在家樓下的信箱裡收到一封信，小美將信帶到醫院，高興地跑進病房交給媽媽。嘉儀疑惑地拆著信件，上面是十分陌生圖案的非洲郵票，予善與佩嫻會心相視一笑。

親愛的嘉儀吾妻，

　　見信如晤。

　　我知道你此刻肯定很驚訝收到這封信，我的一位中國同事幫我代筆，我們都受傷了。但是你別擔心，我還好好活著。

　　最近銅礦發生爆炸事故，你一定得到消息了。我的手臂嚴重炸傷，腿也無法自如行走。我本想爬回我們的營地等著救援的，沒想到發生了暴亂，很多當地社會暴力分子趁亂打砸傷人，我看到我們很多同胞都被攻擊了。我行動不便，幸好有個尚比亞的礦工救了我，把我背到他幾公里外的家，他們還救了另一個中國同事。我聽說目前暴亂還未平息，政府都在緊急處理，事態嚴重複雜。還沒有人找到我們，我們暫時都躲在這個尚比亞礦工的家裡。

　　你一定急壞了，他們一定是通報我們失聯或遇難，你別急，我還活著。雖然這裡沒有網路設備，但這位礦工說，他可以托他在邊境的親戚去鄰國郵局寄信回台灣，我就讓我的同事幫忙寫信，給你報平安。我們目前還沒辦法回營地，也無法與公司取得聯繫，可我還好好的，你放心。

　　嘉儀，照顧好小美和你自己，我很想念你們，你們一定要健康平安，等我回家。

愛你的

偉

看完信，嘉儀露出無可置信的神情，激動地摀著嘴哭起來。

予善兩人急忙問她，是什麼信，誰寄來的。

「是阿偉，是阿偉，他還活著，他還活著的！」嘉儀急急地坐

起身來把信遞給她們看，邊哭邊笑，緊緊抱著小美，告訴她爸爸會回來。

「真是奇跡欸！」佩嫻假裝看完信，比嘉儀還激動的樣子。

「嘉儀姐，那你就要好好調養，才能好好地等你先生回家啊。」予善看著嘉儀十分相信篤定的樣子，心裡松了一口氣。

「謝謝你們。可以麻煩你們去告訴政府官員我收到這封信嗎？讓他們知道阿偉現在的情況。」嘉儀的心情頓時豁然開朗，她沒有任何的懷疑，聽到這樣的好消息，內心如釋重負，歡喜異常。

「我覺得還是先不要吧。尚比亞那邊還在動亂，如果透露出消息，對你先生和那家人都不一定是好事。你說呢佩嫻？」予善急忙否決了這個提議，需要佩嫻的附和。

兩人一言一和地讓嘉儀先保守這個祕密，等事情都平復了，相信非洲那邊的局勢會自然慢慢雲開霧散。

病房中的年輕媽媽卸下多天來的心理重負，在死亡的絕望縫隙中撥開灰暗的塵霧，她不斷地感謝神明保佑，每次發自內心的感激笑容裡，都充滿著喜極而泣的眼淚。佩嫻與予善看著她加速好轉的身體狀況，心裡欣慰的同時，也有著一絲不可確定的擔憂。

這樣做，真的是合適的嗎？隱瞞與欺騙不是長久的辦法，況且她們編造的故事裡難免會有邏輯破綻，以後總有被揭穿的時候，到那時又該怎麼辦呢？

很快，嘉儀可以出院了。手腕上依然包紮著白色紗布，但精神明顯好了很多。她每天想的只有一件事，收拾好家裡，收拾好自己和孩子，等著丈夫快快回家。她不知怎樣表達對予善與佩嫻的感謝，向神明祈禱保佑這兩個善良的女生。

　　為保持信件故事的持續性，予善每天關注尚比亞銅礦的新聞報導，繼續在網購平台上大量搜索非洲當地的新郵票，在旅遊網站上查詢當地風土人情與明信片的印戳紋樣，但資料不多，查找不易，她便照著其他國家的郵戳設計了一個簡單紋路。然後買來粗壯的胡蘿蔔，用美工刀一點點雕刻著郵戳圖案，沾上佩嫻作畫的色彩顏料印在信封郵票上，非洲信件就顯得真實起來。而由於胡蘿蔔畢竟是蔬菜，有水分會乾枯，她每寫一封信都要重新刻個蘿蔔，刻得多了，竟也手熟起來。嘉儀丈夫的筆跡也是她們跟著小美在他們家找到的手寫字條，然後一點點模仿出來的，費盡了心思。

　　這是善意的事，讓自己專注於這些細緻的小計畫和小設計，為的是讓另一個需要支撐的心靈有所依靠。有時候予善會想，如此的幫助，不也是對自身的一種饋贈嗎。她可以把注意力都放在嘉儀的小家庭上，她甚至可以把自己生活的動力和意義放在付出善意這件事上，而不是一直腦海空空、苦苦品味著自己所受的那些傷害。這是一道光，同時而慢慢地恢復起兩個人的心靈。

　　每到投信的日子，予善或佩嫻就會有意無意地去提醒小美檢查信箱。嘉儀回家後還需臥床靜養，便開始差遣小美每天都去看信箱，這成了她日日的期待。如此一來，予善兩人就必須十分注意投信的時間，以免被小美髮現。

　　　親愛的嘉儀吾妻，

　　　　見信如晤。

　　　　我此刻安好。

　　　　最近聽說暴亂平息了些，但收留我們的礦工穆巴說，還

是再躲一陣子為好。我們每天和穆巴一家人一起吃西瑪，都吃習慣了，可卻越來越想念你煲的湯。你以前總教我煲湯，可這裡食材有限，怎麼都做不出你的手藝和味道。

穆巴算是尚比亞人裡面非常勤奮的那種，家裡還種了一些果樹，他的妻子孩子負責在家做農活。我承諾在事情過去之後，要給穆巴一家人一筆錢作為補償，他們還挺不好意思的。

小美長高了吧？我很想念你們，你們是我最大的牽掛，千萬不要忘記，要平安健康地等我回家。

愛你的
偉

親愛的嘉儀吾妻，

見信如晤。

我此刻安好。

前幾天有尚比亞軍隊經過，穆巴也說不清楚到底在執行什麼任務。我聽到槍響，穆巴讓我和中國同事躲到最裡屋的房間裡去。一兩個小時後我們才出來，現在我們都沒事。

昨天我們去湖邊看日落了，真美。那時我在想，你和小美已經熟睡了，不知會不會夢到我呢。穆巴的小孩圍著我轉，他們喜歡在湖邊玩耍，特別自由爛漫。我就想起了我們的小美，這樣天真可愛。

想念你們，我會儘快找機會出去和大本營匯合。

千萬不要忘記，要平安健康地等我回家。

愛你的
偉

親愛的嘉儀吾妻，

　　見信如晤。

　　我此刻安好。

　　前日穆巴的妻子得了瘧疾，忽冷忽熱，特別難受。穆巴給她吃了藥，我也看不懂是什麼藥，她就一直臥床休息。如果明天情況還沒有好轉的話，我一定要讓穆巴請醫生來看看，不然會更嚴重。他們一家都是好人，希望她儘快好起來。

　　嘉儀，你最近好嗎？好久好久沒見你了，我們的照片還留在營地的房間裡。有時候我只能想像你的樣子，也幻想著我回台北團圓的場景，還會夢到小美騎在我肩膀上叫著爸爸、爸爸，夢裡都覺得開心啊。

　　千萬不要忘記，要平安健康地等我回家。

愛你的

偉

　　就這麼一封封故事的杜撰，給嘉儀的生活帶來希望。到底能維持多久，予善和佩嫻心中都沒有底。幸好這每一封信，她從未懷疑過。

　　小美和漫漫來家裡做客。小美看到予善房間裡的琴，瞪亮了雙眼走上前，笑臉盈盈地去摸拭著。予善問她是否會彈，她搖搖頭說不會，但她喜歡唱。嘉儀喜歡教小美唱粵語歌，小美的粵語雖然說得不是很好，但歌詞卻記得特別熟練。

　　小美一板一眼地教漫漫唱麥兜的各首童歌，連語氣聲線都要模仿得惟妙惟肖。漫漫聽不懂，學得慢，但也覺得十分有趣，咿咿呀

呀地一起唱。予善見著小孩們童真爛漫，搜索了簡單的譜子為她們伴奏，歡喜著這一屋子的天真笑語。她想，若我們一起為嘉儀唱粵語歌，她應該會很開心。

予善找了楊千嬅的〈友誼萬歲〉，自己對歌詞作了些修改，研究伴奏曲譜。她唱前半部分，讓小美和漫漫一起排練童聲合唱的部分。大家對粵語都不熟，一半向網上學，一遍一遍地聽，用注音來標記，一半向小美請教，一起練習發音。整首歌下來，倒是有模有樣的粵語了。

予善請佩嫻一起來用吉他伴奏，佩嫻晚間交代了店裡的事，便回家來搬出許久不彈的吉他。吉他包落了些灰塵，佩嫻有些手生，調音和溫習了很多遍都還是覺得彆扭。她讓予善去她床邊的櫃子裡找一找調音器。

佩嫻床邊有好幾個小櫃子和抽屜，予善一邊喊著問哪一個，一邊逐個打開看一眼。

就是在那一刻，最下面靠裡的抽屜，彷彿溢出了從久遠年代而來的光芒，明晃晃地閃著眼睛。舊到生銹的鐵質盒子被長久地放置在這一層的狹小空間裡，上面的花樣是小時候農村孩子喜歡的威化餅乾，有一角已經凹陷進去，是予善頑皮的時候用石塊敲的，奶奶從前用這個鐵盒子裝針線，後來被她要了來。她蹲在地上，也不問過佩嫻，便去用力打開盒子。鐵銹在磨損的時候又飄下一些碎屑，她使勁去開，她知道，裡面一定是她小時候學著做的漂亮手工。

佩嫻來房間裡看動靜，看到予善擅動自己的東西，急匆匆跑過來準備質問。「嘩啦」一下，予善一使勁，滿盒子的玻璃細線手鏈掉落了一地。

「陳予善你在幹嘛啦！」佩嫻有些生氣，去撿拾地上散落的一堆小東西。

「這是我做的，」予善拿起其中一條黃色的手鏈，廉價至極的玻璃線早就褪去了光澤，有了好多暗色斑點，「你看，這個地方打錯結了，我不想拆掉就直接放進去充數了。」

「你做的？」佩嫻有些無法相信。

予善拿著鐵盒和手串，向佩嫻解釋這些陳年舊物在十幾年前的歸屬，講述著猛然浮上腦海的家鄉橘海，漫山的金黃色深秋，半山腰的老屋，還有當年從遠方來的兩個女生，短暫而美好的少女友誼。

佩嫻就是那個在最開始拿了粉紅色手鏈的姐姐，將近二十年過去，她們童真記憶裡對方的少女樣貌與名字都已模糊，但似乎從前那個再見面的約定，由妹妹最後遞給予善的那個粉紅色手鏈作的約定，卻由命運實現了。

她們互相看著對方，好像在重新審視，將對方此時的面容與遙遠記憶裡進行對比，當年稚嫩的髮辮和臉頰，眉眼之間，真的有那麼多相似呢。佩嫻怎的長了這樣高挑的個子，長髮也剪去了，但舉手投足間那些隱約的傲氣，都與從前愛使喚妹妹的口吻一脈相承。兩人忽的大笑起來，這一刻還未適應，相識的時間居然就這樣一下子提前了十幾年。

一九八六年，台灣時任領導人蔣經國先生宣佈解除持續三十八年的戒嚴，隔年十月十五日，台灣開放大陸探親。紅十字會開始受理探親登記，一夜之間，幾十年前渡海來台的陸籍老兵擠滿了登記處，不到一個月便發放完畢所有申請表。佩嫻的爺爺祖籍浙江，與予善來自同一個城市的不同時代，在一九四九年隨國軍的大隊伍遠

渡台灣，往後再無家鄉音訊。開放探親的那一年，爺爺欣喜而泣，無奈由於身體原因一直未能完成申請，也未能如願回到浙江家鄉探尋親人。

一九九六年的秋天，爺爺身體好轉，雖年至花甲，但幾十年之久的思鄉情切在心頭，沒有什麼可以阻擋老人回家的旅程。他帶著兩個孫女，由兒子隨行照料，回到浙江老家，也就是予善的家鄉。

村莊修起了水泥公路，但多年的通行碾壓令公路地面形成一道道裂痕。車子行駛在回鄉的公路上，不平整的路面把車子顛簸得搖搖晃晃，路兩旁是延伸出去的橘子林地，混合著其他樹木與菜地，其間散落的農舍與墓地若隱若現。爺爺從台北出發的那一刻，就竭力讓所有的思緒與記憶回到少年時刻，那個家家戶戶都在守護橘山的年代，那個母親還挑著扁擔上橘山為家人送飯的年代。

憑藉遙遠回憶裡的景象，找到山腰主路的後側老屋群。四五十年代離開家鄉時，爺爺家的泥石瓦房已破損了灶間，煙囪破敗不堪，長年不修。而九六年的造訪，爺爺一眼認出面目全非的老屋，周圍已是雜草叢生，瓦片破碎掉落，窗櫺的粗糙木雕斷裂，勉強可以從這裡看到裡屋廢墟的模樣。

老人掩面而泣，面容皺紋之間流淌著老人無助的淚。家呢？哥哥呢？母親呢？

周圍幾乎所有的人家都來打聽事件，得知老人從台灣而來尋親，老家卻是這般殘敗模樣，無不默默為之心酸。鄉親們一同熱心張羅著，為爺爺一家在鄰裡間安排了住宿，為他打聽家人當年的去向，只知道他離開家鄉後幾年，留下的親人舉家搬離了村莊，一把鐵鎖栓死了破舊木門，任其腐蝕。他們具體去了相鄰縣市甚至是離開了浙江，年歲遙遠，都無從得知了。一個多月後，帶著滿腔的失

望與傷心，爺爺一家離開了村莊，離開了浙江，離開大陸。

誰又能說，此番回浙，是回是訪？再回台灣，是訪是回？

彼時的予善和佩嫻姐妹倆，都正處於七八歲的懵懂年齡，偶然相識，展現的都還只是少女的青蔥純真心靈。孩子們縱然是見到長輩落寞的樣子，卻不知其所以然。那時的佩嫻只知道，他們是去找人的，找爺爺的媽媽，爺爺的哥哥，那些並不曾存在於自己世界裡的人。

而予善此時也明白了為什麼浙江家鄉的粉乾美食，會在一個台灣女生手裡做得這樣嫻熟美味，是林爺爺從未忘懷的老家味道，在陌生的土地上，在小家庭裡代代分享。

「那妹妹呢？她也在台北嗎？她一定也無法認出我了。」予善想起當年另一個小女生，那個愛跟在姐姐後面，什麼都不和姐姐搶的乖巧妹妹。

佩嫻收了收話語聲，擺弄著放回鐵盒裡的手鏈，清清嗓子，低著目光說，「她不在台北」。

予善似乎覺察到什麼，便不再追問。

晚間，電視裡繼續播放著政客對壘的時論節目，予善目不轉睛，聽著爭吵的話題，到底是不太聽得懂；佩嫻去廚房開始做粉乾料理，這次是炒粉乾，隱約從廚房傳來的點點油煙味，竟也是那般誘人。

她把兩碗炒粉乾端到面前，這是重逢之禮。看著吵嚷的電視，她問予善為什麼喜歡看這樣的節目。

「兩隊人在電視上吵架，還不用排練，蠻有意思的。」予善接過冒著熱氣的粉乾，一臉的滿足。

　　佩嫻沒再搭話，看著這大陸女生饒有興味地看這樣的台灣節目，好像小朋友看卡通片的新奇。她吃完後在畫架前坐下，開始修飾之前的素描。

　　予善關掉電視，坐到了佩嫻身邊。這是她第一次正式看佩嫻作畫。

　　握著鉛筆的手，安靜專注地劃著一道道粗細線條，明暗陰影就是在這樣亦輕亦重的描繪中漸漸顯現。

　　「阿公很愛吃粉乾，一年四季都吃，冬天吃熱騰騰的湯粉乾，夏天吃涼拌粉乾。我們在宜蘭，他總想辦法去找和他老家相似品種的大米，自己做了很多製作粉乾的器具，我看著製作過程好像有些複雜，一次就做很多，曬乾了儲存著。他給家人們做的粉乾料理，大家都會放很多自己愛吃的配料，我每次都會放九層塔啊，但阿公永遠吃那幾樣，好像是老家經典的配方。我就和他說，可以多放一些配料啦，現在的浙江一定比以前富裕了吧，配料一定也比以前多樣啊。

　　後來我要來台北，他就教我料理的方法，在台北可以做給自己吃。開麵店以後，我問阿公能不能在麵店賣粉乾，他就堅持不要。其實我也不知道為什麼。」

　　予善慵懶地靠向佩嫻的肩膀，聽她說著自己從小再熟悉不過的食物。她們出生之前的粉乾料理都是怎麼做的呢？現在的味道，還是爺爺少年時的味道嗎？

　　這晚，佩嫻問予善為何會因為一個認識不久的男生就如此難過消極，如若不是梁嘉儀的事件來分散注意力，不知予善還要把自己關在房間裡多久。這一段時間予善瘦了很多，因為心情原因沒有正

常飲食吃飯，也因為關心梁嘉儀，忙前忙後消瘦了。

　　予善沉默良久，雙眼直直地望著畫板上佩嫻緩慢劃過的一道道鉛筆印記，沒有作答。她在腦海裡盤旋著過去發生的許多事，心裡也自問一句，是啊，我怎麼可能深情到這樣地步？

　　她長長地閉了一會兒雙眼。

　　「我好像從來都不曾真正地擁有過什麼。

　　小時候以為，只要是小孩子就可以擁有快樂的童年，可是我聽過的爭吵、目睹的逃債、住過的地下室，讓我從小就被所有人教育『你要堅強』。後來爸爸去世了，我早就不知道怎麼喊『爸爸』兩個字，但『堅強』就成了我一生的義務；

　　長大以後出去念書，以為自己終於看到了這個世界，從小城市裡走出去可以成為一個獨立、真正堅強的人，可以為家人做點什麼，可以追求自己的生活，可不知為何漸漸發覺了自己的脆弱。這種脆弱真是可惡，讓我心中充滿恐懼和害怕，害怕油罐車，害怕坐飛機，害怕電話無法接通，害怕每一次的火車站和機場告別，害怕所有的心理傷害。哪有什麼堅強可言。

　　直到我遇到他，一個在上海開茶飲店的台灣人。比我獨立，比我堅強，比我成熟，比我更加珍惜自己的生活而努力，我以為找到了榜樣和依靠，去真正學習怎樣『堅強』，終於可以停下來不再到處顛沛流離。可是最後他說『我們就告一段落吧』。我好像是走在雲端上不曾落下的人，無法給他需要的務實穩定生活，我們不是一個世界的人。可這些，都是他自以為的；

　　也許因此，我才選擇來到台灣生活，在他的家鄉，哪怕在想像中感受他從前的生活痕跡。因為我害怕，我害怕他澈底消失在我的世界裡，那種『失去』的空洞感讓我恐懼，所以我希望在這裡撿拾

一些他的點滴。可我也明白，無論如何，我再不可能擁有他，只是延緩了這種『失去』；

　　然後遇到陸柏承，那麼帥氣有禮，也曾覺得自己幸運。雖然一度因為自己與陸柏承在一起時會想起他而感到內疚，但終究是敵不過現實來得更讓人痛心。他讓我再次、更清晰知道了我很難真正擁有什麼，我以為得到的，最終都是這樣一次次離去。

　　我總是在各個城市遊走，生活永遠在別處，因為始終是一無所有。我照鏡子看著自己，其實什麼都沒有。」

　　予善的眼神越來越空洞，彷彿是進入了那個「一無所有」的透明世界，心內的荒涼，在獨自生活後積攢了多年。佩嫻放慢手中作畫的速度，予善說得太多，她無法立即回應。在大多數人印象中離家較早的年輕人，如予善這般，更應像是一個易於成熟蛻變的形象，強大、獨立、富於想法與力量，而身邊這個行走過世界的女生，卻在自得無憂的外表下包裹著一顆被磨練得日漸軟弱的內心。身體的艱辛行走並不足以打倒一個人，心靈的痛擊，才是一段人生真正的研磨與考驗。

　　佩嫻側過頭去看了看陷入沉寂的予善，正靠在她肩上。也許年復一年，讓孤獨變得更清晰甚至沉重，沒有人想脫離這個世界孑然而活，渴望會讓腳步變得小心而緩慢，想停下卻無法輕易找到理由。遠離家庭的多年生存，從前與此刻，都隱約讓佩嫻感到種種不忍。

　　她一時間不知如何說出同樣長段的話來解讀和安慰，只說，「沒關係，至少在台北有我。」

　　予善露出笑意，看佩嫻剛剛完成的素描小品，一雙閃著光暈的眼睛。佩嫻送給她。

　　「這是誰的眼睛？」

「你的。」

下雨的這一天，家裡很熱鬧。

大家七手八腳地把電鋼琴慢慢搬出房間，琴已久未移動，脫離地面的時候有一點黏著感，地面上也留下清晰的輪廓痕跡。電鋼琴長途跋涉般終於搬進了對門的嘉儀家中，放在她房間的空地上。佩嫻把吉他背過去，大家圍成一圈，年輕的媽媽靠在床邊，和嚴宇凡兩人是觀眾。各自坐好，一切就緒，房間好像一個小型演奏會。

漫漫和小美都穿上了顏色鮮亮的裙子，小女生們哪怕是簡單地演唱一首曲子，只要換了服裝，還有伴奏與觀眾，就會把它當作一個表演舞台，帶著登台之前的緊張，互相拉拉手傳遞眼神，準備為小美媽媽唱歌。

琴聲悠揚開場，粵語歌聲，輕緩清脆。

予善：

　　朋友，再見聲聲

　　往昔歡笑，來日記取

　　憶記舊日情誼，痛哭歡笑在台灣島

　　一切別恨離愁，埋藏心裡，日後再追

　　一切歡呼歡息，印於心裡，默默懷記

漫漫和小美：

　　離去，倍覺依依

　　這一生裡，仍念著你

　　此際話別臨歧，再隱隱記，舊日淘氣

你自今天遠飛，離巢他去，但願珍惜
指引前路遠景，有足跡處，懷念著你

予善、佩嫻、漫漫、小美：
誠意送上祝福，盼好風會，常為你吹
此際伸手笑握，縱聲歌唱，在我心內
不理日後如何，前途趕上，步步懷記
今天雙手放開，再握之際，定有一日

　　小朋友神情甜美，目光專注，節奏一致地左右搖晃。漫漫會緊張地忘了粵語歌詞，時不時從口袋裡迅速掏出皺皺的鉛筆筆記，上面是她和小美認真討論修改過的注音提示，邊唱邊偷偷看一眼，再猛塞回口袋。一邊的小美偷笑著，每次在漫漫偷看筆記的時候就故意唱得大聲一些提示她。大人們看在眼裡，笑容洋溢。

　　嘉儀輕輕打著拍子，聽著每一句祝福歌詞，默默跟唱，心中一半冰冷，一半溫暖。她想起那年和朋友從香港來台灣南部旅行，偶然與阿偉相識，被正直憨厚的台灣男子打動，兩人情投意合。回香港後，他們維持了一年分隔兩地的戀情，最後嘉儀答應了阿偉的求婚，毅然決定搬來台灣一起生活。從高雄到台北，阿偉是她在台灣唯一且最愛的親人，她倍感幸福。一切的過往，始終歷歷在目。

　　音樂停止，小美撲進媽媽懷中，撒嬌著說「媽咪我愛你」。予善與佩嫻也鬆一口氣，總算是以還湊合的發音唱完了整首粵語歌，一臉滿足。嘉儀在表達完感謝之後，開始調侃細數剛剛歌詞中發音不甚準確的幾處，一個個教大家正確發音。演唱會變成了粵語課堂，大家唱著粵語歌，講著香港的光輝歲月，老牌港星留下深深印

記的年代，也是嘉儀懷念的香港歲月。

「願好風會，常為你吹」，是眾人一齊想送給嘉儀的祝福。

「今日雙手放開，再握之際，定有一日。」

把樂器都搬回家後，予善把黑布重新蓋上電鋼琴，拉平褶皺。

「予善，我覺得我們不應該繼續欺騙嘉儀了。」佩嫻在一旁說。

予善抬起頭，她知道這樣的辦法不是長久之計，可事在當下，也不知該如何停止。

「欺騙，也是善意的欺騙。如果現在告訴她，你怎麼知道她能承受？」

「那你想欺騙到什麼時候？信可以寫十年嗎？」

「反正不是現在。如果她再一次崩潰再一次自殘怎麼辦？」

「是時候讓她面對現實了，沒有人願意被一直欺瞞！」

「不可以。我不同意。」

「我會去告訴她的。每個人都要學會面對和接受，再殘酷又如何，它已經發生了，別無他法。她能做的就是去接受，去為自己負責，為小美負責。」

「不是每個人都可以像你這麼堅強的佩嫻！我不同意。」

「軟弱越久，越難重新站起來。」

佩嫻說完就走出了房間。予善心中重複著這句話，愣了愣神，隨即往外喊了一句「我知道可是拜託現在先不要說可以嗎？」

新的一週，予善收到快件，是新預訂的尚比亞郵票。她照常開始編故事寫信，貼郵票，做印章蓋郵戳。可是捏造故事的破綻漸漸多起來，事情發展似乎也無法再繼續「同事代寫信」和「一直躲在

礦工家裡不聯繫外界」這樣的情節。可不管怎麼樣，當下手中這封信，還是一步一步先完成吧。

她走到樓下看看四周，沒有什麼人，準備把信件投進嘉儀的信箱裡。

「予善。」有人在樓道裡喊了她的名字，轉過頭去，是嘉儀。

她開始慌張，不好，被發現了。

「嘉儀，嗯……不好意思，那個，剛剛拿錯信了，給你放回去。」

「你沒有我信箱的鑰匙，怎麼會拿錯呢？」

「……」

予善有些窘迫，心想嘉儀一定失望又生氣，找了個藉口想開溜，被叫住。

「予善，其實我知道……」

還沒等嘉儀說完一句話，她緊張起來，一時間自顧自地衝上了樓，關起了門。她慌亂的腳步聲還迴響在樓道裡。

她想，嘉儀是識破了，也許是佩嫻說的，也許是嘉儀自己發現了不對勁，可是她不能承認。一旦承認，便是把一場真正的生離死別鋪在了她的面前，她可以接受嗎？她不了解嘉儀在得知真相後能否挺住，只知道如果是她自己，她斷然不願面對如此的浩劫，如此的失去。她對於人生中的「告別」與「離開」，已經存有太多的恐慌與畏懼。那麼暫且寧願逃避，也不要強硬面對。

予善躺在床鋪的角落裡半夢半醒。佩嫻回到家，從嘉儀處得知了此事。

「是你告訴她的嗎？我不是說過至少現在不要告訴她嗎？」予

善坐起身來，迎面便是一句質問。

「我沒有告訴她。但她知道了也好。」

「可是……」予善不知該說什麼，她深深為嘉儀痛心與擔憂，咬牙切齒不知怎麼辦，彷彿此時要極力為當事人想出一個從容面對的方法，可是她比當事人更恐懼。

「予善，我說過，軟弱越久越難站起來。嘉儀是，你也是。」

「我怎麼了？失去丈夫的也不是我。」

「究竟是她不敢面對還是你不敢面對？你害怕的事情，叫別人也一起逃避嗎？」

「佩嫻，你憑什麼就認為每個人都可以堅強面對？你有失去過嗎？」

佩嫻沉默，腦海裡的畫面頓時閃現。其實不只是此刻，那些畫面日日都在。

「不是可不可以的問題，是必須面對。」佩嫻回答。

必須面對。予善在這般毋庸置疑卻深感艱難的事實矛盾間，再次「痛恨」卻無力辯駁。她又躺了下去，閉上眼睛不說話比較簡單。

嘉儀被佩嫻悄悄地請了進來。

「予善，其實在你們來為我唱歌之前，我就知道信是你寫的。有一日我出門，正好見到你下樓，看見你往我的信箱裡投信，我忽然就明白了。後來我仔細研究了之前的每一封信，查了尚比亞的新聞和資料，發現信的有些地方都不准確。說實話，那天我心理又崩潰了，這樣大起大落的心情，我真的覺得沒有辦法承受。我睡了很久，醒來後卻是你們來我家送吃的。看到你們一直這樣陪伴我，照顧我，想辦法讓我振作起來，而我只是你們一個鄰居而已。我不敢

再傷害自己，也不想一直深陷在絕望裡，我還有小美，還有你們這樣善良的朋友，不能辜負。

那天你們唱歌，我有仔細聽歌詞，說『今日雙手放開』，我也真的明白了。我很想念阿偉，不管他在哪裡，他都一直和我、還有小美在一起。往後的路還很長，我還有很多難處要克服，但一定也是阿偉還在保護著我們，所以才讓我遇到這樣好的鄰居。真的很感謝你們，非常感謝。

人的一生會遇到一些劫難，我知道不是每一種痛苦都能被熬過，但只要有一個活下去的理由，就該再試一次。我崩潰過，放棄過，所以知道繼續堅持的困難，還有珍貴。等最終有一天我與阿偉團聚時，我想他會為我高興。」

予善潸然淚下，久久地擁抱嘉儀。她為這個處境艱難的母親可以置身其中地做到她難以做到的事，感觸萬千。

佩嫻解釋著，她們並不是有意欺瞞，阿偉此刻最希望的，一定是她能與孩子繼續平安健康快樂地生活下去，一切終會圓滿。當然，佩嫻還不忘說一句，給她送去的不是麵食，是粉乾。

嘉儀保留著那些「偽造」的信件，是溫暖的謊言，是真實的關懷；予善保留著那些還未用完的郵票和信封。她多麼希望也能擁有這種無畏與堅持，體會了世間的苦，卻還願意用力走下去。人們需要做的，就是去抬頭面對，可這又是多麼困難的一件事。

第二章

「人生可以長得劃過一個時代，在普通人身上留下滿身創痕；

又可以短得只剩青春，要日日想起才不至遺忘」

1.

　　台灣地處亞熱帶與熱帶季風氣候區，因而在東亞大陸與太平洋之間的這個海島，鮮有機會體會什麼叫寒冷。十一二月開始的冬季，氣溫也比中國大陸高許多，大部分天氣好的時候，還是會暖得讓人想穿夏衣。至少對於一個在大陸南方生長的女生來說，暖洋洋的冬天，確實比陰寒濕冷的環境來得舒適。因而陳予善比較喜歡台灣的冬季，避開多雨的日子，便能夠享受室外避寒一般的舒爽天氣。

　　無論一年中的哪個季節，台灣的海島地形總能令人輕易找到遠觀落日的好去處。予善在台灣看過最好的夕陽，其中一次是在墾丁的海邊。墾丁的遊客指南裡寫，關山是觀日落的最佳地點，地處高勢，面朝大山和海，視野遼闊，可以清楚地望見夕陽下落的整個過程。彼時予善和陸柏承擠進遊客人群中找站立空間，待夕陽開始落下時，人聲與雜影多少是破壞了那一刻的美。

　　他們傍晚返回民宿的途中，隨意在路邊停下機車，走上海邊一整片的礁石堆，才看見墾丁最美的夕陽。白天，海水映襯著天空的碧藍；傍晚，落日染紅了廣闊的平靜海面。粼粼波光泛著亮堂的橘紅色，隨著遠處歸去的漁船，緩緩飄蕩。礁石堆上不斷吹過略鹹的海風氣味，她在一塊較平緩的石面上坐下，腳邊是流入縫隙的海水，一浪一浪地拍打著礁石。

　　晚歸的海鷗拉長了鳴叫聲，由遠及近，又漸漸銷聲飛走。海邊公路的椰子樹在漸暗的天色中形成清晰的輪廓，碩大的葉子細簌作響，和著海浪聲的節奏，還有海鷗的歌聲，給人類最原始愉悅的自然音樂。

　　時間好似偏愛著這一片無人問津的海邊地帶，變得溫柔遲緩，直到天色漸漸暗去，又是另一種靜謐無言。

　　從這裡出發往遠處的海域，也許就是太平洋了。

　　而淡水河邊，也有著台灣至美的夕陽。

　　淡水河為台灣島第三長河流，一直流過台北、新北、桃園和新竹。在台灣開發的初期，淡水河曾是台灣唯一可通航的河流，板橋、新店、台北等地區依仗淡水的舟楫便利，於艋舺時代繁榮發展。後來的淡水河航道淤塞，逐漸失去了任何航運功能，如今僅保留著幾個渡口，以及沿岸的淡水老街，在此繁衍生息。

　　她像是辛勞過後的母親，在完成了養育兒女的重任後，在此沉澱休憩，每日靜默地望著朝暮，朝陽與夕陽的盛大光輝落在徐徐流動的河面上，沐浴恩澤，供人欣賞。西班牙人、荷蘭人、鄭成功、日本人在淡水留下的歷史痕跡，成了旅遊景點，遊人的腳步輕巧地踏在那些又中又西的土地與建築上，淡水小鎮不動聲色地迎來送往。

　　予善獨自在淡水河邊走了很久，沒想到逐漸露出暖色的夕陽會如此盛美。河濱地帶有一處向外延伸的狹長走道，沒有欄杆，年輕人們兩兩或成群坐在沿邊，雙腿臨空伸出，聊天說笑。落日在對岸山的那邊變得火紅，正圓的形狀沒有一丁點瑕疵，偶爾被旁邊飄過的碎片雲朵覆蓋一二，是任何水墨畫都無法暈染出的細膩禪意，以及壯麗。

　　人們紛紛停止交談，拿出手機開始拍照，發出一陣陣讚歡聲。予善也拿出相機按了幾張。落日以迂緩的速度一點點下落，河面像是熔爐裡的液態水晶，亮堂、厚實而晶瑩。她放下相機安靜地看那圓日壯觀的「表演」，好像是一種巨大能量的慷慨散發，照耀著淡

水河兩岸的不息生靈。今日落下，明朝再升起，山那邊，河那邊，都平等地享受著光輝的照拂。

墾丁的落日海面上遊動著晚歸的漁船，而淡水河無力通航，岸邊卻依然系著舊時停留的老船隻，隨著河面的波浪湧動搖搖晃晃。老木船的剪影輪廓在夕陽餘暉裡顯得孤獨又堅毅，它屬於淡水河，屬於河流由來已久的老時光，每日承恩淡水落日，似乎是例行不可缺少的儀式。它停泊在這裡，好似老者的忠誠與訴求。

予善對著金黃色的淡水河注目，她想，世界上沒有完美的東西，除了這裡的夕陽。

作為一個台灣人，佩嫻覺得要被一個大陸人百般推薦來到淡水看落日，是有點好笑的事情。

她們一起坐在岸邊的大石塊上，天朗氣清的日子裡才有機會看到這樣美的夕陽景象。當金色日光開始大片灑下來的時候，佩嫻也心裡感歎。忙碌的年輕都市人，有多少機會懷著寧靜的心情，在都市之外欣賞免費的自然美好。也是在這樣無法有任何苛刻的時機，她得知予善辭職的消息。

「每日規律的上下班，能給人穩定的生活。這份工作沒有什麼不好，但也不是我真正想要的生活狀態。來到台灣，就是為了尋求自己想要的意義，就算是衝動，也讓我衝動一次吧。」

「那麼接下來你有什麼計畫呢？」佩嫻問。

「接下來，我要去希希麵店應聘全職服務生，希望老闆可以收留我。」予善的眼神裡都是真誠。

「白領來麵店做工哦？」

「白領不可以在麵店做工嗎？」

「那你考慮清楚了，林老闆可不在乎你履歷多好看，只會叫你
拼命做事。」

「老闆，我會是最佳員工的！」予善拍起手，「謝謝你佩嫻，
在台灣如果沒有你，不知道生活會是怎樣。」

「欸你幹嘛講得好像來台灣是來打工討生活一樣。你明明是來
體驗生活的吧。」

「那到目前為止也是蠻深刻的台灣生活體驗了。」

「那麼在你正式成為希希麵店一員之前，邀請你去我的家鄉，
體驗一下都市之外的台灣生活吧。」

「真的嗎？在哪裡？」

「宜蘭。」

宜蘭離台北不遠，處於台灣東北部，東邊便與太平洋相鄰。

佩嫻開車帶予善回宜蘭，讓外面來的女生看看台灣的鄉下，所
謂的「台北後花園」。

「可宜蘭就是宜蘭啊，不是誰的後花園，有沒有台北，都是很
美的地方。」

上世紀六十年代，那個文字細膩、擅寫生命情感的台灣女作家
簡媜出生在這裡。她是紮根於鄉村溫柔的女性，宜蘭的寧靜之美，
在她的行雲流水中娓娓道來。有人說她束縛於傳統思想的局限而寫
作，有人說她用詞自由不拘而唯美。她自己說，她寫的事物，小到
一朵花、一顆草，都表達著「對生命的一種禮贊、一種詮釋」。

宜蘭火車站附近有眾人喜愛的幾米公園，繪本上的花草與大人
小人從紙張跳到地面，遊客穿梭其間競相拍照。幾米小時候在宜蘭
的鄉下居住，他是淡泊的插畫作家，在繪本的扉頁寫著「獻給父親

母親」。

　　十分空曠的成片水田之間，有一小片居住區，幾棟小洋樓成排立著，家家門前小院都種滿了各式花草植物，籬笆圍欄邊靠著幾輛腳踏車。佩嫻在其中一棟小樓前停車，大門前鋪設著一小段蜿蜒的石子路，延伸到籬笆門邊。車子剛熄火一會兒，房子裡傳來狗吠聲。

　　大門開了，剛剛大叫的是隻身形龐大的金毛犬，急切地望著外面，盯著來客愣了幾秒鐘，忽的衝上前往佩嫻身上蹭。開門的是位慈祥面容的奶奶，個子小小的，略微佝僂著背脊，看到佩嫻便滿心愉悅，連忙迎著孫女和客人進門。

　　金毛上躥下跳圍著佩嫻，像是很久沒見的樣子。坐在客廳正中間沙發裡看電視的是爺爺，臉上的皮膚有些鬆弛了，眼睛細細地眯著，露出假牙笑起來，也站起來招呼著她們。

　　爺爺的口音裡夾雜著挺濃的家鄉味和一些台灣腔，予善第一次見這位爺爺就覺得莫名的親切感，雖然從未謀面，但她知道他們來自浙江的同一個小城，同一個鄉村，都愛吃粉乾。

　　房子是古樸的台灣傳統風格，混合著日式的素淨。客廳、廚房都很大，有很多竹編的器具和木制家具。佩嫻回家見到老人，立刻變得親昵起來，搭著他們的肩說話，問吃得好不好，睡得好不好，有沒有想她。老人樂得合不攏嘴，忙前忙後，雖然動作都略微遲緩，但孫女回家，帶著年輕的大陸朋友，頓時覺得生趣許多。茶几上很快擺滿了瓜果點心，電視裡播放著台灣流行的電視劇，劇情總是圍繞著家族恩怨，據說有好幾百集，可以一直編下去，永遠沒有結尾。

　　佩嫻的房間在二樓主臥對面，很大，一半空間都被以前的畫作

練習和陳舊的繪畫工具填充，和台北的家相似。榻榻米式的床緊挨著大窗戶，已經被整齊地鋪好了。予善走動參觀房間和二樓的擺設，樸素潔淨，書香雅致。

晚間，名叫大力的金毛犬又是一陣歡叫，迎接佩嫻的父母親進家門。母親是位個子中等、面容友善的婦女，盤著髮髻，帶著一天辛勞的倦容，看到女兒回家高興地迎了上去。父親從後面慢慢走進，望見女兒和朋友，稍許微笑表示打招呼，說了句「回來啦」便往樓梯那邊走去了，邊脫外衣邊傳來上樓的沉悶腳步聲。

兩秒後，大家的目光一致從樓梯那邊轉回客廳中央，母親打個圓場，「你爸今天工作累了。」

寒暄一會兒，各自都回房間準備休息，計畫第二天一起在家吃晚餐。

宜蘭的冬季，到處是靜如湖面的水田，有些整片相連起巨大的鏡面，有些單獨一片，平鋪在小洋樓的門前。這一片的鄉下地區人煙稀少，偶爾行人或小車路過，驚起認真覓食的白鷺，從這片飛到那一片，很是從容與習慣。

每年的這個時節，很多風光攝影師來此取景，找一片空曠處的相連水田，拍攝錦緞般光滑幽靜的水面，倒映著四周的房舍，與廣褒的蔚藍天空。水田的表面就是一道天然的分割線，將所有景物分為正立與倒立的兩邊，乾淨又明晰。和風輕輕拂過，水面漾起細細的波紋，好像輕音樂的旋律節奏，將水中的景色倒影折出褶皺，過一會兒又溫柔撫平。平行飛過的白鷺處處可見，它們的身影也掠過水中鏡像，間或用腳有力地點一下水面，暈染開來，隨即又恢復靜默。

攝影師駕著全套攝影裝備，從各個角度，各個方位，抓著不同的天色景象，按下一張張宜蘭的沁人之美。

這也是予善第一次見到由成片水田組成的鄉村樣貌。無須湖泊便能呈現的水天一色，大概就是這樣。

佩嫻開著車帶予善遊覽這一片風光，從田間小徑到大橋與公路，從水田間隙到遠處的荒草平原。這是佩嫻從小就最熟悉的地方，那時候和妹妹騎著腳踏車到處轉悠，路還不是那麼寬敞平坦，練就了一身的腳踏車車技。後來，這裡的居民也越來越少，年輕人和佩嫻一樣都去了台北，或者更遠的地方，留下中老年人在這裡；願意日日種田的人也少了，土地是私有的，有些地就賣給別人造房子。

車子在路邊農舍附近停好，她們再步行往那邊的腳踏車專用道走去。腳踏車道地形高出周圍路面，寬度夠兩三輛腳踏車並行。從上面望去，一邊是水田與小樓的交錯集群，一邊是空曠無垠的平原地，邊緣是未開發的荒草叢，再往遠處去一些，是大型挖土車正在作業，以及造成通車的大橋公路。

她們走上狹長的道路，兩邊開滿了黃色的野花。佩嫻找到一個欄杆開口處，往平原這一邊往下走。荒草叢生的斜坡上，小小的蜻蜓蝴蝶飛來飛去，微風一陣陣吹過，遠處傳來隱約的挖土車作業聲，她們在這裡坐下。

她沉默望著四周，髮絲被吹亂了也不動聲色。目光漸漸停在遠方的某個點，那邊已經隱約露出山的輪廓，再看也沒有盡頭了。予善也跟著她觀察眼前的廣褒空地，萬物在動，又像靜止。

「以前，我和佩希經常來這裡，最喜歡這裡。」半晌，佩嫻說。她的神情裡漸漸充滿笑意，目光仍然望著遠方，偶爾看看大橋上穿行的車輛，小得像昆蟲搬家，一隊一隊消失在橋的那一端。

　　佩希，這個名字在予善的印象裡沒有什麼痕跡。可是與佩嫻的名字相似，以及「希希麵店」的聯想，她很快猜到，佩希就是那個「不在台北」的妹妹。更連貫的猜想是，那個穿著裙子赤腳走在冬日水田裡，甜美走向夕陽光輝的畫中少女，那個有著長長黑髮的身影，也是佩希了。十幾年前，在家鄉的山村裡，她們都還是小小的個子，不諳世事的童真，予善見過她。

　　只不過她此刻身在何處，要聽佩嫻講一個長長的故事了。

2.

　　八十年代，佩嫻出生在台灣宜蘭；兩年後，予善出生的那一年，佩希也出生了。宜蘭，這個從前發生過原住民與漢人激烈矛盾的地方，也漸漸趨於平靜。那時候一家人還住著老舊的房子，家中條件不寬裕，但小孩們在這裡成長，也過著普通的童年時光。

　　佩嫻作為姐姐，喜歡處處發揮著作為長姐的威信；作為妹妹，佩希竟然也喜歡這種被領導、被「使喚」的感覺，因為覺得姐姐是個厲害的人，會勇敢地爬樹上摘果子，會跳進水田裡濺一身泥，會跑到閣樓偷看奶奶的寶箱，跟著姐姐就可以做像她一樣厲害的女生。

　　家裡長輩對大孩子的要求會嚴格一些，不能偷吃零食，不能與長輩頂嘴，不能偷懶不做作業，不能看到什麼好東西就想買。而對小女兒則會偏愛一點點，佩希偶爾撒個嬌，就可以買福利社的糖果玩具，便宜一些的好看衣服也給買，甚至爬到年邁的爺爺肩膀上玩耍也不會挨罵。佩嫻心裡縱然有著委屈，但想到自己是姐姐，大孩子就應該被這樣對待，便也不說什麼。

　　佩希會做姐姐的貼心小棉襖，有任何新玩具和好東西都讓姐姐

先享用；爺爺做了粉乾，佩希總是給姐姐大碗，自己碗裡的各種配料也挑出來給她。佩嫻喜歡畫畫，但不敢開口要求買一大堆美術工具，除了鉛筆和簡單的彩筆，她還想要畫紙、蠟筆、甚至是顏料。她讓妹妹去和長輩們說，就說是她自己想畫畫，不給買就一直撒嬌打滾，軟磨硬泡。當佩希捧著一堆五顏六色的工具在姐姐面前時，滿臉都是自豪的神氣，她覺得可以幫姐姐辦事，就是得意的事情。

　　佩嫻也喜歡到哪裡都帶著這個「跟屁蟲」，使喚她跑腿、顧東西，甚至讓她貢獻出自己的「私房錢」買零食，但只要有大孩子嫌佩希年紀小拖後腿，或是也使喚佩希做事，佩嫻就會站到前面護著妹妹，不客氣地反擊回去，為她出頭。

　　過年前，家中囤積了年貨零食，不准小孩提前偷吃。佩嫻卻慫恿佩希一起去偷花生和其他堅果。堅果裝在兩個厚實的大布袋裡，是家裡準備做各種糕點用的，存放在閣樓樓板的角落。閣樓裡堆滿了大箱子和雜物，樓道小門也被鎖了起來。佩嫻找准了堅果放置的方位，那裡的樓板正好破了一個缺口，她找來長長的竹竿使勁去往洞裡面戳。一下，兩下，三下，布袋子終於被戳破了。她趕緊撩起佩希的裙襬，稀稀拉拉接住往下落的堅果。

　　「這才是阿公總說的落花生啊，哈哈哈哈！」佩嫻得意地笑起來。

　　捧著香氣撲鼻的花生和一堆堅果，姐妹兩人坐在地上就開始剝著吃，吃了一地的殼。佩嫻心想這是偷吃的證據，得消滅，但又想著先再吃一波不遲。她把滿地的殼收好，一應全塞進了佩希的裙子口袋裡，髒兮兮的，拿起竹竿繼續去戳布袋子。洞口大起來了，落下來的堅果越來越多，佩希的裙襬都快接不過來了。

此時，爸爸媽媽回來了，猝不及防。開門的那瞬間，佩嫻手疾眼快地將竹竿往佩希懷裡猛塞過去，彈了彈身上的灰塵，雙手往背後一別，站得筆直迎接進門的父母親。

散落一地的堅果中間，站著還一臉懵懂的小女兒，端著自己接滿堅果的裙擺，鼓起的裙口袋露出快要溢出來的堅果殼，竹竿歪在她身上。還沒等任何人開口，頭頂又陸陸續續掉下好多堅果，毫不偏移地一顆顆砸著佩希的腦袋和肩膀。那樣子，滑稽極了。

父親見狀，露出即將暴怒的神情。佩嫻一指妹妹，嘴抿得緊緊的。

「誰的主意？誰幹的？」父親問。

佩嫻還是指著佩希，一邊指給父親看，一邊給佩希使著眼色。

「是⋯⋯是我。我想吃堅果。」佩希小聲地回答。

「我最後問一次，是誰？」父親同時看著兩個女兒。

「我。」佩希堅持著，還輕輕舉起了右手，裙擺裡的堅果便「嘩啦」一聲全倒在地上。佩嫻還是不說話。

「偷竊的行為！」父親訓斥一聲，這樣的行為必須要懲罰。

佩希不被允許吃晚餐，在牆角站著。六七歲的孩子想哭又不敢哭，每當父親從餐桌上轉過頭，她的眼淚一流下來就馬上用袖子擦乾淨。

可懲罰沒有結束，晚餐後，佩希被帶到房間裡，被爸爸打屁股。她再也忍不住「哇哇」哭了出來。父親再問，「想吃堅果就可以偷嗎？為什麼用偷的？」

「以後不偷了，不偷了爸爸。」小小的佩希抓著一旁的床單，不停認錯。

懲罰全部結束，才被允許回房間。佩嫻一下從床上彈起來，看

著受罰卻一直未供出她來的妹妹，心裡滿是歉疚。她拉著妹妹的衣角問痛不痛，想撫一撫傷處。佩希自己摸摸屁股，按一下，轉過頭來說，「好像也沒有很痛，」姐妹一齊笑了，佩希摸摸肚子，「就是很餓。」

佩嫻小聲關上房間的門，從上衣口袋裡神祕地掏出手帕，裡面還包著今天私藏的十幾顆堅果。她趕緊一顆一顆地剝開，送到妹妹嘴裡。佩希讓姐姐一起吃。此時的堅果，才覺得是真香。

母親問丈夫，為什麼明知道是佩嫻做的，還嫁禍給妹妹，懲罰的卻一直是小女兒。

「讓佩嫻知道，別人為自己承擔罪責會感到的愧疚。也讓她們知道，姐妹之間，是可以一直相互保護的。」父親說。

除了喜歡和姐姐在外面做「野孩子」玩耍，佩希最喜歡在傍晚時分，和姐姐一起坐在離家不遠的那片水田前的雜草坡上。那是成片相連的水田，可以倒映一整天的天色變幻，從晴天的碧藍，到傍晚的深紅，水田的澄澈，絲毫不比一片湖泊來得遜色。

每到這個時候，就只有姐妹兩個人，不再有一堆小孩嬉鬧的嘈雜，她們自己也變得安靜起來。宜蘭可以感受到來自海洋的風，穿過山，穿過平原與農家，微拂這片寬闊的地帶，透過雜草的縫隙，浸潤著少女們美好的時光。佩希還未上學時，佩嫻給她講學校裡的新鮮事，佩希上學後，她們一起分享班級裡的趣事，說老師，說同學，說她們還未遇到的、對於長大的想像。

跟隨著爺爺和爸爸從大陸回台灣之後，她們會帶著那一整盒的玻璃手鏈來到雜草斜坡上，一遍遍地數，一條一條拿出來在衣服上擺放好。每次她們都會邊整理邊分配，通常都是佩嫻按自己的顏色

喜好挑選，然後一人一半。煞有介事地分配完後，又一條一條放回盒子裡，分兩邊，由佩嫻保管鐵盒。等到下一次再打開，分配好的手鏈早已混成一堆，一切又重來一遍，樂此不疲。

她們會在夕陽下，聊起那個陌生的遙遠山村，爺爺的故鄉，短暫的朋友，猜她會不會寫信、打電話，猜她如果寫信的話會先寫誰的名字，猜她還會不會繼續編織手鏈，猜她們以後會不會再見面，猜她們會不會長大後就漫漫忘了彼此。然後恢宏的落日開始下降，她們望向遠處的紅日和火燒雲，在想，那個大陸的好朋友會不會也在此時，看同一片落日。

佩嫻時常會帶著紙筆來到斜坡，沒有畫板，就拿學校的課本墊著，有時候帶鉛筆，有時候帶蠟筆。略顯稚嫩的筆觸裡，也畫下了她們最愛棲息的斜坡景象：一年一年長高又被清理、再長高的荒草叢，雖然樣貌暗淡拙劣，但這片雜草的陪伴卻像忠誠的朋友，藉著自己旺盛的生命力竟這樣生生不息；遠處的水天一色，好像一直延伸到模糊的山那邊，靜謐美好，無憂無愁。

佩希愛看佩嫻畫畫，姐姐在這個時候是最有魅力的，認真專注，好像比任何一個老師都厲害的樣子。

她會問姐姐，「那你可不可以畫我？」

「你又沒有長得很漂亮。」

「那我轉過去，你就畫我背後，還有我的衣服。」

「那你站遠一點，我把你畫在中間。」

「站多遠？」

「就跑到那片田裡去啊。」

「那我鞋子和裙子會濕欸，而且小孩子不可以跑進去的。」

「那你鞋子脫掉啊，裙子拉起來一點啊。」

「站在這裡不可以畫的嗎？」

「你不去我就不畫了。」

「好啦好啦，那等我一下。」

人煙稀少的這片地帶，就像心懷偏愛的長輩，呵護著來此度過自己童年和少年的兩個孩子。

少女們長大了，進入了青春期，亭亭玉立。

她們住進了好一些的兩層小樓。這一年，佩嫻十八歲，佩希十六歲，姐姐已經比妹妹高了一小截。佩嫻喜歡穿白T須和牛仔褲，她覺得裙子有些老土，就像佩希那樣，還是會穿連衣裙。佩希有了自己的朋友，但還是愛參加姐姐的交友圈和活動，但佩嫻漸漸不愛帶著妹妹一起了。佩希還是會處處隨著、讓著姐姐，按照姐姐的規矩行動，不爭不搶，那就是她一直樂於接受的狀態。

一直到，姐姐帶回家的好看男生，揚著嘴角和她打招呼的那一刻。

這是誰呢，濃眉大眼，愛笑愛說話，和佩嫻站在一起真是青梅與竹馬。

他叫楊廷瑋，是學校裡高中三年級的學長，比佩嫻大一級。他們在學校的繪畫興趣課堂裡認識。他總是趁爸媽不在的時候來家裡，然後和爺爺奶奶說是一起補課的同學。

佩希時常聽到他們在房間的歡笑聲，一起看漫畫，一起畫畫，一起看電視，一起聽音樂。她扒在佩嫻的門口悄悄看，最是情竇初開的年紀，她感到心門第一次被打開了。男生側臉說話時的神態和自然大方的臉龐，就這樣一層一層印在了佩希的腦海，變得深刻，深刻到晚上睡覺前可以浮現他的影子，深刻到夢裡會聽見他問她的

名字，她窘迫地回答「林佩希」，然後忽然驚起，不，那是姐姐的男友。

漸漸地，每當楊廷瑋來家裡的時候，佩希就會刻意回避，甚至到外面去。青春期的少女會想，得不到的，也無法爭取的，最好就別再見到吧。

可是有一日，楊廷瑋沒打招呼就來了。大門虛掩著，他逕自走進來找女友，房子裡只有佩希一個人在家。男生看佩嫻不在，便逕自走進她的房間，想借幾本漫畫書走。佩希路過房間門口，輕輕停留往裡面看。楊廷瑋一轉身，她也馬上轉身準備走開。

「嗨！」楊廷瑋叫住，「你是林佩希。」

「嗯，有事嗎？」佩希故作鎮定說完，就邁開腳步走了。

「能幫我找個東西嗎？」

「找什麼？」

「佩嫻有一堆以前的繪畫習作，說給我看，但我好像找不到欸。」

「她以前所有的畫好像都在角落那邊的櫃子裡，最下面那個。」佩希又折回來，給他說明方向。她寧願遠遠地指著，也不會擅自走進姐姐的房間去。

楊廷瑋打開櫃子，翻了一會兒，沒找到。

「不是上面那一層，是下面那一層啦。」

「你進來幫我拿一下啊。」男生向她揮起手。

佩希猶疑了一會兒，想想佩嫻應該不會這麼巧此時就回來吧，何況是幫她的男友拿東西而已。她快步走了進去，找到正確的那一層櫃子，捧出一堆佩嫻從前的習作，從小時候開始的好多年繪畫，滿滿一大摞。

太厚的一疊，瞬間就倒了下來，鋪滿一地。佩希趕緊重新整理起來，卻被楊廷瑋一把拉住。少女的心裡頓時「咯噔」一下，不知是心臟多跳了一拍，還是少跳了一拍，目光落在拉住自己手臂的、面前這個男生的五指上。

「沒關係啦，要不我們一起看看好了。」楊廷瑋露出笑容，對她眨了眨眼，放開手，一張一張欣賞起來。

他每看一張，就問佩希一兩句是何時畫作的，畫的是什麼。佩希就一一解釋著自己見過的那些，沒見過的，就讓他自己去揣摩。

楊廷瑋說話的樣子，笑的樣子，甚至是睫毛跳動的樣子，都時時刻刻惹得佩希忍不住斜眼去看。偶爾的四目相對瞬間，佩希一陣臉紅，男生卻大方得很，眼光也不會即刻移開，有興味地觀察著，原來姐妹二人的相貌這麼多相似，只不過妹妹多了些羞澀和沉默，穿著也比姐姐樸素了許多。

有一小疊畫作，都是相同的內容。第一張是佩希認得出的，荒草坡連著成片的水田，小女生穿著淡藍色的裙子，赤腳走在水田中央，人影渺小，整幅畫的筆觸也顯得稚嫩童真，是小時候佩嫻第一次畫水田中的妹妹，還是妹妹自己要求的。紙張已經非常陳舊。後面疊著很多很多張，都是同樣的場景，只不過繪畫材料和紙張變得越來越好，畫作技巧也愈加成熟，畫中藍色裙子的少女背影，也在整個構圖中漸次變大。一束束雜草變得清晰起來，水田的倒映更逼真了，畫中的少女也較從前長高，抬腳的動作、拉裙子的手，每一個細節都變得十足細膩生動，夕陽的色澤溫暖了整張美好畫卷。

佩希從不知道，小時候的那個場景，在成長過程中被姐姐復習了那麼多遍。

「這裡面畫的是誰？」

「是我。」佩希手裡還握著一張張自己的畫，回答道。

楊廷瑋也開始仔細欣賞這一疊畫。從最開始的小朋友習作，到漸漸精細成熟起來的水彩畫和油畫，他一會兒看著畫中的場景和背影，一會兒抬頭打量著眼前的花季少女，再三對比，覺得越來越有趣。

「你比畫中好看。」男生眨著大眼睛，細長的睫毛「呼哧呼哧」閃動，投過似是而非的目光。

佩嫻早戀的事露餡，是遲早的事。

父親在書房裡訓斥，母親在一旁看著，為的是可以隨時阻止可能到來的激烈衝突。

「青春叛逆是嗎？繪畫班裡認識的是嗎？你就知道畫畫，不好好念書寫功課？！」

「我沒有。」佩嫻眼睛看著別處，小聲地說。

「還沒有？你的成績我們都可以問的！繪畫課不准再去！」

「爸，你這樣也太不講道理。」佩嫻抬起頭來。

「你還好意思和我講道理，」父親不再大聲，站起來準備走出書房，「明晚之前，我讓你媽把你房間所有畫畫的東西都清理乾淨。」

「憑什麼！憑什麼我唯一喜歡的東西就可以隨便扔掉，而佩希要什麼都可以？就因為她比我小嗎？如果是因為這個，那也是你們把我生錯了！！」佩嫻歇斯底裡地朝父親背影喊道。父親喘著粗氣停頓了一下，沒有回過身，也沒有再答話。

母親趕緊讓佩嫻先冷靜下來。

「你還在念高中，為什麼要戀愛呢？等你去外面上大學也不遲

啦，你爸對這種事就是無法容忍。佩嫻，你別再說那些話，我們把畫畫的東西先收起來，媽不會給你扔掉。」

「媽，這對我來說不公平。」

佩嫻一直在書房坐了很久，發呆，空氣沉澱下來。直到父親出門了，她跑去佩希的房間。

「是你告訴爸媽的吧？」開門便是一句質問。

「怎麼會懷疑我？」佩希放下手裡的書，站起來，怔怔的。

「難道是阿公阿嬤？只有你知道啊！」

「不是我，我不知道是誰。」

「林佩希你太自私。從小到大，什麼都是你的。」

「什麼意思？什麼叫什麼都是我的？我的哪一件東西沒有你一份？你這樣沒道理地懷疑我才是過分。」

「你要和我算嗎？都拿回去啊！」佩嫻說，「但我的東西，也希望你可以不要搶。」

佩希不理解的是，她搶了什麼？搶了父母親的關懷嗎？還是姐姐已經察覺到她與楊廷瑋的心思？

她想，佩嫻一直以來都如此強勢，她無端地來指責自己，埋怨自己的「自私」，警告自己，「不要搶」。

她心裡的巨大矛盾在於，是該做個本分的妹妹、熄滅和姐姐爭搶喜歡的人的念頭，還是叛逆一次，跟隨心中的愛意。

而從那時起，楊廷瑋有時候會在佩希獨自回家的路上和她偶遇，或是趁佩嫻並不在家的時候裝作來找佩嫻，借機與佩希攀談。那些哄女生的手段，變個小魔術，送自家種的花，男生會拿捏得自

然得當，緊緊吊著女生的心思，又不過於靠近，避免那點油腔滑調觸犯了近距離的底線。

　　花季年齡的佩希，面對眼前頗有好感的男生，起了一絲絲的猶豫。她沒有在第一時間把楊廷瑋的獻殷勤推開，只是看似平靜地接受著，一句話不說，偶爾摀著嘴笑著跑開。沒有明顯的回應，不敢有明顯的回應。

　　面對散發著青春盛氣的高年級大男生，她雖也保持了一定的距離，但似乎沒有拒絕的意願，更沒有告訴姐姐。她心中已然知曉，這是錯誤的事情了。既然楊廷瑋發出了訊號，佩希想，哪怕為著心中那一絲對於姐姐的賭氣，以及反抗「不要搶」這件事，她第一次拿出了青春期女生的「叛逆」。

　　姐妹兩人都發現了對方的一些異樣。

　　在佩希的意料之中，姐姐和男友的關係變淡了。佩嫻不再總是提起楊廷瑋，神情也變得凝重，時而悶悶不樂。她也沒有把心中的情感煩悶告知妹妹，只是多了獨自躲在房裡的時間。媽媽把畫具漸漸還給佩嫻，她懶散地畫著，不再與妹妹多聊什麼。

　　佩嫻不解的是，男友的逐漸冷淡，是因為她離開繪畫課而減少了相處時間，還是真的因為，妹妹從中作了梗。她更在意的或許不是楊廷瑋，而是害怕無法接受最信任之人的背叛，所以始終未曾真的去查證其中真相。

　　而她們更是未曾想到，事情的敗露方式，竟是如此令人不知所措。

　　冷淡的關係持續了許久，兩人故作「默契」地互不關心，不過

問對方蹤跡。所以在夜半時分接到佩希沮喪慌張的電話時，佩嫻一時間未反應過來。

「姊姊，姊姊，求你幫我。」

佩嫻悄悄出了門，一路跑至她們最常去的雜草坡，看見佩希蜷縮在草堆裡，雙手抱著膝蓋，小聲的啜泣與夜晚的風吹草動交織著，像是預示著即將到來的一系列糟糕狀況。她順著草坡往下走，坐到妹妹身旁。佩希眼中似落非落的淚珠滾動，滿臉的惶恐，手臂不住地微微抖動。佩嫻一把抱住她，想穩住她因恐懼而顫抖的身體，也盡力用冷靜的方式一遍遍問詢到底發生了什麼事。

「姊姊，我……我肚子裡好像有小孩了，是個小孩在我肚子裡，是真的，怎麼辦，怎麼辦佩嫻？」

「小孩……怎麼會有小孩……是誰的小孩？」

「姊姊，對不起，對不起我錯了。」佩希顫抖地更厲害了，哭聲漸大。

「是楊廷瑋的嗎？」佩嫻看著她的眼睛小聲問道，心裡默念著「不是不是不是」。

「對不起，對不起佩嫻。求你幫我，幫我好嗎？」

佩嫻愣住，此刻的她似乎比佩希更加慌亂，她不知道怎樣面對這樣的局面，她也只是個十八歲的年輕女生，不諳社會，更從未接觸過這個年紀與「懷孕」二字的牽連，以及這一事實與自己千絲萬縷的聯繫。

啪！

一個耳光頓時打在了佩希的臉上，頃刻遏制了她恐慌的哭聲。

空氣凝結在輕輕搖晃的荒草之上，失落的四目相對，淚水簌簌流淌下她們的臉龐，清晰的呼吸聲彷彿一聲聲淌進微風中漸次遠

去。這個少女們成長歲月中嬉戲的荒草坡，收集了兒時稚嫩的歡笑，也收留了她們窘境裡的無助。

佩希捂著臉，低下目光，怔怔望著自己的肚子。

此時佩嫻才想到去看看妹妹的肚子，天呢，剛剛的夜半暮色竟讓她忽略了，這十足隆起的小腹，裡面裝著的小孩該是多大了。佩希要怎樣小心地隱藏，才能遮住這樣明顯的肚子，瞞過了所有人。

深呼吸，她心有餘悸剛剛那記重重的耳光，會不會對懷孕多月的妹妹產生傷害。她一把抹了眼淚，雙手舉起去理了理佩希散亂的頭髮，讓她抬起頭。

「幾個月了？」

「我不知道。」

「肚子一天天大起來自己不知道的嗎？」

「我發現的時候好害怕，不敢說。」

「你糊塗了嗎林佩希！」佩嫻心中裝了更多的不知所措。

「姊姊對不起，不要恨我好嗎？我好害怕。」

「楊廷瑋知道嗎？」

「我上個禮拜才告訴他。他也很害怕。第二天他就讓我去把孩子弄掉。我不知道弄掉……到底是要怎樣弄掉，去醫院開刀弄掉嗎？我不敢去，不敢去醫院，更不想讓別人知道。」

「走，我們去找他。」

「不要，不要去，不要再告訴別人，求求你，我害怕……」

「他就是混蛋！」佩嫻壓制著心情，咽了一下口水，「那我去告訴媽，媽知道該怎麼做。」

「爸媽會打死我的！」

「那你要我怎麼辦！我也不知該怎麼辦啊！我也沒有生過小

孩！」

深夜月色灑下來，平靜無瀾，拂著兩手無措的姐妹，似乎只剩下慌張和哭泣，別無他法。

佩希忽然呼吸急促，肚子開始疼痛，她用手去緊緊按壓肚子，咳嗽，痛苦地呻吟起來。

「好疼！佩嫻，好疼！」佩希歪下身體倒在坡地上，哭喊起來。

佩嫻趕緊去試著扶起她，可是疼痛像是猛獸的吞噬，讓兩人都無能為力。佩希蠕動著身體掙挱，深紅的血液從裙擺底下流出來，淌到腳踝。她們嚇壞了，佩嫻哆嗦地掏出手機開始打電話，打給急救中心，再打給媽媽……

醫院裡，搶救室的燈亮了很久。

父親坐在椅子上一聲不吭，低頭，抿嘴，緊握著拳頭，時不時敲擊在牆上；母親靠在佩嫻懷裡，眼神呆滯地抽泣著。佩嫻看著天花板，大腦一片空白。

「你到底知不知道這裡面的情況？」父親沉重地轉過頭來，壓低了渾厚的聲音向佩嫻問道。

佩嫻搖搖頭。

「她懷孕這麼久，整個家裡沒有一個人知道！好荒謬！」話語中滿是悔恨和怒氣。

一片沉默。

「小孩是誰的？」

依舊沉默。

「到底是誰的！」

「爸，我不知道。等她出來不可以問她自己嗎？」

父親一拳打在牆上，把臉埋在手臂裡，重重地歎著氣。

胎兒流掉了，佩希的生命暫時被搶救了回來，虛弱無力，時常處於半昏迷狀態。醫生說的那些關於子宮以及又殃及其他生命器官的醫學術語，雖然難以聽懂，但充滿了各種壞死、出血之類的嚴重辭彙，每個人都揪著一顆心。佩希在加護病房，每次可以有一位家屬進入看護，其他人就在隔壁的休息室。

他們輪流進去看佩希，輕輕地撫摸她的臉龐，輕輕地與她說話。父母親都沒有追問和懷孕相關的事，只是一再安撫，希望她儘快好起來。佩希知道孩子沒有了，卻也沒有因此而流一滴眼淚。

佩嫻開了門進去，坐在妹妹身邊，摸摸她正在輸液的手，涼涼的。

皮膚細膩的觸感，佩希緩慢睜開眼睛，眨著眼看著姐姐。

「別怕，都沒事。」

佩希表情平靜，開始微微動著嘴唇要說話。佩嫻伏過耳朵去聽。

「姊姊，對不起。」佩希的聲音微弱，但清晰。

「林佩希，如果我們還是從小一起長大的姊妹，就沒有對不起。你只管安心休息，所有的事情，都有我來處理。」

「姊姊，我求你一件事，好不好？」

「你說，慢慢說。」

「不要再救我。」

「你不要說胡話。」佩嫻一時間沒有聽明白，什麼是「不要再救我」，她不懂。

「姊姊，我好累，累到一點力氣都沒有。如果我再怎樣，不要再救我。」

「你好好休息，安心睡覺，亂七八糟的不要想。」

「求你答應我吧。我沒有臉、也沒有力氣再面對你，面對爸媽，面對所有人。我好恨楊廷瑋，也恨我自己。」佩希在醒來後，第一次流淚，流得吃力。

佩嫻又重複了一遍，不准妹妹再說一些糊塗奇怪的話，這麼年輕的身體，一定可以很快恢復。

「我從小就是乖小孩，誰也不會想到，連我自己都無法接受，我會在十六歲就懷了小孩，還是我姊姊男友的小孩。我覺得自己好噁心，心裡只有羞恥和歉疚，好痛苦，你真的無法瞭解嗎？」

佩嫻頓時感到壓抑與複雜，她無法再接這樣的對話，定定地望著佩希轉移話題，「等你好了，陪我去台北散心吧。」

「佩嫻，我瞭解我自己的身體狀況。只是求你，下次別再救我。」

「講這麼多話有沒有很累啊你？你先休息，我等下回來陪你。」佩嫻說完就站起來，幫妹妹掖好被角。她不想再繼續這個對話，想要離開病房。

「姊姊，答應我吧。」佩希虛弱的眼神裡滿是乞求，稀疏的淚從眼角慢慢淌出，手指勾住佩嫻的袖角，她確實已經很累了。

「林佩希你不要自私。你要我怎麼承受這一切？我唯一心願就是等你好起來，我們可以一起離開宜蘭，一切都會是新的。」佩嫻回過頭，她不知再說什麼。

「林佩嫻！從小到大，都是我聽你的，你聽我一次不可以嗎？」她幾乎是用盡了力氣想把頭從枕頭上抬起來，又無力地躺了回去。依舊微弱的聲音裡透出嘗試性的歇斯底裡。

佩嫻將妹妹的身體在病床上重新安頓好，四目相對，瞳孔裡像

回放著從少女時期開始的每一幕，那些往事好像站在各自主角的立場上，進行著無言而激烈的對話，甚至是辯駁。她拂了拂妹妹額前的髮，轉身輕輕走出了病房。

佩希看著姐姐沉默的背影，累得閉上了眼睛。

佩嫻和爸媽說出去辦點事，便邁開腳步小跑而去。

她騎上腳踏車，一路飛奔。眼神裡滿是堅定與剛毅，幾天來累積的恨意，轉移到雙腳上拼命踩著，穿過街區，穿過水田和草坡，去到學校那一邊，楊廷瑋的家。她腦海裡不斷演練著要怎麼撕打這個沒心肺的人，再多狠毒的詞都不足以形容這個男生的罪責。

跳下腳踏車，衝向楊廷瑋家的大門，使勁地砸著、叫喊，卻半天無人應答。她退到後面往樓上看，門窗都緊閉，心裡忽然一陣抽搐，難道他們早已聽到消息而離開逃避了？怎麼會這樣，她重新上前手腳並用地砸著門，跑去一旁的窗戶看，也是死寂一般的空無一人。

「禽獸！」她頓時間大哭起來，蹲坐在門口的地上，無處發洩的怒火與無助交雜，好像就這樣狠狠散落了一地。

被嘈雜的動靜驚起，鄰裡一戶人家的門開了，小跑過來扶起哭喊的女生。鄰居說，就在前一天，楊家好像出了什麼事一般慌張，一家人帶了幾個行李就急匆匆開車出門了，還沒回來。

佩嫻拖著疲倦的身體，騎上腳踏車往回走。她心裡和自己發誓，不管到什麼時候，一定要找到楊廷瑋一家人要一個說法。

上天多麼愛開玩笑，讓佩希對自己的預言成了真。

第二天的下午兩點，佩希再次被推進了搶救室，父母與姐姐也陪著她再次經歷著生死的煎熬。

從搶救室轉移至ICU病房，佩希仍是昏迷狀態，口裡插著粗粗的呼吸管，一直穿進肺裡，旁邊是笨重的呼吸機和各項身體指標螢幕。醫生說，她已經不能自主呼吸，為了穩住全身的痛苦難耐，注射了鎮定劑，綁住了手腳。等鎮定劑藥效退一些，家屬可以穿好衛生服，進去看她。

在佩嫻的回憶中，等在病房外的那段時間，是如何的漫長與抽離，自己都不曾感知到。那日的陽光特別好，就明晃晃地透過醫院走廊上的窗戶照射進來，窗櫺的倒影形狀變換著，從這邊跑去那邊。她的目光跟隨著地面上的倒影與路人腳步移動著，彷彿那是來到這個世界上最最恐懼的時刻，一萬種害怕在心髒中盤旋，湧上喉嚨，湧上額頭，讓她覺得呼吸困難。

不久前，她們還在持續著冷戰，對彼此少言寡語，心有猜忌。坐在病房外發愣的時候，她都不知道內心是悔恨，還是埋怨上天的殘忍。

佩希曾是那麼漂亮溫柔的女生，愛笑，愛哭，愛跟著自己到處跑，活得平淡快樂，也有血有肉。可是此刻呢？口中插著呼吸管，全身各處的肌膚上紮滿針管，手腳被捆綁，如活死人一般固定在慘敗的病床上。她痛嗎？痛嗎？

誰能體會，對於病房內那個人的極度擔憂與心疼，也許並不比插滿管子的身體來得輕鬆。可是接下去該怎麼辦呢？請醫生極力挽救吧，請上天垂憐保佑吧。

佩希輕微睜開眼睛。

到了探視時間，父母親一個個進去看過後，佩嫻穿好嚴嚴實實的衛生服，走進病房。腳步不知是太輕還是太重，卻是那般沒有了

真實知覺。醫生告誡，不要說太多，不要在病人面前流淚，不要刺激病人情緒。她慈愛地看著妹妹，強忍住眼眶裡打轉的淚珠，對她笑了笑。

「很快會好，佩希很勇敢，我們很快就能回家了。」

靠呼吸機維持的病人，通常在醒來後，意識也是清醒的。他們知道全身的痛苦，知道眼前的人是誰，甚至知道自己可能命不久矣，可是無法為自己的生命做任何決定。

佩希無法講話，對佩嫻虛弱地眨著眼睛。這次，她真的再也無法開口央求姐姐了，她的那個請求，怎麼都無法從口中發出聲音表達了。她一遍遍地對姐姐眨眼睛，使勁動著嘴唇，試圖去咬那根粗實的呼吸管，用著微弱的力氣去搖頭，去動著手，動著腳。她的一切動作，都是渴望掙紮，渴望央求，渴望解脫。

「佩希，你乖，我知道這很難受，但我保證過幾天我們就能回家。」佩嫻一字一句故作溫柔地說著，她心裡清楚，佩希是在用全身的掙紮來表達那個讓人心碎的請求。

她無法再承擔這樣的對視，這樣的心理溝通，讓她只想逃避，便使勁笑了笑離開了病房。她請求醫生再為妹妹打一些鎮靜劑吧，讓她睡著，少些痛苦。

如此反復了兩三天，佩嫻漸漸不敢再進入病房。她能做的只是隨時隨地不由自主地開始大哭，哭到無力繼續。接下去到底該怎麼辦，裡面那個最親近的生命，又會面臨怎樣的境遇？

情況始終沒有好轉，醫生開始建議用最昂貴的藥，為了能延續殘喘的生命跡象。

沒有人可以想像那種難受與痛苦，佩嫻揪住自己胸前的衣領，

像是要掐住自己的心臟般，恨自己無法為妹妹承擔一星半點。

再次站在佩希的面前，慢慢等她醒過來。佩希看到姐姐，先是發覺更加虛弱的自己依舊是意識清醒，好像就是一種懲罰，讓她始終清晰感知著每一種痛苦，再是覺得佩嫻是最後一根求救稻草，只有佩嫻懂得她的呼號，而對父母她無法如此。她更用力地去掙紮，用全身每一個還有氣息的部位去掙紮，這是她傳達訊息的唯一方式。

佩嫻想去按住妹妹，她不敢，不忍。看到佩希連眼球都無力轉動的雙眼裡，流淌出細細的淚水，她只得轉過頭去。佩希漸漸又睡去了。佩嫻的腦海裡不住想起那日她說的話，「我好痛苦」，「求你答應我，不要救我」，「從小到大，都是我聽你的，你聽我一次不可以嗎？」她轉回頭，鼓起勇氣的眼神看看病床上受罪的瘦弱身體，撫摸她的額頭，拭去細密的汗水，「沒關係，不痛了，我們回家。」

躊躇的腳步出了病房，去到休息室。在門口傳來醫生回答有關是否拔掉呼吸機的問題，字字句句縈在父母的心上。母親一直掩面抽泣，精神疲累異常。

「拔掉吧。」佩嫻踱進屋內，低沉地說。

三人都轉頭看她，醫生說了句「你們先談」便擦身走了出去，父親母親都微張著嘴，不敢相信大女兒脫口而出的，是在幫小女兒決定著生命的去留。

半晌，父親猛地從椅子上站起來，響亮的一個耳光打在佩嫻臉上，「好狠的心腸！」

佩嫻被打散落的頭髮半遮住臉，沒有抬頭，甚至沒有訝異。她心裡是已做好了背負的準備。

「你們不了解她的痛苦。」她退到牆邊，靠著。

「我們是生你們養你們的父母，你們受苦，我們更痛。哪個爸爸媽媽捨得斷了孩子的生命啊佩嫻！」母親手捂著胸口，泣不成聲。

「沒有用了媽，她一遍遍和我說太痛苦，她也承受不了了。」

「她什麼時候說的？」父親問。

「在上一個病房。她求我答應她，讓我們別再救她了。」佩嫻抑制不住，蹲下大哭起來。

「她還說了什麼？」父親繼續問。

「爸，她肚子裡的孩子，就是那個之前我繪畫班的男生的，我也是才知道不久。佩希說她沒有臉再面對一切，她的身體和心理都在承受太多。」

父親一時愣住，聽聞這樣的事實，他腦海一片混亂，是該責怪佩嫻因自身的早戀把壞人引入家中進而導致了悲劇的發生，還是痛心一向乖巧的小女兒也無法控制自己的情感和行為釀成了大禍，還是……即刻去找到那個害人的年輕人討要說法。

他緊握著拳頭，咬牙切齒，悲憤異常。

「那個男生住在哪裡？」

「我已經去找過了，他……他們全家好像都剛剛離開宜蘭了。」

父親重新緩緩坐下，搖著頭，他恨自己疏於對家庭的關注，導致如此嚴重的事實在一切都來不及的時候才一一知曉。

「為什麼都不告訴我們？你們現在的年輕人到底都在做什麼，一定要把父母逼到絕路才肯說嘛？佩嫻，我們也很痛苦啊。」母親不停地哭泣，毫無他法。

「佩希搶了你的男友，還有了孩子，她說她沒有臉再面對我們大家，所以你就覺得她該死，要拔掉管子了結她的性命，誰都不用再痛苦了是嗎？」父親身體隨著話語顫抖，眼神裡佈滿了血絲，指

著佩嫻質問。

「爸！你怎麼能這麼說！她是我妹妹，我們一起長大，我何嘗捨得她離開！你怎麼能這樣說！」佩嫻也忽的站起來，當指責撲面而來時，內心也不想背負這樣痛心的怪罪，「她一遍遍求我不要再救她的時候，我的難過不比你們少！是，從小到大她是搶走了很多你們對我的關愛，可是她始終是我最親的妹妹，我捨不得她！可是沒用了，爸，媽，你們知道嗎？醫生說的我也聽到了，幾乎沒有希望了，靠呼吸機維持的生命到底有多少意義啊？她狠狠地看著我，想掙開繩子、掙開那堆管子，她是在告訴我們她很痛苦，甚至會因為我們這樣自私地違背她的意願而恨我們。她每一次意識清晰地醒過來面對那個冰冷的病房，還有這個世界，都是一次淩遲！她身上所有的針管、呼吸管、胃管，還有她心裡承受的壓力，難道不像是我們對她的懲罰嗎？你們不管她的尊嚴嗎？不管嗎？！」

沉重的喘息聲充斥整個房間，每一絲內心的矛盾與無助都好像在四面牆之間的空氣裡對流碰撞，在不捨與放手之間，內心進行著尖銳的掙紮。

有護士過來讓他們小聲一些。

「我不會同意的。」父親說完，走出了休息室。

「爸！」

宜蘭的秋天照常平靜，這個離台北不遠的所謂「後花園」，之所以有此之稱，大概就是因為它能讓浮躁的日常在平和的微風中稍作停留，看一看這世界美好的本來面目。小城鎮的生活也充斥著人性的喜怒哀樂，在日復一日的前進中，審視生命。

接下來的兩天，每一秒鐘都變得異常緩慢。佩希似乎沒有一絲

好轉的跡象，純粹靠呼吸機的生命已經筋疲力盡。而一家人的精神疲憊也形成了集體的緘默，父母親在短時間內衰老許多，還需回家寬慰老人們的擔憂，至於那個不知如何走向的微弱希望，每個人都不敢輕易開口發表見解，包括佩嫻。

直到再次面對佩希虛弱而痛苦的蘇醒時刻，她用失望、失落的眼神靜靜看著姐姐，這個唯一懂她所求的人，卻遲遲無法遂她的願。她不再努力掙紮試著掙脫，只是安靜地讓整個身體上面插著的各種管子，直直地呈現在佩嫻的眼前。

她無力的意識裡想著，為什麼就不能幫我一把？

佩嫻看著日益消瘦的妹妹想著，你何嘗知道我有多為難，多捨不得。

就這樣相視著，好像在無言中對話了良久。佩嫻用手小心翼翼地去觸碰佩希已被針紮得淤紫的手背，

「我捨不得你，更捨不得你受苦。這一生裡有過你的陪伴，是我林佩嫻最大最大的福氣。今後不管你在哪裡，你要記得我永遠都不曾離開你，你也不曾離開我。你聽懂了嗎林佩希？」

佩希動了動自己的嘴唇，眼角流下小小的一顆淚珠，滑落到枕頭上⋯⋯

她又睡去了，佩嫻走出病房，去了醫生的辦公室。半晌，她帶著醫生去到父母面前，重新提起那個父親說「不會同意」的問題。

爭吵，拉扯，哭泣。母親也聽不下去了，使勁搖晃著父親，重重搖頭，「算了吧，算了吧⋯⋯我的孩子，不能再這樣受罪下去了⋯⋯」

父親往地上癱坐下去，埋首座椅中，錘著地面，眼淚鼻涕流滿

了袖子口，一個男人也到了他最無能為力的時刻。

還記得那個十八歲的秋天，幾個醫生與他們再三確認後，朝加護病房走去，去執行他們一家人的決定，拔掉佩希口裡沉重的呼吸管。她沒有過去，躲在廁所裡撕心裂肺地嚎啕大哭，未曾想過這短暫一生的告別，竟是以這般殘忍的方式進行。

那天落日的餘暉在遠處成片灑下，佩嫻靠在醫院走廊上往窗外望。看啊，外面的世界，一切都沒有因此而改變，日出日落，都在悄無聲息地行使著自己的使命。或許每個人都有一個自己的世界，與世間所有其他人的層層疊加，所到之處留下痕跡，與彼此的世界相遇，那片交織的動人，以及由此而產生的歡欣與落寞、情感與回憶、影響與改變，就是生命的意義，並將永久存在，無可消逝。

「以後的路，我幫你一起走吧。」

從那時起，父親對自己的冷漠就像是這個家裡最尖銳的懲罰，而佩嫻都不知自己真正錯在哪裡。是自己一次次狠心地提議拔掉呼吸管嗎？是自己從一開始帶進生活中的壞男生嗎？還是也許她本身作為家中大女兒的存在，就該被嚴苛對待？

一家人多次去楊廷瑋家中找人，幾乎每一次都失望而歸。父親憤恨地拾起磚塊砸了他們家的窗玻璃，也無濟於事。偶然有一兩次聽說楊家有人回來了，回來搬走剩下的家當，他們急匆匆奔過去，也總是撲個空，似乎楊家人也總能摸清他們即將前往的時間而每每避開。林家四處打聽他們的行蹤，後來聽說是全家乾脆都搬去了南邊生活，好像是高雄吧，一時間難以找尋。

　　楊家的消失，成了父親心頭的大石，他沒有放棄過打聽和尋找，幾次去了高雄，又總是聽說他們因生意原因，有多次的搬離，不知現在是在台灣的中部還是南部，抑或離開台灣了。

　　父母親後來在宜蘭的市區開了一家小麵館，叫「希希麵店」。

　　佩嫻高中畢業後就去了台北念書，在藝術系學畫畫。或許離開家人的氛圍，會讓她有一個新的開始。大學畢業後，除了業餘教小孩畫畫，她也在台北開了一家「希希麵店」。

3.

　　此時的予善與佩嫻並肩坐在草坡上。予善想，這個座位，佩希從前就坐過吧。當年坐在這裡望見的景象，經過時間的變遷，會和現在一樣嗎？那時的荒草是否更疏更矮一些？遠處山色輪廓是否更明朗寧靜？那時的水田一定比現在被填滿的泥石地迷人多了，聽不見挖掘機的聲音，只有屬於姐妹的世界，和心一般遼闊。

　　又是一日夕陽餘暉，多少年的歲月，只會讓它更澄明恢弘。

　　晚餐桌上，林家大人們做了一桌的好菜，熱乎的談笑聲夾雜著台灣電視劇的俗套情節，頗有家的味道。

　　佩嫻的父親最後一個下樓來吃飯。母親忙把父親的碗遞給佩嫻，讓她去幫父親盛飯。父親手揮了揮表示不用，「先喝點酒吧。」

　　爺爺也倒了一些酒，大家話著家常。予善說喜歡台灣的生活，喜歡在希希麵店做事，能看到很多台灣的日常人文與溫情。

　　「爸，最近有什麼新麵食的配方嗎？我台北的店也想更新一下菜單，你們有新菜我就直接跟著做好了。」

「最近是有一些，明天你到店裡來學一下就好。」父親回答，「何時回台北？」

「爸，我才回來耶。」

「有時間的話去看看妹妹，正好是這幾日。」父親說完抿下一口酒。

氣氛像是凝固了一小會兒。

「陳小姐多吃一點，都是我們台灣最家常的飯菜，不知是不是合你的胃口啦。」母親又熱情招呼著。

「阿姨叫我予善就好，台灣的菜我吃得很習慣，和我們浙江的口味沒有相差太多，有一點點甜，味道都很細膩。只是我們家鄉那邊也很會吃辣，算是在浙江很特別了。」予善回應著。

「予善是浙江的啊？浙江哪裡？」爺爺聽到浙江，還是個浙江吃辣的地方，停下筷子忙問道。

「阿公，我沒來得及告訴你，予善就是那一年我們一起去浙江老家那邊的鄰居。她的阿公就住在橘山上。」佩嫻知道爺爺聽到這個資訊一定很高興。

「啊……是嗎？是種橘子的山上嗎？橘子還種嗎？村莊還好嗎？」爺爺顯然激動了起來，有些無可置信這樣的巧合，眼前和孫女一般大的孩子是從橘鄉遠道而來的嗎？他腦海中的「遠道而來」，在如今不過是兩個小時的飛機航程而已。老人放下手裡的筷子，眼神裡是期待與關愛。

「阿公你先乖乖吃飯啦，等你看電視的時候讓予善陪你聊天，你想問什麼她都會回答你。」

「好好好，乖了乖了。」林爺爺露出欣喜的笑容，重新拾起筷子，像寵愛孫女似的望著予善點頭。

佩嫻幫母親收拾廚房。

「你爸問你幾時回台北，不是想讓你早點走，」母親邊擦拭桌台邊說，「他在給你準備一大堆粉乾，怕晾曬來不及。」

佩嫻看看母親嘴角露出的笑意，心裡暖了一下。一直以來，她都未曾感受過一個父親對女兒該有的關切。向來嚴厲的管教和詢問，似乎她只是個不夠成器的兒子。

「是哦……」佩嫻接過母親手裡的抹布，繼續擦著，「但他永遠都在怪我，我知道。」

「以前的事情就不要再講。」

對予善來說，這一次宜蘭之行卻是成為了她的聽故事之旅。在瞭解了林家最年輕一輩的往事之後，林家爺爺的年輕時代，將時間又帶回了予擅長大的地方，不一樣的舊年代。

佩嫻從父母的麵店回來後，爺爺與她們在客廳的沙發上聊天。奶奶端來好多水果，在大陸，予善不常吃這些蓮霧、芭樂之類的水果，但也是入口酸甜，讓人很快就喜歡上了。

老人得知了予善的來處，以及與佩嫻、佩希的少時友誼。予善還說了許多家鄉這十幾二十年的變化，城區已經從市中心那一片開始漸漸全面改造了，鄉下與城裡的公路已經修繕得十分便利。只是這幾年，橘子的種植狀況不如從前，年輕人外出打工，好多農田被徵用造了公共設施，村裡家家戶戶造起了小洋樓，深秋滿山金黃的景象也不似從前了。爺爺問起當年他找尋的那個老屋，予善隱約記得那個破屋還是老樣子，但周圍的雜亂現象已經被造新房的鄰居們收拾乾淨。她本身多年在外，回家的次數不多，這一兩年偶然經過一次，似乎那個破屋是半山一片的人家裡，唯一滯留無人處理的一間，村委也無法擅自拆除。

　　那個老屋的主人身在何方,是林爺爺幾十年的心結。他用手掩住雙眼,抹掉淚痕。

　　在予善一點點描述如今的家鄉面貌時,林爺爺仔細地聽著,在腦海裡做著跨越二十年與六十年的對比,思緒回去了,他講起他的小城年代。

　　一九三五年,林佩嫻的爺爺林少祥出生在浙江橘城的一個山村。橘城特產橘類,主要是椪柑,還有蜜桔與胡柚等,陸遊曾寫道,「午酌金丸橘,晨炊玉粒粳」。每到深秋採摘時節,整個城市流動著大量的金黃色柑橘水果,外來的商人下榻城區的客棧,從農村收購柑橘再加工,運到外面的世界去。

　　和很多農村家庭一樣,林少祥家境貧寒,務農為生。父親得病走得早,他與母親還有哥哥種地過活。起初,兩兄弟都要走很多裡地去上小學,後來,少祥便不再去上學了。母親說家裡的男娃必須有一個上學,拼盡了家當,送哥哥林少安上中學,是戴笠的兒子戴藏宜所任校務的雨農中學。可少祥偏是個愛讀書的,尤其著迷那種拿著書本晃著腦袋念啊念的讀書人風範。他時常從田間偷跑去哥哥的學校,手裡拿根爛樹枝,在學校裡面邊躲藏邊遊蕩。少祥有時還偷哥哥的書,以及不知從哪兒弄來的一些破書,無論是否看得懂,無論是學堂書還是小人書、連環畫,書籍成了他最大的收藏品和愛好。母親並不反對他,只覺得生計現實,對少祥不公,心中無奈。

　　一九四九年,林少祥十四歲。時局到了相當動盪的時刻。陳儀被政治移禁橘城。中國人民解放軍由安徽和江西入浙西,開始解放浙江土地。橘城槍響一片,少祥的村莊裡聽到連綿的槍炮聲,同日本人入侵時候一樣風聲鶴唳。

「我的！就是我的！」一日，少祥搶過哥哥抽屜裡的筆，撒潑地對母親叫喚。

那是一支派克51鋼筆，筆帽是精緻的波浪紋，在當時的年代代表了一種身分。哥哥為何有如此稀罕的東西，看著就是不便宜的樣子，少祥以為，又是母親的偏袒，浪費家裡吃飯的錢，給哥哥不知從哪兒弄來這好東西。不說鋼筆的昂貴程度，少祥做夢都想要一支像樣的筆，可以像做儀式一般在紙上工工整整地寫字。他氣壞了，家中平日連吃飯都幾乎數著顆粒，自己不能上學，甚至連只炭筆都要小心翼翼省著用，可哥哥居然能得到這樣一支漂亮的鋼筆。

少祥本想把鋼筆往地上砸去，用腳踩爛來洩憤，轉念一想，占為己有更為劃算。他向母親撒著潑，一把把筆搶過來塞進自己的衣裳口袋裡，轉身就往門外跑，頭也不回。

「就是我的！」他堅定地喊。

母親在後面追，她要追的哪是那一支鋼筆，是在追孩子的命啊。

鄰裡四舍從頭天早上就開始相互告誡，抓兵的來了！家裡的青壯年男娃能跑則跑，跑不了的要藏好，藏山頭裡，藏地窖裡，總之要隨時躲過抓兵的。林母想讓兩個兒子跟著鄰居的男娃跑到橘山的茂密處，孩子們熟悉農田地形，可以在種橘子的梯田式山地上一層層躲好。少祥總不能真正明白抓兵事實的殘酷，總愛在家裡磨蹭不肯往外跑，一會兒翻翻破舊的書，一會兒在地上臨摹書上的字，任母親如何苦求，總那麼一副不知災禍的樣子。

而少祥的哥哥少安的蹤跡就顯得神祕起來。他待在雨農學堂的時間越來越長，常常甚晚才靜悄悄地回家，根本不是上學的正常時刻。母親問他到底何事，也急切地告訴他抓兵的危及，少安總是安慰並搪塞著母親，「娘，不打緊，我在學堂有事要做，學堂現在安

全。」

「都這個時候了，學堂何來這樣多的事，要個學生天天守著不歸家？」母親還是滿腔疑惑。

「娘，我有分寸。這些糧食拿著，讓少祥一定躲到山裡去。」少安從學堂裡不知怎麼弄來了些許糧食交給母親，戰亂時刻，母親對這即將到了成人年齡的孩子有些不知所措，她不懂時局的事情，但感覺到大兒子做的事情，埋藏了祕密或是風險，可又心知自己一定問不出個所以然來。

自然，那珍貴的派克51鋼筆也是少安從學堂裡帶回來的。母親後來才知道，學校裡一些有頭臉的人物從上海回到橘城，將派克鋼筆送給少安，少安被器重與說服，和一些同學一起，為學校辦事。那鋼筆帶回家，少安想著總算有這麼一件值錢又氣派的物什，可以送給弟弟當禮物，填補他那麼多年念書寫字的夢想，也算彌補自己心中的愧意。

少祥跑出老遠，母親再追不上了。她停下腳步喘著氣，抹掉額頭上的汗珠，還有一路跑著流出的鼻水，心想著，跑吧，跑得越遠越好，越遠越好啊。

十四歲的林少祥和母親鬥著氣，玩耍似地跑出了老遠，穿過屋後稀疏的橘子林和菜地，又跑遠去了山腰的林子裡。林子裡安靜得只有鳥叫，風吹上橘樹枝頭簌簌作響，橘樹葉子的氣味飄進少年的鼻子裡。間或從更遠的地方傳來悠長的戰火交錯聲，一聲聲回蕩著，不知是回音未斷還是炮聲連綿。少年在無人的林子地裡第一次緊張害怕起來，一直以為自己對炮火聲已經習慣，但到了現在這空曠的地帶，前無人，後無人，那從縣城傳來的戰火聲就顯得格外清

晰和真實，真實到好像正往這邊來，且無人能援。

　　他繼續往前走，走上一片片林子之間的小道，小道旁長滿了狗尾巴草，已經快長到少祥的腰部那麼高了。平時孩子們跟著大人上山幹活，走在野草叢生的小道上，總會趁著大人們在前方挑擔的工夫，扯開雙手把狗尾巴草一路薅過去，采滿了一大束毛茸茸的野草捧在胸前，再從路上撿個乾稻草捆成一捆，好似為自己獻了一束綠色的花，從上面不斷飄落窸窸窣窣的草絮，飄到臉上都覺得快樂。

　　此時的少祥覺得無所事事，照樣一支支采著野草，慢慢地采，捏成一小束。他摸了摸衣服裡的鋼筆，拿出來上下端詳著，隨手把野草束扔到一旁，拔出筆帽，仔細看看那精緻的筆尖，以及周身精緻的顏色和紋路。真是個好東西，就是我的！他心裡還鼓著一股不服氣想著。

　　接下來去哪兒呢？少祥踢著路上的沙石子漫不經心地往前走，給鋼筆套上筆帽，他正小心翼翼地準備放回衣服口袋時，忽然被一只手用力地往路的一旁拉了過去，摔進了已經乾涸的小溪溝裡，嚇了一大跳。

　　定睛一看，是住在自家附近小山包另一頭的林騰輝。騰輝比少祥只大了一歲，也不念書，在家幹農活是一把好手。他身強體壯，上躥下跳的本領可大。他被父母告知抓兵的事情，要求他早早地跑進林子裡躲著。同村的其他小夥子也都進山躲著，大家商量著不能紮堆躲在一處，得分開了各自找隱蔽地點才能不引起抓兵的注意。溪溝旁邊有幾棵較大較密的橘樹，再往後便是一個低矮又向陰的小山坡。小山坡大概兩米多高，潮濕的環境讓那裡長滿了各種濕地草植，甚至還殘留著好些春天生長的馬蘭頭，角落滴著從上方流過來的小溪水。

　　少祥被騰輝連拖帶拽地穿過幾棵橘樹，來到潮濕小山坡下。騰輝早就從前方小路上采來大堆大堆的狗尾巴草鋪在地上當坐墊，坐得舒服又防水。他還從林子地裡撿來一個破罐子，從樹上草上抓來小蟲，小水溝裡抓來小魚，全都放在破罐子裡把玩，排解無聊。

　　「你幹什麼呢少祥！你一個人在大路上晃蕩什麼呢！你不怕被抓兵啊？」騰輝壓著自己的嗓門，瞪大了眼睛問。

　　「到底抓什麼兵？這麼多天了也沒見抓兵啊。」少祥依舊懵懂，「而且我們還這麼小，我十四歲，你十五歲，不是說十八歲才能當兵嗎？」

　　「現在不管幾歲啦，是個男娃就被抓去當兵。」騰輝解釋道。

　　「被抓去當兵到底要做什麼？打仗嗎？」

　　「打仗！在子彈堆裡打仗，不知道什麼時候就死了。到時候你娘咋辦？」騰輝說。這時又響起一兩次極響的炮聲，孩子們不知道什麼時候才能夠結束這一切，彷彿這就是他們日常生活的必經狀態。騰輝說著邊豎起耳朵聽了聽，目光往天上看去，在提醒少祥這些都不是開玩笑的小事，隨時都可能延伸到自己的身邊。

　　少祥聽到「娘」，想起剛剛和母親鬥氣一口氣跑出來老遠，心裡的不服還未完全散去，可聽到遠方傳來的戰火聲，如果真的被抓去打仗，可能真的會再見不到母親和哥哥呢。他沉默了一會兒。

　　「騰輝，那我和你躲在一起吧，行不行？」少祥問道，眼神裡彌漫著懇求。

　　「那好，那我們一起待在這裡，別出聲。天黑了再說。」

　　少祥像是抓到一根救命稻草，也坐到了騰輝的狗尾巴草墊上，一起悄悄地逗弄起罐子裡的小蟲小魚。

　　過了許久都沒人經過林子地和那小路，兩個少年靜靜地躲在小

山坡後面，好像執行任務一般。這時，少祥忽然想起什麼，用手去摸衣服裡側。派克鋼筆呢？回頭一想，定是在騰輝拽他的時候給掉了，他猛地心疼起來，轉身就要出去找鋼筆。

　　騰輝拉住同伴，相當謹慎地不准他出去。少祥哪裡肯，那是他身上、乃至全家最值錢的東西了，他非得出去。騰輝拗不過，囑咐他聲音要輕巧，動作要快捷，眼力要敏銳，別在小徑上多逗留，少祥便一個翻身往橘樹裡鑽了過去。

　　狗尾巴草堆裡左翻右翻，前面一堆後面一堆都找了，還是沒有。騰輝已經在喊他回來了，可他依舊起勁地翻找著。終於是在溪溝裡的石子和枯樹枝中間看到了鋼筆的影子，少祥連忙跨出腿，跳進溝裡去撿。用衣衫擦拭掉鋼筆上的沙灰，打開筆帽檢查檢查，應是無大礙，重新蓋上往懷裡塞，臉上露出萬幸的喜色。

　　少祥正抬腿準備鑽回小橘林裡，最不幸的還是來了。

　　「別動別動！」一小隊殘兵快速地從前方小徑奔跑過來，互相示意著這邊有個男娃千萬別放過。他們衣著破舊，有的還帶著血漬，一些傷口處被髒髒的紗布粗糙地包裹著，穿得還不如一般村裡的百姓。殘兵們拖著逃難的身軀，裡面混著兩三個十六七模樣的男娃，看來也是不幸被抓了兵的。殘兵和男娃們都背著扛著一些殘存的武器火藥之類，個個精神疲倦，掛著生無可戀的神情。有兩個兵發現了小路上的林少祥，這樣一個青少年男娃，這一小隊人馬自然是怎麼都不願放過的。

　　少祥來不及害怕，急急忙忙往林子裡鑽，衝到小山坡，拉上騰輝就跑。

　　「抓兵的來啦來啦！快跑啊！」

　　兩個少年飛似地拔開腿，往山坡的那一頭繼續上山跑，連跑帶

跳。後面的殘兵也循著少祥的路徑徑直追過來，絲毫沒有因為自身的疲累而想放棄的意思。兩孩子跑，一隊人追，鬧得橘林中的空氣迅速地緊張起來。

騰輝跑得飛快，腳步沒有慢下來；少祥這個小書生的身子骨，在奔跑和爬坡的過程中漸漸開始體力不支，騰輝拉他拽他，拼命告訴他不能停，真被抓了，可就不能回家了。

不能回家……這念頭實在可怕，少祥鉚足了勁繼續跑。

山林地勢多變，少祥終究是被一條大樹枝絆倒，撲騰一聲摔在了地上。

騰輝趕忙來拉他，拽著胳膊爬起來，抬起頭來剛要往前繼續逃，兩個繞小道的兵從前頭包抄過來，迎面撞了個正著。想回頭逃，後面的兵也來堵住了去路。他們頓時間扭打起來，那兵兇狠地用槍托撞著他們的頭，抓起他們的兩個手臂往身後綁。兩個少年的內心，頓時湧上完蛋的恐懼和灰心。

就這樣，林少祥和同村的夥伴林騰輝一起，在十來歲的年紀，被國軍殘兵在路上抓了「壯丁」。

兩個少年像是犯人一般被押著往前走，他們完全不知道前方的路通向哪裡，這樣的行走要持續多久。走了沒多遠，殘兵們將身上的行李分好，一件件往兩個少年身上扛去。那個親手抓住他們的兵左胳膊纏著一圈圈紗布，看樣子已經綁了好些天了，他還將自己身上的四發炮彈也分別放到了他們身上。少祥頓時就被這超負荷的重量壓了下去，一個踉蹌就摔倒了地上。

這一摔，就摔出了一連串的眼淚水。

「他身上的分我一點，我來扛。」騰輝見狀便定定地望著殘兵

說道。

那個兵冷笑一聲，將少祥身上的一發炮彈加上一些行李轉嫁到騰輝身上。騰輝整好肩上和背上的一堆東西，騰出一只手去拉了拉還沒完全站穩的少祥。

「走，沒事。」騰輝給他打氣。他心裡也灰心害怕，可他知道少祥更害怕。

大的帶著小的一路走，走得太陽落了山，兩個少年發現自己似乎已經不認識眼前的方位了。穿過了自家村莊的橘子山頭，走進了另一個山頭，又從那山頭下來到了另一個村落，這裡看上去同樣的寂寥，路上沒有一個男子，總是些小孩、婦女和老嫗低著頭匆匆走過。

殘兵們一路上懶懶散散地聊著天，腳步時快時慢。兩個男孩子不敢多說話，偶爾互相看看，給對方一些安慰和信心。那幾個之前就被抓的男娃也不說話，一行人的身軀和精神都相當倦怠了。

「叔叔，我們到底要去哪裡啊？」騰輝抬起頭問了一句。

「什麼叔叔，叫大哥，哈哈哈哈……」兵們笑了起來。

騰輝叫了一聲大哥，又問了一遍到底要去哪兒。

「前面找個人家過夜。」其中一個兵說道。

「大、大哥，我們幫你們挑東西，到了前面過夜的地方，就讓我們回家吧。我娘不知道我出來。」少祥也抬起頭，唯諾地說道。這句話叫他眼裡又差點流下了淚水。

「還想回家啊！笑死了，還想回家呢。」左胳膊受傷的兵鄙夷地笑起來。

少祥心中掙紮著，真的不能回家了嗎？他忽然瞪著大眼，趁他們都笑得沒注意時，扔下身上的重擔就往外面跑。這一跑，惹的殘

兵們也十分緊張又氣憤，兩個兵立即掏出身上的槍桿子，「咔嗒」扳了一下扳機，槍口就迅速對了過去。

少祥聽到那扣扳機的聲音，立馬恐懼地停住了。這是他人生中第一次看到真正的槍，更是第一次看到槍口，直勾勾地對著自己。騰輝反應迅速，大叫著「大哥別開槍！」，把跑了沒幾步的少祥拉了回來。他繼續把自己和少祥的行李、炮彈分別裝好，用眼神看著殘兵們示意他們會繼續走。

兩個兵沒有收回惡狠的眼光，依舊瞪著他們。過了一會兒，才慢慢收回了槍桿子。

這回，少祥內心似乎真確認了這個事實，真的回不了家了。心跳因剛剛一幕的驚恐始終沒有平息下來，眼淚奪眶而出，他立馬低下頭，手上和肩上扛著東西，連擦眼淚的手都空不出來。

進了村莊，他們在一家農戶裡歇腳。家裡是一個老婦，兒媳還有兩個四五歲光景的孩子，沒有男人。

消息不久就傳回了少祥和騰輝的村裡，兩家母親焦急萬分，又透著灰心與絕望。林母坐在家中的灶台邊發愣，她體會著就這麼失去一個兒子的痛楚，無助悲痛。

愣了許久，林母站起身來，哪怕最後搏一下，也要賭上一賭。她說動騰輝的母親，去找了另外幾個被抓兵的少年的母親，一道往他們今晚歇腳的村子走。

母親們都帶著布口袋，裡面是各種乾糧，能裝多少裝多少。幾個女人踏著夜色，抱著最後的一點希望上路了。

不知是走了多久，幾個人走到了那戶人家屋旁的地裡。月色映得村莊一片亮黃，幾個母親躲在屋外，一聲不吭地聽著裡面的狀

況。除了當兵的說話聲陸陸續續，男娃們和老鄉的聲音並不多。要怎麼才能探進去看看呢？

林母許久未說一句話，她只是四周張望著，看是否能找到旁門往裡瞧一瞧。

土房子的屋頂有個大窗戶，支著一根根木條，有幾個洞，零星幾只鴿子撲棱撲棱地在洞口徘徊。原來是個養鴿人家，大部分鴿子都歇息了。林母在屋後找到主人備用的木梯子，搬過來就往上爬。她儘量躡手躡腳的，從窗戶往裡屋各個視野可及的方位張望。少祥和騰輝正坐在角落的地上，兩人依偎呆坐著，看著一個個滿身塵土的兵們休整家當。林母眼睛直直地望著兩個孩子，他們的眼光很少轉動，讓她心生著急。

其他母親在下面望著風，時刻注意著躲藏。好容易等到騰輝被左胳膊受傷的兵叫起來搬個東西，騰輝一抬眼睛瞥見了林母，眼神忽的亮了起來，又立即裝作沒事般應付士兵去了。一直到了屋內安靜，騰輝帶著少祥極為小心地來到了養鴿子的一角，讓少祥爬了上去。

「娘，娘我想回家……」少祥一見到母親就酸了鼻子，強忍著輕輕嗚咽起來。騰輝囑咐過他要小聲一些。

「兒，娘不知道怎麼救你出來，把這些燒餅拿著先。」林母掏出身上所有的燒餅乾糧塞進鴿子洞給少祥。

「娘，我想回家。我錯了，我不搶哥的鋼筆了，我不要這個鋼筆。」少祥從衣服裡拿出那支派克鋼筆，使勁塞給母親。

母親把鋼筆塞了回來。「祥啊，你哥說了，這個好東西本來就是帶回來送給你的，他知道你喜歡看書寫字。兒，娘對不起你，娘知道不讓你上學對你不公，但娘和你哥都心疼你，你不要記恨我們

知道不知道？」母親落淚。

「我不恨我哥，也不恨我娘，我想和娘回家，我想回家……」少祥說著哭得更大聲，母親連忙來摀住他的嘴，兩人此時已都哭成了淚人。

近在眼前的碰面，卻預示著長久的分別。林母知道幾乎不可能帶走孩子，她權當這是一次告別。

幾只鴿子飛騰著叫喚起來。殘兵醒了，衝過來厲聲驅趕。林母和屋外的母親們哭成一團，拼了命地央求他們，至少允許和自己的兒子道個別。每個人最後都只說了寥寥幾句，殘兵們就開始喝退母親們，又紛紛裝腔作勢地拿起破舊的槍桿子威脅這一群婦人孩子……

女人們匆匆結束了這樣的訣別，往自己的村子走回去。她們或許預料到，也或許不願相信，這就是永別了。

這一夜，少祥忽然明白了很多事情似的。原來母親和哥哥，是生命裡最親最重要的人，這樣的離別真的是永別嗎？以後很難再見到他們了嗎？他的腦子裡一時間實在無法反應過來，更無法理解這一次告別所帶來的往後生活，是怎樣的一種人生狀態。他問坐在一旁的騰輝，最後和母親說了什麼。騰輝說，他答應他母親，不管之後走到哪裡，要盡一切力量逃回來。

翌日，這一支殘破的行軍隊伍繼續往前走。少祥和騰輝的肩膀都因為前一天的負重有些紅腫了，可這一日少祥咬著牙忍住了苦累，默聲地服從挑擔的任務。他記著騰輝說的，有機會就要盡一切力量逃回家。他想，這就是希望。

又走了好久，停停歇歇。夜半時分，他們已經走到了橘城下屬的郎縣。郎縣有一條大江，一直沿河伸向橘城，再往北，便是杭州和上海方向去。大江的渡口在朗縣的貨運集散地，殘兵們領著一路抓來的年輕男娃在渡口附近轉悠，找歇腳之地。左胳膊受傷的兵在渡口一直徘徊不去，他知道貨運集散地一定有油水可撈。

軍統戴笠出生於郎縣。時值新中國解放前夕，國軍敗兵四處逃散，他唯一的兒子戴藏宜已計畫逃亡台灣，在那之前，他早早打包好了所有雨農中學的家具和各項財物，想先行運回郎縣。這一夜，雨農中學的大批家當正隨船到達了郎縣的大江渡口，成為了四周遊蕩的國軍殘兵的獵物。

夜晚船隻靠岸時，下起了雨，越下越大。隨船的人員不敢鬆懈，準備搶掠的殘兵們更沒想放棄。很快，各路殘兵一擁而上，哄搶起各種財物，大件小件，值錢的不值錢的，雨夜裡視野不夠清晰，大家能拿什麼便拿什麼。船主大大慌了陣腳，完全阻止不了任何一方的搶奪，喊破了喉嚨，眼睜睜看著船上的物件一樣樣被移走，無能為力。一時間渡口場面大亂，船主和強盜的對抗，殘兵和殘兵之間的爭搶，哄然一片。

少祥和騰輝被他們那一隊兵用力懟著去搶東西。騰輝拉著少祥往船上衝，衝到人群裡，別人怎麼做，他們就學著。

少祥怯生生地從一個被撬開的大木箱子裡拿出一方厚重的硯台，上下看著，還沒弄清楚手中之捧何物，一張臉忽的映照到自己面前。

是哥哥，林少安。

「少祥！」少安的聲音在雨水中顯得有些模糊。

原來林少安在這一段時間都逗留在學堂中，是被學堂的領導分

子挑中，囑託他一起打包家具財物，再加入逃離的隊伍，將學堂的一切家當都運往戴藏宜在朗縣的處所。他的派克鋼筆也是戴藏宜所贈。雙方交鋒，一面是守財的少安，一面是強搶的少祥，面面相覷。

兩人對視愣了一刻。少祥放下手中的硯台，轉念反應過來，「哥！哥！我被抓兵的抓住了！哥，我想回家啊！」他甚至忘了問哥哥為什麼也會在這裡。

少祥繼續央求著哥哥帶他走，騰輝在一旁默默地等待他們接下去的對話與行動。搶奪的過程依舊在繼續，船上的物件一樣樣少去，衝突也在加劇。

少祥看哥哥遲疑不說話，又開口道，「哥！我搶了你的寶貝鋼筆，和娘鬥氣才跑出來的。娘跑來找我，她說這個鋼筆是你本來就打算送給我的。對不起哥，我錯了！我再不小心眼，再不和娘鬥氣了！你帶我回家吧！」雨水不斷滴進他的嘴裡，他被嗆了一下。少祥說著便要去衣服裡掏鋼筆，被少安按住了。他伸手撫了撫弟弟濕透的頭髮，眼神接過弟弟投過來的求助、甚至是懺悔和乞求的目光，十四歲的臉龐，在哥哥的心裡也不願相信，這樣倉促又對立般的見面，難不成真是永別？

「林少安，把那個小強盜抓過來！快點！」背後的同僚大喊道。

少安未動，他腦海裡迅速轉動著要怎樣應對。

同僚看少安無所作為，自己往這邊衝了過來。林少安對著騰輝和少祥低沉說了一句，「快跑，快跑！」同僚已經到了身後，少安迅速站起來擋住了他，給兩人使勁使眼色。騰輝慌忙拉起少祥的袖子，從另一邊箱子後面逃走了。

大雨繼續下著，雨農中學一船的家當被洗劫一空。

　　少祥和騰輝因為沒搶到什麼東西，被抓他們的殘兵們好一頓訓斥，加上一點拳腳，打得少年心灰意冷。

　　這是少祥最後一次見到哥哥少安。少祥在被迫幫著抓他的人，去洗劫哥哥學校的東西；哥哥學校的人也要抓他，哥哥叫他快跑……

　　郎縣那一夜的雨，混著叫囂和打鬥，混著與最後一位親人的狼狽告別，下了一生。

　　又不知走了多少個日夜。每個日夜裡少祥的心底都強烈地思念著母親和哥哥，他實在無法全盤接受這個莫名的事實，在路上的閒晃，竟成了離別的徵兆。不知騰輝心中是否還在繼續盤算著「逃回家」的辦法，眼看著離家越走越遠，少祥覺得，在這個不安的年代，不管是孩子還是大人，都是多麼得需要一個「希望」。

　　後來，筋疲力盡的一行人到達了浙江舟山。碼頭上人頭攢動，好些人拖家帶口，帶了滿滿的家當等待著，另一部分則是和少祥他們隊伍一樣的落敗士兵，以及被抓了壯丁的男性們。大家都望向前往無邊的大海，一艘艘大輪船像是裝貨物一般收攬著一批批人口。少祥心中的疑惑更大了，要上船去哪裡呢？海那麼大，以後到底要怎麼回家？

　　兩個少年戰戰兢兢地詢問著旁人，船要開去哪裡。

　　他們第一次聽到這個名字，台灣。

　　所以，他們在開往台灣的大船上，想像著台灣是一個怎樣的地方？魚米富庶，還是窮山蒼涼；和平安詳，還是戰火連綿。想著想著，少祥又哭了起來。那台灣長什麼樣，於他何幹，他真正應該關心的是母親和哥哥，是自己的家啊。

　　十五歲的騰輝第一次落了淚，上了這船，還怎麼回頭呢？再堅

強的男娃，也抵不住如此的苦難。

少祥忽然從衣服裡拿出那只小心翼翼收藏的鋼筆，用憤怒的眼神看著它。

「少祥你這是做什麼？」騰輝問道。

「騰輝，我真恨這該死的玩意兒。沒有這個，我就不會和我娘鬥氣，就不會跑出去，也不會連累你，害了你和我一起被抓。我真是個沒用的人，丟了娘，丟了哥，現在還要去那聽都沒聽過的什麼台灣島。都是這個鋼筆害的！不，說到底不是這個鋼筆，是我自己。讀什麼書！寫什麼字！讀書寫字作什麼用！都是害人的玩意兒，沒有娘，沒有哥，要讀書寫字作什麼！我要踩爛了這支害人的筆！」

還沒等少祥作勢要將筆伸到鞋子底下，騰輝一把奪過這支派克鋼筆，用自己的衣袖擦了擦，還給少祥放好。

「你別這樣。你這支筆，是不是可貴了？」

少祥點點頭。

騰輝往四周看了看，悄悄對少祥說，「那你就更要放好啦。誰知道到了那個島上是什麼光景。說不定到時候我們還能用這支筆換點錢，或者用它換點別人的幫忙，說不定我們還能再坐船逃回來！」

還能坐船逃回來？少祥聽著這話像是希望，雖然覺得如此工程巨大，但總比沒有希望的好。他想了想，點點頭，把鋼筆重新放回衣服裡，和騰輝說，那麼現在就讓兩個人一起保管好這支筆，說不定是救命的東西呢。但他還是堅持，以後再不讀書寫字了，因為他覺得是讀書寫字，把他害到了這般地步。

騰輝聽了沒說話，不知如何作答。

　　兩個少年在大船裡的一個角落聊著天，相互作依靠。輪船晃晃悠悠，每一秒都在靠向海峽對岸陌生的台灣島。大海無邊茫茫，天空映襯著大海的廣闊，好似無聲地向天地間的人類宣告一種偉大與渺小的對立，以及共存。命運在這輪船上悄無聲息地時刻上演著，此時海上的每一個人，都在經歷著人生中最重要的轉折之一。前方的道路抹去了從前的人生軌跡，每一位乘客的命運，都在靜默地被改寫著。

　　多麼神話般的航程，從這一頭到那一頭，就像從一個世界，到了另一個世界。

　　從基隆登陸，一下船，管制的人員命令所有阿兵哥扔下手中的槍支武器。東西放一邊，人走另一邊，所有部隊重新整編。林少祥和林騰輝在台灣島的初期生活，隨著遊散晃蕩的殘兵一樣窮困潦倒。大部分殘兵因在大陸打了敗仗後都士氣低落，滿腔怨念，登島之後改不了胡作非為的習性，為了生存，開始做偷雞摸狗的勾當。兩個少年被調進部隊，在軍中受差遣，部隊情況好一些，他們也好一些；部隊無糧接濟，他們也自生自滅。睡過火車站，做過小工，在部隊裡打下手，經歷了生活困苦的種種考驗。

　　而無論走到台灣的哪個角落，他們始終都抱持著遲早要回浙江老家的念頭，條件再多阻礙，這個念頭就是活下去的希望。

　　年歲如白駒，日夜的盤算怎麼都沒能形成切實的回鄉計畫，生計已艱難，遙遠的大陸家鄉隔著白茫茫一片海，輕輕的一招手，大概只有飛過的海鷗能瞧見。

　　少祥的執念裡，充滿了對「讀書寫字」一事的悔恨。雖一直留著那支珍貴的派克鋼筆，但他再也不想看一本書、寫一行字，他始

終覺得，對讀書寫字的偏好是導致他離鄉悲劇的導火索，甚至是罪魁禍首。直至有一天，目不識丁的騰輝拜託他寫一封信，想寄給老家，他才發現讀書寫字的好處，它是有用的、進步的。罪魁禍首不是讀書寫字，應該是戰爭，應該是欲望，又或者是這個時代的悲哀。

他們寫了很多信，明知難以寄出，更難以到達親人的手中，但每次提筆的一句句肺腑之言，思念之切，都是對自己莫大的安慰。還是那句話，「希望」是活下去的動力啊。

後來，信箋越積越多，每每再提筆，都是錐心的痛楚。從十四歲就開始書寫的字字句句，遠方的母親呵，親人呵，可否從心意相通的靈魂裡聽到一兩聲孩兒的呼喚？那支十四歲與母親鬥氣搶奪的鋼筆，保留了多少個十年，放在層層疊疊覆蓋的木盒子裡，像是收藏著過去歲月的聲聲悲泣與思念。

林少祥是最早一批住進眷村的大陸老兵，他們被稱作「榮民」。而後，他有幸通過自己的寫作才華結識了溫柔賢淑的妻子。妻子出生於日治時期，會說日本話，從前還有日本名字，穿日本人的衣服。林少祥懂得每個人於時代的無奈，時代賦予的一切都不得不在日常中接受。妻子也深知自己的血緣淵源，勤學國語，在1945年台灣「光復」後便開始教授中文，越來越關注中華文化。纖弱的女子也有著堅毅的民族之心。

娶妻生子，有了普通的家庭，或許是上天在少祥的後半生裡所給予的最大饋贈。他給他的台灣妻子做家鄉的吃食，最令他難以忘懷的就是橘城的粉乾，特別是在夏天，用涼開水焯過的粉乾爽滑有彈性，涼涼地配上各種佐料和小菜攪拌，便是滿滿的家鄉幸福味。

蔣經國執政的年代，台灣如火如荼地進行著十大建設，大批的單身老兵們被分配去挖山修路，林騰輝便是其中之一。他終身未

娶，少祥說，剛毅如林騰輝這類人，勇敢又敦厚，你以為他能夠直面所有的苦難，無畏向前；確實，在台灣生存的苦他沒有少吃，勤奮肯幹，可往往這樣的漢子，內心會有一個最脆弱又固執的地方，誰都碰不得，連自己都碰不得。騰輝終生想著回家，他每日傍晚都會朝著大陸的方向磕頭，他覺得母親在海峽的那一頭，總能感知到他做孩兒的赤誠之心。不管身在何方，不管何時能歸，更不管是否能歸，他永遠是屬於浙江橘城那個橘子山頭的村民，他就不願在其他地方留下永久的牽絆。

　　騰輝的信箋都是自己口述，少祥代筆，厚厚一澀。有些托人寄出了，從沒有回音；有些終生躺在他的布包裡，枕著它們入睡，總想著要是能這樣托夢給遙遠的親人便好了。他在挖山開路的工程中辛勤勞作，捧傷了腰後，和老兵工友們一起造房子種菜，孑然一身地生活。

　　蔣介石的「反攻大陸」口號喊了一年又一年，消磨了所有老兵回家的耐心，兩岸的緊張局勢對立了相當長的時間。如同其他人一樣，少祥和騰輝看到回鄉的希望越來越渺茫。台灣的地勢多樣，那些山川、平原、大海，時常能讓視野延伸著看到很遠。這樣一個海島，會讓人的內心也產生與之相像的孤獨佇立之感，明明家鄉就在那一頭，可為何遠得像在天邊。

　　騰輝直到離世都沒能實現回家的願望，而他流離的一生，只不過是大陸幾十萬老兵中很普通的一個。他走的時候，中國現代化開始提升全中國的生活水準，也是騰輝離開家鄉的第三十五年，他屋外的菜地正接近小豐收，台灣的春季剛剛到來，和浙江比起來可是暖和多了。他曾嘗試著在菜地旁邊的小林地裡種橘子，品種和家鄉的不太一樣，規模也不大，幾棵橘子樹上的果子在冬季已經被採

摘，整整齊齊放在紙盒子裡。他手裡握著一個橘子，入他的夢，飄過海峽，終究歸去故裡。

「白髮娘，盼兒歸，

紅妝守空帷。」

第二年，台灣解嚴，當局開放老兵回大陸探親。少祥來到騰輝的墓前，告訴他，我們可以回家了。

「而現在，

鄉愁是一灣淺淺的海峽，

我在這頭，

大陸在那頭。」

——余光中《鄉愁》

佩嫻的爺爺林少祥此刻坐在台灣宜蘭的家中，電視裡是熱鬧的台灣家庭電視劇，奶奶在一旁削水果，聽著這個她只參與了後半段但也熟悉不過的人生故事，這平凡的老夫妻組成的家庭，看似平淡安然，卻映襯著一個時代的縮影。林爺爺手裡拿著那陳舊但整潔完好的小木盒，拿出裡面塵封的派克鋼筆，自顧自地微微搖了搖頭，臉上的笑容彷彿是和老朋友打著招呼。

予善心中的暖意和歡愜同時波動著。眼前的林爺爺和自己的爺爺一樣慈眉善目，樸素的面容與衣著，年齡也幾乎相當。她想像著在三四十年代，兩位爺爺還正當少年時，或許都曾在橘村的某個山頭、某個土坑裡一起玩耍過呢。予善回味著這個從遙遠年代走來的故事，遙遠又近在咫尺。兩輩人互相描述著各自年代的橘城景象，是時間的刻畫，進化著同一個鄉土靈魂。

　　她還想著，等下次回橘城，定要向自己的爺爺問一問他的從前，也可幫林爺爺找一些尋親線索。

　　宜蘭的冬季略顯蕭瑟，寧靜得讓人只想聽風聲。予善感到心中滿滿當當，這個台灣家庭有著自己的過往與故事，如同所有千千萬萬的普通家庭一樣，一代一代，踏著相同或不同的土地，沉澱進每個人的人生。

　　佩嫻的後備箱裡裝滿了長輩為她準備的食材和用品，當然少不了大家都愛吃的浙江粉乾。父親默默為她裝著車，過後便坐到門口的石階上逗弄可親的金毛大力去了。兩個年輕人上了車，揮手道別，大力也興奮地衝了過去。父親和佩嫻點了點頭致意道別，隨手整理起一旁的台階石塊，並未再注目送別，只是兀自在門口坐了許久。

第三章

「好在一輩子有多長，又有誰知道」

1.

　　回到台北，希希麵店的菜單更新了不少，予善也很快熟悉了改良的食譜，做起佩嫻的全職幫手，也能獨當一面管理起店鋪來。那個曾經陸柏承常坐的座位，已經漸漸淡化了原先的影子，只要自己不去想，就沒有什麼不值得的念念不忘。她會這樣暗示自己。

　　嚴宇凡照常會在空閑時來店裡幫忙，漫漫帶著小美在一旁玩耍，這樣的例行日常，反倒讓予善覺得安心與充實。

　　佩嫻不知為何忙碌了許多，她說店鋪雖不大，但運營中需要處理的事務也不少，時常在外跑業務。她的大部分時間都給了「跑業務」和在家作畫，店裡的事情她很放心地都交給予善，也不再收取她的房租，並且給予應得的薪水。

　　予善不知道佩嫻到底都在跑些什麼業務，單說一個麵店的經營，不至於使人如此在外忙碌；包括佩嫻在家作畫時的靜默，她能夠感知到她內心的隱秘。但是從宜蘭離開後，予善開始理解佩嫻的心思，即使是猜不到，也不去問。

　　冬季進入最寒冷的時節，台灣照常是比其他地區更溫暖一些。夜晚打烊後，她們一同從麵店走回家。

　　「很冷誒。」佩嫻拉緊自己的外套，抬頭看了看天上，隨性地說著。

　　「不冷。浙江更冷。不過最冷的是瑞典。」予善也看看夜空。

　　「有多冷？」

「冬天呢，瑞典北部的積雪比膝蓋還高，下起雪來眼前都是白茫茫一片，我有時候連路都看不清。氣溫很低，我在浙江從沒遇到過那樣的低溫。天黑得還特別早，更北部的地方有極夜，冬天只能靠燈光度過。不過到處都是亮白的大雪，可以把所有地方都映襯得亮一些。下雪好美的，下雪的時候全世界都安靜了。」記憶裡開始下起了雪。

「最北部的地方，是不是能進入北極圈了？」

「是啊，北極圈裡的生活像另一個世界，你不知道，小鹿偷偷跑進住宅區還有超市的停車場，多可愛啊。佩嫻你見過極光嗎？像一大片綠色的布料在天上飄來飄去，那才像宇宙灑到人間的仙境景象！」

「我當然是沒見過啊，你呢？你見到極光的時候是什麼樣子的？」佩嫻問道。

「其實我也沒見過。那一年我和朋友坐了二十小時的火車從瑞典南部到北部，我們在北極圈的森林裡等了好久都沒看到極光，第二天聽說我們前一晚去的時間正巧錯過了。確實是遺憾，但我們都覺得這說不定是個信號，提示我們再等一個冬季，還得再去一次北極圈。」

「帶我一起去吧。我還沒有去過那麼遠的地方，都沒怎麼出過台灣。極光這麼神奇的東西，我也想看欸。」

「好啊，下次哪個冬天我們就計畫計畫，帶你去我念書的國家看一看！」予善睜大眼睛，好像眼睛裡就是北方的冬天。

「不要下次冬天了啦，就這個冬天吧。」佩嫻似乎是認真地說。

「這個冬天？」

　　時值冬季一月，瑞典那頭正是天寒地凍的時節，是看極光的好時候。佩嫻這般突如其來的提議，真真是一場說走就走的遠行；予善了解她風風火火的個性，可對於北歐旅行的各項計畫，這麼短的時間是否夠作準備。她本身也是喜歡在各處自由行走的人，可也詫異佩嫻何以如此突然又堅決地要去遠方旅行，是當作釋放多年心中的壓抑嗎？如果是這樣，不妨就陪她一次。

　　佩嫻沒有張羅著找嚴宇凡或者店裡的夥伴來幫忙顧店，她直接關了店門，不多加操心。

　　十多個小時的飛行，對予善來說是十足的煎熬。她恐懼飛機，並且在每一次航行之後都會更加深內心對於飛行的憂慮。長時間被鎖在密閉離地的空間給她巨大的無助與不安全感，她坐在靠窗的座位一動不動，時刻警惕著隨時會來的氣流顛簸。每次飛機的搖晃都讓她抓緊座位，挺直腰背，有時候需要拉開小窗往外看一看。窗外是大片的雲朵，從黑夜到白天再進入黑夜，不管是從哪裡照射來的亮光，只要能讓她看清雲朵的安靜存在，以及機翼還在穩妥地在原位運作，她的心裡就可以強行獲得一些安慰。

　　她心裡清楚地知曉這些恐懼心理的可笑，不敢對人說起她對此恐懼的各種想像，以及類似自欺欺人的自我暗示和安慰。她始終在想一個問題，到底是什麼樣的人才會如此害怕飛行。是害怕飛行本身嗎？還是害怕飛行過程中有可能發生的意外，以及這種意外通常都會導致的唯一結果，幾乎無可逃避的結果，死亡。她害怕的是死亡，是那種一旦發生便一切皆消亡的絕望感，沒有僥幸退路和重新再來，所有她想要的一切，都不可以去承擔這種沒有後路的風險。

　　可令她陷入困境的是，她總是一心想去到世界的很多地方探索

生活。這樣的矛盾，也是她不得不面對的，一次一次與自己的心理作鬥爭，寧願忍耐這種煎熬，也要坐上飛機去自己想去的地方。看來，還是自由的意願強過恐懼本身一點點。

佩嫻看出予善坐在飛機上的煩躁和不安，同時又拼命試圖隱藏。她不多說，只是每次在顛簸來臨時，不斷告訴她「沒關系」，一邊握緊她的手。佩嫻沒有恐懼，至少她不害怕飛行，她可以輕易地告訴自己，前方的風景一定比當前的不舒適值得期待，往前走就對了。

再次踏上瑞典的土地，予善一顆心完完全全地放下了。好熟悉的一切，這個北歐的富裕國家似乎不樂於大動幹戈地搞建設發展，幾年前的景象，彷彿是在昨天剛剛道的別，閒適依舊。

佩嫻大概是第一次穿上那麼那麼厚重的外套來禦寒。予善告訴她，外套一定要厚，但要易於穿脫，裡面也不要裹太多暖衣裳，因為室內二十多攝氏度的暖氣會給人另一個季節的感受。

這次再不用如學生時代般，為了省錢就坐二十多小時的火車北上了。她們坐了特快火車進入北極圈的基律納，這個被大雪覆蓋一整個冬季的寧靜瑞典小鎮。

火車到站已經是晚間，路燈光照射著紅磚房子的候車室外牆，雪花伴著冷風簌簌而下，在光束裡變得暖黃又晶瑩。空氣乾冷，靴子踩進雪地裡的聲音清晰乾脆，人們呼出的一團團氣息包裹著落雪，真叫人心生安寧。

第一晚她們宿在一家青年旅社。安頓好住處，兩個姑娘走進門前厚厚的雪地裡。佩嫻第一次見到這般壯觀的白雪世界。超市、商店、住戶都隱藏在低矮的房子中，半米多厚的雪覆蓋之上，像一層

層甜膩的白奶油或是霜淇淋包裹著萬物，乾淨柔軟；樹木被雪壓彎了枝條，亮白色的一排排大樹耷拉著腦袋，它們每個冬季都是以這種壓不垮的姿態等待下一個夏天的。小公寓的門前、院子裡，總是能看到很多被新雪又附上好幾層的雪人，大的小的，可愛的滑稽的，都已經和它們的小主人一樣沉沉睡去。

佩嫻覺得這雪夜的靜謐，給人的只有快樂。她跑進大雪中，張開懷抱捧起厚厚的積雪，快速搭起一個小雪山，拉著予善一頭躺了進去。她哈哈大笑著爬起來，看著佩嫻被崩塌的小雪山埋了個厚實，悄無聲息。她叫了兩聲佩嫻的名字，還是沒有動靜，便自己一頭紮進去拉她。佩嫻嘩啦一下蹦了出來，整了整帽子和圍巾，撣著上面的碎雪，對著予善笑得沒天沒地，笑到喘氣又咳嗽。

她們又跑到成排的樹下，輕輕搖樹幹。成堆的積雪從樹上倒下來，她們活脫脫變成了兩個大雪人。佩嫻還是笑得十分歡樂，彷彿這麼多年的笑聲，都是等到現在才全盤釋放。

雪夜裡傳來渾厚的鐘聲，來自不遠處的燈光搖曳處，是一座教堂。她們踏著漸漸密集起來的雪地腳印走過去，在教堂的最後一排輕輕坐下，看穿著隆重的牧師捧著經典講道。

滿滿當當的教堂，因為人們的虔誠和認真而異常溫暖祥和。這裡一點也不擁擠嘈雜，每個人的心裡都好像升騰起一束小小的光，用雙手小心托起，漂浮在教堂的堂頂之下，一起頌詩，一起祈禱，一起為謙和而善良的信念小聲許諾與祝福，照亮寒冷北極圈裡的這個黑夜。

瑞典語裡濃厚的日耳曼音調彌漫在整個教堂裡，佩嫻不甚理解他們在陌生的語言裡祝禱些什麼，而予善聽出這是基律納的瑞典語方言，與其他地區不太一樣，只能偶爾抓住幾個相近的單詞猜一猜

大意。可這些都不重要。北方土地的古老民族，在這歐洲北部的斯堪的納維亞半島上，似乎過著與世無爭的安詳生活，每一句親切溫潤的話語，每一個恬淡無邪的微笑，都構築著另一種生活的曼妙。

應該已經很久，佩嫻沒有這樣大笑、這樣享受安寧過。至少予善沒有見過她這樣的開懷與快樂，無所顧忌。她心中喜悅，慶幸自己熱愛的國度有這樣的地方，可以讓自己和重要的朋友如此歡脫又平靜下來。時間都變得單純了，一切都單純起來。那麼希望一切都可以如此延續下去，對於過去的傷痛，可以讓渺小的她們慢慢治愈，對於未來的生活，盡心力走得安穩。

第二日，從前在此相識的瑞典老爺爺亨利來旅社接她們。一日的旅程開始。

亨利的小卡車漸漸往森林裡開去，不多久到達一個房子，遠遠就能聽到好多狗吠聲。喜愛雪地生活的一群哈士奇已經在等待亨利的餵食，一頓飽餐後，雪橇已經準備妥當，亨利自己一輛，予善和佩嫻一輛，麻利地上路了。

哈士奇們賣力地往前奔跑著，帶領三人進入雪國的森林深處。

靜悄悄落下的大雪，飄著霧氣的白色森林，就這樣把人類與世俗外界隔絕了起來。這裡只有大自然的原始模樣，每一個物質個體，都在自顧自地享受天與地之間的生命韶華。只有冷冷的溫度可以撫慰這裡的乾淨皮層，讓一切都清醒而新鮮，沒有一聲聲落寞的歎息，沒有過去或將來的憂慮痕跡。純粹，純粹到讓置身於此的生物不敢再有不安的心情，至少是此刻，有什麼可以比擬眼前，如最初的萬物靈魂，無邪無恙。

　　他們坐著雪橇，再坐小皮艇渡過尚未結冰的森林溪流，最後步行進入小而溫馨的獵人棲息地。幾座猶如童話故事裡的漂亮小木屋，被這裡的獵人大叔們歸置得溫馨又暖和。予善和佩嫻在亨利的指導下，餵哈士奇，劈木柴，玩平地滑雪，亨利還請大家吃了麋鹿肉漢堡，著實讓人不忍下口。徜徉在無盡的雪世界裡，讓人愉悅地忘了很多事。

　　森林裡的天色早早就暗了下來。晚餐過後，兩人穿好厚實的防寒衣物，拿著手電筒和粗壯的樹枝，就往棲息地外的小樹林走去。

　　小樹林裡已經被獵人們開闢出一條好走的雪路，沿著已經淺化的腳印，就能走到外邊的空曠處。那是一片結了冰的河面，厚厚的冰面上還覆蓋著一整層的積雪，和一般的路面無異。有意思的是，這條約二三十米寬的河流，一半結了冰，另一半卻還是湍急流動的河水，清澈流淌，那聲響在夜間的樹木包圍中格外清脆動聽，像極了快速彈奏的叮咚琴聲。足夠厚的冰面，足夠綿密的積雪，讓她們舒適地躺在其中，枕著自己的手臂，眼裡盡是漫天繁星，腳邊是音樂般的流水聲伴奏。竟然一點都不冷。

　　星河好像在隨著小溪的節奏一起流淌過去，偶爾有微風穿過層層密林前來，帶著大雪撫過植物的氣味，從她們的臉頰須臾而過。那宇宙間的星星們彷彿一點也不遙遠，漆黑的夜空被掛上萬盞小燈，一副發光的圖畫懸在她們的視野裡，眼睛眨一眨，就能吞掉一大塊似的。

　　「我們住在這裡吧。」佩嫻一只腳架在另一邊的膝蓋上，咯咯地笑著說道。

　　「好啊！住在這裡！」予善也應和道，頓了一會兒，又轉過頭

去問，「為什麼你想住在這裡？」

「你不覺得，住在這裡，時間就像停止了一樣。」

「嗯……不過為什麼要讓時間停止呢？」

「外面發生的事情就可以和我們無關。」

「為什麼要讓外面的事情都和我們無關？」

「為什麼要有關呢？在這裡，只要吃得飽、穿得暖，好好活著就是一切意義，就能夠快樂。」

「我第一次來的時候，第一次看到這樣的景象，也希望這樣純淨的生活方式可以久一點。可我之後又覺得，外面的世界也是另一種樂趣，也有好多東西可以去追求。我願意多回幾次這個森林，也願意在外面的世界到處走。」

「人為什麼要有那麼多探究的欲望？每天讓自己舒適地睡去，再舒適地醒來，為了能夠再一次舒適地睡去而做完一天的大小事，這不就是每一種生物對自己應盡的所有義務了嗎？每個人，生一次，死一次，何必複雜地鑽這個世界的牛角尖，到頭來都只是一次無謂的過往而已。」

「可是……人不就是因為一場過往而變得不同嗎？」予善不明白佩嫻這一番話出自何意，而自己又為什麼要去回答。

「是否和別人不一樣，又有多大意義呢？每個人的結局難道不一樣嗎？」

予善沒再接話，許是這樣浩瀚的星空、廣褒的寒冷叢林橫互眼前，難免讓人心生敬畏與感慨，滋生著一系列與生命相關的莫名思考吧。

周遭靜謐，每一聲呼吸都被輕輕揉進潺潺水聲中，一起期待著不知何時會到來的極光景象。

　　她們頭挨著頭躺在一起，不說話，欣賞著上方至美的星河畫卷。冰冷的空氣讓人神志清醒。人類小小的眼睛居然可以包攬一整片宇宙星空，往那邊延伸去，是否可以進入更深邃的軌道，看到更遙遠的無垠世界；往這邊透進來，是否可以找到自己內心更隱藏的一隅，更不為己所知的需要。

　　予善緩緩移過目光，想去看看半天不說話的佩嫻是否已睡著。而她只看到佩嫻依舊目不轉睛地望著夜空，眼角已不知流下了多少淚。她忽的坐起身來。

　　「欸，你不會因為極光這麼久沒來就哭了哦？」予善假裝玩笑，語氣裡也滿是小心試探。

　　佩嫻也慢悠悠坐了起來，拍了拍身上的積雪，脫下手套把眼淚抹乾淨。

　　她好像想說什麼，又無法直接快速地說出口。她又脫下帽子，用手胡亂地捋一捋頭髮，一把又套上了帽子和手套。雙手去搗了下臉，放開，仰起脖子對著星空笑著，笑著笑著便又落下了淚。

　　予善看著她完成一整套莫名的動作，知道她有話要說。她有些著急，但不再開口追問，只是認真望著她，等她說。

　　「予善，我了解你為什麼害怕坐飛機。每次顛簸的時候你就緊張，你會錯覺飛機可能掉下去，你就會死，對嗎？你再想像一下，飛機如果真的在往下掉，你正在接近死亡的過程中。也不知道具體哪一刻你會失去意識然後告別所有的一切。你想像一下那種心情。」

　　「為什麼要去想這麼恐怖的事情？我不想想象，也想像不到。」予善望著同伴眼裡的亮光，閃爍又模糊。她到底要表達什麼。

　　「其實我也有害怕的時候，我的飛機正在往下掉。醫生第一次給我看我的腫瘤X光，我都不知道那是什麼，怎麼會來自我的體

內？起初還不能斷定到底是什麼性質的腫瘤，我就做了第一次切除。後來我不得不常常去醫院檢查，每次聽到那些越來越複雜的醫學術語我就頭痛。只有一個詞最好懂，乳腺癌。」佩嫻說著低下頭，捏著冰冷的積雪，揉了又揉，「你看我的飛機是不是已經在往下掉了。」

這不合風景的一番話劃破了寂靜的落雪森林，像是可怖的一張嘴臉突然蹦出，惡意嘲笑著單純的孩童。

予善腦海中咀嚼著她說的每句話，那三個字讓人心生疑慮和恐慌。她感覺到自己的呼吸一聲聲變得格外沉重，彷彿噩耗矛頭直指的是自己，眉頭逐漸緊鎖，半晌無話。

她的腦海裡想問，佩嫻有沒有開始治療？是什麼治療方案？什麼時候開始？通知家人了嗎？需要她做些什麼？應該盡快去住院吧。對了，佩嫻現在身體情況真的可以在這樣的環境中嗎？

心中的一團顧慮，卻不知從何開口。

「我們改機票吧，馬上回台灣。」予善壓低了語氣，一字一句強作平靜。她說著就站起來，伸手去拉佩嫻，叢林太冷了，該立即回到溫暖的室內去。

佩嫻抖落一身的雪，默默站起來。

極光沒有來。河水聲依舊清脆，夾在兩個女生離去的背影裡，長久的沉默，漸漸消失。

原來那一段時間裡，佩嫻的出奇忙碌，所謂的在外跑業務，大概就是來回於醫院之間；予善三番五次看見佩嫻在衛生間裡扯著衣領往裡看，不明白她到底為何那麼愛觀摩自己的胸部，事實上，佩嫻的乳房已經開始慢慢發生外觀的變化。而予善不知道，佩嫻的生日那一晚，嚴宇凡鼓起勇氣表白之時，她拖著疲累的身軀而回，那

是她第一次收到乳腺疾病的檢查結果，彼時情況還不至於太糟，還處於一種可能性之間。

　　關於害怕飛機這件事，予善躺在木屋的下鋪床上，想了又想。

　　每次即將起飛時，她都要深呼吸，一遍遍為自己講解飛機失事的概率有多低，以及飛機是最安全的交通工具，一類的明確常識；身處對流層的機艙中，她會反覆與自己強調，所有人都懂得並證明，顛簸是飛機對氣流的正常反應，無需多加緊張。可每一次的努力都是徒勞，只要那一個「一旦失事便無生還可能」的可怕念頭升起，其他一切的飛機原理都變得沒有意義。雖然她理性的一邊思維清楚地知曉這是杞人憂天，但她無法控制。她害怕自己的死亡可能性，但是更害怕她在意的人，有可能隨時離去。

　　而佩嫻之前的一些行為，原來都是她的飛機掉下去之前對外界的預告。

　　所以，此刻的她就是處於墜機的過程中嗎？

　　黑夜無限漫長。佩嫻發現下鋪空空時，已然不知幾點。她以為予善去了洗手間，可半天不見人回來，立馬起身裹起厚厚的衣物，拿著手電筒向屋外走去。

　　天寒地凍的森林裡，手機並不是通訊的好方式。

　　她往冰凍小河的方向走，又往更遠的小徑去尋找。霧氣大起來，彷彿還有悠長的動物叫聲從遙遠的地方傳來。她本想大叫予善的名字，可莫名地閉上了嘴，周遭的寂靜讓人不敢觸動。

　　幸好，她在幾顆倒下的小枯樹堆旁看到了予善。予善的身影被大霧環繞隱去，模糊的輪廓一動不動，靠在枯樹上發呆。佩嫻先是

驚愕，接著大步跨過去，在她身前坐下。

「你做什麼？！」她給予善一把套上棉服的帽子，大聲問著。

女生依舊是抱著自己的姿勢，抬起頭對著佩嫻失聲而泣。

「對不起……我真的很害怕。」

在她胡亂地穿上衣服從木屋走出，獨自進入冰雪覆蓋的暗夜中時，她是真的感知到偌大的世界裡，自己活得那般孤獨。她再也不想要一場一場離散的筵席了，只希冀身邊的人可以都留下，可以讓她安心地付出自己的陪伴。

可是生活的一幕幕總在上演，她有時候來不及接上斷裂的速度，結束又開始，開始又結束。

「你害怕，你總是害怕！你對什麼都害怕！陳予善，得癌症的是我啊，不是你！是我要面對啊，不是你！」

「爸爸離開我，他離開我……佩嫻你不要離開我，求求你不要離開我。」予善繼續不知所謂地嗚咽著。她沒有意識到她這樣的話語多不合適。

佩嫻深深喘了口氣，內心的沉重感變得更複雜。

「陳予善，你覺得我命不長了是嗎？隨時會死是嗎？你想要我怎樣！我要在這麼冷的夜裡出來找你，我身體裡都是癌細胞啊你不明白嗎？」

她說完便坐到了地上，背靠在枯樹堆裡蜷縮著。從滿是熱氣的圍巾裡傳來她的啜泣聲，在她的腦海裡，從前在宜蘭的醫院走廊上，窗外照射進來的餘暉中，她也是這樣滿腔恐懼地等待佩希的離去。

「對不起佩嫻。我一直軟弱，也自私，很久以來我都在想為什麼我會越來越退縮，是我自己要得太多，還是這世界本來給我的就比別人少。我拼命珍惜身邊的人，你們對我來說都那麼重要，可為

什麼總不能讓生活更安全更平凡一些，我們都好好得在一起不行嗎？總是有痛苦和離開，叫我怎麼珍惜，怎麼冷靜？」

對予善來說，她知道自己太過懦弱，這樣的行為和話語，亦是傷人傷己。

「你一個人半夜跑進森林裡，讓我擔心你，出來找你，你這是珍惜我還是珍惜你自己？」佩嫻用圍巾抹了一把臉，「予善，這世界上不只你一個人在承受。我沒有辦法形容我告別佩希時候的心情，我親口要求拔掉她的呼吸管，讓她離開我們，離開這個世界。我接受命運這樣的安排，是因為不得不接受，因為我愛她，所以我知道最終有一天我還能見到她。在見到她以前，我需要她安心地活在我心裡陪伴我。你以為你不曾真正擁有過什麼，可是所有人在生命中的出現和印記，難道不是一種永恆嗎？它們只要出現過，就不會再消失。

坦白說，我慢慢開始習慣『不得不接受』。在醫院得知消息的時候我也崩潰，可是又能怎樣，去面對啊。我甚至會想，這也許是一個機會讓我早些去見佩希。可是人生不是這樣過的，命運會給人痛擊沒有錯，但重要的是當你還活著的時候，你就要盡量把腳下的路走得好看一些。哪怕不為了你自己，也為了那些你最舍不得的人。」

予善的眼光靜靜落在她的雙手上，恍惚中彷彿顯得蒼白，和雪一樣。她整了整凌亂的頭髮，去握佩嫻的手，冰冷的觸感讓她不安。

她將頭輕輕地靠在佩嫻肩上，每一絲冰涼的空氣都帶來逐漸的清醒。她努力讓自己思考，那些最舍不得的人，她最願珍惜與擁有的人，他們的來去在生命裡的演變。哪怕是這片白色森林裡的一片雪花，在悠長的時光裡也用自己的姿態飄來過這裡，再短暫的停留，也是它本身的意義，成為整片雪原的一小束光。來過，就會永

久存在嗎？

　　再想一想，如今醫學科技發達，誰說罹患乳腺癌就一定是判了死刑。佩嫻可以面對，那麼她更應當陪伴，除掉心中的自私執念，渡過這一次。不是嗎？哪怕此時此刻她無法快速思考清楚這一切，但至少她可以意識到，當下最要緊的是趕快回去室內。

　　「佩嫻，你冷嗎？」予善緊張地撫搓著佩嫻的手。此刻兩人心中的所求應是趕快回到溫暖的小屋，好好睡一覺。

　　她們疲憊地起身，走路都開始微微搖顫，互相攙扶走回原來的路。

　　嗚──

　　長長的嚎叫聲又從遠處傳來。是野狼嗎？兩人不由地開始小跑起來。

　　清脆而低微的水流聲就在前方，伴隨著間或有雪塊掉落河中的沉悶聲響。幽緩的風像狡黠的精靈在偷偷嬉戲，一會兒吹過，一會兒沉寂。她們踏雪的腳步聲哼嗤作響，作伴走向獵人的棲息處。

　　就在此時，一個輕快又慌張的動物身影從前方一躍而過，橫跨過小路，一溜煙衝進了樹叢裡。

　　她們被嚇了一跳，停在半路。雖然內心有些驚慌，但更多的其實是好奇，剛剛過去的不像是狼的身影，好像梅花鹿。雪夜的光亮充足，她們小心翼翼地蹲下，往樹叢中看去，鹿的影子並沒有消失在叢林深處，它停在不遠處的兩棵樹中間臥倒休息，旁邊是它的媽媽。

　　那不是梅花鹿，是北歐最靈動的動物之一，麋鹿。麋鹿的體型十分龐大，在瑞典很多植被覆蓋較高的區域公路上，都會有明顯的

交通指示牌，提醒過路的車輛這裡時有麋鹿穿行而過，須格外小心。予善在瑞典留學生活的那幾年，卻還沒親眼在大自然中見過麋鹿，此刻在北極圈的大雪森林中，竟見到了如此溫馨真實的一幕。

小麋鹿剛剛跑過的樣子，似有一些不利索，後腿有微小的跛。它歇在麋鹿母親身旁，一定覺得溫和安全。它們的眼睛在大雪的映襯下反射著微光，薄霧像紗巾一般幽緩地飄過去，令它們若隱若現；巨大的鹿角展現著物種的傲氣，好像黑色的火焰在樹枝間攢動，高大挺拔，又溫柔羞澀。它們沒有發現人類就蹲在不遠處看著它們，靜靜地依偎在樹旁，母親輕輕舔舐著孩子的後腿受傷處。

嗚——

更悠長的嚎叫聲又響了起來。麋鹿母子警覺地同時抬起頭。佩嫻和予善也是。

高大的兩個生靈猛地起身，它們這時應該是看到了對面的人類。母親帶著孩子掉轉頭開始小跑進叢林深處，時不時又停下回頭看一看。雪霧呵護著它們的離去，它們擦身而過的小路上，彷彿都沾染了一層靈氣。

兩個女生在已然深陷的雪地腳印中站起。她們還在回味著適才目睹的美麗生靈，眼眸相對的時刻，真是大自然賦予生命的美妙瞬間。但她們也警覺著野狼的叫聲，拔出雙腿繼續往前小心地走，兩人緊緊握著手，互相攙扶。

路過小河的冰面，她們之前躺在雪堆裡看星空的地方。腳步慢了下來，從遙遠的天際開始閃現一絲絲璀璨的光芒。

極光。

頓時間，幻影般的青綠色綢緞鋪天蓋地向這邊湧來，天空被時而遮擋，好像仙子玩的遊戲，變幻多端地揮舞著極光輕紗肆意飄

蕩。它們彷彿是從白雪森林的那一端升起，灑下了千萬晶瑩粒子，席卷天與地的冰冷氣息，帶來瑰異琉璃的色彩亮光，毫無保留地照拂過每一個世間存在。

巨大的綠色極光夾雜著處處斑斕，橙紅色、紫藍色鑲嵌期間，在萬物的靜默注視下盡情表演，像火焰被染上耀眼的青黃之色，猶如形態變換的麋鹿角，被賦予低溫下的靈活身段，燃燒著整片夜空。所有一切都為它讓路，雪山沐浴了極光燦爛的色澤，樹木在冰雪的包裹下披上沁人的外衣。渾然一體的自然世界，美到了極致。

它像挺拔而優美的自在遊龍，自顧馳騁；

它像精緻又細膩的柔軟絲緞，翩然起舞；

它是照亮陰霾與黑暗的一束光，以自由的姿態，贊頌無畏與勇敢的靈魂。

渺小的人類，站在冰河之上欣賞著壯麗的一幕，口中的贊歎與驚奇失了聲，不禁擁抱而泣，又滿是清脆喜悅的笑聲。這是莫大的幸運，是被賜予希望般的饋贈。

在這般冷峭的北極圈夜晚，予善站在布滿極光的星空下，霎時感到心中的一鼓作氣，似有一種力量將勇氣填了進來。她緊緊擁抱著佩嫻。到底為什麼身處困境的佩嫻都在決心面對，而自己卻還要因懼怕躊躇不前。也許直面現實，才會使得現實變得不再可怖。

2.

回到台灣，予善更積極地在麵店做事。她希望承擔起店裡的事務，叮囑佩嫻盡快妥善安排住院治療。前期治療已經開始，可佩嫻

不願長時間住在醫院的病房裡，隔幾天便要回家。除了在店裡忙碌，予善剩下的時間就是去照顧病人，可佩嫻覺得沒必要興師動眾，還未到無法自理的地步，行蹤也總是來去自如的樣子。

她似乎更放得開了，離那些更嚴肅的治療方案越近，她越覺得鬆弛。既然這是一件被動安排的事，無法全然掌握在自己手心裡，那麼日夜擔憂也是徒勞，即便這是關乎性命的大事，決定著生死；她慢慢了解到，這許多年的內心自責與無奈的心理矛盾，無力而不可彌補的懷念心切，已經成為她的生活、她的身體的一部分，助長著長久積壓在心頭的鬱結，從而致使乳腺內部腫塊的逐漸惡化。除了遺傳，女性的精神壓力往往是導致乳腺癌的最大因素之一。所以從這個時刻開始，她想嘗試放開了。她只管全力配合，盡力而為，靜待往後命運一步步的安排即可。佩嫻是這樣想。

嚴宇凡得知消息，是佩嫻彷彿在傳達一個通知般的輕鬆姿態，通知大家她將要開始一個不知長短的度假。

他甚至開始自責，是自己不夠關心，還是疏忽了細節。他從心底深深地喘息，除了支持與全力幫助佩嫻的治療過程外，他還能做些什麼。

而對於予善而言，她也需要一個舒緩心結的出口，便是為佩嫻多年的心結去做些什麼。

打烊後，予善請嚴宇凡留了下來，他們談起佩嫻的往事。嚴宇凡是予善唯一一個可以談起此事的人，她希望從他處能探討出更多訊息。當嚴宇凡聽聞楊廷瑋的名字，忙不迭想要回避。

「所以你知道楊廷瑋。他是罪人。」予善的話語間，對這個名

字懷著恨意。

「我知道。但那是很久以前的事了。」

「什麼意思？是說過去的罪孽都可以煙消雲散，不再追究了嗎？」

「如果他罪大惡極，他自然也會受到法律制裁，輪不到我們去追究。」

「正因為這件事的蹊蹺，法律還沒辦法制裁他，所以才需要我們去做。」

「做什麼？」

「至少，得先找到他，要一個交代，對佩嫻和佩希還有他們一家，都需要交代。」

「予善，我不了解你為什麼忽然問起這件事。但我了解這件事對佩嫻來說是一生的傷疤，我們要做的是幫她慢慢愈合，而不是把它拿出來撕開。」嚴羽凡顯得態度堅定。

「如果從來不提就可以愈合，佩嫻不至於痛苦這麼多年。你看過她的畫嗎，幾乎每一張都是佩希，她無時無刻不在想著佩希，想著佩希是怎麼離開的。她並沒有愈合。」

「你想問什麼，做什麼？」

「其實我也不確定，但我只能問一問你。關於楊廷瑋你知道些什麼嗎？佩嫻只是提了他全家後來去了高雄，又多次搬家，現在在哪裡她不知道。但我總覺得台灣不算大，如果一定要找一個人，應該有門路吧。」予善的神情漸漸急切。

嚴宇凡沒有答話，他移開目光，逕自看著店外，若有所思。

「你在報社工作，有人脈有門路，你可以打聽看看對不對？」她不自覺地用手去拉嚴宇凡的衣袖，希望得到肯定的答案。

「你想做什麼？你找楊廷瑋做什麼？況且台灣是不大，但我也不是警察啊，怎麼能輕易找到一個人呢？你未免也太天真。」嚴宇凡攤了攤手，表現出無法理解的樣子。

「可是……可是報社的社會關係那麼強大，用一用你的人脈一定會有線索吧。你就不能幫我打聽一下嗎？」

「我只是報社一個普通職員，平時並沒有機會在外接觸龐大的社會關係。而且哪怕你真的找到他了，你是要打他罵他還是殺了他呢？」

是啊，到底要怎樣在人海中找到一個素不相識的人，這儼然是一件天真的事；而就算找到了，她要以一個怎樣的立場，去做一場怎樣的討伐？可予善不甘心，在佩嫻面臨著巨大的生命考驗之時，她自作主張地要將「找出悲劇的始作俑者」這件事，視作佩嫻當前的心願，並且要替她完成。

短暫的尷尬沉默，嚴宇凡站起身，拿好自己的東西便準備離開了。

「宇凡，如果你是佩嫻，你也會想找到那個人。」予善抬頭對他說著，「或者你比我還懦弱。」

嚴宇凡聽完這句話，深吸一口氣，輕輕揮手示意他要離開了，便邁了更大的步子走出了希希麵店。

事實上，嚴宇凡何嘗只是能夠提供一些路子來打聽打聽。

和予善一樣，楊廷瑋這個名字對宇凡來說也格外刺耳。最初了解佩嫻所聯繫過的一連串不幸，宇凡的內心也同時種上了一根刺。而作為朋友，他沒有立場去做什麼，這根刺也只是出於他本人的情誼使然。無論是因為好奇，或哪怕是一個普通人的道德感，他開始

悄悄地利用報社的一些關係和便利去打聽有關「楊廷瑋」這個名字的線索和資訊。就像他們都認為的，如果有門路，在台灣島找一個人並不一定是大海撈針。

比予善更關切的是，嚴宇凡從一年前開始查找楊廷瑋的資訊，陸陸續續一直到現在，他大致能夠確定，此刻的楊廷瑋，就在台北。

那麼真的要告訴予善嗎？這會成為一件好事還是壞事？是否像他自己說的，他們都最好不要去揭開佩嫻最深的傷疤，哪怕離傷口愈合還有很長的時間，也不要刻意去觸碰而流出更多陳舊的膿血；又或者，他就是因為自己的懦弱，明知道佩嫻內心深處也想找到悲劇的始作俑者，哪怕一次質問與發洩也可對多年的心結作個交代，可他就是不願它發生，不願將佩嫻曾經的牽絆沉重地擺到他自己的面前。

予善也沒有再去煩擾嚴宇凡，她知道如果他不肯，便是有他內心的原因與顧慮，說再多也是徒勞。她開始自己上網查找資訊，卻也是無從下手。她去「臉書」社交網路上找楊廷瑋的賬號，跳出來一連串的同名同姓；去穀歌搜索「高雄」、「宜蘭」、「楊廷瑋」的關鍵字，根本沒有相關的有用資訊。

台北漸漸開始回暖了。冬季本就不長，到了愛落雨的時節。

吳興街的步調彷彿變得更慢了一些，希希麵店的營業有條不紊，偶爾更新一些菜單，食客換了換口味，來往的人都有著熟悉的面孔。

予善的心情也跟著這個季節淡然下來。佩嫻在醫院時，她打點好店中事務便去幫忙；佩嫻在家畫畫休息，她也不多打擾。有很多時候，她趁吳興街人聲褪去，獨自撐著傘在台北的小雨中踱步，在一道道縱橫交錯的巷弄間穿梭，經過一戶戶陳舊的公寓樓，翻新了

一遍又一遍的吃食小店、便利店、藥局，一趟巡迴，又回到原點。

　　吳興街的煙火氣息，從早晨飄進夜晚，如此市井人家的平淡生活，卻給人生生不息的積極姿態。在踏過街道的一步又一步，予善的腦海中就走過一個又一個她願意想念的輪廓。

　　在麵店再也沒見過的陸柏承，並不是最讓人遺憾的，只不過他的消失，就好像讓予善失去了一個填補空白的身影框架，來盛放她記憶中本該並肩走在台北街頭的他。那種時而恍惚的意念依然會出現，這家店他曾經也來過嗎？這個牌子的飲用水他曾經也愛喝嗎？他知道我終於來了台北嗎？他知道我住在吳興街嗎？如果他知道，他會推薦我去哪一家書店坐一個下午？他會警惕我哪些遊客商品不要買？他會告訴我哪一家台灣早餐店最好吃？

　　他想起我時會冷漠無言嗎？

　　他還會想起我嗎？

　　而予善也會想起，他離開她的時候從螢幕上傳來的冰涼字眼，「我們就告一段落吧」。他不願親口說一句話，一時間的寂靜讓她覺得這世界都荒涼得可怕，到底要往哪裡藏，才能逃過這依舊在熱情運轉的城市，與城市裡熱情生活的人來人往。她想起那一段時光，心有餘悸。

　　心有餘悸的還有少年時期的十五歲。生活疲憊的父母親，即使已經結束婚姻卻還難以緩和的矛盾糾葛，又在父親的離去中戛然而止。父親的音容笑貌，粗獷的身軀，結實的掌紋，失落又始終帶著一絲殘喘希望的臉龐，偶爾會在她面前露出謹小慎微的笑容，叫她至今無法接受已成多年的事實。

　　她的種種想念，喚起她站在佩嫻的位置，去想念一起長大的佩希。那個曾有短暫相識的女生，據說和她總有幾分相像之處，一頭

長髮，溫柔地從肩上流淌而下。如果她還在，應是她們幾個年紀相仿的女生，在台北的繁華洋溢中盡情享受年輕的美好姿態。所以她適時地，也能夠體會佩嫻的痛。

　　然而此刻的她，正鎮定地走在台北的街巷中，撐著傘，腳步悠緩。她的鞋子走過每一步都帶起道路上的小水花，輕輕印在褲腳的邊緣；雨傘落下幾滴雨水在她的袖子上，輕快地撫過又掉在地上的水窪中。一切都是自然又平靜，她的眼神柔和地飄過兩旁的房舍與行人，看起來就像是真的心無旁騖。

　　那些已然失去的，予善自認從未釋懷。她從前所聯繫的一段段告別，一段段由此及彼的輾轉奔波，該說是深化的自由，還是偽裝的「潛逃」。橫亙在身後的過往，沒有激起她越挫越勇的成熟與堅強，卻漸漸消磨了毅力與勇氣，使她不樂於面對；可現在眼前發生的是一種癌症疾病，善於吞噬人體生命機能的可憎物質，無論會否再一次讓她體會「失去」，她都催促自己深呼吸，別再低頭。

　　予善接到嚴宇凡的電話，正是在佩嫻確診後準備第一次手術的前幾日。宇凡輾轉反側多個夜晚，無法說服自己將一切所知藏於心中，無論決定是否正確，只有告訴予善，才能換得一種暫時的解脫。

　　「楊廷瑋就在台北。

　　他在那一年和全家搬去了高雄，據說是在高雄開始做一些小本生意，也不穩定，具體的我也不是很清楚。因為佩嫻的父親曾經幾次跑去高雄想找到他們，他們也總是行事小心謹慎。顧慮得太多，生意也沒很大的起色。後來不知是全家人還是楊廷瑋自己又搬去了台中，總之楊廷瑋高中畢業之後就沒有繼續念大學了。

　　一年多前楊廷瑋跟著幾個社會的朋友到了台北，他是一個小幫派裡的一員，這個幫派主要就是跟著別的大幫派做高利貸的事。這幾年台北警察陸續抓過高利貸的一些團夥，大幫派如果發生重大的流血事件就會被打壓比較多，但餘火不斷，沉寂一段時間後又會有新的角頭老大帶著再幹起來。楊廷瑋這樣的小幫派比較遊散，他好像也不是什麼主要人物，一般就是在幫派打下手，還學著去要賬和勒索之類的任務。他們的團夥裡也有被抓過的，但餘燼就是沒辦法滅掉，零散的小隊做起這些事，比較容易逃過警察的注意。

　　有一段時間我們報社與警方有過一些合作，關注報導台灣北部黑社會問題，我當時就查找了很多相關資訊。除了那些比較引人注目的團夥，還有各個跟著混的小幫派，我也能接觸到一些線索。我刻意去搜集了，就是在那些名單裡看到楊廷瑋的名字，再繼續深入了解了他的過往，才基本上確定，這就是佩嫻的家人一直在尋找的楊廷瑋。

　　這其實也算是個偶然，因為從一開始我主動想查找的時候，線索也很少，畢竟公民的私人檔案，我作為普通的職員也沒有權利翻看。那段時間警察投入很多力量打擊黑社會，高利貸和毒品等交易都是重點打擊對象，需要報社媒體的宣傳配合，要引起民眾的注意，我才有機會看到更多資訊的公開。

　　可是，我從來沒有向佩嫻提起過。」

　　「你怕攪亂她的生活。」予善說。

　　「是，沒有必要。」

　　「那現在為什麼告訴我？」

　　「這件事藏在我心裡很久。自從你提起，我就開始感到不安。一直隱瞞這個消息，可能不見得是對的。」

「那麼……有什麼辦法找到他嗎？」

「他應該換過幾個小組織，名字我說不上來，具體目前在何處，我真的不知。」

「好吧。」

「不過……」

「不過什麼？」

「予善，你知道他所在的環境，一定是有危險的。」

「如果你知道什麼，只管先告訴我，可以嗎宇凡？」

嚴宇凡開始沉默。再往下說，便真的是開始涉及危險因素了。哪怕他已經覺得是時候去找到楊廷瑋了，但把予善推入可能危險的境地，著實也讓他猶豫。

「宇凡，你可以告訴我。我是成年人，知道分寸，知道什麼該做什麼不該做。我沒有傻到要衝進那麼危險的地方找人，但我需要了解。」

宇凡頓了頓，他打算一口氣都告訴予善，否則猶豫這一下，也許就會因為種種理性顧慮再難說出口。在內心深處一個角落裡，他清楚地感知到那一點點的私心。

「他們的具體處所我真的不知道，否則警察也能夠很容易找到他們了。但幫派都有求神拜拜的傳統，白天去得少，經常會等到半夜淩晨再去。新北市的烘爐地是很多信眾求財的地方，有時候淩晨兩三點左右，能看到一些人去求財拜拜。楊廷瑋所在的小幫派應該會去。」

烘爐地，聽著又對應上了記憶中的一個片段。

「他們一般哪些日子會去？」

「不一定，星期三可能性大一點。而且真的能碰到他的概率我

也不知道，很低吧。」

「那還有其他的辦法嗎？」

「目前我只能想到這個了。」

　　由嚴宇凡推斷的這唯一一種可能性，便慢慢地在予善心裡展開盤算。這是她完全陌生的社會領域，即使能夠預知到接觸他們將帶來危險，她依然抱持著想要嘗試的心態。連她自己都不知道這樣瘋狂的念頭、勇氣究竟來自何處。

　　要深夜從台北信義區前往烘爐地是不可能有公共交通的。予善沒有再開口請求嚴宇凡開車載她前去，也沒打算叫計程車。她打給了陸柏承。

　　彼時，在烘爐地的山頂上，夜晚的徐徐微風裡，是陸柏承告訴她凌晨來此進香的人是做著非「白道」生意的，未曾想到這句無關緊要的聊天閑話，成了這時的關鍵入口，也讓予善再次想起最初寧靜的那個凌晨。

　　「怎麼忽然想起要去那裡？」「想去看夜景。」「好。最近還好嗎？」「還好。十一點來接我吧。」「好。」「謝謝。」

　　一路無話。予善的眼神一直怔怔地望著窗外，與柏承沒有交流。她的手肘抵著車窗，不時用手指在玻璃上劃上一筆又一筆。腦海裡偶爾閃現之前的畫面，彼時她是帶著快樂的心情坐在這個位置上，以為自己遇上了什麼愛情。

　　「呵。」不自禁地小聲笑了出來，嘲一嘲她有過的天真與脆弱。也只有在此時不再顧慮紛擾的心緒下，才可以鎮定地再次與他坐在同一輛車裡。

「什麼？」陸柏承問了一句，語氣始終那樣小心。

「沒事。」

她心裡思慮更多的還是接下來要應對的事。她的計畫只是上山看看能否碰到楊廷瑋，這樣沒有勝算的概率不知會賦予這件事多少意義，可目前也只能計畫到這一步，至於沒見到或見到之後要做什麼，心裡仍是忐忑不安。

「最近好嗎？」

「還好啊。你問過了。」

「……對不起。」

一個轉彎，差點吞沒了這句「對不起」。

「謝謝，還麻煩你半夜送我。」像是感謝剛認識的同事般。

這個季節的深夜還是有些冷峭，尤其是車子隨著盤山公路一圈圈繞上去。予善下了車，再次表達謝謝，一個人往山坡台階走去。

「我在車裡等你！」陸柏承原想跟上去，又還是停在了原地，「披上我的衣服吧，有風！」

「不用了。你回去吧。我自己會回去的。」

「這裡叫不到計程車的。我在車裡等你。」陸柏承追上去，把自己的衣服給予善披上，便跑回了車裡。

予善從餘光裡看了一眼有些陌生或熟悉的夾克衫，從自己身上拿了下來，輕輕放回到車子的引擎蓋上，逕自上了山坡。心跳漸漸開始加快。

不知有多少級走不完的台階，她向上走了很久。山頂的廟裡燈火通明，被周遭漆黑的夜映襯得尤其明亮；一些人進進出出，香霧依舊是繚繞不絕。她拉了拉自己的衣領，在主廟堂裡各個神像、神

龕、香壇之間來回繞著，在假裝拜拜的間隙打量著擦肩而過的人。男性居多，與同伴虔誠地參拜著。她間或悄悄掏出口袋裡的小照片，是嚴宇凡幫她列印出來的楊廷瑋證件相片，快速地去對比周圍人的相貌，卻也看不出有任何的端倪。她時而快速找尋地穿梭，時而猶豫地逡巡不前。

　　她不由地敲了敲自己的腦袋，到底這是在做什麼？天真得沒有意義。

　　她走出廟堂，往前走一些便是觀望夜景的露台。在這裡望一望，台北即使在夜間也是華燈滿城，和從前看過的一樣不捨入眠。她收回視野，感到眼眸被風吹得冰涼。不知該做什麼了，便轉身走去角落的公共洗手間裡。

　　洗了把臉，讓自己清醒一下。離開水池間時，從隔壁男洗手間走出兩個男生，離自己較近的那個忽地一抬頭，一旁的路燈在男生側過臉頰的時候照亮了五官，正巧在那一秒讓予善看見了他的正臉。

　　她心裡頓時猛地一驚，像是被這個陌生人重重敲打了一下。她急忙後退一小步，轉過身，去口袋裡拿小照片。果然，除了這個男生的頭髮比照片上短了很多，他那張有辨識度的臉龐，幾乎在瞬時就讓予善確定了這個人就是楊廷瑋。如果嚴宇凡找對了照片，予善也就找對了人。

　　男生和一旁的同伴出了廁所間，快速地點燃一支煙深吸一口，隨即兩人低著頭往牆後的角落走去，神色有絲絲的凝重。

　　予善環顧片刻，輕巧地走回水池間，靠在牆頭這邊，試試能不能聽到他們在牆後角落的談話。

　　「你最好快點決定快點準備。時間沒有那麼多。」一個相對尖銳的嗓音說。

沒有應答。

「欸！你到底在想什麼啦？」

依舊沒有應答，只是低沉的抽煙氣息。

尖嗓子用手肘撞了一下對方，示意他做出回答。

「我已經定好下禮拜了。我只問了你一個人，不會再有這樣的機會。你要是真的能認清形勢，就和我一起。」

楊廷瑋依舊沒有回答。同伴失去了耐心，一把奪過他手裡快抽完的煙扔到地上，用腳尖碾著。

「我還沒有想好。」應該是楊廷瑋的聲音了。

「我都替你想好了。你要跟著阿鐘大仔，他已經快沒有能力保護你了。我們要混什麼出息總要先活著吧！」尖嗓子似乎更尖嗓子了。

「你輕一點！」楊廷瑋壓低了聲音，「我幹嘛要阿鐘大仔保護，我自己有手有腳。」

「你現在這雙手腳還有能力保護自己哦？阿鐘現在的麻煩那麼難搞你不是不知道，下禮拜他們就來了。」

沒有應答。

「要我們衝上去拼命，明知道打不過啊。我還不想死嘞。」尖嗓子繼續道。

「因為保命就要背叛阿鐘大仔，兄弟不是這麼當的。」楊廷瑋也義正言辭。

「我懶得跟你廢話。就算你不怕死，你爸媽要怎麼辦。他們以前勒索你爸媽的時候可沒有手軟，這次對付你也不會。蘭仔，我會找你一起走就是因為了解你之前的事。我舅舅給我弄的位子就兩個，我們先去南洋避一避，也不算背叛吧！命不重要嗎？」

「可以帶上我爸媽嗎？」口氣中滿是疑慮與動搖。

「這次真的不行。先給他們找個避一避的地方，應該不會尋到他們頭上。我們去南洋，說不定那裡還有我們發展的機會嘞！」

「下禮拜幾？」

「下禮拜一就走。」

「怎麼逃過阿鐘大仔他們的眼皮啊？」

「放心啦，我都會安排好。峰哥會幫我們安排……」

「峰哥？猴子你瘋啦！是峰哥他們要和我們拼命欸，他是我們的死對頭啊，你在做什麼，到底在搞什麼鬼！你這是背叛，讓阿鐘大仔知道他也不會放了你的。」

「你輕一點行不行啊！現在只有峰哥可以幫忙把我們送到南洋，也只有讓他放過我們，我們才可以活命啊。阿鐘鬥不過峰哥。」

「可你不是說是你舅舅……」

「我舅舅現在幫峰哥做事。」

「猴子你真的太過頭了。從什麼時候開始的？」

「你頭腦清醒一點。和我走就對了。」

這個叫猴子的同伴說完便往廟的方向走回去，示意站在原地的楊廷瑋好好想想。顯然，楊廷瑋現在的外號叫蘭仔。他繼續掏出一支煙點燃，試圖借此緩和自己的惴惴不安。

偷偷望見猴子走遠一些了，予善探出頭來。不知是什麼意圖或力量，好像一只不容她猶豫的手重重推了後背一下，她跨過牆角，一大步走到了牆後的楊廷瑋面前。

愣神半晌，楊廷瑋的煙停在嘴唇邊，一時間比予善還顯得茫然。

「你誰啊？」漫不經心的一問，男生繼續抽完這口煙。

「你是楊廷瑋嗎？」予善回問道。

「你到底是誰？」

「你是楊廷瑋嗎？？」

「……你怎麼知道？你是誰？」

互問幾個回合，面面相覷。予善感覺到心跳加快，深呼吸。

「我……我是林佩希。」還算鎮定地吐出這句話。

男生的煙掉到地上，他的腦海裡開始快速地往前翻記憶。事實上，這段記憶何須刻意去翻找，很多很多年，從離開宜蘭的那一刻起，這個名字、這個片段就是一切的結束，又是一切的開始。無論往後又發生了什麼，宜蘭小城的青春年代和過錯，都無法在他記憶的河流裡消褪哪怕一點點。可是眼前的又是誰，一聲「林佩希」把蒙塵一把吹開，他沒有做好準備。

「你在說什麼？林佩希不是已經……」

「我是林佩希。」予善的語氣被自己說服，堅定地重複一遍。在台灣生活的時日，她被周圍人的說話腔調浸染，可以很好地模仿台灣人的口音了。

楊廷瑋沉沉地咽了一下口水。他沒辦法確定眼前的這個女生是否在說謊。所有人都確知佩希已經在醫院中離世，可他是在父母親的緊急安排下匆匆離開宜蘭的，他沒見過醫院裡最後發生的一切。況且眼前的這個女生，那頭流淌的黑色長髮，單純又試圖勇敢的神情，在一定時刻居然真的能夠與記憶裡閃現的臉龐重合著。

這個想法讓他害怕。他慌張了，好像被自己逃避多年的事物一把抓住，在湖泊的深淵沉寂多年，如今怒吼著衝出水面，向自己討要一個答複。她到底是不是林佩希無法肯定，但她肯定了解這一切。

猴子忽然回來了，正好與予善撞上。

「誰啊？」猴子向同伴問道。

楊廷瑋沒有回答，也不知道怎麼回答。

「新泡的馬子哦？找到這裡來？」猴子自己回答著，沒當回事，「走了，阿鐘大仔來叫我們回去了。」

「等一下！」予善脫口而出，「你跟我走。」

予善的手直直地指著楊廷瑋。

「欸！蘭仔你泡馬子也是太認真，小情人吵架哦，半夜追到這裡來也不怕危險，」猴子轉向予善，「你怎麼來的就怎麼回去，叫蘭仔過兩天去找你啦。走！」猴子說完就拉著同伴要走。楊廷瑋沒有停步拒絕，被拉扯著走出角落。

「你不和我走，我就把你們剛剛說的事情都告訴你們大仔。」

猴子首先警覺地停下來，大跨步地走到予善面前，重重地握住她的手臂，弄得生疼。

這大概是這一晚，予善第一次開始感覺到危險的存在。可是已經掙脫不了了不是嗎？

「你是很厲害哦！」猴子把臉湊近予善，表情凶狠。他又用力拉扯了一下女生的手臂，把她甩到楊廷瑋面前。「你自己解決啦！」

楊廷瑋自然是還處在慌神的狀態，看著眼前的「林佩希」不知如何處置。予善被甩過去時一個踉蹌，她站好，看他們一眼，拔腿往廟宇那邊跑去。

猴子隨即箭步衝上來拉住她，這次比剛才更用力。他剛想對予善呵斥警告，順便動一下手，讓她知道別想亂來，對面即走過來一個中年漢子，個子不是很高，後面跟著幾個小弟。

「在這幹嘛啦猴子？」是他們口中的阿鐘大仔，正要準備召集

大家下山。

「他⋯⋯」予善使勁想掙脫猴子的手掌。

「大仔，是蘭仔的新馬子啦，半夜一個人跑過來找他。他們吵架，她要跑，我幫蘭仔追回來。這妞也是很任性呢！」猴子狠狠推了一下予善，打斷她的話。他自己的嗓門故意大了很多，竭力要蓋過予善的聲音。

「蘭仔怎麼回事啊，這段時間玩什麼女人，」阿鐘把走在後面的蘭仔招呼過來，「先把她一起帶回去吧，坐後面那輛車。白天再送她走。最近別搞別的事情了蘭仔。」

楊廷瑋快步走上來應和著，從猴子手裡接過予善。三個人互相傳遞著眼神，各有各的意圖盤算。

「先和我走。」楊廷瑋在予善耳邊小聲說著。

予善沒有繼續說話，任憑男生帶著他往下山的台階走去。她不停地揉著自己被捏疼的手臂，索性拋開了恐懼，心中打賭楊廷瑋不會傷害她。

山腰平地的停車場，予善隨著這幫人上了他們的車。她故意將臉別過去，試圖讓其他人擋住自己，好讓坐在車裡的陸柏承不要看到自己。她從車窗望見幾車之隔的陸柏承，他靜靜地坐在車裡等待，又在予善的注視下，被獨自留在了烘爐地的夜晚。

予善坐在楊廷瑋身邊，她不去想天亮之後陸柏承會怎樣去找她。她慢慢將自己的臉想像成林佩希，慢慢將自己當成林佩希。

車子開了良久。予善能意識到這已經出了台北、新北，可是一路路牌昏暗，具體行駛在什麼路上她全然不知。

「這是哪裡？」她輕聲問楊廷瑋。

「我們的地方。」

「是哪裡？叫什麼？」

男生沒有回答。

車子似乎是經過了很多小山丘陵，人煙開始稀少，再經過零星的一些破舊廠房，到達一個傳統的三合式民房。天已漸亮，一眾人下車走進民房內，各自歸位到自己的房間休息。

楊廷瑋的房間不大不小，空曠又簡單得很。一張床，一張舊木桌，嵌入牆壁的老式衣櫃，讓整個房間看上去十分寂寥。

予善被帶進這個房間，坐在床上，不知所措。

「你可以休息一下，再告訴我你到底是誰。」楊廷瑋說完，隨即拿過予善的手機就走出了房門，能夠聽到他從外面反鎖的聲音。

予善來不及奪回手機，一躍而起走到門邊，不停地敲著門。

「為什麼拿走我的電話？你要把我囚禁在這裡嗎？」

「你不要敲，你先休息。如果你吵鬧，這裡的人會把你怎樣你可以想一想。」

她試圖安靜下來，回到床邊，看著緊鎖的窗戶。掀開窗簾的一角，外面的景象蕭瑟，沒有多少有生息的事物。幾片稻田，廠房，再遠一些能看到模糊的農舍。許是清晨早時，視野所及沒有一個人影出現。這是哪裡呢？離台北很遠了嗎？

一個人靜靜坐在床上，予善開始回到自己的思緒。不久前她還在台北信義區的巷弄公寓裡收拾著房間，一個夜晚過去，她卻已隨著幾個毫不相識的混混來到了不知所處的簡陋房舍。接下來還會發生什麼，會有危險嗎？會有人開始找她嗎？

她頓時間十分想聯繫嚴宇凡。或是……陸柏承？可她沒有手機

在身邊。

　　轉念一想，不對，她不應該害怕，她是林佩希，她想要說的話，她想要得到的回應還未實現。她狠狠抹掉心中恐懼，告訴自己這一行已然發生，走到了一半，只能咬牙走下去。無法求救，也不知自己到底身在何處，說不清道不明的一切。

　　周圍安靜清冷，予善縮到床的一角，靠在牆上休息。此時此刻似乎除了這樣坐著也別無他事。她漸漸感覺到困意，但不敢躺下，也不敢去敲門，只是蜷縮著抱著自己的膝蓋。不知何時就這樣睡著了。

　　十分不舒適的姿勢令予善開始做夢。她夢見一頭長髮的林佩希，雖然面容不甚清晰，但腳步篤定地往前走。她似乎就是林佩希，站在這軀身體裡，眼神淡定地走過很長很長的路。醫院的走廊，時而陰天，時而從窗外照進陽光來，這樣交替著，不知怎的就走在了荒草坡的沿路上。以為背後有人追趕，卻總回不了頭；走了好久以後疲倦不堪，她執意想要坐下休息，路邊有長凳，可就是無法彎腰，無法坐下身體。

　　夢裡的女生開始感到體力不支，腰酸背痛，甚至開始大口喘氣，渾身不適，卻還是在一直往前走。

　　過了許久，予善醒過來。不經意間的小動作，讓她猛然感覺自己確實是腰酸背痛的。她用手去揉捏腰背，從床上下來。房間裡似乎還是沒有人進過來，她看了看牆上的鐘，已經是下午三點多了。

　　門開了，楊廷瑋走進來。這時間拿捏得恰到好處，像是一直在等她醒過來似的。

　　他端進來一杯水和一些零食，放在床邊的桌上。

「這是酸柑茶，很好喝的。」他說。

又渴又餓的予善端起茶就大口喝起來，酸甜可口。她不好意思在別人面前大口吃喝，便拿了餅乾慢慢嚼起來。

「你為什麼說你是林佩希？」楊廷瑋拿了椅子在一旁坐下，開始問起。

「你覺得我不像嗎？還是你早已忘了我的樣子？」予善放下餅乾，至為淡定地反問起來，腦海裡頓然浮現的是夢裡的身影。同時她也猜想自己的手機並沒有被楊廷瑋解鎖查看過。

「我真的不理解。當年是因為佩希在醫院去世了，我父母才帶我離開的。」

「你們全家都很擅長逃避，」她的大腦開始飛快運轉，「所有人都以為我要死了，我自己也是這麼以為的。誰知道呢，我就是留著一條命不願意走，我父親在醫生的安排下把我送到了台北繼續醫治。我家人，我自己，都覺得這不是光彩的事，所以都不張揚。」

話音剛落，予善自己的心裡也驚慌了一下。怎就能在瞬間編扯出這樣的說辭。

楊廷瑋埋下頭。

「你以為一個人聯繫了一次死亡，在地獄裡走了一圈以後還能長相如從前嗎？我撿回一條命，也是不再有人認得出我了。」予善繼續圓著這個謊言。

「那……你的家人，現在還好嗎？」楊廷瑋內心將信將疑，可忽然間也無力再去強求解釋。權當暫且信了這不可思議的往事，直挺挺地擺在自己面前。

「你關心嗎？」

「是我的錯我知道。」

「我父母因為這事憂慮多年。我姊姊，你還記得她嗎？」

「佩嫻……」楊廷瑋抬起頭來。

「難得你還能叫出她的名字。」

「你們的名字，我從來沒有忘記過。」

「你一直以為我去世了，那這麼多年你有睡得好嗎？我是活下來了，可是當年真的死的，還有你的孩子呢。」說完這番話，又令予善心裡驚恐一下，聽起來駭人。

「不要再講了可以嗎？」他又低下了頭。

這麼多年，沒有人在他面前提起這段陳年的記憶。可是真的睡得好嗎？真正安寧的夜晚總是不多的，要麼是跟著幫派在夜間出去辦事，或者會在夜深人靜之時聽到那些熟悉又漸漸遙遠的名字。他沒有見過佩希最後的樣子，所以那副由人告知的痛苦景象便在他腦中不斷被想像，總覺得那年輕的小女生會比他想像的更痛苦一些吧。

他的不安充斥著生活的細枝末節，往往身邊無人時便能在眼前浮現出一些身影。他知道那是自己的歉疚所致，那麼內心的動盪不安便也是一種懲罰，他靠此因果認同來接受這份承擔。而有時為了緩解這種時刻，他寧願在幫派裡多做一點事，打雜的事，動手的事，都能讓他全神專注在激烈的壞事上，可以不用想起揮之不去的那份罪責。

他始終未曾再回過宜蘭小城，他害怕的人和事，漸漸讓他的恐懼在時光的流動中愈發加重。他深知自己的罪責，所以極盡逃避。可這種切身的感受也逐漸讓年少的那一段回憶，她們的名字，深深流淌進了自己的血液中，在真正意義上成了他的影子，再無法抹去。

所以楊廷瑋憎恨的，恐怕還有自己的那一份良知。若他真的同幫派裡一些惡棍分子一般完全喪失了道德良心，只管用各種手段做著欺壓謀利的勾當，再不會因為傷害了他人而有一絲絲憐憫愧疚，

那麼他一直以來承受的不安與恐慌，也就不會存在了。

除了她們，她們的笑臉與傷痛，楊廷瑋有時也能想起從前的自己。他真的是個從青春期就開始作惡的人嗎？他真的是個本性涼薄、心肺黑暗的人嗎？他會告訴自己不是，在高中校園，在繪畫班裡的時光，他或許也曾是個開朗快樂、享受過愛情的年輕人。至少在當時，可能是的。

「你連夜逃走的時候，有想過我們以後的生活嗎？」予善低聲打破了沉默，一字一句，嚴肅質問。

楊廷瑋緩慢拿過桌上予善喝剩的一點酸柑茶，一飲而盡。他站起來去把房間的門反鎖，回到椅子上，把這些年都未消褪的那段記憶，說給予善聽，或是說給佩希聽。

中學時期的宜蘭，上學的路總要經過林家大門口。青春期的男生楊廷瑋，有時會掐好了時間，在林家姐妹出門後隨即跟上，保持著恰好的距離，與她們一同走進學校的大門。她們散發著年輕的種種美好，合身的校服，健康的髮質，連走路都能帶起一陣輕快的風，吹得路邊的野花晃個不停。

頭髮更長的是妹妹，愛望著姐姐笑。姐姐給她說什麼，她便當個屬害的事來聽，從不厭倦。妹妹不愛紮頭髮，一只手時常要去將右側鬢邊的散髮別到耳朵後面，便會露出右邊側臉好看的輪廓。

姐姐的自信靈動，妹妹的溫婉柔和，讓情竇初開的楊廷瑋心生……猶疑？他搞不清楚自己更喜歡哪一種了。

天意的安排幫他做了第一個選擇，在繪畫班裡首先相識的，是姐姐林佩嫻。再因為姐姐，接觸到了妹妹。在佩嫻房間裡找畫的那一天，是楊廷瑋和佩希的第一次近距離接觸。他頓時覺得，女生溫

柔清新的模樣，似乎比活潑樂動的性格更吸引人一些。

　　他並不十分懂得「責任」的含義。一切都是新鮮又刺激的嘗試，他們都一樣懵懂，以為自己在蓬勃地長大，可以視自己為大人了。事情的進展全是憑藉情感使然，「後果」為何物，盡在未知。

　　佩希在懷孕了三個多月之時，十分驚恐地把消息告訴了他。他不知所措，女生因為自己而懷了小孩，這種事情該怎樣處理，他沒有任何經驗與辦法。他哆嗦地回家，把媽媽拉到角落裡，驚慌又小心地將事實告知，問媽媽現在到底怎麼辦。

　　楊媽舉起手在兒子身上一通亂錘，咬著牙開始罵罵咧咧。一個媽媽知道，這事情有多嚴重，況且，林家爸爸有多疼女兒，是鄰裡都知曉的事。

　　楊媽責令兒子待在房間裡不准出門，隨即與楊父打電話商量事宜。意料之中，家長希望女生可以去做掉肚子裡的孩子，但只是給了兒子一疊現金，讓他自己去說，讓這件事成為孩子之間的麻煩，私下解決。

　　佩希沒見過那麼多現金，更猜測弄掉孩子是一件極其可怕的事情。她轉身跑開了，原來自己喜歡的男生，甘願順著他的意躺進其懷中的人，其實也只是個幼稚、並無什麼責任心的高中生而已。彼時她忽然醒過來，這遊移在姐姐和自己中間的所謂「男友」，在造成了如此這般的傷害之後，更讓她成為了與姐姐爭搶的自私之人。此時的她，該可憐自己，還是怪自己；該怪楊廷瑋，還是致歉佩嫻。

　　直到佩希躺進了醫院。消息忽然傳遍了鄰裡。

　　楊廷瑋害怕到了極點，他拍打著自己的腦袋，始終無法真正相信，是因為自己，另一個生命居然被推到了生死的邊緣，在醫院裡掙紮求生。

　　父母從外面急匆匆地趕回家，慌亂地開始收拾東西。他們說，要盡快離開宜蘭，躲避一陣子。

　　「我們就這樣逃走嗎？」男生顫抖地問。

　　「你還想怎樣！你做出這樣的事，要全家陪你一起承受！那女生的爸爸會來鬧得翻天的，你真的一點都不懂事理嗎？！」楊父大聲呵斥著。

　　「現在沒有辦法了，先出去躲一陣子再說吧！收拾東西。」楊母望著不爭氣的兒子，淚花翻滾。

　　「爸，媽，對不起，是我做了不該做的事情，都是我的錯。可我聽說佩希在醫院裡都快死了，難道我們不應該去醫院看看嗎？」

　　「誰要你去看啦！你去看有用嗎？」

　　「那我們賠錢，付醫藥費？」

　　「人家不要你的錢，人家要女兒！」

　　「醫院不是還在救治嗎？我們為什麼要在這時候逃走啊爸媽？」

　　「兒子，現在人家的女兒生死未卜，救得回來最好，如果救不回來，林家爸爸那樣的人會想要了你的命啊！」楊母停下手，鄭重地對兒子說道，隨即更快地收拾著行李。

　　「我的命……」楊廷瑋愣住，忽然又抬頭大聲道，「那我就給他我的命！」

　　楊父扔下手邊的箱子，走過來便是響亮的一記耳光。

　　「閉嘴！沒用的東西！」

　　男生換上平時不常穿的衣物，戴上帽子和圍巾，躡手躡腳地走進醫院中，全身顫抖。他一層層地找著可能的病房，一個個看過去。弓著背走兩步，扯一扯口罩和帽子，遮住自己的臉。

　　窗簾沒有拉嚴實。楊廷瑋從空隙中望進去，那樣虛弱無力的佩希，在蒼白的病房床上沉睡，安詳得像是什麼也沒發生。她身邊的佩嫻怔怔地呆坐一邊，口中喃喃有詞地與妹妹說著什麼。

　　言語了幾句，佩嫻的眼中重重地落下積蓄已久的淚珠，簌簌不停；而這一刻，也在楊廷瑋的雙目中灌進了液體，不自覺地流進口罩中，讓他頓時悶熱不已。

　　一切都很突然。佩希身邊的檢測儀器開始發生異常，佩嫻慌了神，大聲呼喊醫生護士。

　　醫護人員從走廊上衝過來，腳步的迅疾速度，和楊廷瑋逃離的步伐重疊著節奏。他內心的恐懼，蓋過了所有的罪責與憐憫。

　　身後的佩希將有如何的命運他再無暇顧及，身前的灰色道路將通向何處他更雙眼茫茫。他在口罩中不住哭出了聲，擦掉遮擋視線的淚花，只想趕快跑回家，聽父母的話，收拾東西先走。

　　他們說，林佩希死了。

　　他們說，林父開始瘋了一般地尋找他們一家，甚至一度幾次尋到高雄和其他南部地區。

　　楊廷瑋的父母帶著還沒高中畢業的孩子輾轉台灣，做著不安定的營生。他在其他學校胡亂地畢了業，沒有再去尋求高校教育。他離開父母，跟著狐朋狗友混社會。在任何時候，他都十分需要有人「罩著」。他需要一份收入，更需要一份所謂的「安全感」。

　　他再沒回過宜蘭，哪怕是過了許多年，風聲小了，他都不敢再面對念書時的那條路，那片本是純淨無染的鄉土。那對姐妹怎樣了，佩希何時走的，佩嫻這些年做什麼，他連揣測都不敢。

　　予善沉默地聽完他的講述。她了解到，佩嫻並不知道楊廷瑋曾在那時去過醫院。

　　「我在台北念書，佩嫻在台北開了一家麵店，」予善說，「但我的名字不再是林佩希了。」

　　「為什麼？」

　　「聯繫了那樣的事以後，我也開始逃離宜蘭的一切，和你一樣。我心中的痛苦你又如何能懂？你以為你只是傷害了我嗎？我的家人，全都因為你陷入生活的陰霾裡。我不想再叫林佩希了。我用假的名字在台北生活。可是你告訴我，到底怎樣才能抹掉那樣沉重的過去，過去的林佩希，過去的林佩嫻，還是延續了從前的痛苦，怎麼都甩不掉啊！你告訴我！」

　　「對不起，對不起……」

　　「你對不起的不只是我！」

　　「對不起……」

　　楊廷瑋的話語裡只剩下「對不起」，他再不知還能說什麼。這些年的罪責，滲透在他每一個無法入眠的夜晚，他更清楚，這或許就將持續一生。身在顛沛，心亦是流離，不過是時間長短而已。

　　天色暗了。

　　回過神的予善看向窗外，心想難道又要在此荒涼之處睡過一夜嗎？那麼自己此行的目的是什麼？達到了嗎？

　　「我要回台北了。你把我送回去。」予善要求道。

　　楊廷瑋猶疑著。

　　「我……我去問問他們能不能借我車子，找個人開車送你回去。」

「你和我一起回台北。」

「我沒辦法。最近這裡有些事情需要我做，我無法離開。」

「你欠我的姊姊和家人一個交代。你和我回去。」

「抱歉，真的無法。」

予善怒瞪著他，如果只是盤問一番就離開，那麼此行的意義就不大。已然至此，要盡力把楊廷瑋帶回他們的面前。

「把手機還給我。」予善想起這件重要的事情。

楊廷瑋低頭猶豫了一會兒，掏出手機還給了予善。

她剛想開口繼續斥責，吵嚷又急促的敲門聲傳來。

楊廷瑋聽著這著急的聲響，示意予善先躲進洗手間去。

是猴子進門來。他將門又關上，反鎖。予善躲在洗手間裡，想聽聽外面的動靜，正好洗手間門口和房間那邊是一條拐彎的小走道，他們無法直接看到這邊。予善輕輕開了門縫，小心地聽著。

「怎樣，想好了沒？」

楊廷瑋搖搖頭。

猴子像是恨鐵不成鋼似的長歎一口氣，手叉著腰。他忽然又想起來，問道，「你的馬子去哪裡了？」

「喔……出去了，等下就回來。」

「蘭仔，機會就這麼一次了。峰哥不是好惹的，隨便你怎麼想，反正我已經決定了。你要是夠聰明，就應該知道要順著形勢走。」

「我還是沒辦法背叛阿鐘大仔。」

「你就是蠢！我好言相勸，就多出來一個位子，我只給你，你都不要！你以為你是多講義氣嗎？保命要緊啦！蠢！」猴子狠狠地在楊廷瑋的肩上推了一把，眉頭發怒。

「像我們這樣的人，不就是混個義氣嗎？」

「像我們這樣的人，保命就是對自己講義氣！」猴子從口袋裡抽出兩張票，在楊廷瑋眼前使勁地晃，「船票拿來了。你要還是不要，就問你最後一次！」

男生把頭撇開，搖了搖頭。

「猴子，我也勸你最後一次，回頭是岸。」

猴子聽完便大笑起來。在他聽來，「回頭是岸」這樣的話是相當可笑了，他們哪有真正的岸。

「蘭仔你也太扯，真正的『回頭是岸』是什麼，是金盆洗手，是去自首啦。隨你，隨你死活，你別擋我的路就好。」

猴子轉身要走出房間，開門之前他回頭再說了一句，「你不會擋我的路吧？」

楊廷瑋沒有回答，兩人在沉默中對視了幾秒，釋放了最後一點互相規勸的意圖。猴子走了出去，輕輕地將門帶上。

予善隨後從洗手間裡走出來，腳步輕巧。

「你不打算走？」她聽明白了他們之間的事，向他問道。

「我走不了。」

「他說的峰哥，是你們的敵人嗎？」

「是，我們老大和峰哥最近有一筆很大的生意衝突，峰哥放話要來算賬，就這幾天。」

「來算賬，那是要……做什麼？」

「你不會想知道的，不要問了，」楊廷瑋在床邊坐下，思索片刻對予善說道，「佩希，我有數不清的罪，如果可以，我之後會去找你，只要你允許。但眼下這裡不安全，我盡快問一問，送你回台北。」

感覺到危險可能真的會很快到來，予善心想，此時還是應該早

些回去為好。她不甘心，但還是默許了這個安排。

　　午夜，楊廷瑋讓予善獨自在房間休息，準備第二日讓她回台北。他又給予善端來酸柑茶，輕輕地放在床頭桌子上。予善才發現，他拿杯子的左手上，缺了一個小手指，顯得那麼不起眼，又有著茫然的缺失感。

　　男生下樓去了，蹲在屋前的簡陋院子裡抽煙。

　　予善百無聊賴地靠在床邊。她仍舊不知道自身所處的偏僻地方是哪裡，沒有任何一件事物來提示，像是被刻意清理過相關的痕跡，如同她拿回手機後才發現裡面的卡已經被取走，切斷她一切與外界可能發生的聯繫，來隱匿他們的所處。

　　她望著窗外的天空，恰巧是月朗星燦的一夜，星光在十分明亮的圓月周圍忽明忽暗，把這一片略顯破敗的農田與舊屋之景照得溫暖許多。她在想著醫院裡的佩嫻，此刻一定還不知道自己在兩天之內所做的這一切近乎瘋狂的事，願她的治療一切都順利，願她內心的心結最終能夠完滿紓解，願時間和命運都可以仁慈一些。

　　她將自己當做林佩希，樓下院子裡的男生便是有著千絲萬縷聯繫的人，有過青春期的歡欣，更有過真實又深刻的傷痛。

　　可她還是陳予善，所以冥冥中她腦海中又突兀地閃過一個念頭，如果是他，知道此刻的她在台灣，被帶去這樣一個陌生的荒涼之地，他會擔心嗎？會著急嗎？會來拼命找她嗎？

　　此時，楊廷瑋在院子裡已抽了很久的煙。他遲遲不上樓，因為相信房間裡的女生就是林佩希，他多年不敢面對的一切。她突然的出現，好像江河下原本隱藏的洶湧旋渦衝出平靜的水面，與現實廝打，告訴他，記憶本就是這幅猙獰的樣子，藏匿再多年，這一波激

流終將拍打到他的臉上。

但，幸好，佩希還活著……

他一遍遍這樣想著，似乎這是唯一可以帶來些許安慰，或減輕愧疚的事實。

在被突然猛衝進來的人揪住衣服的時候，予善還在窗前對著夜空出神。兩個他沒見過的男子狠狠抓著她雙臂，一邊一個將她從床上拉下，鞋子也不讓穿，不由任何分說。予善甚至都來不及反應，來不及叫喊出恐懼，就被快速地拎到一樓的一個大房間裡。這裡就像是一個大的修車廠車間，或是一個陳舊的倉庫，與她印象中看過的黑幫電影裡一樣，幫派處理事情都是在這樣的地方。

她嚇壞了，頭髮散亂著，大聲喘氣，喉嚨哽咽得難受，無法說出話來。

她面前是楊廷瑋，應該也是剛剛被狠狠揪過來的模樣，被人扯破了衣衫，甩到地上。看他的神情，訝異，竟也是一臉不知所處的樣子。

「阿鐘大仔，我不明白。」他坐起身體，抹了抹被擦破的嘴角，血印劃到手背上。

阿鐘一臉怒氣，咬著牙，雙手用力撐住膝蓋，坐在搖晃的破椅子上瞪著楊廷瑋。

這時，後面的門邊走過來猴子，他的目光給楊廷瑋傳遞的，是得意，是「你怪不得我」。

「猴子都告訴我了。蘭仔你厲害啊，我待你怎樣，你要投靠阿峰那邊去。」阿鐘壓制著口氣對他質問著。

楊廷瑋瞬間就明白了一切，連予善都聽懂了。猴子離開房間

後，就一直擔心對方會將他告發，而逃走的時間還未到，思來想去，只能捷足先登，反告一狀為先。

「猴子，你何必這樣？」楊廷瑋死死盯著他，咬牙切齒。

「怎麼，敢做還怕被告發？」阿鐘說道。

「阿鐘大仔，我蘭仔發毒誓，從來就沒有背叛過你，從前沒有，現在沒有，以後也不會有。猴子自己投靠阿峰，怕我告發，就惡人先告狀。猴子，你做人沒有義氣，背叛老大，還一心要害自己人，你就不配在我們這裡混！」

楊廷瑋的話音剛落，猴子走上前就是重重一腳踢在他的胸前，把他踹翻在地。他捂著胸口疼得直咳嗽。

「蘭仔，你在道上混也要講良心吼！阿鐘大仔對你不薄，你就這樣牆頭草一樣倒來倒去，我都對你失望啦！我告發你，你就要反過來誣陷我。告訴你，沒有證據我是不會說出來的啦。等你誣陷我？想都別想啊你！」

猴子說完便得意地從口袋裡掏出一張船票，嘩啦啦地甩動著，再一次在對方的眼前左晃右晃。他接著把船票遞給阿鐘。上面有著清晰的票據資訊，時間，目的地，還有醒目的楊廷瑋的名字。

「你還想說什麼？下禮拜逃去南洋？阿峰幫你準備的？」阿鐘湊近他跟前大聲問道，船票一把丟到他身上。

「說啊，你還想說什麼？」猴子也得意地應和。

楊廷瑋猛地衝向猴子要廝打，被一旁的幾個人按下。他為自己辯解，說著猴子從一開始引誘他逃走的過程，碎片般的句句解釋，被猴子一次次的胡謅和謊言壓制過去，指著罵他叛徒無恥，不敢承認還編造托詞。

一片混亂和嘈雜中，阿鐘怒吼一聲，叫停所有謾罵和指控。

「我沒辦法相信你了，蘭仔，」阿鐘搖著頭，失望又無力，「打！連他的馬子一起打！打到你們打不動為止！」

被人抓著雙臂、在一旁看著這一切的予善，全身緊張地發抖。阿鐘一聲令下後，押著他的人把她一把推向前，她一個踉蹌摔倒在地，摔在楊廷瑋旁邊。她看著眼前這一群可怕的人，感覺自己的五臟六腑都被摔在了地上。予善無可遏制地哭出聲來。

兩個人正要動手，楊廷瑋一句「等一下」震耳欲聾地叫喊出來，把予善也驚了一大跳。

狼狽模樣的男生爬到阿鐘腳邊。

「阿鐘大仔，我跟你這麼久，不求功勞，只求你相信我。你對我怎樣，我蘭仔心中一清二楚，」楊廷瑋伸出左手，四個手指，張開手掌攤在老大面前，「所以這個，我從來沒有後悔過。因為替您擋過這一刀，我就是感到榮幸，感到臉上光彩。只求您相信我！」

還未等阿鐘說話，猴子衝上前又是一陣叫囂。

「叫慘給誰看啊！想用這個掩蓋自己的背叛，也是想得美了吧你！去烘爐地拜拜的時候，還沒拜好你就去廁所那邊，你給阿峰打電話我都聽到了啦。我跟過去就是聽聽你要說什麼。別以為我們什麼都不知道嘞。阿鐘大仔不是你想得那麼好敷衍！」

一番話後，阿鐘把頭撇向一邊，手一揮，示意手下繼續打。

「好！打，可以打！」楊廷瑋也繼續喊道，「打我可以，放過她。她什麼都不知道。大仔，女人就不要打了。」

「憐香惜玉哦？就不讓你得逞啦，都打！」猴子臉上的得意笑容好像黑色醜惡的花，越開越烈。

「阿鐘大仔！拜托，拜托放過她。」楊廷瑋工整地在阿鐘面前跪下。

「憑什麼？」依舊是猴子，好像在替阿鐘審問一般。

他憤恨地看了猴子一眼，重新轉回阿鐘這邊。「放過她，拿走我一只手。」他眼睛睜得滾圓，對著老大輕聲又強作鎮定地說道。

彼時他的腦海沒有更多時間思考，一只手，對自己來說也會是要了半條命一般。牙齒都在抖動，胸口一陣火焰燒上來，他也不情願，可是還在拼命逼自己說出這句話。這一切，都源於多年以來的不安，他也覺得受夠了。

阿鐘的目光裡滿是驚詫，又無可置信地笑起來。

「蘭仔，什麼時候你開始對女人這麼認真？你今天真是讓我想不通啊。好！很有種！成全你！」阿鐘指揮著，「先給我打，打到他爸媽都認不得他，再砍了他的手！」

予善被拖拽到一邊，像一只已經被毆打過的羊羔，伏在地上難以動彈。滿眼滿臉都是驚恐的淚痕。

然後鼓點般的拳腳，滿滿地落到楊廷瑋身上。他蜷縮身體，緊緊抱著頭，如此在劫難逃，也就當認了命。擊打聲，喘氣聲，咳嗽聲，還有猴子的竊笑聲，揉捏在一起，格外刺耳醜陋。

予善坐在一旁的地上看著這一切。兩個面容陌生的男子左一拳右一腳地毆打著他，傷痕和血跡漸漸變得清晰起來，楊廷瑋痛苦的呻吟聲流入她的耳中。她還是默默看著，愣了神，卻恍惚間看見，是佩嫻、佩希，以及她們的家人在對這個男生拳腳相加。他們眼中帶恨，又帶淚，每揮動一次手掌就喊叫一聲，似要把所有的痛苦都在暴力的施加之間轉嫁給這個罪魁禍首。

楊廷瑋流出了鼻血，他用手背快速地擦了一下，下一腳又踢了上來。

予善從未見過這樣的場景，從未見過這樣血腥慘烈的模樣，活

生生地在自己面前鋪展開來。一個健全的人在兩個人的廝打下變得傷痕累累，狼狽不堪，疼痛哀嚎。而此刻她卻是大方地觀賞著這一切，心裡只是有這樣一種呢喃，佩希、佩嫻，用力地打吧，打到你們滿意為止。

直到男生開始大口咳血，面容因疼痛開始抽搐，阿鐘叫了停。作為頭目，他眼見忠實的手下被打得遍體鱗傷，還有缺了一根手指的左手，卻不得不在眾人面前對他作這般懲罰，心情萬分複雜。

關於下一步，老大自己也開始猶疑。可眾目睽睽，猴子惡意的推波助瀾，場面一度沉重地凝結。

只有猴子喊出該砍手了，眾人未曾動手，看著阿鐘。阿鐘未發話，睜大了眼睛看著倒在地上的楊廷瑋，像在問他「你告訴我該怎麼辦」。

接著阿鐘眼睛往一邊撇開，猴子幸災樂禍笑了一聲。

阿鐘身旁的兩人邁開步子走向楊廷瑋，予善在一瞬間回過神來，突然坐直了身體，叫道「等一下！」

所有人的目光往予善這邊望過來，沒有人知道她憑什麼讓大家「等一下」。

她從地上爬起來，站好，從口袋裡掏出手機，往阿鐘的位置走去。

「大仔，請你聽一下。」予善打開手機裡的錄音。

所有在場的人安靜地聽完這段音頻，表情逐漸驚詫。是早些時候猴子進到楊廷瑋的房間對他作最後「通牒」時，予善躲在洗手間牆後偷偷錄下的。

猴子的臉色開始發青，眼珠緊張地開始飛快轉動。他要衝過去搶奪予善的手機，被阿鐘身旁的人用力地擋開。

於是所有人的目光又都開始轉向猴子，他嘗試著尋找藉口托詞，但暴露得太澈底，再無力辯駁。猴子迅猛地轉身，踢開身旁的椅子拔腿就跑，衝向大門口，直奔破舊的車庫，一屁股坐進車裡，掏出鑰匙，一氣呵成地逃離了。他像是有所準備，隨時準備著要走。等到其他人隨後追出去，只剩下了汽車尾氣飄在院子裡。

楊廷瑋自己爬起來，用袖子揩去嘴邊的血跡，怎麼也揩不乾淨。阿鐘大仔去扶他起來，眉頭緊皺，轉向予善問她為什麼不早拿出來。

「我剛太緊張。」予善回答道。

她知道自己就是故意的，她想看到楊廷瑋被打得很慘的模樣，為了泄憤，為了幫朋友出一口氣。可是她也沒有想到，他會為了「佩希」不挨打而寧願被砍一只手，她不確定他到底是出於什麼這樣做。總之當下她在最後的時刻拿出手機錄音，算是在這件事情上兩不相欠。

「他去找阿峰了。」楊廷瑋有氣無力地說道。

阿鐘開始在心中盤算，覺得事情不妙，嘴裡罵罵咧咧的。

予善不知道兩個幫派到底有什麼過節，只是隱約感覺到其中的衝突會因為猴子的突然逃離而變得更加緊急。她站在一旁，等著看他們下一步行動。

楊廷瑋被扶到椅子上，看著自己滿身的傷，到底是有些坐不穩了。阿鐘走到他面前，撫著他雙肩，「兄弟對不起，」轉而向其他人一並說，「大家今晚都不要待在這裡，以現在的形勢看，阿峰很可能今晚就打過來。我們人太少了，沒什麼準備，都動起來先走吧。」

因為猴子開走了一輛車，當下只剩另一輛舊舊的商務車。要讓所有人都趕快離開，一輛車不夠。阿鐘首先就讓滿身是傷的手下去

坐，可他堅持要讓給其他人。一頓繁瑣的推推搡搡，你謙我讓，讓人看了乾著急。

「大仔別再讓了！趕快走！我們可以先躲到沈阿伯家的！」楊廷瑋的「我們」就是他和予善。

阿鐘想起住在附近的那家農戶沈阿伯，想了想也是個辦法，最後應允，囑咐他一定要小心，還囑咐予善要多照顧一下，然後繼續張羅所有人的行動。

在一頓慌忙的安排下，楊廷瑋拉過予善的手臂，準備走向院子外面。予善瞧著站都站不穩的男生，下意識地問了句他是否有擦傷的藥之類的。楊廷瑋回答房間床頭的抽屜裡有一些之前剩下的，予善跑回樓上胡亂地塞了一些到口袋，再跑下樓問他到底現在要去哪裡。

這一夜的星空倒是亮閃閃的，抬頭的景象真是溫和寧靜。可夜空下的無奈與混亂，讓予善感到恍如隔世。她仍舊不知道自己身在何處，到底是怎樣讓自己陷入如此的境地，她已與朋友們失聯好一段時間了，什麼時候才能回台北。

楊廷瑋的步伐晃晃悠悠，忍著身體上的各種疼痛，他只希望內傷不要太重。予善感到憐憫，去攙扶他，隨著他的指示一起走出院子，往田間的小路上走去。

後面的聲音漸次漸遠，身邊只剩下略顯荒涼的田間的簌簌聲響，風總是時而吹來，迎面的涼意撫過他們的面容，還有路兩旁的片片稻田。什麼叫夜涼如水，著實能透入人的心間。

可這讓予善覺得，是這幾日最讓人感到安慰的景致了。這村莊的邊緣縱然是荒蕪蕭瑟，但也被星空毫無偏袒地籠罩著，一方貧瘠土地也有被照拂的可愛之處。楊廷瑋一瘸一拐地走著，手捂著胸口。

「謝謝你，幫我解圍。」他輕聲說道。

「喔。」予善本想說個「不客氣」或者「應該的」，一出口還是只說了一個語氣詞，繼續扶著他往前走，「你還可以嗎？」還是詢問了一句。

「沒事，死不了。」男生咳嗽一聲回答。

就這樣默默地在田間的小路上往前走，一道又一道，直到前面出現小農舍裡的亮光。楊廷瑋指指那邊，想必那便是他們說到的沈阿伯家了。

他們敲了敲，門很快就開了。沈阿伯一眼看到熟悉的小夥子滿身傷痕，隨即面色就變了，趕忙把他們迎進門。

沈阿伯說的話，有很多予善都聽不懂，客家話夾雜著國語，楊廷瑋與他的對話裡也是這樣摻雜著兩種語言。阿伯端來兩杯酸柑茶，請他們喝。

他在屋內的沙發椅上坐著休息，閉著雙眼。一時沉寂。

「那個，可以把電話卡還給我嗎？」予善問道。

楊廷瑋睜開眼睛，從椅子裡面坐直，去掏口袋，拿出小小的芯片遞給予善。

手機慢慢恢複了使用，只是信號不太好。予善坐在一邊認真地擺弄手機，隨著信號的強弱，斷斷續續收到早些時候嚴宇凡和陸柏承傳來的一連串訊息。楊廷瑋聽到訊息的一聲聲提示音，未動聲色。

予善不斷嘗試著搜尋自己所在的方位，等待著信號強一些的運氣。良久，她才定位到他們的位置，苗栗。再具體一點，是他們的確切位置，農舍所在的一方。她看看身邊疲憊不堪的男生，猶豫了一會兒要不要傳定位給台北，她猶豫的還有應該傳給誰。

最後，方位傳送到了嚴宇凡的手機裡，其餘的沒多說什麼。她

也靠在椅子上，等待下一步會發生什麼。覺得身心倦怠。

　　沈阿伯在家中忙進忙出，擺弄瑣事。他拿過一些簡單的藥品來，予善接過，和口袋裡的一堆放在一起，也不知道該用哪些。楊廷瑋從予善的手裡挑了幾樣，又揀出紗布棉簽之類的，開始自己鼓搗起來。予善沒有伸手去幫忙，替他擺好藥品，便在一旁默默觀看著他為自己擦藥。顯然，楊廷瑋頗有經驗。

　　女生靠在陳舊的躺椅上，透過一旁的窗戶看夜空。農舍四周靜悄悄的，只是一個普通又簡單的田間居所，過著日常平凡的生活，讓人想不起來附近還有一個住滿黑幫人員的破院子。

　　她睡著了。沉沉的，沒有任何夢境。淩晨的苗栗鄉間，農舍裡為他們留了微弱但還算清晰的燈光。幾個小時過去了，手機裡傳來訊息：我們快到了。予善被訊息的聲響叫醒，睡眼惺忪。

　　嚴宇凡說的「我們」，指的是誰？予善沒有細問，又輕輕閉上眼。

　　車子的隱約聲響與亮光漸漸近了，倉皇地劃破了這片蕭索的寧靜。這片地方應該不會有車子在午夜時分開進，她知道是嚴宇凡，她起身，揉揉眼睛，整一整鞋子往屋外走去。

　　明晃晃的大燈照到她眼睛裡，熄滅，副駕駛裡首先走出來的是佩嫻。

　　予善不由地深吸了一口氣，看著站在對面的佩嫻，還裹著厚厚的衣物，十分憔悴。她頓時眼淚奪眶而出，喉嚨裡發出來不及均衡的哽咽，邁開腳步就過去擁抱佩嫻，淚珠都流在對方的肩上。她知道這個時候佩嫻應是出院休息不久，她第一次手術後的模樣，怎讓人心疼如此，況且是在這樣的情境下，拖著病體跋涉來到偏遠的鄉

間尋她。她不住地啜泣，甚至搞不清是誰更需要照顧，是被莫名帶來此地的自己，還是病中脆弱的佩嫻。

而佩嫻輕輕拍著她的背，像安慰一個走失的小孩，什麼都沒有問。嚴宇凡也走出車子，見到予善還健全地站立著，放下心，隨即扭頭看向別處。他心情複雜，不知該說什麼。

「東西拿好了嗎？回家吧。」佩嫻說。

予善站著沒有動，指指農舍的門，對佩嫻示意，「他在裡面。」

佩嫻望向簡陋的農舍，樸素的房門，被屋裡溫暖的光亮映襯得安詳，讓人不忍多加打擾。她沒有移動腳步，只是怔怔地望著門，好似望眼欲穿的姿勢就能看透門後的一切。

「佩嫻，他在裡面。」予善重複了一次，自己走過去要為她開門。她站在這個地步，覺得無論如何，他們該見一面了。在這麼多年後。

佩嫻拉緊了領口，跨了很大一個步子，緩慢又鎮定地向屋門走過去。她跨過門檻的小台階，站到屋內昏黃的燈光裡，身影斜斜地傾瀉在地面上。楊廷瑋就倚在她面前兩米多處的椅子上，還沒有完全醒過來。

記憶裡的楊廷瑋，還是當年輕春的高中男生模樣，背著畫板，走路還會時不時做出耍帥投籃的模樣。最後一次看見他，好像是在她離開繪畫班之後的學期末，他收整好東西準備回家，遠遠地走在學校後門的小徑上。他不經意間回頭，她覺得應該是與他對了片刻的眼神，可她冷冷地轉移過目光往反方向走去了，再回頭時，他也已經走得很遠。

可是眼前的楊廷瑋，剃了板寸頭，帶著一些不加修正的胡渣，雙眼周圍有著疲倦的眼圈，歪躺在角落裡，雙手局促地盤在自己的

懷中，身邊放著一堆雜亂的藥水瓶子，棉絮紗布上有著乾掉的血跡。

　　這是多年時光在楊廷瑋身上烙下的慘澹痕跡，他的逃離想必是附著一路的代價。佩嫻心裡想著。她默默地望著她那麼久以來都在尋找的人，沒有想到是這樣一番景象，以為自己是在追逐一頭喪失良知的野獸，屆時的場面會是對峙與激烈，卻未料見到的是奄奄一息的殘軀般，眼神渙散，聲息輕緩。

　　佩嫻的目光像是一道灼熱的火焰，落在男生的身上漸漸發燙。他就這樣醒來，在模糊的視線裡使勁分辨又一個陌生又熟悉的輪廓，恍惚間都不願相信自己的眼睛，揉了又揉。他很快就認了出來，不像佩希，佩嫻的模樣並沒有改變很多，可是為何看上去這樣憔悴。他心裡又是一陣針紮般的疼，無可避免地以為這一定也是自己造孽的一部分。多年之後的面面相對，他們竟是一個比一個還狼狽的樣子。

　　楊廷瑋撐著椅子扶手站起來，與佩嫻相對而立。他本想說點什麼，哪怕稱呼一聲，或是一句禮貌問候，但口中酸澀，他不敢對她言語。

　　他覺得自己不配。

　　良久，他忽然蹲下身去，掩面涕零。

　　「對不起，對不起……」

　　從下車到進門都未動聲色的佩嫻，看著模樣愈加困頓的楊廷瑋，一切的傷痛和追逐都忽然像是發生在昨天，洶湧地溢上胸口，讓她呼吸急促。她拖著病體，強作鎮靜，走到一旁的凳子邊坐下。

　　「你逃避了多久，你算過嗎？」她輕聲質問道。

　　「離開宜蘭之後我從未活得有臉面，我想過就這麼逃一輩子。」

　　「你逃一輩子，我們全家守著痛苦一輩子。」

「佩希受的苦都是我的罪孽。幸好她最後還是活下來了。」

佩嫻聽了一頭霧水。

「你說什麼混話？！」

「佩希把後來的事都告訴我了。」楊廷瑋疑惑地解釋著。

「佩希死了！死在醫院，你們全家逃走的那天！你又在說什麼混話！」

佩嫻情緒激動地站了起來。

男生思緒開始混亂，那麼站在外面的那個又是誰。他斷斷續續地向佩嫻敘述了從烘爐地開始發生的事。在了解到當年的真相後，他心理又再一次崩潰，原來罪孽深重，自己並沒有僥倖的資格，以為命運會放過佩希，減輕他的罪責。

佩嫻哭紅了眼，使出全身氣力猛地衝上來，對著楊廷瑋就是幾個響亮的耳光，接著是抬起腳狠狠地踹，卯足了體內所有的勁，多年的記恨怎麼都發洩不完。屋子裡充滿了她的廝打聲與撕心裂肺的哭喊。

那段景象每一次被端到面前，佩嫻都覺得自己的壽命又被剪刀剪了一下。輕而易舉地。

沈阿伯與外面的予善、嚴宇凡聽見聲響都同時趕進來，沈阿伯阻止著佩嫻的歇斯底裡，予善與嚴宇凡去攙扶她。她實在不適合這樣的大動幹戈。

已經傷痕滿身的楊廷瑋氣息疲倦，咬牙任憑打罵。他目光著地，不敢抬頭。

「咚」一下沉悶聲響，男生跪了下來，朝著佩嫻的方向，頭埋得低低的。雖是輕輕的，可屋內不大的空間裡，大家都清晰地聽到他連續不斷的哭聲。死寂一片，他的啜泣裡滿是無助。予善站在一

邊，這許是她聽過最無望的悲戚之聲，以至於旁人都無從打斷。

　　楊廷瑋跪地，腹部幾乎貼著大腿，額頭快要觸到了地面，向佩嫻一遍遍致歉。

　　畫面揪心，予善在這關系中抽離了立場，轉過頭去不想多看。而佩嫻慢慢滑落到一旁的椅子上，無力再落淚，就這樣無聲息地坐著，看著天花板暈眩。她已經很累很累了。

　　「我曾以為青春是多麼好的時光，在你最熟悉的地方，有你最在意的所有人，可以一邊憧憬著未來，一邊又別無所求的滿足。我也曾以為愛是最好的東西，擁有的人就是世界上最幸運的人。但我不曾想過，青春和愛，對我來說卻是所有痛苦的開始，是一輩子都要帶著的枷鎖。也許說得可笑，我何時得到過這所謂的愛，傻到以為你真的愛過我。

　　好在一輩子有多長，又有誰知道。

　　你不會了解我的痛苦。永遠都不會。」

　　深夜的農舍，空氣裡好像彌漫了過往多年的風雨，在暖色的燈光裡黑壓壓地傾倒在每個人身上，沉重濕冷，又灼燒得令人生疼。佩嫻大概也從沒想過，是在這樣的時間，這樣的地點，這樣的境況下，遇到這樣截然不同的楊廷瑋，她內心積壓的討伐欲望，卻怎麼也釋放不完整。楊廷瑋無力，她更是。

　　嚴宇凡要帶佩嫻離開，他知道聯繫過手術的脆弱，如此大張旗鼓的悲傷實在對佩嫻的身體狀況太有害了。她被攙扶起來，離開農舍之前，望著依舊跪地的楊廷瑋，用朦朧淚眼深深地去凝視他，想要看清一些他的真實樣貌與內心，卻總是覺得一層渾濁的氣息籠

罩，怎麼都無法揮散。她繼而揉了揉自己的眼睛，猶豫了片刻，腳步移到他的面前，緩緩蹲下。

她還是看不清他，卻告訴他：

「快走。警察在路上了。」

沒等楊廷瑋反應，佩嫻起身往外走去了。

3.

予善終於是坐在了回家的車子裡。佩嫻靠著她的肩膀，閉眼休憩，雙雙睡去了。

該怎麼解釋這一切呢？或者說，要解釋嗎？

車子裡只剩下了幾人的沉默，風聲像是回家的號角。

「你是怎麼做到讓他相信你就是佩希的？」佩嫻閉著眼睛問道。

予善想了片刻，「不是我說得多真實，是他自己太心虛而已。」

「他也許比我更希望佩希還在。」她睜開眼，輕輕望向窗外說。

「但他不是出於愛。」

「他到底……愛過我們嗎？」又閉上眼。

時過境遷，到現在，佩嫻還在意那個帶來多少傷痛的人，是否愛過她，愛過她們。時間治癒不了的事情，會漸漸僵化成一種執念，哪怕心中明了這念頭的可悲，甚至是可恥，都忍不住讓自己在暗中一遍遍發問。

可是要這答案又有何用，離開的人，又怎可能再回來。

而楊廷瑋在澈底反應過來的時候，佩嫻他們已經上了車即將啟程離開苗栗了。他要從一片悲戚中瞬間跳入慌張的情境，來不及收

拾東西，用冷水沖了把臉就往外跑。

是佩嫻報了警，又提醒他快跑。他跨出門檻的時候，這個念頭讓他狠狠咬了咬嘴唇，隨即衝出農舍，又奔跑在幽暗的農田小徑上，又是孤身一人，消失在夜裡。

他吃力地跑著，這次是真的沒了方向，要躲去哪兒，哪兒都不是他所屬的地方。頭頂的夜空那麼廣褒，天地間，失卻了能夠容下他的每一方。

在離開苗栗很多天之後，佩嫻他們才得知，逃跑了的楊廷瑋，拖著一身的狼狽又獨自走回了農舍，向正在找他的警察舉起雙手。

那一刻的絕望，好像是失去了自由與一切；可那一刻，又好像給自己作了一個圓滿的交代。他竟然第一次覺得可以真心地一笑了。

「你也不會了解我的痛苦。永遠都不會。

但是對不起。對不起你們的青春，對不起這份我自己都不清楚的愛。

對不起。」

生活又慢慢回到麵店的平淡如水。

而她們卻從未真正地坐下來好好聊聊從烘爐地到苗栗的一整段故事，佩嫻沒有要求，予善也不知從何說起。這到底是為朋友不顧一切，還是一場令人擔憂的自作主張。

從各種碎片的交流裡，予善斷斷續續地透露。

「他說他很少能睡一個好覺；」

「他以為我是佩希，為了讓我不挨打，願意廢了自己一只手；」

「他曾經勸家人不要逃走；」

「他曾經去過醫院，在病房的窗外看到你們；」

「但最終你也知道，他就是沒有擔當的懦弱的人，逃得沒有蹤影。」

「他最後去了自己該去的地方。」佩嫻說。

那日深夜，陸柏承在烘爐地的半山停車場等待了許久，在澈底失去了予善的蹤影後，他等到天亮去了希希麵店，輾轉找到嚴宇凡。

嚴宇凡的神情儼然是一副不出所料的樣子，他懷有歉疚，卻從一開始就在潛意識裡積極地默許，甚至是希望予善去做這件事。他知道其中的風險，但也替她、或是替自己僥幸一番。聽到她失蹤在深夜的消息，他只得哀歎沒能逃過的危險，當下並不知道具體該怎麼進行下一步，但還是先阻止了陸柏承的報警。

他知道瞞不過佩嫻，事情的原委太難編造，便一五一十地告知了。佩嫻當下靠在一邊支撐自己剛出醫院不久的虛弱軀體，讓嚴宇凡離開麵店。失蹤是什麼意思？所有人都手足無措。

對佩嫻來說，她太介懷了。嚴宇凡明知道予善打聽那些問題便是為了尋找楊廷瑋做準備，他明知道予善一旦得到資訊便會前往，他也知道這樣的行為將會存在多大的危險，或者說，兩人的舉動都是荒唐的。嚴宇凡在長期的觀察中既知道那些資訊，為什麼最終卻是讓予善獨自前去，沒有阻止，沒有告知。

可是這一切，起因卻全是因為自己多年的心結，與他們都毫不相幹。佩嫻感到胸悶，一陣痛悔噎在咽喉，想哭卻哭不出來。

予善不知道，自己這一趟的冒險到底帶來了什麼意義。她最終讓楊廷瑋站到了佩嫻的面前，她原本以為這樣就是讓她解開心結的方式，可她後來也沒再問過佩嫻，結束了嗎？她怕得到相反的答案，害怕自己是那個辦錯事的人。

於是她們都很默契，很少再去與彼此說起這一段故事。好像都在期待時間能漸漸沖淡，但不經意間總能在各自的腦海中想起，偶爾的失神與落寞，似乎都能讓對方輕易地感知，然後又「默契」地一起轉移話題。這何不是一種尷尬的「默契」。

春節又快到了，予善開始收拾東西準備回浙江過年。佩嫻和嚴宇凡送她去機場。

一切都歸於平靜。予善的心情有如結束一年學業的學生，又完成了一年的台灣生活。她想著回家過年，可以渡過一個舒適的假期，不免心中暢然地舒一口氣。

和機場裡所有的親朋分別一樣，陪同check-in，幫著拉行李，溫馨囑咐，送至安檢口。

予善適時地轉過身來擁抱佩嫻，帶著親昵的笑容。沒有太多依依不捨的傷感，想著春節後便回來了，小別而已。她揮手說了「明年見哦」，拉著行李箱準備進安檢。

「予善，如果家鄉有好的工作機會，有更舒適的生活，就留下吧。」佩嫻對著她剛轉過去的背影說道。

予善回頭，她不是很明白，微張著嘴，好像「啊？」了一聲。

「過年後不一定要回台灣的。」佩嫻繼續解釋著自己的話語。

予善站定了腳步，似笑非笑。她擋住了別人，被工作人員請到過道的一邊。

「予善，留在家鄉吧，去上海也行，不要回台灣。」

「什麼意思……」

「不要回台灣了。」佩嫻的最後一句解釋，臉上的表情認真起來。嚴宇凡在一旁似乎也不知所以然。

再次被工作人員催促了一番，身邊進安檢的人流多了起來，予善沒有再追問，走進隊伍中，消失在送機的人們視線中。她一時還不太明白，機械地完成了整個流程，恍惚地坐在登機口的椅子上。

「不要回台灣了。」這是佩嫻對她說的最後一句話，可是為什麼？是她還在耿耿於懷自己去找楊廷瑋的事嗎？她明明是出於一片好心。

予善拿出手機，給佩嫻傳了訊息，「為什麼？」

「也許更適合你。」

她頓時覺得，佩嫻憑什麼幫她決定什麼是適合她的。可是胸腔就好像突然被注入了洪水般堵塞，她掩面。左手邊是剛剛送她離境的佩嫻，右手邊是她即將踏上的飛機，半小時後就是海峽之隔。

驟然間，她遏制多時的恐懼又湧上心頭，彷彿此刻她已經失去了這裡的一切。

第四章

「後來啊，

鄉愁是一方矮矮的墳墓，

我在外頭，

母親在裡頭。

而現在，

鄉愁是一灣淺淺的海峽，

我在這頭，

大陸在那頭。」

——余光中

1.

　　江南地區的春節，伴隨著濕冷又安謐的空氣，悄然走進家家戶戶。

　　祖母是那種將自己的一輩子都捆在農田和家庭裡的婦女。予善最早的記憶裡，也就是祖母在她印象中最年輕的時候，是五十多歲，彼時祖母一頭柔順的短髮裡時不時跳出一些銀白色髮絲。年少的孫女以為，奶奶永遠都是這般模樣。

　　春節裡回鄉下，照常是年節時慣常的那些牛奶、餅乾、水果、老年營養品，還有新衣服。她不想要新意，如同她還希冀著年少時那種樸素又熱鬧的鄉下春節。

　　奶奶的步履較往常慢了一些，手裡還未放下廚房的擦手布，邊回應著邊走出大門迎接。老人臉上的皮膚日漸鬆弛，牙齒稀疏了，笑容卻如同幾十年前一般，企盼又欣慰。她眼裡的光像是永遠為家人而亮，她臉龐的皺紋永遠是為家人而深嵌，她的時間永遠是為家人而流淌。

　　予善衝上前去挽著奶奶的胳膊，一腔淚水想要湧上來，被自己故意大聲叫出的「奶奶我要吃紅燒肉」給使勁壓了下去。她小時候在祖父母家習得農村的土話，每當從普通話或城市方言轉換回農村話時，她總得學著村裡人的口氣，再粗獷一些，再大聲一些，再親熱一些，覺得自己就是個地道的鄉下姑娘。

　　祖父坐在牆邊烤炭火，招呼她快來暖一暖。祖父瘦小的個子，穿了好多好多層保暖衣物，厚大衣，毛絨帽，多用手套，在炭火盆裡還丟進幾個地瓜和馬鈴薯，看著它們何時能熟透。這樣不甚強壯

的老人家，幾十年來也是一個大家庭的頂樑柱，如今坐在歲月的靜處，從耳後拿出一支煙，在火盆裡認真地點著。

老房子被閒置了，叔叔在隔壁蓋了大房子，全家人都住在一起。

紅燈籠，紅春聯，春節的一大早便是這些俗常的儀式。予善還記得小時候，從春節的前二十多天開始，他和鄰居的一群孩子就開始倒計時，終於等到過年的這一天，幫大人忙完家中的雜事便奔相走告倒計時「零天」！不知從何而來的得意，彷彿春節是多虧了他們的耐心等待才來的。

而如今，一切都寧靜了許多。似乎已經沒有了煞有介事的吆喝，大掃除，擺豬頭祭祀祖先，都在一定的沉默中按部進行。並不是不愛過年了，也許只是因為每個家戶等待歸來的人，都會在年後比往常更早地離開，回到他們日常工作的地方，停留變得愈發短暫，讓人不敢過多期待罷了。

和長輩們一起貼春聯的時候，她想起那一年的春節，家裡的春聯是綠色的，貼了一整年，一直要到來年春天才能重新換成紅色。

「孩子，去看看你爸爸。」爺爺說著就進了房間。

奶奶在客廳的桌上將紙錢之類的掃墓用品裝進塑膠袋，小心地紮好，「田裡的路不好走，走慢一點。」

十年以來，爺爺奶奶從未去過爸爸的墓前。長輩總是不忍心的。

每一年的春節，予善都是默默地跟在叔叔後面去爸爸的墓地。完成一道道農村掃墓的工序，她會站在墓碑前，心中叫一聲「爸爸」，便再也說不出什麼。她在心裡重複著這個稱呼，但始終無法從口中說出。太多年，這是個多陌生的稱謂，加之這墓地在此時看來已顯得簡陋，風吹雨打的，水泥都脫落了一些。她心裡只想著，

父親到底是在自己心裡。

人們說正月的時間總是過得特別快，走親訪友，吃吃喝喝，輕鬆的日子消磨得容易。待到春節假期過後，大家陸續回到工作崗位，這一整個勁頭才算逐漸地過了，熱鬧的聲息也消散了，予善才覺得，心裡開始空蕩蕩。

一整個過年期間，和佩嫻之間都沒有過新年祝福。這叫人沮喪的默契。

待到節日熱氣一過，她便想著還是要給佩嫻傳個訊息。從簡單的寒暄話語開始，她似乎有著更多的話想說，發生過的那些事好像就在昨天般清晰，又因為隔了一個海峽的緣故，讓人覺得像久遠之前做的夢。打了好多字，她都沒有發送出去。

螢幕總是顯得有些蒼白。予善關掉手機，拿出紙和筆，工整地將所有話語寫成信箋。她並不是想要故弄玄虛或者返璞歸真，用傳統的寫信方式，只是她刻意地為了避免訊息傳出後那種等待即時回復的期盼心情。她想著白紙黑字的信件，來來回回總要些時日，便能為寫信的人找到更多等待的理由，或未收到回復的安慰藉口。

> 佩嫻：
>
> 　　見信如晤。
>
> 　　許久不見，不知你春節過得如何。都沒有給你傳新年祝福，但希望新的一年，我們都可以有更好的事情相伴。
>
> 　　我此刻在鄉下陪伴祖父母，他們都老了很多。我想起我們小時候的那次相遇，你還記得嗎？你還記得我爺爺的老房子嗎？我小時候經常用手去摳牆，裡面就有白色的粉末往外

掉。奶奶叫我別摳，房子會塌，可我就是不聽，從房前跑到屋後，東一塊西一塊的摳，牆皮都掉了。

不過我們現在已經不住在老房子裡了。老房子空了，用來放雜物，我叔叔在隔壁造了大房子，爺爺奶奶都住在這裡。

前幾天我推開老房子的木頭門，小臥室裡堆著很多以前的舊家具，我找到我們小時候做玻璃手鏈時用的破椅子！我把它們又都搬進了新房子裡。你應該沒想到其實那些都是我爺爺親手做的吧。

麵店還好嗎？忙嗎？
你還好嗎？治療進行得還順利嗎？
你的家人們都好嗎？

予善

在反復查看了多遍寄信和收信的地址正確，第一封信寄出去了。她計算著寄達的時間，甚至模擬著佩嫻看信、寫回信、再寄信之後到達的時間點，可始終沒有任何消息。她也沒有收到佩嫻的手機訊息，難道她收到信後都不想問問為什麼要用這種古老的方式交流，為什麼不像現代人一樣善用即時通訊，為什麼毫不在意自己離開台灣後的生活。

村口代收郵政的小超市熟悉了予善的身影和詢問，看到她一來，便直接回一句「今天也沒有啊」。她心中的企盼隨著一日日的期待逐漸成為灰色，便也不再去問了。

春日的村莊換了新顏，山頭的景象明朗了，褪去蕭瑟的冬裝，

讓人都有勁起來。年輕人們早又離開了農村老家，前往省會或大都市謀生去了，老年人繼續守護著這片土地，少了那幾年的怨言，多了份自娛自樂的愜意。生活嘛，年輕人有，他們也有。

晚飯時，堂弟風塵僕僕地從外面回來，拿了碗去盛飯。堂弟是叔叔的兒子，滿十八歲，但沒上大學。奶奶往廚房叫了一聲，招呼堂弟順便把之前沒吃完的一點剩菜也端出來。

堂弟在桌邊坐好，奶奶在剩菜盤裡揀著菜，往自己碗裡夾。爺爺看著說了一句「剩菜就別吃了」，奶奶也不抬頭只說，「又沒壞，別浪費」。

一家人照常吃著普通的晚餐，嘮著家常的話。堂弟一口口扒著飯，看上去吃得專心。他快速掃完碗裡最後一粒飯，放下碗筷，不似往常那樣火速離席，吞了一口飲料，輕聲打了個嗝依舊坐著。

「今天去哪裡玩了？」爺爺邊夾菜邊問道。

「和方家大兒子出去了，談事。」堂弟回答。

「才幾歲的人，還談事。談什麼事體？」爺爺追問，呷一口米酒。

「爺，就跟你說說這個事體。我也不上學了，想出去賺錢，方家老大說他舅在杭州做生意，覺得我能幹，叫我去幫他舅做事。」

爺爺放慢了咀嚼的速度，撇過眼看著他。

「他舅做啥生意？在杭州？」

「嗯，在杭州開飯店。」

「讓你過去幫啥？跑堂？」

「先幹著再說唄。出去了總歸能好賺錢一些，我們這地方小，賺錢也難啊。」

爺爺繼續吃飯，若有所思未回答。

「到外地那麼遠，誰照顧得到？」奶奶望著孫子，滿臉的不痛快。

「你懂啥啊奶奶！男人不出去賺錢，在家靠人養不丟臉呢？」堂弟也是不客氣。

「幾歲的人，還男人，就是小夥子。在我們本地找份活兒不也一樣賺錢，還能住家裡，開銷也少，不比外面好呢？」奶奶也落得不樂意。

「姐不也是十八歲就出去了，還去那麼遠的外國。」堂弟指了指予善，繼續反駁著。

「能一樣嗎？她出去讀書，你幹啥去？」奶奶夾了一筷子的菜，放到碗裡也不吃。

「讀書怎麼啦？讀書一定賺大錢？她現在還不是這樣。還不如我早點開始闖。」

予善聽著這話滿心不悅，依舊低著頭撥著飯粒說道，「行，你有出息，你去當老闆賺大錢，回來孝敬爺爺奶奶，」她又望向兩位老人，「也別勸了，他自己決定好了，就讓他去。」說完吞下一口飯菜，也就離席了。

「奶奶你不懂，我不跟你講。不趁著年輕多出去闖闖，到頭來就是沒出息。我基本上就答應方家老大了，他今天也和我講了挺多條件，我感覺這事體有著落，去試試蠻好。下個月差不多，這幾天我收收東西。」堂弟說著便拉開椅子往樓上走去。

奶奶不喜愛這個消息，她不喜兒女子孫都「流落在外」，一鼻子的不情願。還想衝樓上說幾句，被爺爺攔下來。爺爺做著揮手的手勢，示意「算了隨他去」。

　　山間的風溫柔地吹下來，繞過每一幢鄉村的小樓前。奶奶坐在門前剝青豆，剝得認真，頭都未抬一下。

　　堂弟從樓上下來，坐到飯桌邊玩起手機。

　　奶奶聽到動靜，扔下手中的青豆殼，一滴淚珠隨即也掉進了裡面。

　　老人站起來回到屋內，進房間，開抽屜，拿出一包準備好的舊信封。她走到飯桌邊放到堂弟面前，囑咐了一句「你爺爺給你的」，便又走出去了。

　　佩嫻：

　　　　見信如晤。

　　　　上一封信收到了嗎？你還好嗎？

　　　　春天到了，我堂弟說要離家去別處闖蕩。我知道爺爺奶奶很不捨，可是誰又攔得住一個年輕人的腳步。我也想勸阻，可還是開不了口。他的人生，我又如何有資格斷言什麼是對他最好的。

　　　　我很想念台灣。可是總記得你在機場與我說，不要回台灣了。可你也不告訴我為何。所以我始終不想這樣不明不白地回去。

　　　　我沒辦法想明白，是因為我擅自去找楊廷瑋的緣故嗎？我寧願是我做錯了這件事，你可以生我的氣，我至少還有道歉的機會。

　　　　我們是不是不應該擅自插手別人的人生？

　　　　　　　　　　　　　　　　　　　　　　　　　　　予善

佩嫻：

　　見信如晤。

　　上一封信收到了嗎？你還好嗎？

　　沒有收到你的回信，嚴宇凡也是草草回復。

　　我擔心你的身體狀況，近期希望回台灣去看望你，不管你願不願意。

予善

　　堂弟已經去往杭州打拼了，家中更冷清了一些。祖父母的日子依舊如此，一日老去一日，但總算是接受了走進生活的每一次變化。來來去去，不也就是人生的常態，作為走過人生大半的長者，他們對周遭的一切都有著更多的不捨，卻也有著更大限度的淡然與順從。

　　予善兼職做一些英文翻譯與教學的工作，心下又幾乎決定了要重新回去台灣，哪怕只是回去一小段時間，力所能及地照顧一下病中的佩嫻。她盤算著出發的日程，準備開始收拾行李，告訴奶奶自己也快回去上班了。奶奶點點頭，知道這是再正常不過的事。

　　午睡的時辰，陰天的鄉村，被映襯得更加寧謐。她坐在大門口的椅子上看書。

　　從書裡的行行文字中遊離出來，是因為一串沉靜的腳步聲，有些緩慢，伴隨著行李箱的輪子聲響。走到自己眼前的居然是好久不見的收信人，雖然還戴著口罩，可任何時候這個聲線和口音，總是那麼熟悉。

　　「這個地址也太難找了。」佩嫻笑了笑，因為剛剛走了些上坡有些喘氣。

　　予善放下手裡的書站起來，她是萬萬不肯相信住在海峽那邊的佩嫻就這樣忽然出現在了浙江的鄉村小樓前，好像時空的對轉，意外得讓人不知如何迎接。

　　她硬是愣了好一會兒，才衝上前去擁抱佩嫻，聲音裡盡是夾雜著哭與笑。

　　佩嫻戴著帽子，清瘦了一些。她的眼周有些黯淡，微笑起來有一絲淺淺的皺紋。

　　「你怎麼會忽然就來了？為什麼不告訴我，我去接你啊。你治療怎樣？有沒有控制好？你為什麼一直不給我回信？哪怕一個訊息都沒有？你到底這段時間都在做什麼？」焦急間，予善只是一個勁的問。

　　「我都在醫院。」佩嫻簡單地回答，仍然是溫柔的笑容。

　　她從口袋裡拿出那個舊舊的玻璃手串。

　　「帶它來看一看從前的家。」

　　佩嫻本想一直對家裡隱瞞自己的病情，因為她想不出到底讓家人知道有什麼實際的用處。她認為自己可以處理，有醫院與朋友的照顧，而告知家人，只會徒增他們的擔憂與麻煩，況且她更不願意想到也許父親並沒那麼在意，甚至覺得自己在給家中增添負擔。把這樣不幸的事限制在幾個人的小範圍內，不要旁人的煩憂與插手，她也會覺得輕鬆一些。

　　可是做完第一次治療後的身體狀況不夠適應，回宜蘭過春節時總是感覺松松懶懶，這樣的狀態不可能完整地隱藏。母親第一個感覺到異樣，可她居然絞盡了腦汁編撰了一些其他普通病症，家人再多問，她就開始煩躁地敷衍，大多數時間就選擇待在房間休息。

隱瞞這樣的事實，並不比對抗病魔來得容易。她東躲西藏自己的真實狀況，也覺得自己

可笑，到底什麼樣的人會攜帶著癌細胞而讓站在自己面前的家人以為，一切無恙。

她在春節過後就很快回了台北，要進行新一輪的治療。回到吳興街的公寓，空蕩蕩，明明在陳予善到來之前也是獨自居住，卻也是在陳予善離開之後她開始覺得，少了些什麼。振作一下，她還是告訴自己，這也許才是最好的安排，同時又清醒地意識到，自己還是需要一些幫助。

嚴宇凡便是這時間唯一可依靠的人。他思考良久，決定捏碎了這許多年來內心的一隅懦弱，狠下心辭去了報社的工作。

算是在佩嫻的麵店入了股，這個店就開始交給嚴宇凡打理了。他一面照應生意，一面照顧醫院裡的佩嫻，一面還要請個幫手接送漫漫。在這樣腳不停歇的忙碌裡，宇凡感到自己熱烈活著的一面，或者可以說，那種真正融入佩嫻生活裡的感受，讓他滿足與幸福。又或者，他對於當初引導予善接觸危險的愧疚，找到一種還贖的方式。

而佩嫻也在想著，嚴宇凡的這份恩德，她最終要以什麼方式償還。

在醫院的日子，宇凡偶爾回佩嫻的家裡幫她拿一些日常用品，在某一天經佩嫻提醒，才去看看樓下的信箱。幾封信件落了薄薄的灰，與一些廣告紙夾在一起，上面寫著「陳予善」的名字。宇凡趕緊收好信件送往醫院，心想陳予善為何在這個年代還用這種通訊方式，有事傳個即時訊息不就可。

　　樸素的紙張與手寫的字跡，拿在手裡的感覺與螢幕上的訊息是不一樣的。佩嫻原以為，讓她走才是一種關懷，可是當有些事情呈現在眼前，人才會覺得人生剩下的時間那麼短，短到容不下什麼遺憾了。

　　她沒等予善那句「回台灣去看望你」實現，就起身安排另一個方向的行程。好在醫院的評估判斷佩嫻的病情在現階段已告穩定，可以外出了。醫生的萬般囑咐千頭萬緒，讓嚴宇凡比患者本人更加謹慎緊張，再三叮嚀她每一個注意事項，才送她出了境，飛往海峽對岸的土地。

　　佩嫻成年後第一次到大陸地區，小時候的印象模糊淡忘，況且就算還記得什麼，完全翻新的地方面貌也於記憶毫無用處了。早晨從台北出發，經過上海再坐高鐵到浙江，夜色都鋪開了，她疲倦得不想再動，就在車站旁的商務旅店歇了一晚，第二天再出發。她是憑著予善信封上寫著的相當詳細的地址尋找的，學著用大陸的地圖軟體，加上每一步的問路，走哪座橋，搭哪班公車，怎麼買票，全是累人的事。

　　第二天中午時分，她吃力地拎著行李箱走下鄉村小巴士，抬頭看看房屋後的山川輪廓，似乎是有著那麼一些的熟悉感。灰白色的老房子幾乎都消失了，拔地而起的處處小樓房填滿了小村落，她感歎著，世界一日一日不曾停下變化。予善寫的門牌號是693，她找到上山的路口往山腰上走，這個方向她依稀是有些印象的。

　　好在終於找到了予善，一切也有了安頓之所。

　　不巧此時爺爺奶奶出去走親戚了，予善便帶佩嫻去山上散步。

橘山的佈局並未變化很多，只是橘子樹的覆蓋更少了一些，稀疏得不似從前，再到豐收時節大概也無法看到舊時滿山濃密的金黃了。山頂平地處建造了鐵軌，這裡一整片的林地都被徵收了，裡面有一部分正是爺爺家的。橘子樹被砍掉了大片，成了更現代的交通景觀。晚間落日時分，吃過晚餐的村民們愛來這裡散散步，一眼望不盡鐵軌延伸的去處。

她們沿著鐵軌走，山風幽緩地吹過，不疾不徐。

「這段時間的治療還好嗎？」予善輕聲問。她心裡比較平靜，猜想既然佩嫻能獨自出行，應該是無大礙。

「老天可憐我，讓病情暫時穩定了一些。」

予善心裡舒了一口氣，聽她親口說出這些，還是讓人寬慰不少。

「癌症就像是定時炸彈，不僅得病的人自己不知道前路如何，就是醫生也不可能百分百知道治療進度。他們盡力而為，我也盡力活著。」她又說道。

「佩嫻，你聽說過一句話嗎？明天和意外不知哪個先來。所以我們每個人都要盡力活著，帶著一份盼望活著。你看見那個山頭兩棵小樹嗎？」予善指指不遠處的小山包，並排種著兩棵低矮的松樹，「小樹旁邊就是我父親的墓。十多年前他生活很苦，也沒什麼文化，翻來覆去對我說一句話『你就是爸爸的希望』，他就是靠著我這個希望活下去。可是生活中也總有意外，人在睡夢裡也可能突然被死神帶走。但我記住了他這句話，要有希望，有盼望地活下去。」

佩嫻眺望著那邊的松樹。

「那你現在的盼望是什麼？」

「我盼望回台北，能陪你一起治療，重新正常生活。我盼望也許能再去讀一個研究生，給自己加持；我盼望能多賺一些錢，給家

人更好的生活，給自己更好的生活。」

「那我的盼望應該是什麼？」

「你應該盼望告別疾病，回到從前的生活；盼望把希希麵店做得更好，遇到一個愛你的人；盼望做回那個瀟灑的林佩嫻。」

「我盼望，幫我阿公找到他的親人。」

佩嫻所說的盡力活著，是盡可能完成那些未完成的夙願，趁她還可以自由行走的時候。她在心底也懼怕那種未知，人終究是脆弱的，所以每一個可以醒來的第二天，都值得多加珍惜。她此行的重要目的便是幫她的爺爺完成當年，或者說是一輩子的心願，哪怕他自己無法再回來，但只要找到親人的下落，無論生死，都是一種告慰。

日頭即將下山，村民相伴著陸續來到山上閒逛。在樸素鄉野中的日常消遣，其實也是一種生活的恩賜。

予善收到訊息，來自高中的一位男同學，邀請她去參加幾個高中同學組織的小聚會，地點在一個酒吧。她本不想去，如果要帶著佩嫻去那樣嘈雜的地方，總歸是不合適的。可她得知這位同學研究生畢業後成了一位乳腺外科的醫生，原聽說在杭州任職，也許現在是回家休假。予善想到這個關聯，與醫生保持好聯繫，也算有一份對佩嫻的潛在保障。

而佩嫻倒是不介意參加這個聚會，她權當看看大陸年輕人的娛樂生活。

一走到那個新開的酒吧門前，予善心中就生了悔意。音樂的巨響從門內沉沉地傳遞出來，整棟樓房都像在跟著音樂震動，地面被

敲打的節奏頻率從她們的腳趾直衝體內，讓人呼吸都開始緊張起來。穿著豔麗的人們進出裝飾誇張的大門，千姿百態，像個馬戲團般的繁忙；工作人員戴著耳機迎來送往，維持秩序，彷彿這個角落的喧鬧就是整個城市的繁榮。

她拉著佩嫻走到一邊，建議說還是取消這樣「華麗」的聚會計畫吧。佩嫻也不回答，倒是拉著她徑直走進了大門。

裡面的景象更是讓人暈眩。五彩的光束四處亂竄，依次照亮男男女女的臉龐，音樂用強烈的節奏帶動著年輕人的軀體胡亂舞動，有人喝著酒大笑，有人閉著眼裝醉。總之，每個人在這裡消費，像是定要在這裡尋找到些什麼似的。

予善從未來這樣鬧騰的場地，所有的音樂燈光都超過了普通配置，給人營造出熱火洋溢的歡樂假像。她在一個沙發座位處找到了高中同學們，大家都已是十分成熟的模樣，索性都還認得出當年的面容。邀她前來的男生名叫梁敏彥，快快招呼她和佩嫻在空位上坐下。予善緊緊拉著佩嫻，生怕這樣的環境會出什麼差錯。

「好久不見好久不見陳予善！」另一個男同學趕忙熱情地站起來給她端來一大杯啤酒，他也是組織聚會的人。酒吧聲音太大，他扯著嗓子喊。

「好久不見，劉琛。」予善接過酒杯，打個招呼。

「陳予善，聽說你高中畢業又出國又去上海的，混得不錯啊！房子車子買不少了吧！」劉琛笑得一臉皺紋。

予善自顧輕聲哼笑，回道：「哪有你混得好。」

同學們都稍加寒暄後，便開始好奇予善帶來的新朋友。她便簡單介紹了一下。

「台灣人啊？台灣人也應該很會喝酒吧！」劉琛又倒滿一大杯

啤酒往佩嫻這邊塞過來。

予善順勢接過，放到面前的酒桌上，擺擺手示意佩嫻不喝酒。

男生瞧著不喝酒沒意思，正要按照慣例使勁勸幾番酒，梁敏彥一把按下他。

「當年的體育委員酒量還是這麼好，幹嘛呢欺負新朋友，讓讓女生唄！你剛不是還說要介紹一下你最近那個新項目嗎？趕緊好好介紹一下，人都到齊了，大家還等著你帶領投資好項目呢！別自己發達了就忘了我們這些貧下中農的同窗啊！哈哈哈……」

男生是不會忘了吹噓的快樂的。一看到能夠名正言順地吹牛，馬上忘了勸酒的事，開始天花亂墜地說起了他的新項目，臉上盡是得意的神色。

予善自然是沒心思聽這些，她緊緊挨著佩嫻，始終是緊張的。她想著多和梁敏彥說幾句話敘敘舊，便也計畫著早些離開。佩嫻倒是神情自若，她沒有喝那酒，看著周圍以及同座的年輕人們眉飛色舞。

「聽說你在杭州的醫院工作，現在是回家休假嗎？」予善湊到老同學耳旁大聲問著。

梁敏彥一時竟有些窘迫，好在沒人看得出他略微的臉紅。

「也不是，我被分配到我們這邊的當地醫院工作一段時間。」他也大聲回答。

「那也不錯，可以在家多陪父母。」

「我父母都回杭州了，在這邊我就陪陪我的外婆。」

他們的對話有些吃力，總要交換著往耳朵裡喊話。

「來來來，敬一下台灣美女！」劉琛吹完了牛，不忘繼續勸酒。他又站起來把酒杯舉過來，藉著一些酒意，不依不饒的樣子望

著這邊。

予善照樣是說著客氣話為朋友擋酒。

「什麼意思啦！酒吧裡喝個酒有什麼好矜持的，大家難得聚，誰也別掃興啊，別掃興！」劉琛說完又拿起一大杯，邁開腿越過幾個人向這邊走過來，看樣子是要站在佩嫻面前看著她喝下去。

予善心中萬般為難，深感過意不去。本不該在這種情況下帶佩嫻來這樣喧鬧的地方，高中的同學現在也就二十幾歲，這副逼人喝酒的樣子甚是難看。

「我喝好吧？我替我朋友喝，她不太能喝酒。」予善奪過劉琛手裡的酒準備自己喝下。

梁敏彥站了起來，又從予善手裡接過了杯子，什麼也沒說，一口氣喝完了一整杯被劉琛用各種烈酒和飲料調兌起來的怪味液體。他喝完遞到劉琛面前，示意一滴不剩，「大老闆就別為難女孩子啦，我替她們敬你唄！」

劉琛並不買賬，兩眼斜看著敏彥，心中不爽。一個轉身從桌上又倒滿一杯混合酒，照樣舉到了佩嫻面前。

「和新朋友喝個酒，也是表達我們的熱情啊！大家都給個面子，就喝一杯！」劉琛喝得起勁，根本無意放棄。

予善看著這副油膩的嘴臉心生厭惡。她自然是不能讓佩嫻喝的，想要一走了之卻顧慮著不想讓大家難堪，特別是梁敏彥。她也未多說什麼，拿過酒杯屏住呼吸也是一口喝乾了一整杯，那味道令人難以下咽，喉嚨立即生出陣陣灼熱感，用了好一會兒才平息下來。

旁邊的其他同學看熱鬧似得拍著手，叫著「厲害厲害」。劉琛哈哈地笑了起來，「現在女孩子都很能喝的。叫你台灣朋友一起喝啊！」說著乾脆把調好的整壺酒都端了過來，一杯一杯繼續倒著。

　　沒想到這傢伙如此糾纏不放。

　　「你別總盯著我朋友，你也不一定能喝過我啊劉老闆。」她不知何時心裡生起一股氣，就想回懟這討厭的同學。佩嫻看這個架勢像要開始拼酒一般，為了這種場合大可不必為難自己，連忙拿過她手裡的酒阻止。可是予善此時已經被之前那一杯上了頭，再被酒吧的氛圍一慫恿，就停不下了。

　　劉琛像是得逞般，開始和予善碰杯。旁邊的兩人趕緊站起來平息這場拼酒表演，越阻攔卻越表演得激烈。予善更是被這酒勁推動著，像口渴的人爆飲。

　　「你幹嘛梁敏彥？大家難得聚一下，喝點酒怎麼啦？還假惺惺攔著，以為你和陳予善什麼關係呢。別瞎操心！」

　　劉琛這一番挑釁的話瞬時激怒了敏彥。他奪下予善的酒杯，往酒桌上重重地放下去，發出巨大的玻璃撞擊聲，還碰倒了酒瓶，拉上予善就往門口走去。

　　不饒人的男生即刻跟上來幾步，罵罵咧咧幾句難聽的話，被敏彥一個轉身撞了回去。他們走到大門口，氣不過的劉琛跑過來開始推搡，兩人幾乎要扭打在一起。佩嫻在一旁攙扶著喝醉的予善，她一時間也不知如何處理眼前的陌生場景。

　　熟練的酒吧保安很快拉開了兩人。劉琛眼裡露著憤恨的光，被保安一左一右架到了一旁，而敏彥鄙夷地看了他一眼，帶著兩位女生去了路邊打車。

　　但是去哪裡呢？男生不知道她們的住處，佩嫻也說不清楚具體地址和方向。夜已深，敏彥只得先帶她們去自己的住所。他一人住在單位為他安排的小公寓，在醫院往後不遠的古街旁社區，一室一廳的簡單乾淨寓所。

　　喝醉的予善被扶進臥室裡躺下，口中還含糊不清地說些醉話。佩嫻感到疲倦了，在沙發上坐下休息。而男生開始燒熱水，準備熱毛巾，拿備用的臉盆，還從衣櫥裡拿出乾淨的被褥。一併準備齊全，請佩嫻進房間照料一下狼狽的同伴。他考慮到自己一個男生不太方便。

　　佩嫻看著這個男生細心的樣子進進出出，又儘量輕聲輕語，彷彿是看見很多年前一個乾淨明朗的年輕男孩身影。不要去回憶已然變形又逝去的人，她在心裡又和自己說。

　　予善漸漸睡著了，她躺在床上感到頭重腳輕，好像要漂起來又要重重摔下去的感覺，沒有其他清醒的意識了，便只顧沉沉睡去。佩嫻看她已安頓下，走去小公寓的陽台看看深夜的小城市。

　　這裡真是個怡然自得的地方，縱然深夜還有一些零星場所張揚著狂歡的景象，但那總像是一個刻意的例外。這個小城的大多數人熄滅一日的光亮與來去已然將歇，住在小城的意義之一便是更靠近原始的家的溫暖。從陽台上望出去，河邊的路燈光穿過垂柳的枝葉，一整排飄蕩的暖色灑在沿河的地面上，又落進水中忽明忽暗地反照著堤岸的靜悄悄。河對岸的廣電大樓樓頂有紫色的遠射光束往各個方向移動著，像是隔幾秒鐘就會往這一邊直射過來。這夜晚的空氣，對佩嫻來說，像是遠方的味道，又真實得近在咫尺。

　　「你要喝水嗎？」敏彥端著一杯熱水走來陽台遞給她。

　　她接過水杯道聲謝謝。

　　「還沒和你正式打過招呼，一個晚上盡是鬧了。」男生接著說。他此時回想起酒吧的鬧劇，頓時覺得這個過程在予善的朋友面前真是尷尬，「你從台灣來嗎？」

　　「是啊，我台灣人。予善去台灣工作時候住在我家，所以就成

了好友。想說正好她在這邊，我就來大陸走走看看。我的阿公是這裡的人，喔，阿公就是我的爺爺。我想試看看能不能幫他找找以前的親人。」佩嫻喝了半杯熱水回道。

「對哦，好像那時候是有一些人年輕時去了台灣。那現在找得怎麼樣，有進展了嗎？」

「暫時還沒，我剛來不久。」

「你在做很有意義的事情，為你的……阿公，我覺得。」

她看一眼敏彥，笑著點點頭。

「我是杭州人。我中學時才和父母搬來這邊念書，後來大學畢業我們全家又都搬回了杭州。但我外婆是這裡的人，我工作之餘會去陪一陪她。」敏彥說。

「能夠陪伴老人其實是很幸福的事啦。」

「是啊。對了，我叫梁敏彥。」

「都忘了介紹名字。我叫林佩嫻。」

敏彥睡在客廳的沙發上一整夜。

次日清晨，陽光從窗簾的縫隙照進臥室裡。佩嫻起床穿戴好，走到客廳看見主人早已開始忙忙碌碌準備著早餐。她道一聲早安，去洗漱。

而予善醒來時則依舊懵懵懂懂。陌生的床與房間，撫著仍有些沉重的腦袋坐起來，使勁回憶前一晚的醉酒過程。她知道自己和劉琛拼酒喝醉了，佩嫻和敏彥將她帶走，最後是怎樣躺下睡著的已經相當模糊。直到聽到客廳傳來兩人的說話聲，才確定這應是敏彥的家。一時間心中感到愧意和尷尬。

她還是帶著迷離的眼神穿好衣服走出房間。客廳裡的兩位已經

坐在桌前準備吃早餐。麵包，雞蛋，豆漿，牛奶，麥片，煎餃，水果，擺了滿滿一桌。

「你起來了，睡得還好嗎？不知道你們愛吃什麼，準備了這些你們自己挑。」敏彥溫和地說。

「噢……好……我先去下洗手間。」予善神情露著窘迫。

洗手間準備好了新的牙刷等物品。予善在裡面洗漱了許久，從鏡子裡看看像是還未清醒的自己，臉色依舊暗沉疲憊，頭髮淩亂，想到多年未見的老同學與自己的重逢這麼狼狽，過意不去。她用涼水對臉沖了半天，好讓自己澈底醒過來。

一桌豐盛的早餐，讓人精神振奮起來。她坐到桌前，就近拿了牛奶和麵包到自己面前吃起來。敏彥拿起一個雞蛋開始剝，仔仔細細，剝好放進予善的盤子裡；又進廚房端出剛泡好的一杯濃茶放到予善手邊。

「有頭暈嗎？昨晚喝太多，可能今天還會頭疼。補充一下營養，喝點濃茶。還是你要咖啡，我幫你去沖一杯。」穿著乾淨白T恤的大男孩溫柔地說著，眼神中是關切，是善良。佩嫻坐在對面看在眼裡，嘴角微微笑著喝一口牛奶。

這個坐在側邊的男生，額前一些細碎的劉海不長不短，還能清晰地看見濃密的眉眼；他的臉龐棱角並不犀利，卻也是讓人覺得好看的，溫和的，親切的；他慣常的表情是微微張著嘴的微笑，尤其是對著予善的時候，那笑容好似總帶著一些期許。予善望著他的雙眼，像是一面模糊的鏡子，讓人不由鑽進其中，忽而又跌進了它的深處。

在那片深處的世界，有那個記憶裡怎麼都存在的人。忙碌的茶飲店裡打了烊，他讓員工都下了班，一個人在後廚作收尾的打掃。

他在電話裡陪著她加班，故作深情地給她唱著老歌，伴隨著器皿的乒乓聲和水流的嘩嘩聲，這樣的交響樂逗得她在工作的困意中開懷大笑。她加班到凌晨，枕著他歡樂的笑語沉沉睡去。翌日清晨她漸漸被叮咣的聲音喚醒，是他早早來到家裡，馬不停蹄地為她準備好燕麥粥和各種早餐，可她睡眼惺忪還未完全清醒，卻被他一口口滿勺的食物餵進嘴裡。「請努力工作的大小姐喝粥，吃雞蛋，喝茶，醒醒啦快來迎接美好的新一天！」他坐到她身邊，任她披著散亂的頭髮靠在他肩頭。她閉著眼睛張著嘴，好像不諳世事的懶小孩接受投食。於是他最後將檸檬片放進她口中，這一刻才使她瞬間醒來，敲打著他的胸膛和手臂，卻被他攬進懷中。

予善在記憶裡播放著這樣愉快的片段，舌尖忽然感知到一股檸檬的酸澀味道。她不由咂咂嘴。

「欸，陳予善，」佩嫻推了推發愣的她，「你是中邪了哦？」

那片模糊的鏡子已經眨了很多下，把予善推了回來。她看到面前坐著的梁敏彥，對方的微笑表情已經被她盯得不知所措。

「啊……什麼啦。喝茶好了，普洱有嗎？」她幸而還記得梁敏彥最後那個問句。

「還要普洱哦？怎麼要求那麼多。」佩嫻又輕聲提醒道。

是啊，喝什麼茶葉有那麼重要嗎？難道就因為曾經那個清晨的早餐茶，有他泡的普洱清香。

可是身邊這樣體貼有禮的男生是梁敏彥。予善低下頭隨便拿起一些食物放進口中，不經意地嚼著。進而又抬起頭對敏彥解釋，「沒事沒事，喝一點熱開水就好了。」

2.

又回到鄉下，老人們都回家了。爺爺靠在躺椅上小憩，奶奶在
門口曬鹹菜。

佩嫻還未正式與兩位老人問候過。她很享受坐在大門前的空地
上，旁邊有一小塊菜地，菜地圍牆往外便是稀疏的橘子樹與延伸出
去的農田與山坡。山坡那邊望不到盡頭，依稀能看到山頂立著的電
塔，再過去便是輪廓模糊的遠方山川了。大房子的一樓客廳家具不
多，卻擺著好多張大小高低不一的木頭椅子。每一張椅子看起來都
顏色深沉，表面已被磨得光滑發亮，它們的歲數全都大予善好多，
卻還是堅挺耐用，不鬆弛不垮塌。爺爺親手做的老家當，陪著老人
走過一年又一年，比誰都忠誠。

佩嫻似乎能認出其中一兩張木凳子，彼時它們還在老房子裡，
白天被端到大門口給人坐，夜晚就放在石頭門檻邊的角落。兒童時
代的佩嫻姐妹與予善坐在矮凳子上，將高凳子當課桌，一起看小人
書、做玻璃手串。

女孩子們面對面坐著。奶奶七手八腳從房間端出好多瓜子點
心，擺了滿滿一小桌子。

佩嫻站起來迎著兩位老人，她雙手緊張握著。

「爺奶，你們還認不認識這個漂亮的姑娘？」予善拉著佩嫻，
也興奮著。

「你台灣的朋友，我們哪能認識？」奶奶笑著說，一邊把爺爺
的靠背椅放好。

予善開始一個勁訴說當年的情形，邊說邊輕跺著腳，嘴巴跟不

上思緒。

　　爺爺奶奶仔細看看從台灣而來的姑娘，又互相對視著，使勁搜索著記憶中的某個片段。爺爺的記性比較好，他很快就想起台灣家庭當年尋親的舊事，還能說出具體有幾個人，只不過每個人的樣子實在是模糊了。長成大姑娘的佩嫻他當然也是認不出來的。但好在想起了這樁往事，眼前坐著的就是當年陪長輩來尋家人的小女孩，真是令人驚歎人生際遇的神奇。爺爺拍著手感慨著，一面為奶奶敘述當年的一些細節。

　　佩嫻頻頻點頭贊許爺爺清晰的記憶力，互相一對一地拼湊著那年的情形，心中都開懷著。爺爺詢問之後的尋親事跡，遺憾一直沒有太多實際線索，聽聞此次佩嫻重訪橘城是為了再次尋親，為她的爺爺完成心願，感動不已。多年過去，長大的小女孩擔起老一輩的歷史情懷，新的時代裡資訊也更便利，人際更通達，爺爺的熱心又被點燃，思考著為佩嫻尋親的切口。

　　既然山頭的鄰人都無從知曉林家人後來的去向，爺爺便帶著兩人去了村委（從前叫做「村大隊」），希望能從村中的家戶記錄中得到一些線索。聞訊而來的鄉民對遠道而來的台灣年輕人表現出熱心，好奇這外來的客人是自己一半的同鄉人，大家打開自己最最陳舊的往事匣子，試圖翻找出一些蛛絲馬跡；村委主任也打開電腦與資料櫃，奈何二十年之內的檔案都難以找尋，更別說那建國時期的遙遠之事。

　　村主任說也許可以再去鄉鎮裡找找從前的檔案，但要一些時日。爺爺謝過大家後，便帶著兩人回家等消息去。兩日後村主任急急打電話來，讓他們趕到村委。辦公室依舊因著這事而熱鬧，村主任其實並未在鄉鎮檔案裡有什麼突破，但沙發上坐著的一位老人被

眾人圍著，正等待著爺爺他們的到來。

老人頭髮花白，紮起簡單的髮髻。她是村莊另一邊山頭的村民，因為與爺爺家有一定的距離，所以並不相熟。爺爺迎上前關切地問，「老姐姐是哪家的啊？」

「上頭堝的，陳五海是我老頭。你們住下頭堝的應該不熟套。」

「是了，咱們上下頭堝住的是稍微生疏點兒。老姐姐知道什麼消息不？我這孫女的台灣朋友來我們村幫她爺尋親呢，姑娘懂得孝順啊，一片苦心。」爺爺怕老人聽不清，扯高了嗓門。

老人扶著沙發站起來，認真地看看面前的年輕人，不住點頭，又緩緩坐下，粗糙的手抹了把臉，輕歎了口氣。人們都沉默著，等著老人訴說。她還是個七八歲姑娘時，也經歷了四九年的抓兵，眼睜睜地看著自己的哥哥被殘兵們帶走，母親哭得淚如雨下。幾位失去兒子的母親事後聚在一起互相慰藉，誰也不知道將來的事態發展，婦人們更是不懂時局之事，她們只希望打探清楚孩子們到底最終去了哪裡，還有沒有希望再去找尋。老人當時也跟在母親身邊聽著這些無助的談話，彼時太小，只知道自己的哥哥與別家的男孩子們丟了。一年年過去，有些家庭在絕望與無奈中選擇忘了這段悲傷，而老人的母親始終不肯放下，每年都打聽，每年都提起。也終於聽清了那個陌生的地名，台灣。

只是這幾十年過去，沒有人回來。

佩嫻的遠道而來，攪動了老人塵封的家庭歷史。她從鄰居的閒聊中得知林少祥的後輩回鄉尋親，一時動容，因從前母親年年的堅持讓她也瞭解到不少其中的後續故事。林少祥與自己的哥哥是在同一週內被抓走的，兩家的母親們因而結成友誼相互扶持，走動較多。老人竭盡回憶，對林少祥的名字漸漸浮出印象來，聽母親說，

少祥的哥哥參與政治活動後躲藏了好一陣子，之後幾年便與寡母搬離了村莊，投奔了上塘村的親戚。自那以後再無音訊，他們也無從知曉是上塘村的哪家親戚。

眾人面面相覷，都為佩嫻他們感到高興。儘管還不知到底是哪家親戚，但上塘村這個方向已是極大的希望了。佩嫻握著老人的手不住道謝，也因這跨越歲月的悲情潸然淚下。「姑娘啊，一定要幫你爺爺找到親眷。」這是老人寄予自身希望的關切。

在前往上塘村之前，她們想多獲取一些當地的資訊，為尋訪作一些更有序的計畫。爺爺奶奶發揮著自己的鄉親關係打聽著，再給女孩們講解著上塘村落的大致佈局，姓氏的分佈等。這段時日間，佩嫻也充分享受著江南鄉村的新鮮空氣與寧靜景致，屋後的羊腸小徑直通田野，她已經摸熟了去魚塘、橘林、山頂電塔與鐵軌的各條小路，幾乎每日在晚餐後往山上走一圈，在天黑前回到家。原本是予善帶著她一起摸索路徑，後來便是她帶著予善走捷徑與視野最好的田間路。走在天邊夕陽裡，唱著「長亭外，古道邊，芳草碧連天……」

午間時分，佩嫻準備小睡，予善打開手機給她看預定的當晚三張電影票。第三張是準備邀請梁敏彥的。

她正準備躺下，看了看予善手機上的電影票資訊，便順勢翻了個身睡下，「我不去了，這兩天有點累。」

「剛剛上映的，最近最火的漫威電影欸。」予善把螢幕又遞了過去。

「可是身體有點累，想休息。」佩嫻閉著眼回道。

「那……我也不去了。」

佩嫻又轉過身來，「和梁敏彥去啊。別好像是我掃大家的興哦。」

予善看著三張票，點開退票選項，東按西按到最後一步，又猶豫了，退一張，退兩張，還是退三張。

「還是不要了吧。」她沒按下退票，索性也躺下小憩。

晚餐之前醒來，予善發現梁敏彥一個小時前傳來訊息。

「今晚一起看首映吧！」

看來電影熱映，大家今晚的活動都圍著它轉。予善叫醒佩嫻，又軟磨硬泡地喚她一同去。可她自己都摸不定喚上佩嫻，是為了掩飾什麼，或者自己到底真的想不想讓她一起去。

「不去啦，很累，我想陪爺爺奶奶曬月亮。」佩嫻還是這樣回道，「就不要錯過嘛！可以和梁敏彥去啊。」

「他剛剛是有來問我要不要去看欸。」

「他來問了喔？那就去啊，幹嘛猶豫，看電影而已。」

她好像就是等著佩嫻來如此再三地推她，才能夠放下心裡那些包袱，給自己一些理由前往。

兩人的碰面顯得有些拘謹，畢竟是第一次獨處。擁擠的電影院裡，敏彥小心抬著手為予善擋掉一些推搡碰撞，跑前跑後地取票，買爆米花。

男生看得認真，不漏掉一個精彩的細節。他不知道予善根本不看漫威電影，好多帶有前幾部歷史情節的部分，她完全不懂其中的暗示，精彩處也體會不到在場觀眾的興奮。他以為能夠提前搶到三

張電影首映票的予善，必定也是個忠實漫威迷了。而女生在播映全程卻是時不時的出神，看看周圍，嚼嚼一兩顆爆米花，或者轉過頭看著敏彥專心的神情，他的眼睛裡明晃晃倒映著斑斕躍動的螢幕畫面。

電影結束後的人群在出口通道裡繼續著熱烈的討論，敏彥也回味著各種精彩情節和自己的感歎。予善點頭裝作贊同的樣子「嗯」了幾句，已經感覺這兩個多小時的時光太漫長了。

「多虧你搶到了票。」男生對這一場電影的總結。

「嗯……你怎麼知道我有票呢？」

「佩嫻下午和我說你想找人一起看首映，她不舒服，就讓我陪你去。」

予善聽完點點頭，沒再說什麼。

走出影院大門，人群散去。兩人站著，沒說回家，也沒說接下去去哪。

「餓了嗎？去吃東西吧，」敏彥看到予善點頭了，連忙說，「吃涼拌粉乾吧，還有水晶糕。」

這自然是再好不過的選擇了。入夏的夜晚，在市中心的商場邊的弄堂小路上，能在小吃夜攤上找到橘城最傳統地道的各種美食，物美價廉，但最讓人留戀的是坐在露天的簡易食攤桌椅邊，間或有腳踏車或行人從身邊經過，收腳讓一讓，再吞下一口滿足的味道，那種市井熱鬧的小城氛圍。

不要香菜和辣椒，多放一些花生米，還要一杯水晶糕，是予善對涼拌粉乾的標配。敏彥便向老闆簡潔來一句，「我也一樣。」

像是被禁言了一整場電影的時間，予善才覺得終於能夠說些話了。粉乾怎樣做都能有不同的十足美味，飯店裡和家裡的不同，當

地的和外地的不同，加不加花生米的不同，還有浙江與台灣的同與不同。

「台灣也有粉乾？」男生抬頭好奇地問。他能夠對予善說的所有這些要緊的不要緊的話都感到興致。

「應該說，在台灣只有佩嫻的家裡有粉乾。她爺爺出生在我們這兒嘛，所以她現在才來為爺爺尋親。」

於是便聊起了這段時日的尋親過程。他們相對而坐，這樣的閒聊時光，彼此內心都是快樂的。

說起了那個上塘村，敏彥忽然坐直了腰。他隨即告知，自己的外婆就是上塘村人，他也時常回鄉下探望外婆。予善也忽的坐直了身子，放下筷子，滿眼驚喜與期待。自然，敏彥答應了在下個休假日去看望外婆時，帶著他們一同前往，有本村人的協助，一定會便利許多。

過了幾日，敏彥按時開車來接了她們。

坐在車裡，又聊著前幾日精彩的漫威電影首映。

「雖然錯過首映有些遺憾，不過看之後的場次也是一樣的，」男生從後視鏡裡對佩嫻說，「別讓予善給你劇透就行。」

「放心，想讓她爆雷都爆不出來啦。」佩嫻瞥了一眼予善笑了。

半個多小時的車程，已經是小城裡相隔比較遠的村落位置了。村口的巨石上刻著緋紅的「上塘村」。他們從兩旁種滿橘樹的進村公路驅車駛進，在路盡頭的一大片空地上停下，這裡便是村落的第一戶人家。他們得下車，沿著更狹窄的小路步行。

此處皆是一片平地，沒有住在山上的家戶。小路還沒有修繕，有些坑坑窪窪的不平坦之處也不顯得多礙事，鄰裡都習慣了，經過

哪個凹進去的路面便繞一小圈，步行的、騎腳踏車或電瓶車的，都懂得怎樣進出、互相讓道。只是兩個女生第一次來這裡，須得敏彥處處提醒指引著才能順利走入村落深處。小路不寬敞，路兩旁的住戶和小商店的主人們都愛坐在或站在門口互相閒話搭腔，對路上經過的人們也是看得清楚，尤其是對陌生的訪客們。

走過將近一裡的距離，往左轉進入一個石拱門小道，兩側住著人家，主人在門口邊燒著煤爐，邊看著進出石門的熟人生人。

「敏彥今天休息啊！帶朋友來看阿婆啊！」穿著灰襯衫的阿伯正彎腰拿著蒲扇扇爐子，看見年輕人回家便熱情招呼起來。

男生點著頭，招著手，領著朋友們往門那一邊走，提醒她們腳邊有小泥坑，這幾日下的雨水還殘留在裡面。

穿過石門往右拐，一個快乾枯的小水塘前，敏彥便往屋內喊著「阿婆」，同予善喊奶奶的架勢像極了。外婆在屋內高聲答應著，小跑著出來迎接。

身材微胖的老人顯得健康又慈愛，打量著女孩子們，滿心歡喜。一陣熱鬧的寒暄，敏彥就奔了主題。顯然老人之前已經被問及且發動鄰裡打聽了，村裡姓林的人家不多，往東邊去的一戶便是當年林家母子投奔的親眷。年輕人們攙著外婆穿過房屋間蜿蜒的巷弄與道路，拐了好多彎，蹭得予善與佩嫻手臂上很多牆灰，兩人心想著，這曲折的路徑，是斷不能靠自己原路返回的了。

那戶人家還住在平房中，房子乾淨不破舊，但看得出已住了很多年頭。一對夫婦走出大門來，由於之前的情況瞭解，知道他們的來意，熱情相迎。敏彥的外婆坐下了，向夫婦一個個介紹著。他們瞧著佩嫻，頻頻點著頭，又搖著頭，滿腔感慨。

男主人的父親是佩嫻爺爺的一位遠房表親，當年母子來投奔

時，他自己也才出生。他轉述了自家父親訴說的一些零碎往事。母子二人住在當年空置的廂房內，林爺爺的母親做一些力所能及的手工活補貼家用，編竹筐，曬橘子粒，艱辛又拮据；林少安，也就是林爺爺的大哥，一直輾轉在雨農中學的潦倒事務中，又參加了一些其他活動，生活很是不安定，生計也無法妥善解決。幾年的度日並沒有給生活帶來顯著的改善，加之母子也對表親一家頗有虧欠打擾之意，少安用了最後一點「戰友」關係，帶著母親離開了他們生活所處的這一整片地域。

那又是幾十年前的事了，幸好表親一家還能說出他們當年再次搬離的方向，跨過了郎縣再往前至另一個鄉鎮。那裡比橘鄉偏僻落後，他們的落腳之處應是現在被稱作昌埠的一個山村。

那麼這一趟，總也不算白來，畢竟又有了下一個方向。眾人又感歎萬分，幾十年的變遷改寫著一個人、一個家的命運，來來往往，一站又一站，為了生存，為了情誼，為了不知往何處走的未來。佩嫻心下暗自感到一絲失落與疲憊，幾十年前去的昌埠山村，誰又能知道他們之後是否又再離開，去了哪裡呢？但也許註定這樣一趟尋親之旅，就如當年林家母子的流離一般，不會容易。既然已經踏出了腳步，也就沒有放棄的理由。

謝過了夫婦，外婆領著大家又原路返回。一進家門，老人便穿起了圍裙，要給孩子們做豐盛的晚餐。

大家都放下手機去洗手，撣撣身上的灰塵，再坐下休息。予善忽的站了起來，她發現自己的玉手鏈不見了，一定是因為行路的擁擠掉在了那彎彎曲曲的小路上。她慌忙打了個招呼，便逕自跑出了門去尋找手鏈。

外婆一個眼神示意敏彥快追出去幫忙，佩嫻也加了一句「快去啊！」

等到敏彥反應過來追出去，予善的急切腳步早就踏在了屋後的巷子裡。可是她第一個轉彎就轉錯了，本該往西的，她卻衝進了西北角的羊腸小徑。縱然她接下去的方向記得是差不離的，但最初的入口錯了，後面便只是暈頭轉向。敏彥跑進正確的小路，自然是怎樣都追不上予善的影子。他沒找到人，倒是搶先拾獲了落在牆根的玉手鏈。男生用手擦掉了手鏈沾上的泥水，捏在手心裡，繼續往前摸索，時不時喊著予善的名字。

她一定是迷路了，他猜想，著急起來，也在周圍的各條巷弄裡亂竄著，他不能讓她在自己的老家村落裡出現一點閃失。終究是越跑越偏，予善意識到自己走錯了路，方向感也更弱了，看著長相差不多的屋舍，穿過小院，辣椒菜地，又是一個三岔口。糟糕的是，她跑得急，沒拿手機。

一陣狗吠聲，像是躍過了北邊的兩座屋舍傳過來，叫個不停。敏彥聽了一會兒，就循聲小跑了過去。那菜地邊的泥坑裡不就狼狽地倒著驚若寒蟬的予善嗎，正抓著一地的泥土想借力站起來。老鄉家裡的狗不拴繩子，四鄰經過它都認識，看到不認識的，它向來也只是叫喚一兩聲便歇了，誰知這一兩聲驚嚇了予善，她就開始小跑。狗向來就是愛追趕的。

迷路加上被狗追，予善真是慌了手腳，竟兩眼不注意往菜地裡跑，摔進了泥坑。多日的雨水還和著泥土，正好抹了她一身，站也站不起來。敏彥向狗跺了跺腳先將它趕跑，一個箭步衝過去，一手抱住予善的肩頭，另一只手緊緊握住她的手，使勁將她拉了起來。女生從泥坑裡跨出，站好，低頭看看自己這狼狽的樣子，鼻子一酸

擠出一滴眼淚，隨即又覺得真是滑稽極了，竟不住自嘲地笑起來。

　　敏彥不知該跟著笑還是哭，一臉的尷尬與歉意。予善的半邊身體都是泥水，鞋子、頭髮也沾上了，她甩甩腿，對身邊的男生聳聳肩，對自己無奈的同時，恍然意識到自己的手還被緊緊攥在敏彥的手裡。她裝作低頭看鞋子，遮掩自己發燙的臉龐。男生也是頓時才醒過來似的，鬆開手，掏出玉手鏈遞給她。兩人之間是隔著那麼一些微妙的情愫，空氣都安靜了，菜地裡的蟲子也不飛了。

　　邁開腳步準備往回走時，予善才發覺剛才的一跌跤好像扭傷了腳踝，走一步歪一下身子。

　　「我背你。」男生走到她身前，彎下腰，做好姿勢。

　　感知到身後的女生猶豫了片刻也沒有動，他沒有回頭，卻是又加了一句，「沒事，我回去也可以換衣服的。」

　　她慢慢搭上自己的雙手到他的肩膀，在他的背上又進入小徑。她才認出了正確的方向，好像腳下的路一下子沒有那麼不平坦了，一低頭就發現此時和這個男生的距離是那麼近，他的衣衫沾上了自己的泥濘，呼吸都小心翼翼起來。

　　看到這樣的局面回來，外婆與佩嫻紛紛上前幫忙。老人向外孫嘟囔著怎麼這麼一會兒就出了這樣不小心的事，怎麼沒照看好姑娘。敏彥點著頭說著自責的話，佩嫻卻一邊替予善擦著頭髮，一邊笑著故意幫腔，「一定是她自己不知道跑到哪條路上去摔泥坑了，她可能以為自己是佩佩豬（小豬佩奇）。」

　　予善一回頭將自己身上的泥擦在佩嫻的手臂上表示抗議，互相嬉鬧起來。

　　「她腳踝扭了，讓她坐著休息會兒吧。」敏彥認真地說。

　　可是這全身的泥水，濕濕黏黏的，不知怎麼是好。外婆站出來

出主意，「讓姑娘先把髒衣服換下來我洗一洗，吹風機吹吹就乾了。」

眾人互相看了看，心裡想的都一樣，那麼換下髒衣服期間予善穿什麼。

外婆心思敏捷，又接著說，「穿敏彥的衣服呀。房間裡好幾套呢，穿一會兒不打緊的。」

只有佩嫻馬上贊同，攛起予善就往外婆帶的房間方向走。

晚飯間，予善穿著寬大的男生T恤與運動褲埋頭吃著飯，感到自己有種在大家面前出洋相的滑稽感，也因貼身穿著敏彥的衣服感到難為情。

「吃飯啦，別看了，要不你摔泥水裡試試。」予善對佩嫻的「幸災樂禍」再次抗議。

「哪裡好笑，一點都不好笑，穿上很精神。」外婆為予善解圍，卻引來大家更歡樂的笑聲。

「對對對，敏彥的衣服給她穿剛剛好，超合適。」佩嫻又開起玩笑。外婆聽了甚是滿意。

天色暗了，予善換回自己乾淨的衣裳，不住感謝敏彥的外婆如此熱情與周到的照料。他們須重新步行到村口停車的地方，予善腳踝的扭傷似乎緩解了一些，但佩嫻說小路難走，為了不拖大家的行路速度，還是敏彥再背她走比較好。像是不容分說，安排即這樣決定了。

車子行駛在回家的路上，佩嫻有點累了，閉目休憩；予善看著窗外漸漸變得全黑的夜色，在餘光裡瞥見認真開車的梁敏彥，卻搞不清當下心裡是什麼滋味。是異樣的感覺，哪怕真切地感受到一種溫暖，但夾雜其中的困惑仍然令人倍感矛盾。

3.

　　回家後的下一步，她們又展開了關於昌埠的造訪計畫。只是那坐落於山裡的村莊屬實距離不近，只能先到那邊的縣城，等一小時一班的公車前往山中，中間還要換乘一趟同樣一小時才有一趟的小巴車，計程車是不願意進山的。從橘城到當地縣城也要兩個多小時的車程，且對那裡的環境毫不熟悉。那麼路上的時間會佔據一大部分，當天來回的話，能夠尋找線索和走訪的時間就所剩無幾，人也會因為舟車勞頓相當疲倦。

　　她們研究著地圖和交通資訊試圖找到更好的策略，予善也竭力思索是否有什麼人際關係能夠延續到那一邊作些打聽。翻遍了尚有聯繫的通訊錄名單，想起小學時期的一位同學好友，據說考取了教師資格證後被分配縣裡教書，不知是否離昌埠不遠，總之是個有利的線索。老天還是十分眷顧她們的，好友竟然就在昌埠的村小學作班主任，但也說如今已任教多年，可能不久後就快調離鄉村，去鎮上的中心小學任職了。一不做二不休的是，在予善簡要說明了自己的訴求後，好友直接問了她是否願意在小學裡駐留一陣子，她知道予善留學歸來，如果能夠為山裡的孩子上上英文課，講講外面世界的故事，對這些孩子來說也是難得的好事，並且除了英文以外，佩嫻可以兼帶音樂、美術等課程。雖然沒有報酬，但學校可以提供免費的食宿，這樣也方便了她們的尋親。她們稍作商量，隨即答應了這份差事。這樣的安排，真是再完美不過了。

　　山裡時常下雨。她們拖著行李箱，經過好幾個小時的顛簸，路

過轉運站與小市集才入山來，到達小學校時已是下午時分，雨後初晴的天氣，空氣裡都是山中植物的清新味道，陽光蒸發了地面的雨水，蒸汽往上竄進人的鼻息裡，伴著出來覓食的鳥雀叫聲，在學校後山形成靈動的回音傳來，叫人心生曠達。

昌埠是這樣一個典型的山村樣貌，雖叫「埠」，但沒有可通航的河流與碼頭，只有環繞無盡的山脈與覆蓋的綠色植被，一片鬱鬱蔥蔥綿延至下一個更深的山村。就像是橘城盆地地形的縮影，小村莊被包裹在大山的腹地，農人在這裡造房子、開墾耕地、挖魚塘，當然還要修繕小學校與進出的一條公路，築起一份飽滿的生活。但小洋樓在昌埠村還沒有普及到家家戶戶，舊式的平房還是隨處可見，田間亦可發現簡易廁所，未被水泥覆蓋的泥土路也可帶人上山耕作，他們的經濟作物不是橘子，是胡柚。不過最令人歡樂的還是田野中立起的各式稻草人，被裝飾上了各種舊衣物頭飾，隨風搖擺出奇異的舞蹈姿態，使人發笑，甚至心生憐憫。

小學校只有一幢主教學樓，進門便是與教學樓相連的操場大院，左手邊是廚房，右手邊是一個小浴室與雜物間。主樓一共三層，中間是樓梯，可以走到各個教室與辦公室，一共六個年級，每個年級只有一個班；校長室在三樓的右邊，三個教師宿舍分別在每一層的左側。

好友小佳老師迎她們進校門，正是上課時間，她們得以安靜地進入為她們安排的二樓宿舍，兩人住一間。予善作為英文代課老師，佩嫻被任命為音樂與美術代課老師。在這樣的偏遠小學校，只要不動用財務支出，小佳老師只須與老校長打個招呼，任命一兩個代課老師執教一小段時間倒不是困難的事，校長對這樣的義務工作也樂意得很。

　　安頓好後的第二日，兩位新老師就被安排進班級裡作介紹。學校裡的每位老師都身兼好幾個年級的課程，所以她們也自然在每個年級都露面。小學生總是對於外來的新鮮事物充滿好奇的，單單是佩嫻那一口他們沒有聽過的普通話口音便引起了極大的興趣。新老師的到來，讓原本鬧哄哄的日常課堂頓然變得安靜有序，每個學生都端正了身子坐著，豎起耳朵聽著，生怕漏了什麼有意思的資訊而被落下，或者說，都爭相給新老師留個好印象。

　　大家知道什麼是音樂，什麼是美術，但知道英語的還是較少。「是外國人講的話！」「我們聽不懂的！」「外國人才會講英語，我們中國人不會講！」孩子們踴躍表達自己對英語語言的所知，總之，英語是一種存在於外面世界的事物，是神祕的，也是令所有孩子感到興奮與期待的。

　　既然校長提倡這些興趣課程應自由發揮上課形式，那麼她們便將第一堂課作為英文與音樂的結合。大家一起玩擊鼓傳花的遊戲，由佩嫻背對大家打節奏，節奏停止時被傳到的同學要唱一段自己喜愛的歌曲，如果大家都覺得唱得好就一齊鼓掌，老師便會教大家一句想學的英語。這樣的形式令整個二年級課堂都沸騰了起來，畢竟不用做作業的遊戲課又有哪個小學生不愛呢。

　　被傳中的小男生小女生們又害羞又有點慶倖，小心翼翼地唱著自己拿手的兒歌，大多數都是佩嫻未曾聽過的。每一首過後都會響起興奮到震耳的掌聲，然後全班就望著予善教大家一句英文。雖然都是最最簡單的打招呼、謝謝之類的單詞，但每個孩子都認真地聽著，在口中喃喃地跟讀著，一個一個音節模仿得津津有味，彷彿就這樣進入了另一個神祕的世界。

　　臨近下課，大家決定遊戲最後一輪擊鼓傳花。被點到的是一位

理著寸頭的圓臉小男孩，他一整節課都安靜地坐著，也跟著鼓掌，傳花，用期待的眼神看著老師教大家說英文，只是從不開口。

「老師！他不講話的！他不愛講話！」所有孩子都爭相舉手向老師告知這個重要的事實。

兩位老師面面相覷。

「但他不是啞巴！他就是不講話。老師我們可以傳給下一個人！」班裡活躍的孩子繼續解釋著，像是手中掌握了十足的真相。圓臉的男孩子聽到「啞巴」兩個字，心中不服氣，瞪了說這話的同學一眼，轉回身，還是定坐在座位上，微低下頭，因如此成為「眾矢之的」而心有不悅。

下課鈴聲響了，活動也就告一段落。孩子們紛紛滿足地結束了這節課，跑離了座位衝向教室外，或像小鳥一樣圍到老師身邊，適才對圓臉男孩的關注也煙消雲散。佩嫻的目光也默默跟隨著男孩獨自從後門走出的身影，空落落的。

晚餐結束後，佩嫻在辦公室碰見整理文件的老校長。校長姓萬，是本鄉鎮人，也是幾年前被工作分配來昌埠小學。他身材矮小，時不時用食指托一托舊式的老花眼鏡，樸素的條紋襯衫塞在西裝褲裡，儼然一個鄉村老幹部的派頭，但性情是溫和有禮的。得知萬校長此時得了空閒，佩嫻便上前試圖說說自己來昌埠的重要原因，想問一問校長是否對村中的家戶歷史有所瞭解。

「姓林的人家倒是有幾戶，但沒聽說有叫林……林什麼，林少安？沒有。但說不定他們互相之間有認識的。」校長坐下來，用鋼筆沾沾墨水，憑著記憶寫了幾個林姓人家的名字交給她，稍加解釋了每一戶大概在村中居住的方位，但其實拿著名字隨意問一問鄰

裡，很容易就能找到。

　　放學後的閒暇時光，佩嫻與予善便會結伴去村中的鄉野小路走一走，偶爾往山林拾級而上。這裡的景致有著無窮的樹木裝點，人類彷彿只是謙卑地借住在此，而大自然也相當慷慨地提供了生存的一切，並無閒地擁抱與保護著質樸的鄉裡農人。耐不住寂靜的人有權利走出山村去往更遠的城市謀一份生存，但留下來的人，何不也享受著更原始的生活恩澤。她們很喜歡這個地方，經濟的高速發展似乎並不是最大的追求，只要足夠生存，生存得心滿意足。

　　她們嘗試著逐漸走訪每一戶林姓人家，學校老師的身分提供了很大的信任便利。家中有老人的便能夠道出更多從前的事，但似乎都沒有太相關的，或者有些老人年歲已高，對往事記憶模糊。昌埠小村的鄰舍關係沒有那些靠近城區的村莊來的緊密，住得近的家戶來往多一些，相隔一定距離的便生疏許多。一來是因為人口不多且居住較分散，二來也是因了小村人民專注於自家生存事務，資訊互通沒有人口密集的地方來得熱衷與熱絡。所以佩嫻她們尋親的事並沒有像予善祖父母的村中能夠靠口耳快速傳遍，只得一家一家按部打聽。

　　雖則進展較緩慢，但這些淳樸的昌埠孩子卻帶給了她們真切的快樂。課間休息時候總被孩子們包圍著問問題，「老師，上海是什麼樣子的？」「老師，你去過外國嗎？」「老師，外國人的眼睛真的是藍色的嗎？」「老師，你為什麼來我們這裡當老師？」「老師，你能永遠都在這裡教我們嗎？」

　　大城市孩子的高級玩具、電子設備在這裡很難看到。隔了幾座山川與不甚便利的交通路線，這裡的童年娛樂就得以保存了很多九

十年代的特質，照樣浸潤著鮮活的生命力，搭建著歡笑的童年時光，甚至令人覺得更純粹，更該是這般自由天真的模樣。彷彿是趕上了時光重疊，課後的予善愛在一旁看著孩子的娛樂，他們踢毽子、扔沙包、跳皮筋，她一開始不好意思加入，許是覺得應該維護學校內的教師形象，或只是怕自己遠沒孩子們玩得厲害。予善小時候也是這樣，想融入但怕被笑話。

但是小學生們對於老師的躍躍欲試顯得興高采烈，紛紛邀請予善一同組成自己的隊列，那麼佩嫻就會在另一隊應戰。手把手地教兩位大朋友，成就感十足。跳皮筋真是大人孩子都喜愛的活動，既需要每一步子的記憶力，又要跳躍踩繩的技巧，每前進一個過程，所有參與的與觀看的人都全神貫注，像是進行著不得了的大賽一般。那十幾年前的玩樂規則，竟這樣幾乎無所變化地流傳到了現在，所幸還有大山的天然屏障，為這一代的童年保留了許多原初的快樂。

每一天的下午放學前最後一節課，是對應每一個年級的活動課。每個人可以自由選擇，畫畫、讀故事、乒乓球、拔河，瞬時間這小小的學校像是多出了一堆孩子般，好不熱鬧。這週二的活動課，予善與佩嫻組織二年級的同學在操場的空地上圍成一圈，輪流說一說自己的爸爸媽媽正在做什麼，以及自己長大後想做什麼。

「我爸爸媽媽都在杭州賣粽子，他們很辛苦。所以我長大想當老闆，賺錢給爸爸媽媽，他們就不用那麼辛苦了！」班裡個子最高的男孩子首先發言。

「我爸爸在杭州的工地上幹活，媽媽也在那個工地燒飯。我想去杭州讀初中，就可以和爸爸媽媽住在一起了。」乖巧的馬尾辮女

孩也是一個留守兒童。

「我爸爸在寧波的飯店裡當大廚，我媽媽在家給我做飯洗衣服。我長大也想去當大廚，但我想去上海當大廚！我還沒去過上海。」身材微胖的小男孩頗為驕傲地說。

「我爸爸媽媽都是農民。但我長大……想當畫家。去台灣當畫家。」笑容甜美的小姑娘羞澀的臉龐泛著微微的紅暈。當被問及為何要去台灣當畫家，她說因為林老師畫得好，如果她能去台灣畫畫，也一定能成為厲害的畫家。有的孩子點點頭，似乎是覺得頗有道理，有的孩子像是茅塞頓開，想像著台灣一定是個美術天堂，不然林老師怎會教大家畫出那麼美麗有趣的圖畫。

順序轉到下一位，卻無人應答了。是那個圓臉寸頭男孩，他依舊默默坐著，一手輕托著腮幫，不準備開口。學生們之間又開始了再一次的爭相叫喚，告訴老師這是個不說話但又不是啞巴的同學。不過這次有更多的資訊被大聲地揭露出來，「他沒有爸爸！楊小寶沒有爸爸的！」

從前被與「啞巴」二字相關聯的次數多了，小寶心裡糾一下也就過去了，但被揭穿「沒有爸爸」這件事還是第一次如此大聲又公開地發生，他臉頰發熱，無所置之地哼了一聲，鼻息沉悶重複著，雙手抱著頭埋進膝蓋裡。

其實，孩子們並不是在真正的嘲笑，幾乎每個人都是一定程度上的留守兒童，常年無法與父母雙親親密地生活在一起，誰又會真心去嘲笑同齡人父母的缺席。他們只是想為老師解釋楊小寶可能無法完整地回答這個問題，也多少覺得自己是在幫楊小寶的沉默解圍，只是童言的無所顧忌難免會傷害到敏感的當事人。

也不乏有聲音在輕輕提醒著「不要這樣說他」。七嘴八舌漸息

下來，佩嫻向楊小寶溫柔地問著，「楊小寶，你想不想和大家分享？」

小寶從膝蓋裡露出眼睛，滴溜溜掃視了一圈，還是搖了搖頭。

「小朋友們……」予善停頓了半晌，「陳老師……也沒有爸爸。那你們還喜歡和我在一起上課，在一起活動嗎？」

所有人都點著頭。

「如果我們失去了很親的人，很重要的人，我們可能會覺得……自己身上忽然缺了一塊什麼，會感到很疼。可是我們每天還是要吃飯、睡覺、讀書，因為那個不小心離開你的人呢，他其實是在一個很遠的地方，像你想念他一樣的想念著你，他特別希望你每天吃得好，睡得好，讀書也棒，而他最不希望的，就是因為他走了，不能保護你了，你就受到傷害。他比所有人都牽掛你，盼望你快樂地成長和生活。所以如果是你，你就更要讓自己的每一天都快樂、充實；如果是你身邊的小夥伴，你就更應該多多關愛他，不要讓他孤單。」

這些話，予善說給小寶與所有孩子聽，也是嘗試著說給自己，說給佩嫻聽。

「那人離開了會去哪裡呢？很遠的地方是哪裡呢老師？」高個子的男生發問道。

「離開的人呢，其實一點都不遠，他們就住在這裡啊。」佩嫻將手輕放在心臟處，展開了笑靨，似乎在餘光裡能看到予善眼中的濕潤閃爍。離去的人啊，其實從此就住在我們心裡。

楊小寶沉默地歪著頭，看著老師，若有所思。

分享結束了，她們從音樂教室裡拿出唯一一把舊吉他，還在其

他老師的幫忙下抬出了風琴到空地上。彈奏的曲調並不因為樂器的陳舊而艱澀，反而因著這份真摯，揉著和煦的山風顯得格外動人，像促膝談著天，訴說著初夏來臨的故事，只有孩子才懂得的、純真年代的故事。

佩嫻撥動著吉他琴弦，一幀一幀的清脆；予善按下黑白色的舊琴鍵，像泉水流下山來的叮咚聲響。合著一首雷光夏的〈故鄉〉，教給孩子們一起唱給這美麗的昌埠山村：

> 陽光照，雲霧飄，那一座山，
> 波光耀，魚兒遊，彎彎小溪，
> 我的故鄉在遠方，又在我夢裡，
> 回憶起朋友們，今在何方？
>
> 每當狂風暴雨，總會想起，
> 故鄉的山林，悠悠氣息，
> 父親母親在遠方，又在我夢裡，
> 何時能再見到，想念的你；
> 何時能再見到，深愛的你……

夏天真是來到了。手機上顯示的台北、上海或是橘城的氣溫都逐日升高，但昌埠的涼風與茂密的綠色植被阻隔著高溫的侵襲，依舊給人涼爽的體感。城裡來的姑娘總是愛走到室外深呼吸，每一絲空氣的浸淫都依然如沐春風。

佩嫻繼續走訪著人家，有些老人說確實幾十年前有從橘城那邊遷過來的家戶，但具體是哪家實在沒了印象，況且村中姓林的也就

那麼幾位，如果他們都不是，是否有可能又搬離了昌埠呢？每聽到這樣的推測，她心中都會增加一絲失望。

放學了，每個年級的孩子都背好書包陸續離開小學校。佩嫻在教室裡收拾著桌上的用具，腦海裡還思索著尋親的下一步計畫，卻也是沒什麼頭緒。教室裡空蕩蕩，她往窗外看了看那片青山綠水，感慨這偌大的天地間，要尋兩位幾十年前失散的親人，談何容易。

一陣小跑聲由遠及近，楊小寶蹦跳著來到佩嫻的身邊。他雙手背在身後，瞧了瞧四周已無同學，露出狡黠的孩童笑容，一臉神祕的樣子抬頭望著老師。

「楊小寶，放學了怎麼不回家？」佩嫻對小寶說話總是格外親切一些。

小寶緩緩伸出左手，把一幅畫放到老師面前。圖畫本上畫的是兩位女老師，從髮型、著裝與姿勢上都認真地模仿著佩嫻與予善，連表情都經過仔細推敲一番，老師的旁邊站著一個小學生，眯著眼睛開口笑，那便是他自己了。他們的身後是整片飄曳的樹林，山腳處是白色的房子和菜田，戴著帽子舞蹈的稻草人和大家一樣笑得開懷。

他們相視而笑，小寶自豪地眨著眼睛，把自己的畫又往老師面前推一推。

「這是給老師的禮物嗎？」她端起畫紙問著。

小寶使勁點頭，喜形於色。

攤開圖畫，佩嫻故意向孩子詢問每一個人物分別是誰，嘗試著讓他開口說說話。小寶從予善、佩嫻，再到自己，一一用手指點過去，彷彿這樣就已經指明了每個人的身分，但依舊未發出一點聲音。佩嫻沒有強求，也沒有直接去問他為什麼不說話，她直覺這樣

的情況，一定有孩子自己的緣由，不可執意追問。

　　小寶這時又從背後伸出了右手，小小的手掌上捏著兩個小雞蛋，遞到老師面前，他神情更驕傲了。可是他不解釋，全靠佩嫻自己猜。

　　「這也是給老師的嗎？是小寶自己家的雞蛋嗎？」

　　天真的孩子頻頻點頭示意回答正確。但他思索了一下，拿起桌上的粉筆，轉身在黑板上畫了兩個雞蛋，再添上裂縫，從破掉的蛋殼裡鑽出兩只初生的小雞仔。原來是可以孵出小雞的雞蛋，這可為難了佩嫻，她不懂怎麼孵小雞嘛。

　　「小寶，老師不知道怎麼讓雞蛋孵出小雞。所以能不能拜託你幫我先收養它們，你一定能幫我們照顧好小雞寶寶的對嗎？」林老師只能出此計策。

　　這聽起來是件大事，小寶轉轉眼球想了想，點頭答應了。他直直望著老師笑，沒有了一開始的羞澀，現在是大方地與老師無言交流著。

　　她們也向小佳老師詢問過楊小寶的情況。他的家人也說不出個所以然，似乎身體的各項器官都是正常的，智力發展也無異樣，也許只是性格問題吧。大家附和著這樣的解釋，也無人再追究。

　　聽說每個學期的尾聲，教師可對幾個學生作家訪。佩嫻與予善向萬校長打個招呼，攬下去楊小寶家家訪的差事。

　　吃過午餐後前往，楊家離學校的距離遠一些，要往裡方向步行將近二十分鐘。房子是乳白色粉刷過的平房，雙開的大門還是顯得有些狹窄，另有一側門通著廚房。門前用簡易的籬笆圍成一個小院子，房子的一側開闢了一塊菜地，種著辣椒茄子等新鮮蔬菜，隱約

還能聽到菜地後面被屋牆擋住的雞叫聲。屋簷的瓦片十分收斂，只冒出一小截面積，前一天下過的殘留雨水從上面輕輕落到牆角。

兩位女老師謹慎地踏進籬笆小院，廚房側門走出楊小寶的媽媽。真是位年輕的母親，及肩的黑髮還未來得及梳理，穿著米白色的家常衣衫，正端著臉盆出來打水。她們互相端詳了片刻，判斷清楚對方的身分，佩嫻先開口問候，並作了自我介紹。

這位媽媽隨手理了理頭髮，聽到佩嫻的口音，便是學校新來的代課老師了。

「喔……是新老師吧。家訪啊，那進來坐吧。」她指了指大門，示意她們從那邊進堂屋（客廳），自己則在壓縮水井上打好了一臉盆的水，轉身又進去了。她似乎並沒有在通知過的時間作好迎接老師的準備，依舊慢悠悠地先完成自己的事。

堂屋的一角有幾束午後的陽光從窗戶裡照射進來，水泥地上一整條光亮，倒讓這個空間顯得有些暗沉，以及乾燥寂靜。予善試著去打開堂屋的燈，發現開關與否都沒什麼差別，便又關了燈坐下了。她們就這樣坐在竹凳上等待著家中主人的到來，半晌都無聲無息。

楊家的牆面並不全是泥土料的，還有木制的厚板材當做空間的隔斷作為牆壁。農家的八仙桌經久耐用，配備四條長椅，即便有些邊角已有了被侵蝕的痕跡，也是能再用個好多年的。她們等待得無聊，便在堂屋裡慢慢走動著，看看這老家具上已然模糊的木頭年輪，或是門下快被磨平了的石門檻。佩嫻注意到昏暗的天花板角落之下，懸掛著兩張先人遺像。為打發時間，她好奇地抬頭注視著，想看看相片中的人像模樣。光線太暗，她還移動著腳步找找能夠反射光亮的角度，奈何還是不甚清晰。

小寶的媽媽終於過來了。她換了身衣服，端來一些糕點瓜子擺

在桌上請老師們用，順勢坐在桌邊的長椅上。

「家訪，是訪什麼的，老師？」小寶媽媽隨意地問道。

兩人對視了一眼。予善回答，「是這樣的，學期快結束了，小寶這學期表現不錯，所以在暑假之前，我們也來表示一下學校對孩子的關心。」

小寶媽媽漫不經心點著頭，讓老師們吃糕點，又說道，「他這學期還是不怎麼說話吧？」

說到了重點，兩位老師想乘勢繼續問一問內在緣由。但論及此，小寶媽媽便不願再深談，再追問只讓她更不耐煩，只解釋著孩子太內向，性格問題難以改變，她也無可奈何。

於是話題只能轉回了學校的例常，說一說孩子的功課學習，同時也強調著家庭教育的重要。年輕的母親只是一味的點頭作為回應。

半個多小時過去，從側屋傳來聲響。小寶走了過來，後面跟隨著一位中年男子，坐在輪椅上。

男子面容黝黑，嵌著幾絲蒼老的皺紋，說話倒是極其友善的，他做自我介紹，是小寶的外公。家中確實未曾見到小寶的爸爸。

老師們忙站起來問好。小寶對於家訪活動感到愉快，心情振奮。他隨即拉著老師的手往外走，經過菜地，來到雞棚面前，小心翼翼揭開雞棚裡側的小屋頂，兩只嘰嘰喳喳的小雞仔正活靈活現地叫喚著。那是老師寄養在此的雞蛋已經成功孵化了呢，小寶滿心得意，向老師們展示自己的作品。

母雞一家的其樂融融讓人心生暖意，看得兩位姑娘讚歎連連，不住誇獎著小寶的悉心照料。小寶媽媽從牆根繞了過來，拽著孩子的領子直往院子裡拉，「帶老師來這髒兮兮的地方幹嘛？老師要乾淨的！」

作為沒什麼經驗的代課老師，佩嫻與予善對於這樣的學生家庭場景，似乎還不知該作怎樣的反應與處理，只是訕訕地跟著走出了雞棚。

一行人回到了堂屋。小寶坐在門檻邊的小板凳上不作聲，媽媽到院子裡去了，外公緩緩地開了口，「老師留下來吃晚飯吧。」

一聽被留吃飯，兩人忙地站起身來準備婉拒。一番推讓，小寶外公便搖著輪椅進廚房，讓老師等一會兒。站立的空隙間，佩嫻又是一眼瞥到牆上高掛的先人遺像。這一下午在楊家，每每在無意間瞟見這蒙了細密灰塵的老人相片，溫順而慈眉善目的模樣，總是令她有一種隱隱的奇異之感，具體怪異在何處倒也說不上來，畢竟這只是第一次拜訪的陌生農家。此時的屋內光線倒不如下午那般暗沉了，堂屋裡開了燈，將相片上的容貌照得更明朗了。佩嫻站在牆下，左左右右地變著角度，試圖看得更清晰一些。

小寶外公從廚房出來，懷裡抱著一袋麵條粉乾之類的糧食，定要老師帶回去。她們當然不能收，又是一陣你推我往。小寶從小板凳上猛得站起來，走到她們面前，幫外公一起遞麵條。推得哭笑不得了，佩嫻才解釋著學校不可收禮的嚴格規定，或者下次有機會，期待再來家中品嘗。雖不懂規定的具體含義，但聽說老師下次還能來，還能坐在家裡吃，小寶覺得這個安排不錯，便點頭同意了。

楊家的家訪結束，她們走在回學校的田埂路上。

「小寶不說話一定是有家庭的原因。」予善回憶著小寶媽媽的態度與舉動，對孩子的心疼更甚了一些。

佩嫻表示贊同，她的腦海中漂浮著小寶天真的臉龐，以及那相片上的老人面孔，縈繞心間。

在昌埠小學的時日，予善也時常收到梁敏彥的訊息。鄉村裡沒有什麼社交娛樂，予善把代課生活的大小事都與敏彥分享，像寫日記一般，還有一個忠實的聆聽者。昌埠的大山，學校的孩子，不說話的小寶，第一次家訪，當然還包括佩嫻尋親的緩慢進度，她都一一說給敏彥聽。男生總是對她說的每一個小事都上了心，給她積極的回饋，囑咐她與佩嫻在山村裡更要格外照顧自己，特別是以一個醫生的角度，告知很多生活的注意事項。

他是讓人暖心又安心的男生，沒有讓人質疑的話語行為，一切都自然舒適，充滿真誠與善意。可這樣的完美卻讓予善望而卻步，她喜歡與他的交流，只不過於當下，她想只是維持這樣的朋友關係便好，對於其他的情感賦予，她會感到種種猶疑，即便她或許也有渴望，即便這樣的猶疑或許來得那樣莫名。

幾日以來，夜幕降臨後的安靜時光，佩嫻便坐到小操場的破舊籃球架下，或是水泥板搭成的乒乓球桌上，抬頭看明月。在青山的圍攏下看月亮，淡黃色的輪廓似有一層青藍色的暈染，一個守護著廣褒的天，一個擁抱著生息的地，相得益彰。夜晚的空氣最能帶來甘爽涼意，佩嫻聽著雷光夏，哼唱著，像是遠方傳來的絲絲回聲成曲，在叢林裡繞了一小圈，落在了月光下的小學校裡，寧靜的陪伴。《入山》，《老夏天》，《第36個故事》，還有《台灣四季》裡柔軟的台語吟唱。

她想念台灣。島上的月亮是會落入海洋中的，像一紙剪碎的窗花飄在水面，自得地徜徉於海天之間，任微波將它推過來推過去。夜是屬於月亮的，它即便孤獨，卻將暖色的光贈予世間，容納著夜的萬物，彼此輝映得晶瑩剔透。她抬頭專注地凝望黃白色的圓月，

直到滿眼都填滿了光芒，看不清其他的一切。澄澈的月光裡都是美好的景象，宜蘭的水田，台北的街區，佩希的背影，還有阿公佈滿皺紋的臉龐，慈愛地對她微笑。

　　這張熟悉親切的臉，必定是近來在何時何處瞥見過，至少是極其神似的，額頭的寬度，眼尾的上揚，尤其是嘴巴上薄下厚的形態，塑造了整張臉頰的柔和神情，儼然是同一張和藹良善的老人相貌。頓然間，佩嫻的腦海中才浮現出楊家堂屋裡的那張相片。她猛地心中一緊，倒吸一口氣。

　　第二日週末，早早地起床，佩嫻便獨自趕往楊家。她有著心中的猜測與疑惑，迫不及待要向楊家當面問一問。

　　冒然的拜訪讓她稍顯局促。迎接她的是小寶的外公，看到林老師的氣喘籲籲，以為學校裡有何急事。她定定神，一起進入堂屋。

　　「楊伯，今天太冒昧了，可是我想問問您，這位老人是您的父親嗎？」她有點激動，踮起腳，指著牆上的先人遺像，直直地望著。

　　「啊……是啊。老師有什麼事嗎？」楊伯也是一頭霧水，怎的老師要對家中的先輩這樣關切。

　　「可是……那……您家有什麼親屬是姓林的嗎？」如果事實如佩嫻猜想的那樣，那麼為什麼這家人是姓楊呢？她也有一肚子疑問。

　　聽到此，楊伯沒再回答，搖著輪椅往後退了退。他思索著這位老師也是姓林，有什麼關聯嗎？此時兩人的疑惑是同樣的。

　　「老師怎麼知道我們家有姓林的親眷呢？老師是台灣人？您是哪家的？」楊伯也發了問。

　　佩嫻在長椅上坐下，理了理思緒，從自己來大陸的最重要目的說起，盡可能清晰簡明地將整個脈絡說給楊伯聽，包括爺爺從前離

開橘鄉的經歷，自己尋親的過程，以及她是怎樣從這張楊家祖輩的肖像上發現了端倪，認定這之間必然有聯繫。

聽罷這段敘述，楊伯在腦海中思索良久，他也需要一些時間來整理整件事的來龍去脈。真是想不到，上一輩的事，居然還能在這隱居一般的小山村裡被翻了出來，且是被這樣一位陌生的海峽對岸的年輕人打開了舊事簿。他埋著臉，用手掌不住地摩挲著額頭，又一遍遍揉搓著雙眼，直到泛紅。他點點頭，「你說得沒錯，我爹爹本是姓林的。」

他請佩嫻踩著凳子，將相片取了下來。一層細密的灰塵覆蓋著老人的容貌，可那慈眉善目的神情依稀可見，是這安詳的模樣叫佩嫻瞄了一眼便留下了印象。年少分別的兩兄弟是這般相像，即便從未見過對方老去的樣貌，卻是能夠讓他人立即認出。楊伯拉著自己的衣角，揩拭掉塵埃，拆開幾近散架的相框，從照片後面的夾層裡取出泛黃到脆的紙條，上面用正經的楷體寫著：林少安，林少祥。

茫茫流轉之間，竟是以這樣的際遇為祖父尋得了魂牽夢繞的至親。佩嫻想到自己的一路尋覓，又想起遠在台灣的阿公，喜極而泣。坐在近前的楊伯看在眼裡，亦是感歎哽咽。雖之前從未見過叔父（楊伯父親的弟弟，也就是佩嫻的爺爺，林少祥），但他知道自己父親未了的心願也同樣是能再見到兒時失散的兄弟。他懂事以後便由父親仔細地告知多年前的變故所造成的終身遺憾，可是住在山溝裡的人家該如何遠渡海峽去尋找分別已久的親人，大海撈針的人世間，他們除了等待與希望，別無他法。

可是眼前的後輩不正克服了重重阻撓，將彼此的心願在此實現了，故人雖已去，但得知叔父還健在，一切不可說為時已晚。當年的林少安帶著母親來昌埠隱居，改姓換名，為的是從此安穩的日

子，而心中的牽掛始終縈繞心間，隨著林母的離去，林少安的離去，這份遺願傳至楊伯，他本也是無能為力的，幸得叔父的家人如此執著地來此找到了他，一切安得歸宿。

「那麼，我該稱呼您為伯父，您比我父親大一些。」佩嫻抹去滿眼的激動淚水，站起身來。

楊伯始終哽咽地說不出話，只顧著點頭。

小寶的媽媽從側屋走了進來，見此狀也是驚詫不已。

「老師怎麼又來了？哭得這樣怎麼回事？」她一邊走近，一邊接過祖輩的相片端詳，看一眼便放回了桌上。

「小寶的媽媽，我該是稱堂姐吧。小寶就算是我的外甥了。我還不知道堂姐的大名呢？」佩嫻算著輩分，心中愉悅。楊伯告知，堂姐的名字叫楊秀芳。

這真是讓小寶媽媽摸不著頭腦，看著眼前情緒高昂的兩個人皺起了眉頭。佩嫻自然是即刻開始解釋剛剛發生的一切，越講越興奮。

秀芳也是知道從前的事的，待佩嫻講述完整個過程，她也就明白了，嘴上應和著「挺好、挺巧」，也就做自己的事去了。雖然沒有從堂姐處得到同樣的熱情態度，但佩嫻心中的快意還是保持著，拿出手機拍了大爺爺（爺爺的哥哥）的相片，寫著名字的紙條，還有與伯父的合影。

心情久久無法平靜，她正盤算著要將這一好消息儘快傳回給宜蘭的家人，轉瞬又想起爺爺的母親，便繼續向楊伯詢問著。楊伯隨即將秀芳喊了進來。

從前楊伯的父親林少安還在世時，由於他自己腿腳不便利，便總是喚秀芳跟著老人去山林裡為楊伯的祖母掃墓。當年下葬的那塊

小林地較偏遠，山路崎嶇難走，老一輩離世後，秀芳也漸漸不再去墓地看望先輩了，但她也成了唯一一個知道路徑的人。

楊伯請女兒第二日領佩嫻去找她爺爺的母親安葬之地，雖則故人都已逝去，前去上一炷香也是了了心結。秀芳正穿戴好衣服準備出門，扔下一句「再說吧」便離開了。楊伯還未來得及問上一句所去何處，秀芳今日打扮尚好的身影都已見不著了。

回到學校宿舍，這令人振奮的消息馬上就傳達給了予善，再是台灣的林家。林爺爺甚至還不知道佩嫻隻身前往大陸為他尋親的事，聽到電話中如此讓人不可置信的每一個字，激動地坐立不安。特別是從手機裡還看到了那些真真切切的相片，與自己頗為相像的林少安大哥，寫著兩人姓名的紙條，還有素未謀面的侄子，聽說侄子已經有了女兒與外孫，聽起來可謂是家室圓滿，也算心中寬慰。林爺爺想起什麼便問什麼，佩嫻一一回答，答不上來的也先記下，如今去拜訪也是相當容易的事了。她很快就安排了爺爺與楊伯的視頻通話，未曾謀面的血緣親人通過手機螢幕見到了彼此，激動又感慨，一時間竟不知該說什麼。佩嫻為他們打開話匣子，說著這幾十年的一些事，安慰著彼此，生活一切都好。但爺爺心中最牽掛最要緊的，還是希望佩嫻能為他去大哥與母親的墓前敬上一炷香，權當最後的重逢了。

午後，佩嫻攜著予善又急急前往楊家，為的是拜託秀芳帶個路。已是將近下午兩點鐘，這位堂姐硬是還未起床，小寶已在小院中做作業玩耍了大半天。

老師的到來總是能讓孩子雀躍，作業格外認真，寫完了還一起

畫畫，雖然彩色蠟筆也就那麼幾支，但聰明的小寶居然自己學會了疊色，一張白紙被他填畫得滿滿當當，藍天白雲，青山綠水，白色的平房和院落，以及許許多多的動植物躍然紙上，充滿了生息萬物，甚是五彩斑斕。一朵白雲上寫上兩個字：故鄉。

大家一起坐在籬笆院中談笑，屋邊的大樹投下陰涼，還能時不時去壓縮井中打上一盆清涼的水洗洗臉，尤其舒爽。楊伯說井中打出的是天然的山泉水，沒有自來水的化學物，能夠直接飲用。小寶跑去廚房拿水杯，使出小身體的大力氣飛快按壓著井泵，接了幾杯遞給大人喝，湊著水流洗了好幾把臉，甩甩頭暢快地對大家咧嘴笑著。

大門前的笑語連連吵醒了睡眠中的秀芳。她不耐煩地起了床，收拾梳妝了好一陣，與前一日一樣，五顏六色的花衣衫，鏤空袖子上抽出的一兩根線被她撚了進去，脖子上戴著銀色項鏈，肩上搭著小挎包走了出來。看了看多次登門的老師，心中念叨一句「怎麼又來了」，瞥眾人一眼就直往外邊的小路上走。

「秀芳姐等等！」佩嫻一個箭步上前，哪怕耽擱她一點時間，也得請求她為自己帶個上山的路，說個得空的時間也行。

「林老師，大家都挺忙的，你總要我帶你上山是做什麼？這山路也不好走，不是我不願意，怪累人的你曉得不？」秀芳顯然是不情願的。

楊伯搖著輪椅使勁向前，喝住了準備離開的女兒。

「秀芳！你這什麼態度？上個山怎的了？人家台灣大老遠的過來也沒說啥。再說你昨天晚上出去，今天又要出去，打扮得這樣像什麼樣子？去哪兒去？不許去！」楊伯憋著氣，他前一天就對這晚出的行徑十分不滿，山村的夜晚除了鄰裡串個門，別的出門就只能是去縣城了。

秀芳也不示弱，拉一拉肩上的小包，轉過身來站定，「出去有事。」

「有什麼事都得晚了才出去？你今天快天亮了才回來，別以為我不曉得。」

「什麼事和你說了你也不懂啊。你問了有什麼用？」

「我還不能問了？不能管了？」楊伯情緒激動起來。

「管了又怎樣啊？你現在也管不動了。」秀芳說完，也就轉身邁開了腳步。

「站住！當老子的還不能管你了？站住！」楊伯說著就搖著輪椅追上前。

秀芳不再理他，加快步伐朝外走去了。楊伯的輪椅走得吃力，不平整的道路更是讓他遠遠落在了後面。佩嫻與予善雖小跑去想幫忙，但也不知此時是該推楊伯回頭，還是去追秀芳。

始終坐在小桌前的小寶默默看著一切，沒有特別的反應，待媽媽走遠，他低頭收拾著書本作業和畫紙，忽然顯得更加沉默，他似乎在此時真的很願意做一個又聾又啞的小孩。

回到小院裡，楊伯對自己輕聲歎口氣，從小寶的作業本上撕下一張紙片，用鉛筆頭寫上秀芳的手機號碼，讓佩嫻之後再聯繫聯繫，總能夠找到時間帶她上山的。

兩位老師交換個眼神，想趁此時問一問小寶的失語是否與孩子媽媽有所關聯。

「小寶原是個健康的孩子。他五歲的時候，秀芳要離家出走。孩子發現他媽帶著行李要走，拼命去攔，又哭又拽，整個人賴在地上抱著他媽的腿，還咬她褲腿，發了瘋似的。秀芳被孩子鬧騰得煩了，堅持要走，一個心急，拎起孩子就是兩個大巴掌，下手那個重

啊。小寶當時就驚著了，跟中邪一樣愣在地上，睜大了眼睛不叫喚了，就是不停地流眼淚哭，又咳嗽又哭。從那天開始，孩子就再也不說話了，再沒開口說過一個字，」想起可憐的外孫當年受的罪過，楊伯止不住落下老淚，順手拿了毛巾擦了又擦，「後來村裡的鄉親在縣城的網吧裡找到秀芳，一個個都去勸，告訴她孩子出事，她最後才肯回來。」

人到中年的艱辛本不願再提起，他心裡是可憐孩子的，也對自己無奈，但到底也是為秀芳感到心酸的。

可是秀芳為何要離家出走呢？她們試圖輕聲追問了一句，楊伯只是不住地搖頭，未再解釋。

又過一日，佩嫻撥通秀芳的電話，好言好語地再次發出請求。既然是有求於人，她便試著提出給予一些報償，畢竟上山的體力活也算是一種勞動了。幾百上千人民幣她也是可以接受的。

秀芳本是不願再理會這個事的，她不願意花費那個力氣和時間。但對方居然提出了給錢，她倒開始覺得這是一項可做的買賣。她在電話中並未立即答應，約了佩嫻在村中某地見面，煞有介事。

老槐樹下，佩嫻匆匆趕來，甚至已經準備好幾百元的現金，心中甚是充滿希望。

「堂姐，要辛苦你一趟了。」佩嫻掏出用紙包好的鈔票，直往秀芳手中塞去。

秀芳瞬間躲開了，坐到了一旁的石凳上。佩嫻也隨她坐過去，心中不解。

「林老師，我這麼說吧。老太太的墓當時就是故意建在山坳裡，不想讓人容易找到的。這麼多年了，山路也是真真的越來越難

走，我自己都不曉得現在那條路是不是都給填上了，繞個小路什麼的可相當吃力了。」

「也是，肯定不好走……」佩嫻聽出了話中的意思，嫌錢少了。她這幾日也算看出了一些事態，這位堂姐與自己並無什麼「家人」情誼。

「但是，」秀芳繼續說道，「我也沒說不能去。你說你大老遠的從那什麼台灣過來找親人……你們台灣在哪地方？得坐飛機來的吧？反正你現在也找到了，你們家也相當歡喜，大喜事一件！就差這最後一步了，為了你們家大團圓，你多花點錢也不虧。你說呢？」

「秀芳姐總是『你們家、你們家』的，我們……我們不應該是一家嗎？」

「老師，我長這麼大，我老爹也這個歲數了，咱們才第一次見面，才認識幾天，你認個親就成一家了？行，你們是一家人沒錯。那人家不還說親兄弟明算賬嗎？」秀芳彷彿得了理不饒人。

「那多少錢合適呢？」與其繼續糾纏一家人的論調，不如直接用錢說事吧。

「怎麼也得五萬八萬的。」秀芳斜著眼看別處，拉拉自己亮晶晶的挎包，她出價的語氣自得，但聲音輕下來又顯得心虛。

「五萬八萬？人民幣嗎？這有點離譜了。」佩嫻未曾料到看似簡單的事情會變成如此。

「那不是人民幣是什麼呀？美元你要是有也行啊，銀行能換的都行。」秀芳站了起來，作勢要走，「沒什麼離譜的，我這麼多年換幾萬塊，我還覺得委屈！」

幾萬元的「帶路費」是怎麼也無法接受的。這一次未談合，秀

芳好像憋了一肚子的氣離開了，留下佩嫻對著這番話獨自覺得莫名其妙。

　　學校放了暑假，四面八方開始傳出蟬鳴聲，空氣漸漸燥熱起來。佩嫻與予善依舊可以住在教師宿舍，孩子們即使在假期裡也會時常回到學校裡玩耍，有了更多的整片空閒時間，他們便會邀請兩位老師去池塘裡釣魚，看荷花，做遊戲。

　　對於秀芳的金錢索取，佩嫻始終耿耿於懷。她一面為楊伯家中的不睦感到顧慮，也急切想找到爺爺母親的墓地所在，便決定於秀芳不在家時再去拜訪楊伯。她事先去村外的市場上買了好些魚蝦豬肉，兩大袋滿滿的活鮮食材拎在手中，想著楊伯一家一定會高興。

　　小院裡靜悄悄，雞棚傳來鼓搗的聲響，還有小雞仔稚嫩的啼叫。佩嫻和予善躡著腳步走去牆角，小寶的背影逗趣地扭著，照料著一窩的大小雞。

　　「……故鄉的山林悠悠氣息。父親母親在遠方，又在我夢裡……」

　　孩童悠揚的歌聲就這樣傳了過來，輕輕的，慢慢的，又是那樣純淨明晰。

　　她們心中訝異極了，並沒有走上前。小寶竟開了口，在獨處的時候，自己哼著她們所教的歌謠，真是好聽。

　　唱完一遍，小寶回了身，發現老師站在後面，羞澀地低下頭微笑。

　　「小寶唱得特別好聽，比林老師還好聽。」予善愉快地說著，一邊招呼孩子走過來。

　　她們沒有刻意地將小寶重新開口說話的事鄭重提出，只是十分

自然地與他更多語言交流起來。孩子並不是頓時間就能完成善於言辭的轉變，只是慢慢地把從前只用點頭搖頭的表達改成「是的」、「好的」。但這真是一個令人欣然的突破，彷彿從孩子的口中生出了一個新的世界，眼裡看的、耳裡聽的都更加生動起來。

　　楊伯推著輪椅出來。老師的一個眼神驅使，小寶走上前，俯在輪椅一邊，親昵又緩聲地叫了一聲「外公」。楊伯望著孩子，多年不曾再聽見的稚嫩嗓音倒讓人覺得些許陌生了。他激動地將外孫摟入懷中，貼著一張小圓臉，又時不時抬起頭瞧一瞧，好像開了口的小寶是一個全新的孩子，他得多看兩眼去確認似的。

　　「好孩子，外公的好孩子……」

　　一番喜悅之後，予善和小寶又去觀察雞棚了。佩嫻將帶來的魚肉在廚房放置妥當，回到院中楊伯的身邊坐下。

　　「伯父，今天來，我是想問一問……堂姐是不是有什麼困難，如果她需要的話，我可以拿一些錢出來救急。」

　　「怎麼了，她出什麼事了還是和你借錢了嗎？」楊伯著急起來。

　　「沒有，她沒有找我借錢。我只是猜想啦……如果她有什麼困難的話。」

　　「林老師……呃……佩嫻，不管她有什麼困難，還是真的和你說什麼，你都別給她錢。你不用給她錢。」

　　「都是一家人，救急一下也是應該的。真的需要的話，我爺爺也會同意的，您說呢？」

　　「就算有困難，就算你們都願意，你們也不用給她錢的。」

　　「伯父，是有什麼難處嗎？」

　　「心意我都領了。就算過得不好，也不用你們為了她出錢的。她也算不上你真正的堂姐。」

　　佩嫻有疑惑過為何秀芳與楊伯的態度會如此迥異，但難以捉摸。楊伯這一句話，似乎是道出了原委。

　　林少安早年攜母來昌埠，改了楊姓，輾轉走動，幸得了當地糧站工作人員一職務，生活也終於開始好轉一些。娶了妻，生了子，盼望著節節高的日子。然而妻子卻也不是勤勞顧家之人，林少安又工作忙碌，都疏於對兒子的照看，以至於年少時的楊伯逕自去山中嬉耍遊玩摔斷了腿。經濟依舊不寬裕的家庭又陷入了窘境，楊伯的母親承受不住這些生活壓力便自此離家而不復返。林少安竭力為治療孩子嚴重的腿傷奔走，但當時小地方的醫療資源十分有限，一家人也無力帶兒出城醫治，一來二去引發了其他腿部病變，竟將這腿傷釀成了終身站不起的悲劇。家中的頂樑柱獨自撫養孩子成長，林母亦是操勞艱辛。

　　楊伯長到了青壯年，哪怕腿腳不便，但他雙手做事麻利，依舊跟著父親在糧站幫工，也頗為鄉親讚賞。家人與鄰裡都願意幫他張羅個親事，雖然也有同村或鄰村的農家姑娘不介意他從小坐在輪椅上長大，但他每每想到自己的母親因為整個家庭累贅的拖累而脫逃一生，雖然他也恨過怨過，但他究竟從此就落下了這份偏執的心病，不願讓自己成為又一個拖累女子的人。

　　於是便就這樣拖著時間，楊伯父子相依為命地生活，林母過世了，林少安退休了，日子寂靜也少了一份盼頭。是在一個平常的清晨，雞剛啼叫過，混雜著一陣更尖銳的嬰孩啼哭傳入房舍中。楊伯打開大門，門檻正前方端放著一個繈褓女嬰，聲嘶力竭地哭喊，正是迸發了一股初生的生命力。他四周望瞭望，空無一人，疑惑中彎下腰吃力地抱起孩子，心生憐憫。繈褓中放著孩子的生辰八字和簡易的嬰兒用品，就這樣，暗淡的楊家小院因這女嬰的忽然到來增添

了喜色。

　　從前的農村發生這樣的事是不必驚訝的。因一些陳舊的封建觀念，誰家生了女孩子又不想要，便會尋覓無兒無女的家戶，在深夜將女嬰放置於其門口表示贈送並求好生收養，其餘資訊一概不提供。而接收的人家得了孩子自然是喜悅的，哪怕是個女娃，總比連個後代都沒有的好。默契在於，收了孩子之後便心知肚明，不去問是哪家送來的，好好養活就是。鄰人也都十分默契地明瞭於心，好心的人都不會多加談論。生父母與養父母始終都是世上的陌生人。楊伯一家便是這樣得了秀芳作女兒，悉心撫養著，與親生無異。

　　秀芳懂事後漸漸知曉了自己的身世，似乎也沒有太過震撼，怎樣都是要接受的。她上到了初中，在縣城的普通中學裡與各方的同學開始格格不入，沒人稱她為「好姑娘」，她也不在意。臨近中考，她和家人提出要輟學，即便參加中考也是走個過場，無論如何都要離開學校，她自認不是讀書的料，學校亦不是屬於她待的地方。她心意堅決，家人的百般勸阻動搖不得半分，她輕視上學念書這檔事，也許對於別人是人生的必須，但對於她，遠不如早點走進社會開始另一番生活來得有實際意義。

　　提早結束了學生時代，秀芳結交的也便是同她一樣年輕又厭學的朋友。他們在縣城的各個角落流竄，社會混混去哪兒、做什麼，他們也跟著學，以此為長大的驕傲、為樂、為榮。時間久了，一幫人便想著離開縣城去更遠的地方「闖天下」，豪情壯志呼聲最響的幾個率先買了大巴車票、火車票離開了家鄉，剩下幾個猶豫不決。秀芳最終還是在激烈的掙紮中放棄了跟隨，總是有那麼一些什麼牽絆她留下來，雖然心中依舊充滿了不甘。

　　即將滿二十歲的少女懷孕了，那個年齡與他一般大的男孩甚至

不是她的男友，連真名都不曾知曉。她前去討要說法，要負責，對方給她扔了幾百塊錢，鄙夷地叫她識相一點，把孩子打了。秀芳此生第一次感知到另一個生命在自己體內的真實感，殺了他？她想到了自己，著實不捨，不肯。楊伯得知消息捶胸頓足，責怪自己無法管教女兒的無能，可是秀芳如此執意地要留下孩子，他細想幾日，竟然就尊重了女兒的決定。他知道，被父母拋棄的秀芳，天生有著對生命的憐惜，對自己的憐惜。孩子生下就沒有父親又如何？秀芳何嘗不是在母愛的缺席下長大，自己又何嘗不是從小就失去了母親的陪伴？清貧的生活已然如此，看淡很多事也變得容易多了。

新生的可愛男嬰取名為楊小寶，長輩盡自己所能予以最珍貴的呵護。林少安彼時也已離世了，祖孫三代平淡的生活在昌埠山村綿延下去。楊伯是竭力希望小寶能夠好好念書，未來能夠走到外面的世界去，改變自己的命運的。那麼秀芳雖早早生子，卻也還是個青春正盛的年輕女子，楊伯知道，她是難以因了孩子就完全安分於家中的，她心中還有期待，以及一份想而不得的怨。

一切明瞭，佩嫻懂得了秀芳心中的苦楚，卻不知她此時遇到了什麼困難，會向她開口要那麼多錢。

恰巧秀芳在這時回來了，瞧見佩嫻正與楊伯認真交談，沒好氣地大步走上前。

「告狀呢？」

還端坐在院中的兩人愣愣地望著她。

「是不是告狀？儘管告，我不理虧！」秀芳說完便昂首跨進了屋內。

楊伯不明所以，對著裡屋喊道，「一回來就這麼氣呼呼的是做

什麼？告什麼狀？你做了什麼要被別人告狀？」

秀芳扔下小包，重新走回院中，在他們面前站定，一只手叉著腰。

「我要點錢怎麼了？我不能要嗎？」她直勾勾看著楊伯，又斜眼瞥著佩嫻。

「你向誰要錢？向佩嫻要錢了？」楊伯看了一眼佩嫻，面有難色，覺得掛不住臉，轉向秀芳大喝一聲，「你不臊得慌嗎！」

秀芳立馬駁斥回來，「我就要了吧！二十幾年了，楊家……還是林家，好不容易來了這麼個有點錢的。你看她穿的，再看我穿的，還一家人呢！我和她歲數也差不了多少，我過的什麼日子，她過的什麼日子？我幹嘛得臊得慌，你們才羞！」

「她欠你了嗎？！人家有心，才跑這麼遠來找祖輩。她過的什麼日子，都是她自己應得的！她有本事當老師，你有嗎？」楊伯也扯起了嗓門，他無法容忍女兒說出這樣離譜的話。

「她沒欠我，那你欠我！我好歹叫了你二十幾年的爸了，我們過過一天好日子嗎？別人年年過生日，再怎麼樣也能吃個蛋糕，我就一碗麵，小寶過生日也是一碗麵，加兩個雞蛋就覺得是好飯好菜了。也不是沒那幾個錢買蛋糕，就得省，就要省，省得我上了學被笑話是山裡的窮姑娘，不會用電腦，沒吃過炸雞腿，還說我是撿來的野孩子。我是當不了老師，因為我沒念書啊，學校裡容不下我，大家嘲笑我，老師不管我，我怎麼念得進去書？我可不是得早點進社會賺點錢嗎？誰想總是這麼苦啊？！」秀芳激動起來，身體都開始顫抖。

楊伯沉默了。秀芳內心的怨，他不是心裡沒數的。他也痛恨自己殘疾的身軀無法為這個家帶來更寬裕的生活條件，只能靠日常節

省一些攢一些錢留給日後。

　　佩嫻在一邊看著父女爭端而無措，剛想開口說點什麼，又被秀芳的話給壓了下來。

　　「爸，既然你自己也辛苦，當初何必撿我回來？撿了我回來，又給了我二十幾年這樣的生活……」

　　他們吵累了，獨自坐著。各人心中有著自己悲歡的氣息，有著自己表達不出的苦澀。予善拉著小寶的手在牆角，沒有過去。

　　半晌，楊伯才抬起頭，「姑娘，爸一直以來都心疼你，心疼小寶，是爸沒本事，對不起你。但林老師，她不欠我們的……」

　　秀芳依舊埋著頭，又是一片沉默。小寶輕輕地走過來，在她身邊溫柔地喚了一聲「媽媽」。好像雨點打在心房上，溫涼如絲，一陣輕巧的拍打。秀芳凝望著孩子稚嫩乾淨的臉，有多久了，她被再次呼喚著「媽媽」的稱謂。一陣來不及調節的哽咽從喉嚨裡聲聲竄出，她哭出了聲，用雙手蓋住了自己的臉頰，又伸過去將小寶緊緊地擁在懷中。

　　孩子的臉貼著她的頭髮，她要小寶再叫她一聲……

　　兩位女生堅持不留下吃飯，佩嫻的意圖是想將所有這些好食材都留給他們。她們走後，秀芳在廚房裡發現了好些魚蝦還有肉類，新鮮誘人，讓整個土色的廚房都鮮亮了起來。她沒去關心這是父親還是佩嫻買來的，但能吃點好的總是讓人愉悅一些。她默默做了飯，消耗了一半分量的蝦和豬肉，剩下的都保存了起來，魚也先放進水缸裡留著過兩日再吃。飯桌上，楊伯只將蝦和肉不住地往秀芳和小寶的碗裡夾，豐盛的晚餐似乎緩解了下午的爭吵氣氛，楊伯心裡是感激佩嫻的。秀芳看著滿桌的菜，端起盛蝦的盤子，連著自己碗裡的，將色澤紅亮的大蝦平均分配了，一個個揀進父親和孩子的

碗裡，自己剩了兩個吃起來。

楊伯忙用筷子又將蝦夾了起來，正舉著要往他們的碗裡送。秀芳不耐煩地揮了揮手讓他停下。

「哎呀幾個蝦就別夾過來夾過去的了，又不是鮑魚海參的。你們多吃點，小寶長個子，你這身體也要多補些營養。那些剩菜爛菜就別吃了。你賺不了錢那我去賺。你要是有個七病八災的，這破房子賣了也不夠折騰的。」

楊伯方才微微點頭，苦笑著表示聽秀芳的話。得到大人的許可，小寶吃得歡實。

「寶，以後晚上給你外公按摩腿的事情就要交給你了。你長這麼大了，該學會做的事情就得做起來，我們不是有錢的人家，小孩子都要做事情的。知不知道？」

孩子嘴裡咂咂地嚼著肉，重重地點了點頭。

晚些時候，楊伯本想一家人坐在一起看看電視，說說體己話，畢竟小寶幾年過去第一次開口說話，是值得高興和慶祝的事。秀芳忙活著做完家務，沒顧得上坐下聊上一句半句，便又要出門了。這兩週之內她已這樣晚出五六次，楊伯被觸及了底線，壓不住脾氣地又吼開了。秀芳也像習慣了一般，不願意與父親多費口舌，踏著新皮鞋「噠噠噠」地消失在夜色裡。楊伯自知是攔不住的，但心中的擔憂也逐日強烈起來。

村主任背著手閒逛著來到楊家，楊伯正在與外孫做著家中的打掃日常。主任無事原不會來造訪串門的，所以楊伯也跟著緊張起來。

請客人坐下了，倒水寒暄一陣，支走了小寶，主任就開始說正事。

「老楊，是這樣，個人家的私事我們村裡一般也不管那麼多。昨天在鎮上做生意的老鄉來和我說，看到你女兒了。本來都是家裡自己的事兒，但你家不是情況特殊一些嘛，村裡也更關照點。老鄉不好意思直接來和你說，所以他來找我說也是好心。家裡有點難處也是沒辦法，村裡能幫都會幫襯一點，但什麼會所還是夜總會的，好好的姑娘還是最好別去那些地方啊，你說呢老楊？」

楊伯一聽「夜總會」、「會所」之類的，趕忙坐下來繼續追問。

「就那些唱歌跳舞玩兒的地方嘛，人做生意還是圖個樂，不都去那些地兒。」

「你是說，秀芳也去那地方了？她能談什麼生意？」

「哎喲我的老楊，她去談什麼生意哦，怎麼一點兒都不明白呢你？」主任一拍大腿，話沒說到一字一句的清楚，不常出門的楊伯就是想不透，但主任忽而轉念又說道，「不過你這樣說，還真是，這可能也算是她的生意……」

到底什麼生意不生意的，楊伯被繞得有些糊塗了。

「你家秀芳，可能在那些歌廳舞廳裡，做陪酒女呢。」主任只得直白相告。

「陪酒女」，總算是聽懂了。楊伯的臉上一陣滾燙，不敢再看主任一眼，他只覺得差臊得慌。頭撇到一邊，手抓著褲腿使勁地揉搓。這段時日女兒的晚出一定就是為此而奔波，他想起那日豐盛的飯桌上秀芳說她去賺錢，卻未曾想到是去賺這樣的錢，若真得如此，他寧願生活清貧，志不能窮。可是秀芳的不安分一直以來都像是一顆定時炸彈，不知何時會生出怎樣的事端。他的擔憂應了驗，歎多少口氣也無濟於事。

恍惚間，楊伯又向主任再次確認，老鄉看見的可否真是自己的

女兒秀芳，會不會看錯了。主任答復，他也是這樣猶疑，所以同樣一再地詢問確認。那熱心的老鄉當時也解釋道，他自己一瞧見的時候也驚訝，所以反復地看了再看，除了穿著和妝容的豔麗實在不像從前的秀芳之外，整體的模樣加上說話的口音就是她沒錯了。既然如此，楊伯只得請求主任為他保守這個家庭祕密，主任自然是懂得的，讓他多勸告女兒早日回家，畢竟社會複雜，家中還有上著小學的孩子。

　　腿腳不便，坐在輪椅上的無助感恐怕只有經歷著的人才懂。楊伯送走了主任，獨自坐在門檻邊的輪椅上，黯然神傷。他撥通秀芳的電話，無人接聽，或者說哪怕現在真的苦口婆心或痛心疾首地在電話中去勸女兒回家，結果一定也是徒勞的。他們家沒什麼親戚，求助都無從談起，若一定要讓主任出面，且不說會鬧得人盡皆知，他自己也不願以這樣棘手不光彩的事多加勞煩。

　　該如何是好？他想想乖巧的小寶，感到心痛；翻著老式手機裡不多的聯繫人，如今大概只有那才相識不久的台灣親戚林老師可以求助一二了，他知道她有當地的朋友，或許能尋得當地人的幫助。

　　佩嫻收到楊伯支支吾吾說了好久的求助，當下便向予善詢問建議。她對當地這些娛樂行業文化不甚瞭解，奈何予善也是一樣。於是她們同時想到了梁敏彥。

　　敏彥前一日深夜剛做完一場外科手術，正在家中補眠。即時訊息沒能叫醒他，是予善的兩三個電話讓他惺忪地睜開眼睛。電話那一頭的反復說明才令他稍加清醒過來。

　　「所以你們要怎麼辦？」敏彥坐起身子，喝了幾口水，來緩解大腦忽然被喚起的疲勞。

「楊伯說她今天又不在家。可不可以，和我們一起去那裡把她勸回家？」予善請求。

昌埠所在的鄉鎮離橘城兩個小時車程，快到傍晚了，敏彥看看外面的陰天，並未一口答應。

「行嗎？」電話裡又傳來懇求的聲音。

看看手錶，看看第二天下午的排班，雖沉默了片刻，男生還是答應了。他隨即下床開始穿戴，和她們越好時間地點，很快便出門了。昌埠那邊，兩個女生也動身搭車前往鎮上。

天黑了，小鎮雖不是繁華的，但飯館、馬路、小廣場和林林總總的店家被各式的招牌與燈光照亮，人來人往於俗麗鮮豔的霓虹色彩中，也是一派熱鬧的生氣景象。

這日，兩趟進鎮的公車時間銜接得巧，佩嫻她們先到了。按照楊伯給的場所名稱，她們差不多能找到正確的位置，便與敏彥相約在不遠處的一家路邊診所門口見面。敏彥驅車兩個小時，與她們匯合了。

三人先找到了那家叫做「江南春」的KTV，外觀牆體裝扮得富麗堂皇，亮著各色晃眼的小燈，一閃一閃地抓住過路人的眼球，看得出來是在極力模仿成宮殿的樣子，但明顯只是劣質的氣派表像。時間尚早，他們在旁邊的小廣場坐下商討，怎樣能夠在裡面找到秀芳，找到了該怎麼與她說。事實上，要在這多層嘈雜的KTV樓裡遇到某一位女郎，還要當場勸說她辭職不幹，加之這位女郎對他們一行人一定頗為排斥，真是一件棘手的事。況且三個年輕人都沒有這樣的經驗，對此行業的瞭解也僅限於有所聽聞而已。

商討的結果是，何不裝作有需求的客人，直接點了秀芳來作

陪，三人一同勸說到她同意離開為止。然而，他們又自我提出了種種疑問，兩位女生和一位男生的組合如何需要陪酒女郎？怎樣直接要求秀芳來陪？她們不可能用真名。以及就算他們合力說服，會所怎可能當場就輕易讓她甩袖子離開？

計畫陷入了僵局，沒人再出主意了。佩嫻猶豫了，這樣的事情她自己都感到為難，為何還要拉兩位朋友下水。且不說操作上的難度，萬一遇上危險，她該怎樣面對愧疚。

「那不然……算了吧。」她開口道。

「來都來了，別空手回去，」敏彥不打算放棄，畢竟他開了許久的車前來，腦海中依舊思忖著，「我一個人先進去，你們在外面等我。」

「我跟你進去，佩嫻在外面等著。」予善緊接著說道。

「那還不如都一起進去。我的意思是，不希望大家有危險。何況這事確實與你們無關，誰都不了解裡面的情形……還是取消吧。」佩嫻還是堅持。

「那就進去瞭解一下情況，到時候再說吧，見機行事。」敏彥下了結論，目前也只有先這樣了。

時間慢慢接近深夜，三人試著前往。

穿著西裝馬甲的保安在門口迎接，一踏入大門便看到牆上巨大的金色鏡子，天花板和地磚的每一寸都鑲嵌了豪氣的花紋裝飾，勢必要營造出進入尊貴宮廷的錯覺。進入了營業時間，走廊裡來來往往的多是男性客人，服務員忙忙碌碌地穿梭進出，從各個包廂傳出隔音門都擋不住的吼叫唱歌的刺耳聲響，混著節奏撞擊地面的噪音，一派欣欣向榮的情勢。

他們進入了大廳，便有人上前迎接詢問是否有了預定。兩個女生還沒想好回答，敏彥回應了，「公司辦活動預定的。我們先在這裡等一下吧。」服務員答應著便走開了。

客人多了起來，大廳裡忙碌熱鬧。他們起身往包廂區域走去，走廊兩邊牆壁上的反光讓眼睛極不舒服，倒映著扭曲的人影，人們交錯擦肩，或饒有意味地斜眼觀察著旁人，或目中無人地橫衝直撞。

每扇門上有一小塊半透明玻璃可以看見包廂內的模糊情形。他們試著放慢腳步，順勢往房間內看一看，但明目張膽的張望終究是不合適的，只能多加留心。轉了兩三圈，並未有什麼發現。本身這樣漫無目的的轉悠，也難以有收穫。

他們在樓層角落的逃生門前站定討論，總不能一直這樣等下去。佩嫻撥打了秀芳的電話。第一個無人接聽，第二個被掛斷了。於是她又傳了訊息過去，「堂姐，你說的帶路費價格我們再談談，不會讓你吃虧。現在有時間嗎？」

石沉大海。

良久，佩嫻決定再打一個電話過去，聽到前面走廊傳來一群女性的談笑說話聲。她先放下手機，一小隊女郎從走廊拐角繞過來，每人胸前還煞有介事地掛著統一的工作牌，各個緊身裙裝，粉的紅的黃的像花蝴蝶一樣飛過來，細細的高跟「嗒嗒」作響。隔著一段距離也能看到她們滿臉濃重的妝容，不知是脂粉還是廉價的香水，一股膩人的甜味都在慢慢逼近。

三人的目光都落在她們這邊。霎時間，佩嫻和予善都一眼認出了小隊伍裡的秀芳。雖是改頭換面般地穿著枚紅色的緊身裙，敷上慘白的底妝與誇張的口紅眼影，但秀芳原本的髮型以及脖子上的項鏈還是令她們辨認了出來。予善趕緊扯了扯敏彥的衣服示意，小聲

又準確地告訴他枚紅色那一位就是秀芳。敏彥當下讓她們二人轉身，假裝背對著女郎小隊伍，往反方向的走廊踱步過去。

女郎們在下一個拐角散去，應是回到了她們的休息室。然而敏彥發現，秀芳與另兩位女伴在半途轉了道，其中豐腴一些的那位推揉著秀芳，一起從他們適才站立的逃生門處走了出去。

男生將佩嫻與予善喚回，於是都隔著逃生門想看看那邊的究竟。

秀芳和兩位女郎下了一節樓梯，在拐角的角落裡說話。在確認了秀芳的位置無法看見他們後，三人也小心推進了大門，隱秘地站在旁邊的樓梯上，正好可以聽清下一層人的說話聲。

有人扳動打火機點了煙，重重地吸著。

「小麗，上次我們怎麼說的來著？」微胖的女郎長長地吐了一口煙。

無人回答。

「都告訴你了，沒戲的。你吃不了這口飯。」另一位穿著白裙的也隨聲附和，顯然這一句還是對小麗說的。

「吃不吃得了也不是你們說了算的。我是被點得少，你們也不怎麼樣。你們還不是賴在這兒？」小麗回應了。這便是秀芳。

「賴在這兒？喲，小麗阿姨說話挺不客氣啊。」微胖女不屑地哼笑。

「我們再不怎麼樣，也比你怎麼樣一點。好歹比你年輕，比你懂打扮。」白裙子繼續說。

「而且也沒孩子。哈哈哈哈哈……」兩人齊聲大笑起來。

秀芳憋著氣，自知一人鬥不過她們，抬腿正要走，被微胖女狠狠推了回來，撞在牆上。

「我們這小地方就這麼點地盤，這場子本來也不好混。我倆本

來也不容易，比不上她們那些天天都有一堆客人來點。你何必還湊到我們組裡來，我們不好過，你也不見得能賺多少錢。我現在也是客氣地和你說，趁早也別做這行當了，去超市當個收銀員也能過日子。」

白裙子也搭著腔，表示她們現在說的也都是實在話。

「你們能做，我怎麼就不能做了？去超市收銀，你們怎麼不去呢？還不是為了多賺點快錢，我也得過日子的。做這行就各憑本事吧！」秀芳說完又準備離開，推開了微胖女阻攔的手臂，往台階上走。

佩嫻他們正想往裡面挪一挪以防被發現，聽到兩位女郎更大聲地叫囂。

「你也不看看你自己，本事在哪兒？客人圖你年紀大還是圖你生過孩子？化妝都化不利索，還好意思說『憑本事』？笑死人。」微胖女在背後發出嘲笑。

「來了這幾個禮拜被點了幾次，一只手都算得過來吧。叫你回家也是為你好。」

「就是，不看看自己的底子，還有多少本事能在這裡混。劉姐帶了你都操碎了心。」

「人家都是十八二十來歲的小姑娘，至少還有個青春，你說你都生了孩子了還湊個什麼熱鬧啊？」

「估計覺得自己還能來個第二春吧。哈哈哈哈……」

「哈哈哈哈哈哈……」

你一言我一語的刺耳話語落在秀芳耳中，她停下腳步，回頭直直地瞪著這兩位今晚與她一樣落單的陪酒女郎。她屏著怒火在心口，依舊忍著，「我剛來，慢慢混。等混到和你們一樣久了，就是

沒你們年輕也混得比你們好。」

「真以為自己是個什麼東西了？跟你客氣，你當福氣是吧！」微胖女也被秀芳的話激怒。

「甜甜姐，你看她能混成什麼樣吧。家裡有個啞巴兒子，還有個斷腿的爹，能混成什麼樣？」白裙子女郎斜著眼，為自己知道別人的窘迫家事感到得意，一臉的幸災樂禍。

「聽說她還是那斷腿爹撿來的。一個野種，指不定和她爹現在是什麼關係呢！」又是一陣狂笑。

「她兒子也是沒爹的種，誰知道這是誰的兒子啊。哼……」

只聽秀芳深深地倒吸一口氣，三步並兩步地跑下樓梯，高高抬起腿，迅猛的一腳踢在微胖女的肚子上，還沒等對方反應過來，又拉起她的頭髮，在臉上不留情地打過一巴掌。白裙子的那位猛地被嚇著了，下意識往後退兩步，秀芳抬起另一只腳，把她踹到牆角，一時間起不了身。

「叫你們嘴髒！」秀芳口中大喊。

微胖女捂著肚子呻吟疼痛，沒想到新來的人這麼狠毒。她手扶著牆勉強站好，一個急驟向前撲到秀芳身上，兩人廝打起來。

樓上的三人在敏彥的一個眼神示意下隨即衝下樓來。女生們去拉開扭打著的秀芳，用手護住她，敏彥用力推開微胖女瘋狂的拳腳。一見有人勸阻，兩位女郎並未停手，十分不甘心地要趕走拉架的人，越過他們繼續對「小麗」不依不饒。而秀芳呢，看清了佩嫻和予善的面容之後面露驚色，什麼樣的神通竟然讓他們找來了這地方？她頓時間心中是厭惡的，林老師拒絕了自己的帶路費要求，有什麼理由還來這裡多管閒事，況且自己這般模樣更不願為人相見。她甩開佩嫻的手，拉了拉自己的衣服，指著微胖女又啐了幾句。

　　敏彥攔在一堆女人中間，揮著雙手要雙方先冷靜先來。奈何誰都認為自己受到了天大的侮辱和委屈，都還沒到冷靜的地步。微胖女嘴中還在罵著，怒氣未消，忽而彎腰撿起牆角的空啤酒瓶，舉起來就要砸過去。敏彥下意識抬起手肘去攔，但女郎的手速更快，一陣響亮的玻璃碎裂的聲響在敏彥頭上綻開，碎片四下而落。

　　眾人本能地遮住自己的臉，口中驚慌叫著閃開了。予善第一個反應過來，回過神來用力拽住握酒瓶的手，她能感覺到自己的指甲都嵌進了對方手腕的皮膚裡，猛地一推，狠狠將微胖女甩到一邊去，厲聲警告她別再靠近。那女子本無意用酒瓶砸拉架的人，一看失手傷了人，自己也驚慌了，退到一邊安分下來，撫著自己被抓出痕跡的手腕。予善看著男生的頭皮，頭髮裡漸漸滲出了血，細密地往外流。慌張之下，她趕忙幫他摀住傷口處，急得流出了淚。

　　「怎麼辦？我們馬上去醫院，馬上去！」她拉起敏彥就要往樓下走，跨了一步，不忘回頭對秀芳叫著，「走啊！這種地方你還要繼續待？我們為了來這裡找你，看看弄成什麼樣了？還不走！」

　　佩嫻也跟著小跑起來，手中緊緊拉著秀芳。

　　「往那邊過去有個診所，你們自己去包紮一下吧。」秀芳說完掙脫佩嫻的手，轉身往樓梯上走，準備進門回到工作場所。

　　「秀芳！這種生活是你想要的嗎？你就要靠這個給自己翻身？這只會讓你永遠翻不了身！」佩嫻對她喊道。

　　「你們有什麼資格管我！」上面也傳來大聲的質問。

　　「你今天被欺負，以後也還會被欺負！」佩嫻要重新追上去。

　　「混這行聯繫這些都是正常的，你看看那兩個也不一定鬥得過我，」秀芳指著牆角的那兩位，整了整自己的衣裳，「我要這麼容易放棄我一早也不來了。你們管好自己就行了，管我幹什麼！」說

完就開了門進去了，她是不在乎的。賺錢，她心中的目標就是為了過好日子而賺錢。

深夜還亮著燈的診所裡，梁敏彥的頭上經過一些處理，貼上了紗布。幸好傷得不深，暫時不用去醫院急診。他們似乎有些瞭解為什麼開在娛樂場所附近的小診所會營業到這麼晚了。可是予善心裡總是氣不過，白白被一個耀武揚威的夜場女郎給打了頭。

「我們報警吧。」她輕聲提出。

敏彥搖搖頭。醫生開始給他打點滴，他們便在診所裡先這樣坐著。誰也說不准是否還要回去找秀芳談談，或者說是否還有必要。佩嫻心裡愧疚難當，只一味地沉默著，不知如何道歉。她坐在椅子上思索，爺爺故鄉人的家庭難題，她真的該花費這麼大的代價去解決嗎？何況她才是這裡的外鄉人，是一個病人。

「江南春」的聲色隨著夜漸濃而更顯狂熱，外部的燈牆閃得更賣力了，一個燈泡跳了線熄滅，卻也絲毫不礙事。內場雖是嘈雜得震人耳膜，但一旦適應了那個動靜，反而不習慣外界的安寧。

休息室裡坐著好些空閒的陪酒女郎，有些在補妝或閒聊，剩下的都專心致志地把臉埋在手機螢幕裡。只有秀芳一人坐在沙發的角落裡，看著地面愣愣地發呆。

門外進來了一位將近中年的女子，身段豐滿，氣質成熟老練，女郎們都打招呼，「劉姐」。

這劉姐便是這一組所謂的「媽咪」，負責安排她們的接客事宜。她探著頭四處張望，發現角落裡的秀芳，將她悄悄喊了出去。

她們一同到了樓上的辦公室。劉姐禮貌地與辦公室裡的男人打

招呼，一應的紅木家具，加上一些佛像佛珠擺設的裝點，便是這KTV其中一個老闆的地方了。男子是個光頭，被明晃晃的白熾燈映襯得發亮，由於總是緊皺著眉，額頭上深深的幾道皺紋顯得老氣霸道，儘管尚未有肥頭大耳的濃濃油膩感，但手上戴的超大金戒指、檀香手串，以及四肢鬆散的坐姿也讓面前的女子畏懼幾分。

「坐。」這人隨手一指木頭沙發。她們坐下了。

「我時間不多，也就沒那麼多廢話了。小麗，有人告你狀，說你動手啊。」男子點起一支煙。

「胡總，也不是我挑起的。她們說話太髒，我是動了手。可那甜甜還抄家夥打人呢，一個酒瓶把人頭都砸開了花。」秀芳趕忙接話解釋。

胡總坐直身子，撣了撣煙灰，清了一口嗓子。

「一呢，我這裡不想這麼多你們姐妹之間的一堆事，處理起來也是麻煩得很，傷了你們之間的和氣，你們不痛快，我們生意也不好做；第二，你外面的朋友就不要帶來我們的場子了。要來玩，歡迎；來鬧事，免了。」

「樓道裡的事我在外面聽到了，甜甜她們兩個也來和我說了。劉姐的意思呢，上班的時候還是別鬧出這些事情來，你說呢小麗？」劉姐在一旁搭腔。

「劉姐，也真不是我要鬧。她們看不慣我，想趕我走。你說大家在這裡誰不是為了好好賺錢，誰想鬧得不高興啊？她們既然欺負到我頭上，那我小麗也不是好惹的。人不犯我我不犯人嘛。」

「嗯哼……」胡總那煙嗓又咳了口痰，「小麗啊，你既然說到賺錢，說得沒錯，大家在這裡就是為了賺錢。你是個新人，來了這兩個多禮拜，接客幾次你自己也有數。劉姐是個爽快人，說帶你就

帶你了，但我和劉姐也是真心給你建議，你沒她們年輕，也沒她們有經驗，客人不點你你自己也浪費時間。真心要賺錢，別想那麼多，你要是肯出台，遲早發財。」

秀芳是第二次聽到建議她「出台」的話。原以為只是私下裡對每個人都會提出的建議，現在看來，是真的在要求她了。可是，她心中似乎就是立著那麼一條底線，別人跨不過去，自己更跨不過去。或許連自己都希望沒有那條底線，那麼可真會像胡總說的那樣能夠「遲早發財」，何必在這裡苦苦熬著。可是也不知那底線是何時、為何牢牢地在心底立起來的，她做不到，哪怕也曾有過豁出去的念頭，心理的掙紮還是讓她做不到。

「胡總，劉姐，這個……暫時我沒考慮。」秀芳喃喃地說。

「呵！」男人轉了轉屁股底下的老闆椅，背對著他們仰頭抽一口煙，發出極其不屑的冷笑聲，「暫時不考慮，那打算什麼時候考慮啊？」他又轉了過來，滿臉皺紋都在笑。

「老闆，這個等以後再說吧。我也得有時間考慮考慮。」秀芳滿臉難色，心底也升起一股羞愧。

「你等得起，我們等不起。養你們在這裡不要錢的嗎你以為？我有話直說，你要是出台，你還能有點市場，你我都賺得到錢。你要天天耗在這裡，不好意思，養不起。」

「老闆這是什麼意思？」

「意思就是，小麗，如果你真不願意出台，你就先回家吧。」劉姐語氣低沉。

胡總掐滅了煙頭，看著拿不定主意的小麗，「還有條路，你整個容吧，我們會所幫你安排，男人見了你漂亮，身材好，你不就有生意了嗎？隆個胸，墊個鼻子，保證你換個人。」

　　整容……雖然會所有其他的女郎做過，但秀芳總能看出她們臉上的異樣，突兀的假體，皮膚的鴻溝，不知是整容本身就會產生這樣的效果，還是因為做了劣質的整容手術。她們須用極其厚重的妝容去修飾遮蓋，可即便如此，秀芳看得出那些整了容的女子們卻都像脫胎換骨一般自信起來，頭抬得更高了，胸挺得更起勁了，連走路的步子都大起來。

　　「那……整容挺貴的吧，我現在也沒那麼多錢啊。」

　　「店裡給你安排個貸款，整完以後生意好了，很快就還清。這買賣還是不錯的。」胡總此時又像個推銷員似的。

　　出台，整容，貸款，沒有一件是小事，這些都是劉姐和領導一併塞給她的。秀芳再利慾薰心，也不至於糊塗到當下就答應了這所有。她拒絕了貸款整容的事，同樣只說再考慮，目前只想繼續做陪酒的，多和姐妹們學學化妝和待客的經驗。

　　「難伺候啊，」男人摸摸自己的光頭，似乎快失去耐心，站了起來，玩弄著手裡的幾串珠子，「廟太小，容不下您這樣的大菩薩。」

　　聽到這樣的說辭，秀芳心中一陣緊張。不管今天是否會被開除，她立馬想起了自己被拖欠了一週的工資，張口就問了。未曾想這老闆隨即搬出了所謂的會所規章，因員工原因而無法繼續工作的，最後一筆工資不予發放，以彌補會所的損失。這時她才意識到掉進了坑裡，看著面前虎視眈眈的兩人，知道他們是有手段的，頓覺孤立無援。又辯解了幾句，被對方粗暴罵了回來。

　　「那身分證還給我。」她還有自己的身分證前幾天被劉姐要去，說是為了辦什麼員工手續。

　　胡總打開一邊的抽屜，將她的身分證拿在手裡。

「離職費用兩千。賺不了多少，花得還挺多。錢交了，身分證拿走。」

兩千對秀芳來說不是小數目，況且這錢明顯是訛詐，她猛地站起身來，面露慍色。辦公室的空氣變得緊張，劉姐在一旁也站了起來，是為了及時阻止秀芳可能作出的衝動行為。男子依舊兩只手指夾著身分證，憤怒的陪酒女郎他見得多了，不改得意的神色。

情急之下，秀芳身子驟然俯衝向前，要越過桌台去搶奪自己的身分證，手臂直往男子面前伸。胡總眼疾手快收回了拿身分證的手，而秀芳也因動作過猛撞倒了桌台上的一些瓶瓶罐罐和擺設，有些看著是玻璃的、陶瓷的，落到地面的一個已經摔成了碎片。劉姐在後面嚇了一大跳，上前作勢打了秀芳幾下，口中啐幾句。

胡總站著未動，臉卻拉了很長；秀芳慢慢站直身軀，看著一地的碎片，完全沒了主意。

「嗯哼……」男子又清了清嗓子，「你看著辦吧，陪多少錢。離職費和賠償一起給了，今天你帶著你身分證走。否則你就等著瞧吧。」說完便坐下了。

身子輕顫的秀芳說不出一句話，她呼吸急促，想著下一步該怎麼辦，大腦又一片空白。她知道此時已是案板上的肉，任人宰割的命運。如果真的走不了，該怎麼救自己？賠錢，她拿不出，那麼只能答應「出台」一事？話都快說出口了，而小寶可愛的身影與那一聲甜美的「媽媽」又鑽進耳裡和心裡，養父勤懇的模樣也悄然浮現，她的底線死死地封住了她的口。她於是就這樣站著，什麼也不說，什麼也不做，等著對方的下一步舉措。

「看你可憐，我也不多要你的，一共五千塊，拿錢走人！」胡總一揮手。

可是她此時哪有這麼多錢呢，而且實在心有不甘。

「小麗，你今天不是有幾個朋友來找你嗎？叫他們先幫你墊付一下嘛。」劉姐在一旁給她出主意。

要是劉姐不提，她都快忘了今日還有他們幾個來過。斟酌良久，也許現在只有他們才能為她解燃眉之急，哪怕心裡還有顧慮，但她還是開始撥打電話了。

接到秀芳的電話，小診所的三人都快睡著了。夜深人靜，到處都沒什麼聲響。他們十分疲倦，原打算敏彥掛完點滴就先回家了，以後的事便等以後再說。佩嫻朦朧地與秀芳對著話，聽她表述完借錢的求助與模糊的緣由後，三人都醒了。敏彥執意要醫生拔掉掛了一半的鹽水，隨即一起前往「江南春」。

他們按照指引直接進了辦公室。秀芳目光呆滯地坐在一邊，見人進來了，也未站起，對視片刻才露出難堪的神情，便移開了目光。劉姐時不時瞥一瞥她，心中是有些後悔帶她入行的，沒賺到多少錢不說，還惹了一身麻煩。

胡總從洗手間回來，看見辦公室已然站滿了人，口中嘟囔著「動作還挺快」，又一屁股坐進老闆椅中。

「人不少啊，」他饒有興味地看著這幾個年輕人，「小麗的朋友倒都是青春的很嘛。」

「老闆怎麼說？就是要我們交錢對吧？」敏彥馬上接話了。

「是賠錢！賠錢懂嗎？她沒跟你們說清楚？我懶得再廢話一遍了，」男子不耐煩了，「五千，我還是看她家裡困難才說這個數。」

敏彥掏出錢包，開始拿裡面的現金，「一千塊，大家各退一

步。」

　　所有人的眼光聚集到敏彥身上。佩嫻伸手去壓下他的錢包，怎麼說都不該他來掏錢，可他躲閃一下，一疊錢就放到了桌上。

　　眼前的挑釁讓桌台後面的男人心中不快。他向那幾張鈔票白了一眼，一字一句說道，「當我要飯的啊？討價還價也有點數。」壓低的聲線彷彿是在給最後的忍讓。

　　這即將暴露的惡狠模樣被予善看在眼裡，頓時間令她想起在苗栗面對黑幫的場景。兇惡與血腥她都真真切切地見過了，此刻的光頭男子似乎並沒有比那可怕。她也不知哪裡來的一股氣，拽起桌上的一千塊錢放到那人面前的桌上，「老闆，你行個方便。」

　　胡總歪起脖子抬頭，眼睛發光地盯著予善。

　　「行啊，你要是留下來工作，我一分錢也不要，小麗也留下，隨她做什麼。考慮一下？」

　　敏彥咬著牙，即刻將予善擋了回來，以同樣威懾的目光瞪了回去。他轉身拉起坐在身後座椅上始終未開口的秀芳，準備向門那邊走。胡總猛地起身吼道，「想幹嘛！」

　　辦公室的門被幾個漢子從外面打開，推搡入內。敏彥也未示弱，他早已忘了頭上的傷，首當其衝地欲擠開那幾個進門的人，一面護著後面的幾位女生。對方倒也未動手，只是使勁地推他們阻止出門，僵持不下。

　　只有秀芳看准了混亂的空隙，霎時間像小貓一樣彎腰鑽了出去。她邊跑邊踢掉亮閃閃的高跟鞋，頭也不回地朝走廊盡頭的逃生門衝去。而無論她多拼命地狂奔，兩個大漢的拔腿追趕要不了幾秒鐘就逮住了她，仍然是將她像小貓一般拎了回來，下手不管輕重，她的手臂很快從紅變青。

被惹惱了的男子鄙夷地掃視一眼秀芳，重重地一掌拍在桌子上，驚了眾人。他從桌台後大步踏著繞過去，伸出手想去將「小麗」抓過來。眼看胡總接近，佩嫻跨了一步，將秀芳攬到自己身後。胡總眼睛直盯著自己出逃的員工，大手一揮將擋他路的人推到一邊的牆上。只覺後面重重的撞擊，佩嫻疼得叫了一聲。

又是一陣嘈雜的對峙。予善的嗓門大了起來，手腳並用，蓄勢待發的模樣。

「夠了夠了！」佩嫻卯足了全身的力氣大喊，叫停了整個室內的騷亂。她情緒激動地從包裡掏出之前在路上取出的幾千元現金，扔到胡總的桌上，指著一整堆的鈔票，「一共五千塊，她身分證拿來，拿來！」

她何嘗不也曾想起了苗栗的事，予善是願意為了朋友讓自己涉險的人，或許是憑藉了一腔衝動，但她是無論如何都不願意自己的朋友們再因她而身陷險境的。這裡的社會情況她不了解，當下也無力圓滿解決，寧願用一些錢了結了這糟糕的事，再繼續糾纏無濟於事，眼下趕快離開這裡才是最好的。

此時的胡老闆還有點驚詫，他歪著頭，打量著死死伸手要東西的佩嫻，不聲不響，猶豫思量，為這幾個錢，為這一個帶不來利益的員工，再繼續費更多精力就不值當了。去抽屜裡摸出身分證，隨手一扔到桌上。

佩嫻一把抓過，塞給秀芳。幾個男人在老闆的眼神示意下，讓一行人離開了。

淩晨的月光留下黎明前最後一段柔和純白，車窗外的風也是這般舒緩，有一絲細微的晨光似乎要升起來了。路邊的田野作物搖搖

晃晃，因為無法看得清晰，像是一直延伸去了遠方的群山中。有一些早餐店正準備開門，勤懇的小家小戶起了床開始工作，生起火，備食材，比別人早幾個小時開啟平凡的、新的一天。小店裡冒出綿延不絕的熱氣，讓心都暖了。

秀芳肩靠著一邊的車窗，直勾勾望著窗外的一切。一切都很熟悉，熟悉得落到眼裡都成了視而不見。她不參與車裡的對話，也不去看他們。雖然一輛轎車的空間那麼緊湊狹小，可是內心卻覺得與他們相隔了一個世界。

大家都累了，予善坐在副駕駛，困得閉上了眼睛。佩嫻與秀芳坐在後排，她也不知與這位堂姐能再說些什麼，便只是為了給開車的敏彥打起精神，與他有一搭沒一搭地說話。

車子停在楊家小院的一側空地上，四個人下了車。天都濛濛亮了，秀芳拉了拉外套，步子有些猶豫，是該直接走回家，還是回頭再和他們說兩句。

「回家多睡一下。」佩嫻對著她的背影說。

她轉過頭，張了張嘴，有什麼話到了嘴邊卻又咽了下去。只是不住地點頭，輕聲地開門進去了。

「謝謝你們……」佩嫻心懷感激與歉疚。回到小學校，他們索性在小操場上繼續坐一會兒，「敏彥的損失，我再去領一些錢還給你。」

「其實我很佩服你，不是每個人都願意這麼盡心盡力幫助的。雖說他們是你爺爺的老家人，可是畢竟你才與他們相識，與他們並沒有什麼情感牽連。一切都是因為你善良。」敏彥坐在乒乓球桌上，他發現自己也十分享受這小山村的別樣景致，在深夜更是另有

一種清靜的滋味。

予善坐在球桌邊的小板凳上，抬頭望一眼敏彥，月光都落進他的眼裡了。

「既然都幫阿公來找親人了，能夠被我找到也是很大的幸運。我盡心盡力，也是為了阿公盡心盡力。所以每次我覺得很難的時候，都會想，如果是阿公，他會選擇繼續幫下去吧。」佩嫻的眼裡也正好落滿了月光。

「為了獎勵我們三個這麼善良，明天我要吃粉乾吃個夠。」予善笑起來。

秀芳在家足足睡了一整天，天黑之前起床，楊伯已經做好了晚餐，是那日未吃完的一半大蝦還有剛宰殺的魚。一家人又坐在一起，香氣撲鼻的飯菜上桌，小寶快樂得很，楊伯一聲聲招呼著，好像什麼事都沒發生過。

「爸……」

「怎了，菜不合口味？」楊伯輕緩地說。

看著被夾到自己碗裡的魚蝦，秀芳欲言又止，「爸……我之前……」

「過去的事情就叫它過去。以後我們多買好吃的，大家身體健康，小寶快快長大，我叫主任給我找點我能做的活，日子會越過越好。」楊伯打斷她的話，他太明白女兒心中的苦悶，她是迫不得已的，且也是因為他自己沒有能力提供一個無憂的生活條件給後輩，是家中如此的情狀逼得秀芳選擇那樣的路來改善生計，他自責，自然不願再苛責女兒。此時他希望一切不愉快的都過去。農人的願望簡單，安穩的生活中，哪怕發生了棘手的事，咬牙重新來過，人生

也就這樣一回事。

秀芳的眼淚大顆地落入碗裡，她轉頭用手抹掉。

「林老師是好人，算我欠她的。我找個正經工作，賺多少存多少。」

楊伯在白天向佩嫻打聽了他們前一晚的事，這樣一份恩情，他也不知該如何報償。佩嫻並沒有提到為秀芳支付五千元的事，晚餐時秀芳卻一五一十地向父親告知了。一時間他們也拿不出這些錢來還給佩嫻，但想著日後一定償還。而那霸道會所的事，不管是楊家還是佩嫻他們，當下都自知無力再去對抗，報警也不一定有用，他們的勢力複雜，幾年屹立不倒想必是有手段的。他們這次吃了虧，好在秀芳安然無恙地脫離，從此別再來往便是萬幸。至於違法的勾當，相信國家遲早能夠治理這些亂象。

飯後的第一件事，秀芳給佩嫻傳訊息，想要擇一晴好天氣，一起去為他們的太祖母掃墓。佩嫻雀躍，予善卻表達了自己的擔憂，山中路途難走，且不說三個女生是否能順利到達，她最不放心的是佩嫻的身體。那麼正巧週末天氣尚可，敏彥可以趁假來山村與他們一同前往，相互照應。

又是一早驅車良久，敏彥第二次來到昌埔。楊伯為他們準備好路上的食物和水，還有掃墓用品，加上防曬用品與人丹一一備齊，明明是掃墓去，卻準備得像夏日踏青。

終於進山林了，蒼翠樹木的環繞讓天地都顯得更小，也比外面涼快一些。秀芳為他們介紹路上的植被與作物，間或還能夠遇上小動物和平常不得見的美麗花草。她自己也是許久不進山裡了，憑藉著記憶摸索方向，發現有些山路確實因常年無人行走而被覆蓋了，

能夠跨越的便跨越過去，實在難行的路只能另覓他徑。由於擔心佩嫻的身體，予善一路上時常建議停下休息，原本秀芳一人半個多小時的路途，他們大概花了一個半小時。

縱然行走辛苦，但最終在一片亂樹叢中找到了太祖母的墓。秀芳踏入雜草叢生的枯樹枝丫裡，踩一步「咯吱」一聲。土堆的墳包上已有極其厚重的野草生長起來了，覆蓋得嚴嚴實實，不仔細看的話根本無人注意。她使勁撥開腳下阻擋的荒木堆，敏彥也衝上來幫忙，進而隱約露出了青藍色的一塊石碑，色澤剝落了不少，風吹雨淋後的侵蝕斑塊好像傷痕，鑲嵌在土堆裡。石碑面積不大，還殘留著黏濕的腐爛植物，但抹擦乾淨後，上面雕刻的字跡尚可辨認。秀芳告知，祖父（也就是林少安）的墓也就在旁邊。

佩嫻也踏了進來，蹲在石碑前仔細識別著。正中央的太祖母姓名她並不十分確定，但一旁的子孫名字她一眼就認了出來，林少安，林少祥。

是了是了，找到了！激動不已的台灣女生馬上拿出手機，撥通了母親的視頻電話，她在上山前就與母親打好了招呼，要全家人等她的好消息。爺爺換好了整齊的服裝，鄭重地從箱子裡拿出當年的派克鋼筆，握在手中，心情興奮又焦急。老人在客廳裡坐立不安，急切希望見到母親與大哥的墓碑，可心中又升起憂慮，幾十年過去，他有著「近鄉情怯」的不平靜。

雖然山中信號不穩，斷斷續續間，總算是連上了通訊。佩嫻的家人在那一頭屏住呼吸，透過小小的一塊螢幕使勁地端量一切。林爺爺擺弄著老花眼鏡，口中念念有詞。

「是我娘的名字，是的，是的是的……」手機裡傳來林爺爺悲泣的聲線，淚水流進他臉頰的皺紋裡，好像這許許多多企盼的光

陰，終於找到了歸途。

「我的娘，我的哥啊……」肅靜的空氣被深深地劃破，林爺爺口中深情又痛心地呼喊著久別的親人，隔著手機螢幕，隔著簡陋的墓碑，他淚如雨下，手中緊緊攢著隨他來台的派克鋼筆，忽而在他面前這塊小小的玻璃螢幕前沉沉地跪了下去。家人去攙扶他，他推開眾人的手，鄭重又吃力地向螢幕中的墓碑磕了好幾個頭……

佩嫻不忍再看，只將手機對著墓碑，讓那一頭的人看清。此刻沒有人在乎民俗禁忌了。

每個人都因這一幕動容，濕了眼眶。歲月待林少祥如何，脅迫了他少年離家，遠赴他鄉而不得歸，可又在暮年時分，遣了他的後輩跨越海峽覓得親故。兜兜轉轉，百轉千回，人生的迷思恐怕令所有人都不可參透，是一種命運的神聖，又是世間情感的真誠與頑強，為平凡的人留下最不平凡的生命體驗。

> 「而現在，
> 鄉愁是一灣淺淺的海峽，
> 我在這頭，
> 大陸在那頭。」
>
> ——余光中《鄉愁》

秀芳在一旁默默注視，一家人跨越時空的線上團聚，哪怕已然生死相隔，也不失為一件終得歸宿的幸事。她想到自己，心下淒然。

4.

下山的路本應是更輕鬆一些的，可走到一半的路程，佩嫻腳步遲緩，覺得吃力。適才的體力與情緒消耗很大，她越發覺得無力再走，便在路邊坐下，難以站起。予善慌張了，將她攬在懷裡，可是看著她滿頭的大汗與漸漸發熱的身體，覺得不能再拖了。敏彥看著情勢不對勁，便背起佩嫻儘快下山。他全身濕透，佩嫻的體溫傳導至他身上，兩個人就像是一團火球。

直至佩嫻虛脫得將要暈過去，車子已經快開到縣城的小醫院了。予善才將佩嫻的真實病情向敏彥告知，並解釋說佩嫻自身不願讓旁人知曉，不願他人帶著憐憫的眼光看她。男生帶著一點責備的口吻，「我本就是這方面醫生，讓我知道有何不可。」予善歎氣沉默。

在縣醫院作了一些檢查與處理，佩嫻休息充足後醒了。她想著應該無大礙，要求回家。可敏彥從醫生的角度建議，還是要回到橘城他工作的醫院再觀察，畢竟還處在乳腺癌的康復期，一切小心都不足誇大。

不容分說，佩嫻被安排進了橘城人民醫院的住院部，兩人間的病房還算舒適。敏彥為她辦好了手續，也作為她的醫生進行了更詳細的檢查流程；予善陪伴在側，時刻關注病情，絲毫不敢懈怠。也只有病人自己不甚憂慮，還是抱著順其自然的心態，盡力配合，相信醫生。

修養的時光，兩位女老師將之前在小學校拍的照片都在電腦上製作成明信片，等列印店送來成品後，在每張明信片背後寫上祝福

的話語與小朋友的名字，再一齊寄給小佳老師，等秋季開學後分發給每位同學作為她們的贈別禮物。短暫的相處也是極其珍貴的經歷，山村孩子的樸素純真在她們心底流成一道清泉，是細密與長久的生命滋潤，但願小小的明信片可以讓孩子們不要忘了有兩位代課老師的春與夏。

　　這日敏彥坐完了門診的班來看望佩嫻，碰巧予善出去買些用品，他們便一起等她回來。他還帶來家裡的吉他，因為聽予善說過他們在小學校時會與孩子們一同彈唱，便將自己的帶了來供她們排解無聊。

　　他還帶來了一個好消息。托醫院的熟人詢問，市裡的護理學校可以考慮楊家的特殊情況，只要村裡出一些證明文件，便可走綠色通道讓秀芳去學習護理技能，以後可以考護士證，學習期間也可以去醫院的康復院打臨工，學習經驗。當然前提是她願意。這是在幫助秀芳，也算是在幫助佩嫻。

　　聊起佩嫻的浙江之行，遇到的人和事，以及她是如何在手術之後看見了生死的間隔而決定來幫祖父完成心願。敏彥是敬佩她的，心底裡希望她能夠完全康復，回到正常的人生。

　　說起了台灣，島嶼上的日出與日落，大海與山脈。佩嫻遙望外面的天空，彷彿台灣就在不遠的雲朵後面，口中的訴說將她帶回對岸的故鄉，笑靨綻開，語氣溫潤。敏彥也向那邊望去，他還未曾到過台灣，這樣美好的敘述也令他心生嚮往。她向他說起與予善在台北同住的時光，附上一層濾鏡，挑了溫情快樂的片段娓娓道來，熱氣升騰的希希麵店，遍地水田的宜蘭，還有予善學習台灣口音與繁體字、學習在麵店跑堂的趣事。

　　她彈起吉他，依舊唱起雷光夏的《故鄉》，歌聲悠揚地填滿整個房間，空氣裡像是真的漂浮著陽光與雲霧，連隔壁床的病患阿姨與家人都靜靜地聽著，予人真切的慰藉。

　　一曲彈畢，佩嫻將吉他遞過去，讓他也來一首。梁醫生的音樂技藝不如佩嫻精巧，彈奏了一曲歡快簡易的歌謠，卻忘了歌詞。坐在病床上的女生與一旁的阿姨恰巧同時哼唱起來，白色的小房間裡頓時歡樂了，大家拍手鼓勵，笑語不斷。敏彥被喊了安可，要再來一首，他實在是忘了好幾個音節，佩嫻將譜子口述予他聽，竟也不甚明白，只得要她手把手地在琴弦上指點。

　　「梁醫生和林小姐看著真是郎才女貌。」旁邊的阿姨眯著眼睛樂呵呵地說，她的家人也在一旁附和誇獎。

　　佩嫻立即收回了琴弦上的食指，對阿姨尷尬一笑，便拿起小桌上的葡萄一口一口地塞進嘴裡，緩解臉上不自然的表情。敏彥隨意撥弄了幾下，將吉他放到一邊，「阿姨真會開玩笑。」

　　而此時病房門口的予善，手裡拎著剛買的生活用品，在角落裡透過玻璃小窗看著聽著裡面的一切，腳步卻怎麼也踏不進去了……

　　幾日的觀察，結果讓大家鬆了一口氣。佩嫻因病體弱，但之前的治療效果尚好，不算復發。有大家的悉心照顧，修養的這段時間元氣恢復，今日即可出院了。只是梁醫生依然囑咐，佩嫻回台灣後也須回原先治療的醫院積極復查。

　　隔壁床病人已於前一日離開，予善收拾完東西，坐在另一張病床上發呆。

　　「我們回昌埠取行李吧。事情都算做完了，我也想回台灣了。」佩嫻換好了衣服說。

「好。」

「你怎麼了？發什麼呆？不會因為在醫院久了也想住院吧。」

予善苦笑一聲。

「你要是想住院也不是不行，梁醫生天天都能照顧你，」佩嫻
繼續開玩笑，「而且，也許他能照顧你一輩子。」

「我為什麼要他照顧……」她起身面朝窗外，醫院的小公園裡
有好多病人在散步。

「是真的，梁敏彥是個不錯的人，如果你們可以在一起，我覺
得也是很好的事情。」

予善還是想起那日的情形，為何他們在一起彈琴說笑是那樣契
合，連陌生人看了都覺得般配。這段時日的共同接觸，佩嫻的正直
與善良，敏彥都是看在眼裡的，況且這是他作為醫生本該照料的病
人，他們若是有什麼情愫，也是再正常不過了。我是吃醋了嗎？予
善暗中自問。不，為什麼要吃醋，他們要是互相有意，她也不在
乎。她心中硬生生地否認著。

「你要是覺得梁敏彥不錯……那你就……」這樣醋意的話，予
善還是自己打斷了自己。

「我說他不錯，是為你著想。他不是陸柏承，你不必恐懼。」
對話就這樣嚴肅了起來。

「他也許只是看著不錯吧……」

「什麼意思？」

「他……有些事情說不定都是他安排好的。為什麼我們去酒吧
那一次，就能遇到有人灌我酒，最後還睡在他家，他是真的在幫我
們解圍？去她外婆老家，我就能迷路摔跤，他真的是好心幫忙？還
有去那KTV會所的事……怎麼每次他一出現總能有事，他總有機會

出頭，總是他梁敏彥在做好人，為我們犧牲。是真的這麼巧合，在幫我們？還是製造了一個個時機，在接近我，或者接近你吧。」

佩嫻往包裡塞進最後一件衣服，抬眼聽著這一段莫名的指責。

「你在說什麼？是我聽不懂，還是你自己在亂說？」

她怎會不知道自己是在胡謅一氣，只為了掩蓋原本那句酸酸的「他也許是對你更有好感吧⋯⋯」

「總之他也許並沒有我們想像的那麼好。看上去越完美，越有問題。」

「予善，陸柏承是傷害過你，但不代表所有人都有意圖去傷害別人。我一直都明白你心裡的創傷，而且也知道你的陰影遠不止是陸柏承。你總以為自己是最受傷的那個人，但你何嘗不是把對你好的人都當做一個替代？你永遠忘不掉那個台灣人，把誰都當做他的影子，那麼你也永遠等不到一個真正屬於你的人。」

「我忘不掉，因為我沒辦法！你說的沒錯，我把陸柏承當做他，把梁敏彥也當做他，他們都是他的影子，都是他的替代！可我有辦法嗎？我沒辦法啊⋯⋯」她的「沒辦法」幾乎要讓她歇斯底裡，不知該向誰質問。

「沒有人願意做誰的替代品，哪怕是陸柏承，他就是他自己，不代表那個人，也不代表其他任何人。你不應該這樣對待梁敏彥，對他不公平。」

「對他不公平⋯⋯對我就公平嗎⋯⋯」予善在椅子上坐下，不願看著佩嫻說話。

病房門開了，護士拿著一些文件進來，「一床今天也要出院了⋯⋯梁醫生正好你也在這兒，您看一下我這上面都寫全了吧？」

護士後面踱著步伐而進的是敏彥，還穿著白大褂，神情無所適

從，躲閃著目光。他在門外聽清了房間裡的對話，無比刺耳。

按照流程交代完了出院事項，護士便離開了。梁醫生也將出院醫囑報了一遍，轉身急著要走。予善站起身，手中不停摩挲著病床冰涼的扶手，想解釋些什麼，但直到金屬被搓熱了還是啞口無言。

「欸，敏彥⋯⋯」佩嫻叫住他，又看看她。

「多注意身體⋯⋯還有，我不是那樣的人。」不管佩嫻再怎樣試圖叫住他，還是三步並兩步地走出了病房，沉悶的腳步聲一直從走廊裡傳來。

回到昌埠小學收拾行李。夏日的村莊還是那樣明快自然，午後的蟬聲掩蓋了女生的心事。

她們來到楊家告別，全家都坐在院中樹蔭下迎接。小寶衝上來拉老師們的手，讓她們坐到小桌前吃西瓜，擺好了自己認真完成的暑假作業本給老師檢閱。楊伯焦急詢問了佩嫻的病情，得知身體無大礙總算松了口氣；秀芳去壓縮井打了甘甜的山泉水請她們喝，拿出自己寫好的欠款借條，雙手鄭重地交給佩嫻。

讀完了上面的內容，佩嫻將紙條折一折，遞回給秀芳，「就當我為我阿公幫助你們的。」秀芳又重重地將欠條塞了回來，「我爸也說了，不能白拿錢。就希望你回台灣以後別忘了我們，要多多聯繫。」

「怎麼會忘，我費了多大力氣才找到你們。」佩嫻目光溫柔，握著堂姐的手。

「梁醫生是好人，他這兩天告訴我，我可以去市裡的護理學校培訓，以後還能考護士。我拜託他再幫我問問，能不能學骨科的護理，這樣我能多照顧一下我爸的腿，說不定以後還能站起來呢，」秀芳說到此心中愉快，她看到了自己的希望，也相信父親能夠重新

站立的希望，「我對梁醫生千謝萬謝，也不知道怎麼報答，你們也幫我再轉達一下我的心意吧。還有他頭上的傷……我真是……不知道怎麼說了，你們都是好人，老天一定保佑你們。」

予善聽到關於敏彥的話，只一味地沉默。

「只要你們以後都生活得好，一切都值得，」佩嫻說完也就站起來，她們只打算稍作告別便趕回橘城，「伯父，我馬上回台灣了。昌埠是個好地方，能生在這裡其實也是一種幸福，雖然沒有很富裕，但我相信之後的生活一定會好起來，堂姐有信心，我更有信心。我阿公的心願都在這裡了結了，感謝老天讓我找到你們，你們是我的貴人。以後呢，我還希望有機會帶我的阿公親自來這裡，或者邀請你們去台灣。我們家在宜蘭，也是很美的小地方。命運就是這樣的，您說是嗎？」

楊伯使勁點頭，厚實的手掌掩面拭淚。

「你這姑娘是真的好，老林家有這樣的後代是祖上積德。你和你爺爺，還有你們台灣的全家人，都要照顧好身體，健健康康，平平安安，以後如果能見面，我心裡就更高興了。」楊伯說完就搖著輪椅去廚房，拿出滿滿一麻袋的粉乾交給她，「也不知道給你帶點什麼，你們愛吃粉乾，多帶些回去，自家曬的，好吃！」

也不多加推讓了，佩嫻接過一整袋的糧食，只剩下滿臉的淚不住地落。

回橘城的路上，秀芳傳來訊息：

> 林老師，別嫌我囉嗦，我再和你說聲「謝謝」吧。我生下來就沒人要，我爸和我爺收養我，他們的恩我是要報的。

希望你原諒我之前向你要錢的事。我心裡一直有怨。我比
不上你，有完整的一家人，有學上，有工作，而我只能想到
自己在一個窮人家的日子過得不如別人好，二十幾年都是那
麼苦。但你的好心善良，讓我看到一個人的情義可貴。我爸
把我當親生女兒，小寶也說話了，我至少還有家人的一片真
心。以後我就好好學護理，好好做一份工作，日子好壞都是
人過出來的。我們都是林家人，一家人。謝謝你，祝你一路
平安，以後再見。

　　秀芳坐在院中打完一長串的字，再次環顧自己的家鄉山林，是
熟悉的味道，也是新的味道。她收拾小寶的桌子，在他的作業本下
找到自己寫的那張欠條，還有放著三千元現金的信封……

　　臨走前，佩嫻去橘山與予善的祖父母說再見，表達感謝的同
時，將楊伯贈予的一大半粉乾留給了他們。
　　予善將她送上去上海的高鐵，如同那時自己在桃園機場的告
別，沒有一個圓滿的說辭，留下一串無法言說瞭的心思。想將自
己的忠告與祝福表達給對方，可臨別的時刻總不能成為合適的時
機，話語卡在心間，像有一股氣堵住了開口的通道，以為自己想說
的，對方都無從真正瞭解，抑或是自己也不知該如何言語。
　　唯一須多加叮囑的還是佩嫻的身體。等待進站時的話題總是圍
繞著之後的復查與養護，直到廣播通知檢票，佩嫻的身影消失在電
梯的盡頭，予善才覺得那種空虛感頓然襲來。她太厭惡面對離別的
場景，心中不捨的艱澀感覺湧上，不可抑制地開始拼命落淚。兀自
在車站坐了好久。

第五章

「我從不曾離開過你」

1.

　　人生中的第二十八個秋天還是姍姍來遲，灼熱的陽光與高溫不捨離開島嶼，把一個炎熱的夏天餘溫依舊遞給了剛回台的林佩嫻。

　　張曉風說，「我並非不醉心春天的漫柔，我並非不嚮往夏天的熾熱，只是生命應該嚴肅、應該成熟、應該神聖，就像秋天所給我們的一樣。」原來對秋天的等待，就像是對生命儀式的企盼。樹木在秋日枯黃而萎，落葉卸下一生的使命離開了枝丫，即便每一片死去的葉都無足引起片刻注目，但它們委實經歷了初生的迸發，直至歸於塵土，一遭輪回亦是圓滿。參天之樹孕育無限的生命往復，很久很久以後，當它們見過了好幾代人類的來去，才會想起自己的宿命。

　　麵店由嚴宇凡打理得有條不紊，公寓潔淨有秩，還是最熟悉的樣子。吳興街有一兩家老店鋪租了出去，年輕人在這裡開了新的早餐店與咖啡店。橘城的老巷弄也是這樣，有人守著一間店面營生一輩子，從不懼怕日復一日的枯燥單調，用熟練手藝做出的吃食，還有進進出出的新老顧客，都點亮每一日的生活盼望。只要能夠日日點亮，這份光便值得慶祝。她走在吳興街上，想起對岸的浙江小城，那些為生活而辛勤勞作的市井普通人，在任何一個地方都是可愛又給人以希望的。傍晚的台北燈火就要亮了，抬頭看見越過屋頂上方的101大樓，沉靜的墨綠色裡開始鑲嵌星星點點的光芒。她從未像現在這樣安心過。

安頓了台北的一些事，佩嫻便回了宜蘭。一切如舊。

金毛大力奔出門歡迎她回家。家中前一日剛大掃除，窗明幾淨的樓房透著興旺的生氣。爺爺心中對孫女是充滿感激的，把她當作外出征戰的功臣般迎接，喜不自勝。她帶來浙江家鄉的粉乾，爺爺湊著袋口聞著糧食的香氣，從色澤與質地上認真品評著與幾十年前的細微差異，但味道還是那個味道，這日的晚餐就是粉乾盛宴了。

父母親比往常回家得早。見到女兒，母親隱忍心中的激動，腳步鎮定的樣子去拉她的手。可她分明感受到了母親雙手的微顫，「媽你怎麼了，不舒服？」

「哪有不舒服。看見你回來我高興。回來就好。」

滿桌的家常菜，中間是一大盆爺爺親自指揮調和的涼拌粉乾，濃鬱又恰到好處的香料、佐菜與粉乾融成色香味誘人的道地美食，林家的大大小小都吃得津津有味。佩嫻說著在浙江的所見所聞，說著橘山與昌埠，林爺爺聽得滿心感慨。

母親坐在女兒身邊，吃一口，看一眼女兒，從臉上看到身上，彷彿隔了這些時日已經認不得了。

「媽，幹嘛都看我，就好好吃飯嘛。」

林媽聽女兒說話，嘴裡的飯菜還沒咽下去，就頻頻點頭答應著，鼻腔裡吸了一下又一下。

「媽，你是不是真的不舒服啊？」

「你媽就是太久沒看到你，」父親用手肘碰一下母親，打著圓場，「好啦吃飯啦，爸媽女兒都在，你像什麼樣子。」

母親又滿口答應著，埋頭一口氣吃完碗裡的粉乾。

每次回到宜蘭老家，佩嫻都要在自己的房間裡重新整理一遍舊

物，就算是從未有人動過房間的分毫，還是習慣每件物品再摸一遍看一遍，心裡便舒暢安寧。

從小到大的畫作又被翻了出來，一大疊習作裡有一半都是水田裡的裙裝少女背影。一張張揣摩過去，每次都能發現新的落腳點，色彩、形態、構圖，哪裡又有可改進的地方。正仔細研磨高中時畫就的一張，母親敲了門進來。

性格溫潤的林母輕手輕腳，在女兒身旁的床沿坐下，看到滿地的小女兒畫像，不由低下頭去。佩嫻快速收起所有畫紙塞回櫃子。

「媽，是不是找我有事？」

林母抬頭，目光落在大女兒的臉龐，一眨不眨。她深深地呼吸，壓抑著情緒。

「有什麼事就說嘛。」

「佩嫻，媽媽知道你去醫院的事……」話音一落，故作冷靜的眼裡立即落下一連串的淚。她立馬別過頭去。

之前佩嫻在浙江時，母親心裡總有著一股預感催促自己去台北看看女兒的店面與小家，她原本也是想著許久未去，正好可前往為女兒打理一番，瞭解瞭解她台北的生活近況。得知希希麵店現由嚴宇凡代為經營，母親心裡先是有了一些疑惑，再由宇凡為她開了公寓的門，她作了一些打掃，對女兒家中的一切細細觀察起來。

佩嫻房間的寫字台上堆著書本與零散的畫紙，一疊紙張之中，似乎還夾著別的檔，醫院的檔。母親心中一緊，屏住呼吸。她把這些資料都收到一起，按照日期一張張閱讀，從最初的診斷到之後的治療過程，原來自己的女兒從很久之前就開始獨自面對癌症的折磨。她雙手顫慄，不敢也不願相信眼前的一堆白紙即是事實，咬住嘴唇又看了一遍。白紙黑字，加上想起春節期間佩嫻的身體虛弱狀

態，她恨自己竟做了這樣不負責任的母親，荒唐至極。桌子被她的拳頭敲打得陣陣作響。然而最近日期的診斷顯示階段性的康復，是唯一讓她長舒一口氣的安慰。她打算暫且不打擾還在大陸的女兒，一切的彌補都等佩嫻回台後再作打算。

　　林母回到宜蘭家中，只將事情告知給了丈夫。林父默不作聲，在書房裡坐了整整一下午。

　　「媽，好啦，我現在沒事了。醫生說都康復了，幸好我治療及時。」佩嫻坐到母親身邊親昵安慰。

　　「我們做父母的，自己的小孩得了這樣的病，卻什麼都不知道，還讓小孩自己一個人去醫院做手術，自己一個人面對痛苦。爸爸媽媽知道的時候有多難受，我們恨自己是這樣的父母親，這樣不負責任的父母親，你知不知道啊佩嫻？為什麼不告訴我們呢？」母親說得激動，抑制不住。

　　「多一份擔心又有什麼用呢？我自己能應付的事，解決就好了。你看我現在不是還好嗎。」

　　「癌症被你叫做容易應付的事，那要我們做父母的人幹什麼……佩嫻，你真的不應該瞞我們的。」

　　「好啦沒事啦，我現在都好啦，這個是真的，我沒有隱瞞哦。」

　　「媽是想說，現在只有你了，只有你好，我們全家才會好。沒了一個，不能連你也……」

　　房間裡只剩下林母的啜泣，擦掉了眼淚鼻涕，又不住淌下再擦。

　　「媽，阿就是因為佩希不在了，我才不想告訴你們。我積極配合治療，希望能盡早康復，一切都恢復正常，你們也就不用受這樣的擔心，不是更好嗎？」

「可是……」

「就不要可是了。你也幫我和爸解釋一下，我不說，是真的不想讓你們為我擔心，我自己可以的。阿公阿嬤就更不要說了，我會保重身體，不會讓自己有事。」

母親只得點頭，但要求下次一同前去台北復查。

在宜蘭的平日，佩嫻都去父母的麵店幫忙。午後的空閒期間，她獨自去看望佩希。

靈骨塔內空寂一片，偶爾穿梭過去的人低著頭，聲息悄然得無可感知。

「欸，是不是你在暗中保佑我，不然我怎麼可能治療順利，還在大陸幫阿公找到親人。你是夠義氣，沒忘了我這個阿姊。

可是……有時候我卻想忘了你，這樣我就不用時時回憶起你的離開。還有一些時候，我甚至覺得去見你也不錯，我也不是沒有機會……

好啦我開玩笑而已。我先好好活著。

只是我在想啊，如果你還在的話，你是選擇留著長髮，還是剪掉呢？你還愛穿連衣裙嗎，還是又學我總穿牛仔褲？你長大了想做什麼？做一個宜蘭的中學老師還是台北辦公大樓裡的白領？啊，都不是，你應該會和爸媽一起開麵店，天天吃粉乾，然後和我一樣，為了私藏這點粉乾而不願意把它寫到菜單上。

你一定還會遇到更多的男生。有些油嘴滑舌地討好你，有些老實憨厚地跟著你，還有一些……可能是陽光正直的外科醫生，真心對待你。你選擇哪個呢？不管你選哪個，我們再也不要喜歡上同一個人。但肯定不是油嘴滑舌的那個，他最懂討你歡心，也最殘忍傷

害你。可是啊，千萬不要因為一個人就否定了其他所有人。要相信這個世界的美好，它是值得的。我們只有相信了這個事實，才能真正住進這個事實。你說是不是啦？林佩希⋯⋯

陳予善可能是真的長得和你有點像吧？她居然能讓楊廷瑋相信她就是你，以為你還在。也許她和你最相像的地方是那些善良、脆弱和敏感。如果你是她，你會推開梁敏彥嗎？如果你是我⋯⋯算了⋯⋯

我好像不太在意孤獨這件事了。因為不在意，也就感覺不到了。但我希望你不要孤單，至少我從不曾離開你，你要快樂。」

你要快樂，就像我們從前那樣，在腳踏車道一旁的荒草坡聊天說祕密。我們沒有祕密。

如今的腳踏車道被翻修得更平坦，凸出地面水平線好幾米的地勢讓視野格外廣闊。一路迎風騎行，兩旁茂密的蘆葦草偶爾探出鐵柵欄觸碰騎行人的腳踝，彷彿是雲朵之上的長路，要帶人去很遠很遠的地方。

雖然車道沿路看上去都一樣，但身體的記憶將佩嫻直接帶到小時候最愛的「祕密基地」，她們總是帶了漫畫和零食來這裡度過無憂無慮的少女時光。腳踏車放在路邊，她跨過鐵絲網重新坐在熟悉的位置上。或許是真的不在意孤獨了，此刻的她獨自坐在搖曳的草叢邊，身邊沒有清脆的談笑聲，面前也沒有赤腳踏在水田的背影，可她手掌落在土地上，還能感知到溫熱的氣息，就像是當年拂過此處的微風，包藏了彼時的笑語哀歎、愉悅惆悵，從未散去，等待她再來這裡打開時間的小包裹，重新吹過她的面頰。一切都停留在了

內心深處，小心維護了許多年。

　　直到整片的晚霞塗抹了天際，映紅了她的臉，她才意識到一日又將落幕，每個人都在這個時刻更接近一些人，一些意義。橘紅色的天空稀釋出青春的臉龐，還是絲毫未變的純真模樣，從水田裡跑過來，「姊姊等等我……」

　　她抬頭凝望在天邊踏著水花的佩希，方露出淺淺的笑。

　　書房的門半掩著，佩嫻從縫隙看見父親坐在裡面抽煙。父親從不抽煙，吸幾口就咳好幾聲。母親說，自從得知佩嫻的病情以來，他開始嘗試抽煙。

　　佩嫻推門而入，在書桌旁坐下。父親的臉被嗆人的煙霧圍繞，她也不說什麼，等他掐滅煙頭，把桌上的茶杯往他面前推了推。

　　「爸……」

　　「嗯……」

　　「我下個月去台北復診，應該沒問題的。」

　　「和你媽一起去。」

　　「好。」

　　父親又拿出一根煙，在手裡轉了轉，還是塞了回去。

　　「爸，我找到楊廷瑋了。」

　　林父抬起頭，想確認他聽到的話。

　　「他混黑幫，進監獄了。我報的警。」

　　一聲沉悶的鼻息，林父在算著他等這一天到底等了多久。早年在台灣從北跑到南的追尋無果，在這樣一個普通的日子裡聽到大女兒告知結局，心中不知是圓滿抑或落寞。那人進了監獄到底也不是因為對佩希的傷害，再怎樣罪有應得的結果，也換不來小女的死而

復生。父親沉重地點著頭，一樁心頭事了了，卻並非石頭落地的如釋重負。缺失的空洞註定都是一生跟隨的。他也只得認了。

「跟我一起去廟裡感謝神明。」林父說。

宜蘭最受人敬拜的廟宇之一是林家附近的土地公廟。佩嫻一直跟在父親身後，每一層的神明都拜過，不知父親都與神明訴說了什麼，她自己只是怔怔地看著神像，要傾訴的話語不知從何說起。父女一路無言。

離開土地廟後的心情莫名空虛。父親睡著了，母親看見她沒有精神的樣子，關切地詢問是否身體不適。

「爸去感謝神明，因為楊廷瑋終於抓住了。」

「你爸也是去為你向神明祈求健康。」

「是佩希比較重要。沒事啦，我早都習慣了。這麼久了也沒什麼不習慣。」

「你不可以這樣想。你也是親生親養的女兒，你爸為你祈求平安健康有什麼不相信的？」

「就算為我求健康，也是因為現在只有我了。如果現在佩希還在……」

「話不要這樣講！」林母不願意聽到這樣的說辭，話音重了起來。

「不講不講。我早就說我習慣了。」

母親何嘗不知道父女之間無奈的隔閡，明明是血濃於水的情感，從不言說的誤解卻無人啟齒。她去書房拿來一本厚厚的硬皮相冊，鄭重地放在佩嫻面前。內頁的透明塑膠紙將近泛黃，破損之處翻起了折角痕跡，裡面的一張張相片雖看得出陳舊久遠，但悉心的照料使上面的影像依舊乾淨清晰，每一張上面都是不同年齡的佩

嫻。只有佩嫻。

「從你出生起，你爸就愛給你拍照，特別是你每一年的生日，照片後面都有詳細的年份日期，還寫上那一年你的身高體重，上幼稚園還是國小的幾年級，擔任了什麼班級職務。佩希沒出生的時候，你就是他的掌上明珠，佩希出生了，他多少是忽視了你一些。但這並不代表他從此眼裡只有妹妹，沒有姊姊了。每年生日你們都一起過，佩希年紀小，大家關注她多一些。這些你爸心裡都清楚，一直覺得對你虧欠。他嘴上不說，但這本成長紀念冊他只為你延續下來了，本想等到你二十歲的時候作為禮物送給你，但那時候你已經到了台北，他也就沒讓你知道。

你看後面這些，你不在家的幾年，他只能去你的臉書上下載相片，洗出來繼續做相冊，每年都這樣，他現在只當做出來給自己看。因為佩希的事情，他對你開不了口，但他心裡有沒有你這個女兒，你自己說呢？」

佩嫻翻到後面，的確是自己傳到社交網路的照片，父親的字跡寫著：

> 2010年，23歲，台北某餐廳，嫻大學畢業，與四位好友聚餐慶生；
>
> 2011年，24歲，墾丁海邊，嫻與兩位好友旅遊慶生。

「你以為我們家人人都愛吃粉乾嗎？佩希最不愛吃，她就愛吃米飯，你阿嬤也是因為阿公才肯吃。但一頓飯不用做那麼多主食，我們常常只做粉乾，因為你爸說你最愛吃，佩希可以下一頓再吃米飯。你是不是從來不知道……」

她真的從來不知道。

「可是，在妹妹的事情上，爸永遠都會怪我。不會原諒我。」

「你沒有做過父母，沒辦法真正瞭解為人父母的心，」母親磨搓著手掌，「你以為你爸一直在怪你，其實他一直在怪他自己，怪自己堂堂一家之主卻沒能保護好自己的小孩。他是太自責，也無法好好面對你。但我們是你們的父母親，哪個父母親不愛自己的小孩？只是他現在不知該怎樣表達，所以佩嫻，也請你體諒你爸爸的心。」

她又從頭翻看起與自己年齡一般大的成長相冊，自己從父親手裡的繈褓嬰兒成長為獨立生活的大人，眉眼漸開的綻放伴隨著父親逐漸老去的身軀與容貌，她忽然覺得自己從未好好地認識父親，他的傷痛與憔悴，未必比自己的少。

醫院的大廳被淡淡的暖黃色包圍，柱子上垂下綠茵茵的塑膠枝條，是為患者特意營造的溫暖希望的意象。醫生，護士，病患，家屬，不同角色的人們從大廳的一邊穿梭到另一邊，腳步匆匆，形色百態，無從停歇。佩嫻坐在長椅上等待檢查結果，已經好幾個小時。視野裡來往的人群在她腦海裡被臆想成電影人物，他們正在經歷什麼，心中是忐忑悲傷還是期待未來，都在想像中被捏造成新的形象。她借此打發時間，母親則是在一旁站立不安，踱步後又停下來，用鞋子去踩每一片地磚上的空白處，小心認真地將腳步吻合地面花紋的形狀，卻又對自己細微的動作毫無意識。

時間差不多，佩嫻獨自去醫生處聽結果，她堅持要母親在原地等候。

醫生的評估顯示病情有一定程度的復發趨勢，但目前不算太嚴

重。為保險起見，接下去需要更頻繁來醫院複檢增加觀察強度，必要的時候須入院治療以穩定病情。醫生囑咐不必過於慌張，積極配合醫院就是最好的做法。

她拿著報告單站在診室門口，心情還算平靜，畢竟不是最壞的結果。

手機裡這時傳來予善的訊息：

> 佩嫻，我今天陪你的秀芳堂姐去護理學校報到了，學校不大，但教室設施還不錯。
>
> 秀芳說坐在教室裡的感覺像是另外一個世界，你沒看到她心情緊張的樣子呢，我都為她激動高興！你放心，楊伯一家現在都是好好的，你也要好好的！我過段時間去台北看你。

她在走廊的椅子上坐下，盯著訊息一直看。半晌，她去打開另一條前段時日的舊訊息，來自梁敏彥。來回切換著點擊，再看看手裡的檢查報告，陷入思忖。她回到辦公室向醫生詢問，若近期出遠門一兩週是否可行，得到了應允的答復與還是要儘快回台北的叮囑。

「那就好，他們會越來越好的。予善，我在醫院，剛剛拿到檢查結果。你要是願意的話，陪我去歐洲旅遊一圈？」

在大病檢查後想要去遙遠的地方旅行，是慶祝身體無恙的虛驚一場，還是在完成人生最後一段的心願？予善收到回復，立即詢問到底是怎樣的結果，滿腔疑慮。

「先不要問，也不要猜。你的機票吃住都由我負責，就當是陪我走一圈。決定好的話就告訴我。」

佩嫻傳完訊息，將檢查單裡情況看起來稍好的一些挑揀整理，

剩下的折好塞進包內，下樓遞給媽媽看。林母其實也不甚明白報告的術語，由女兒簡短地解釋說醫生叮囑加強觀察，暫無大礙。她再三確認女兒不是在向自己撒謊，稍鬆口氣。

予善不再追問檢查結果，既然佩嫻要求了，她就會答應。她甚至比生病的當事人更加著急，更加珍惜她的時間。

2.

她們相約直接在巴賽隆納見面。

這個城市的熱情似火散佈在街頭巷尾，日常采買的居民與拍照留念的遊客擦身而過，相視一笑，獲取同一個城市的不同滋味。她們徒步走過新老城區。錯落有秩的西班牙巷弄裡，有精緻裝點的小食店，讓她們坐在橡木桶桌前吃琳琅各色的tapas，再加一杯香氣sangria；街頭的小空地舉行公共party，年輕人被音樂吸引駐足，在這裡與不同膚色的陌生朋友一起起舞歡笑，學一句對方語言的「你好」，碰一下啤酒杯；豔陽浸沐在海水中，人們躺在沙灘上談笑看書或小睡，與伊比利亞半島的海風與陽光作伴一整個晴天；穿著紅色弗朗明哥連衣裙的小女孩躲在父親身後，羞澀地看著兩個亞洲姐姐與她打招呼，在澄澈黑亮的大眼睛裡露出好奇的微笑。

聖家堂內的夢幻設計，因過於美麗而讓仰頭欣賞的人們驚歎暈眩；高迪的巴特羅之家好像海洋裡的美人魚城堡，靜立在每一寸斑斕牆面前，都像是透過泛著波光的海水倒映出的影像，一浪一浪在眼中浮動。走在普通的樓房小街上，樹葉落到女郎露天餐食的陶瓷盤中，愛人用手輕輕拾起，放在手心裡，莞爾一笑，傾身溫柔地與

她親吻。愛情的浪漫景致被街角藝人繪製到畫紙上，身後觀賞的遊客眼露讚許，買下畫作。

這是南歐燦爛文化綿延的瑰寶之地，碧海藍天與彩色建築交融相透，從白天到黑夜，即便是最憂思悲傷的人也能在此暫且忘卻自己，活得像個西班牙人，只為一份好心情起舞。整個巴塞城市的似火熱忱、意亂情迷，點亮歐洲的嚮往與沉淪。

她們離開巴塞羅娜，乘坐小火車去了附近的錫切思小島。這裡地勢起伏，房舍、商店、教堂都建立在山坡上，騎腳踏車在小鎮穿梭，猶如坐著和緩的過山車。民宿的西班牙爺爺獨居，不會說英文，幸好有手機上的翻譯軟體，語言不通的雙方不斷向對方展示螢幕上翻譯出的文字來溝通，加上滑稽的肢體語言，常常令人捧腹而笑。

小院裡有一條年級較大的狗，因為習慣了家裡的頻頻來客，十分溫順慵懶。她們躺在院中躺椅上休憩，用中文與大狗說話嬉戲。房東爺爺在手機上打了字給她們介紹，「這是Lola，她已經十五歲了，非常非常老。我的愛人去世後，她就是我最親近的家人。」

「Lola漂亮又友好。我們都很喜歡她。」佩嫻也打著字回應。

「有她的陪伴，您便不會孤單，對嗎？」予善像孩子似的問道。

老人點點頭。「Lola是我愛人取的名字。雖然她走了，但我和Lola都很想念她，我們經常一起看她的照片，就好像她一直都住在這裡，沒有離開過。」

他便邀請女孩們一起看女主人的相片，是一位漂亮端莊的女士。Lola每次見到相片上的臉龐都會低聲叫喚。這個簡潔溫馨的小鎮房屋，似乎並不因為女主人的缺失而冷清孤寂，反而因著房東爺爺的樂觀善良，溫暖而充滿人情氣息。

女孩們想去海邊曬太陽，老人叫住她們，要她們帶上陽台上的沙灘傘，幾瓶水加麵包零食，舒服地去享受小鎮愜意自得的午後時光。

不是所有的失去都帶著悲情的。如果我們能多明白一些世間的來去，它既是無常的，也是俗常的。我們曾以為那些所愛的人事物，要緊緊看在眼裡，攢在手裡，不容一刻的缺席，甚至不容絲毫的改變。可是許許多多的人情冷暖，物是人非，被我們脆弱的內心放大了其中的痛苦，以為我們的肉體被鑿開，眼睜睜看著傷痕潰爛，直到自己深陷於此無法自拔。我們所稱的無法癒合，或許只是我們恐懼它終將癒合，因為不願接受那些離開的人，會隨著傷口的癒合而真正被忘卻。

可是他們並非想存在於傷口之中，那裡糜爛而讓人心碎。他們想化作清新的空氣、甘甜的雨水，在無聲無息之中圍繞著、陪伴著我們。他們不會被忘卻，回憶是真實存在的。彼時彼處所發生過的喜怒哀樂，擁有著自己的靈光，在時空的軌道上留下獨特的印記，閃爍永久。

如果真要永恆地留住，那就存於心間吧。

夕陽在遠處小教堂的鐘塔後漸漸落下，半隱半露的晚霞光芒也即將溶進大海，星光出來了，夜遊的人聲喧鬧起來。又是世間美滿的一天，太陽明日依舊升起。

「可能不用多久，Lola也會離我而去。但我這一生擁有過他們陪伴的快樂和幸福，已經相當滿足。我也不會孤單，我們一直都在一起。」

　　離開西班牙，下一站是羅馬。書本上、電影裡的經典場景在這裡俯首即拾。旅行二人組坐在西班牙廣場上吃霜淇淋，在許願池丟硬幣，在人民廣場餵鴿子，在聖天使橋散步，在鬥獸場走迷宮，在梵蒂岡郵局寫明信片，也在每一個普通的街角拐彎處尋找中世紀歐洲遺留下的古跡，哪怕一塊殘缺的大石也可能是曾經的宮殿一角。當然，也要品一品小杯子裡的espresso，和各式各樣的切片披薩。

　　羅馬的行程馬不停蹄，普通的沿街小樓抑或受保護的景點建築，只要用心觀察，便能聆聽一段古羅馬歷史故事。文藝復興時代遺留給世人的輝煌浪漫，盡在此城了。

　　但義大利的最終目的地還不是首都，亦不是佛羅倫斯或威尼斯，而是佩嫻筆記裡認真記錄的距離羅馬北邊一百多公裡的白露裡治奧古城（Civita di Bagnoregio）。上世紀八十年代，宮崎駿來到這個遊客稀少的山頂，看見山穀雲霧裡若隱若現的古老城堡，彷彿漂浮於雲端的仙境小島，於是便有了天才動畫大師的經典之作《天空之城》。

　　她們接近正午才出發，搖搖晃晃的小火車駛離城市，進入原野與山林交錯的地界。一個多小時後在山腳下車，有零零散散的歐洲人前來遊覽，看來並不是一個人氣火爆的景點，這倒讓佩嫻心中舒口氣。在車站買了票，等待班車帶她們上山。

　　山中氣候宜人，不冷不熱的溫度讓等待的時光都變得愜意。這裡讓人偶然想起了昌埠，背靠山而居，嚮往的是另一種緩慢的生活。她們在小賣店買了糖果，酸甜的味道與小鎮風味相宜。

　　佩嫻時不時看看時間，四處張望。又一輛小火車離開車站，月台上背著黑色背包的男生小跑起來，直到站定在她們面前。予善拿

著棒棒糖的手停了下來，糖果在嘴裡都化了，她還一時不敢確定眼裡看見的是否是他，梁敏彥。

「我沒遲到吧。」男生的神情還隨著適才奔跑的步子充滿愉悅，不停跳動閃爍。

「票買好了，拿著。」佩嫻立馬起身。友人在異國的相見甚歡，即使身邊還有個毫不知情的予善依舊愣著。

上山的車來了。他們一同坐在前後座位上，靠窗可以看見盤山公路之外的廣闊森林。熟練的司機一會兒開得飛快，有些乘客被繞得頭暈，有些在大轉彎處發出輕輕的呼聲，是頃刻的驚慌，也是驚歎腳下山林的壯觀深邃。予善坐在窗邊，目光向窗下凝望，腦海裡卻還在想著這個「驚喜」是從何時開始計畫的。

自佩嫻出院那一日，梁醫生聽到兩人的談話而去後，他們就幾乎斷了聯繫，一方不知該如何責問，另一方也無心再多解釋，予善想，如果就這樣扼殺了本就未成型的某些情感，興許也是好的結果。可是此時，在離家那麼那麼遠的義大利小鎮，他又風塵僕僕地出現在自己面前，還將一起去往期待中美麗神祕的城堡旅程，她要怎樣做到旅行的心無旁鶩。不管怎樣，她懂得佩嫻特意為自己準備的「驚喜」用心，全然是好意。

敏彥說，醫院與義大利這邊有一個醫療專案的合作，雖不是什麼重大的科研計畫，但為年輕醫生提供跨國的學習交流機會也是值得爭取的，況且他在橘城待得久了，希望換個完全不同的環境，換個心情。佩嫻也是在與他偶然的聯繫中得知的。

在山上下了車，涼風撲面而來。幾家小店鋪零散地接待著覓食的遊客，各種鳥雀撲閃於高聳的大樹之間，來自大自然的聲音蓋過

了所有人類聲響。

幾個簡單的指路牌把三人帶往山的更高處。走過山頂居民的樓前小路，繁茂盛放的各種花卉將一幢幢小屋裝點得鮮豔，這邊的房子已然精巧奪目，一轉頭，那邊的一座座義大利房舍更是五彩別致，分不出個伯仲，讓過路的人眼花繚亂。花香彌漫了羊腸小徑，還有清脆的鋼琴伴著歌聲從閣樓裡傳出，一時間，那花香與音樂都似要飄向雲朵上去，畢竟人們一抬頭，便覺得天空是那樣近在咫尺。

予善便專心欣賞沿路的美景，「住在這裡真美啊。」

走在後面的佩嫻端著相機拍照，花團錦簇應接不暇。她叫住前面正往石階上踏的兩人，拍下他們齊齊回頭的自然姿態。

半個多小時的閑情逸步，無垠的山谷赫然映入視野。走過山崖邊幾棵矮樹，起伏綿延的蒼翠山川望不到盡頭，灰紅色磚牆搭建的幾座古城城堡黏著在凸出的山頭上，隔著深深的山谷溝壑互相隔絕。山川岩石的清晰脈絡在陽光的映射下層次分明，不知它們承納風雨多少年，但一定是久遠的時間印痕。登高望遠，最遠的古城在視線內已無影蹤，但最近的那個便是Civita了。

一條長長的石橋是連接城堡與外界的唯一通道。人們從石橋向上走，進入地勢高聳的古城。最後一小段路途尤其累人，要強大的體力一直向上邁進。敏彥在前走得歡，兩個女生都開始氣喘籲籲。他蹦跳了好一會兒才想起該回身去幫幫她們，一轉頭，伸出手，兩人都在使勁抬腿，滿頭是汗。三雙眼睛碰撞，都在想，該先拉誰一把。

幾秒鐘後，敏彥一個步子向前，抓住佩嫻的手腕，予善即在原地停住腳步，直到男生拉著佩嫻走上最後一個台階。敏彥立即小跑

回予善的身邊，拿過她手裡的東西，狡黠一笑，又跑到她身後，伸出兩只手拼命地推起來。

「把我的強大功力都傳授予你！」男生邊推邊開懷地笑道。

既然有人在背後推，女生便微微向後傾著，任由他卯足全身力氣接住她，毫不費力地走完了石橋，一路盡是快樂的笑聲。

若說這是一座城，那也是相當微小且幾乎無人居住的廢城，每幢建築都古老肅穆，磚牆侵蝕的痕跡可見，但依舊靜立於斯。爬山虎擁簇著牆面，甚至鑽進了小鐵窗的一角，與廊簷下栽種的團團花朵逗弄依偎，早已成了當地人所稱「垂死之城」的守護者，年歲更迭亦不驚擾。古城的正中央是一座乳白色的小教堂，門前的空地被四周的房舍包圍，站在正中央彷彿能聽見腳步的回聲。一旁的房子開了小小的遊客商店，遊人在此寫一張明信片或喝杯咖啡歇腳。

他們踏過長著青苔的小巷，沿著小城的邊緣躂步，在這裡可以望見更遠的山穀景象，直到雲海與青山接壤之處。佩嫻在作為圍欄的矮牆前停下，想用相機拍下廣褒的全貌，奈何天地之大，不是一個鏡頭可以收攏的，只得用眼睛一幕幕觀察，存在腦海裡。予善站在她身後，從教堂那邊一路跟隨而來的小奶貓抱住她的褲腿，「咦咦」的叫得人心融化。她一蹲下，小貓便縱身跳了上來，碰碰她的袖子，還想往肩膀上爬。她索性抱著貓仔站起來，一起看風景。

Civita已有兩千五百歲，置身於此，凝望遠方，作為外來之客，又站立於時間深處的奇異體會，讓她們都在沉默中靜靜品味。敏彥還穿梭於老房子之間，饒有興味地研究著各種石制建築上的材質紋路。

「是不是覺得很偉大？」予善先是深呼吸一下，讓打破沉默的話語不顯得那麼突兀。

「嗯？喔……有點欸，能在這樣壯麗的地方看到天地相接，可能人類真的會覺得自己有點偉大。」佩嫻又按下一張相片，接著她的話。

「我是說，為我準備這個『驚喜』，是不是覺得自己挺偉大？」

佩嫻放下相機，轉過頭看著她，不說話。

「我願意陪你來歐洲，和你到每一個地方旅行我都很快樂。可是如果我知道來這裡就是為了見他，我未必想來。你有沒有問過我，我可能不需要這個『驚喜』，也不想要。」予善接著說。

「他喜歡你，你也喜歡他，何必因為一些難以過去的心理障礙丟掉這個緣分。」

「你也知道，我就是有這個障礙，我現在還沒辦法完全擺脫，你這樣硬塞過來，也不見得會有什麼好結果吧。」予善蹲下，放下手裡的小貓仔。

「給一點時間，多些相處會發現他和之前的人都不一樣，他最後會是他自己，不是誰的影子。什麼都不做，怎麼消除那個障礙呢？」

「佩嫻，我知道你是好意，全心全意的好意。可是我當初去找楊廷瑋也是這樣的好意，你不也是反對的嗎？那是你的事對吧？我不該在不過問你的情況下，在你全然不知的情況下就自作主張去找他。我不該這樣插手別人的人生決定。不是嗎？那你現在呢？」

「我不願意讓你去，是因為太危險。你一個大陸來的女生，一個人跑去幫派裡找人，你要是出點事怎麼辦？我是不願意讓你因為我的事而受傷！我氣的是你魯莽地讓自己陷入危險！」

「那你幫我準備這個『驚喜』，恐怕也是讓自己多多少少受傷

了吧？你對梁敏彥，就從未動過心？」

　　一句接一句的話語，話音一出口便落入腳下的山穀，被空氣融化之前，都印在兩個人的腦海中。四目相對，在清涼又開闊的古城邊際，顯得如此焦灼。

　　「又在胡說八道什麼！」她轉向外面，希望視野快快離開緊張的兩人距離，使勁往高遠的天際望去。

　　「你說我的心理障礙，是忘不掉他們的好，他們的不好，把後來的人當做他的替代和影子。可是……我不也是一個替代和影子嗎？你是不是也把我當做佩希，才這麼關照我。可我也不想做一個替代啊，我不是你妹妹。你知道嗎？我出生的年代，我和我的朋友們，都是獨生子女，我們不需要兄弟姐妹，我沒有姐姐，不知道有個姐姐是什麼滋味，也不需要一個姐姐。所以你把我當佩希？我不是啊，從來都不是。」

　　這些話好像是山穀那邊傳來的回音，所有空曠的境地裡只剩下這段回音，清晰又空靈，在佩嫻的耳中回蕩。她收回出了神的目光，看看話音剛落還張著口的予善，淚珠就這樣滑落下來，一行，兩行。她抬起手背輕輕遮擋住嘴，抹了抹嘴唇，像是抹掉自己欲要說出口的話。淚痕也無心去擦，轉身往房舍後面走去。

　　予善獨自站在矮牆邊，前面是偌大的一片頹敗古城山川，後面是佩嫻穿過陳年的青石板小徑離開的腳步。她腦海中又聽到自己適才說的那一番話，不禁也舉起手背，去擋了擋才平靜下來的嘴唇。

　　三個人各顧各的，分別在古城的一角遊走。予善在原地站了許久，佩嫻在小教堂門前的石階上坐著，那只小貓仔不知從哪竄了出來，跳上她的腿親昵地蹭著。

該下山了，他們從石橋往回走，氣氛靜默，梁敏彥不知所然。

小車站幾乎沒有了人煙，只剩他們三位亞洲遊客在等車。良久也不見車來，也不見人來。敏彥跑去附近的小賣店詢問車次資訊，原來最後一班下山的車已經提前五分鐘開走了，除了自駕車，今日應是沒有別的方式下山了。看著漸漸暗下的天色，著急之間，他們開始搜索附近的旅店。只能按著先前去古城的路徑尋找，那一路有許多漂亮的花園小屋，幸好有幾家正是作為民宿開放給遊客的，一人二十歐元的合理價格，就當是在古城山上享受度假的一晚。

民宿主人是一位身材胖胖的義大利婦人，約莫六七十歲的樣子。她說的義大利語有那麼一些不一樣，穿著更顯傳統，也不似城市的義大利人那樣奔放熱絡，是更少言但和藹的一位女士。他們多付了一些錢，在民宿吃了晚餐，一直看著外面的天空完全漆黑，女士點上蠟燭。山頂的風吹草動，窗外的樹影婆娑，映襯著室內的燭光搖曳，刀叉與盤子撞擊出清脆的響動，若是中國古人的雅致在此，哪怕有西方陳列的格格不入，也定要賦詩一首。

佩嫻累了，早早地洗漱完就躺上了床。予善拿著房東女士自製的乳酪小食，躡手躡腳走進房間，坐在她床邊，「乳酪吃嗎？」

她搖搖頭，「今天太累。我先睡了。」蜷了蜷身子，將眼睛閉得緊緊的。

予善端著小盤子，坐了好一會兒，輕聲走出房間。

她站在窗外的石階上，把乳酪塊往自己嘴裡送。屋前的花朵種得極美，分佈得像一幅油畫般，色彩緊挨又不顯擁擠，配色自然相合，猶如在傍晚時分變化中的霞彩，點綴了幾縷俏皮活潑的雲朵。夜晚的月光不甚明晰，但也正是因了這稍顯模糊的視覺效果，讓這

油畫在人的心中鋪展開來，飄搖動人。予善吸一口空氣中的花香，在台階上坐下，手裡拿著房東女士贈予的彩紙折起來，折出兩片紙花瓣，不過一朵完整的紙花需要六瓣拼接。

有人忽而拿走盤子裡最後一塊乳酪，是敏彥，「不可以吃獨食！」

「嚇我一跳。」

男生坐在他身邊，看著花叢的錦繡，拿過予善手中一片淡紫色紙花瓣，端詳著它的精巧。

「你記不記得高中的時候，有一次我向你要你奶奶給你做的秘制米糕？」敏彥嚼著香氣滿滿的乳酪塊，想起家鄉的米糕。

「好意思說？哪有人直接向別人討吃的？」

「我向你要，是有道理的。我有充足的理由向你要，你欠我的。」

「你才欠我呢。」

「你還記得劉琛那時候怎麼欺負你嗎？給你取外號，陳予善，陳予善，鱔魚陳，鱔魚陳。」

「快別說了，夠難聽。」

「然後上數學課的時候，他一開抽屜，一大堆蝸牛在爬，他的書包和文具上全是蝸牛，這傢伙居然怕蝸牛，當場就大叫起來，被老師好一頓罵。」

「活該被大家笑。」

「誰放的蝸牛啊？」

「不知道。反正放得好！」

「我為了抓蝸牛都滾進花壇裡去了，手上好幾天都是蝸牛的味道，」男生笑得停不下來，「你看你是不是欠我的？」

「你⋯⋯為什麼要放蝸牛給他？」

「誰讓他欺負你。我當時打不過他，只能用這方法整整他。可別嫌我慫啊。」

成片的花都擺動了起來，女生把另一片紙花瓣也遞給他，低下頭，不禁微笑起來。但隨即又覺得笑不出來了。

男生抬頭望望夜空，覺得星星都在往下掉，掉進他手心裡，掉在她髮梢上。於是他摩挲著手心，輕輕移動過去，輕輕握住她的手。她依舊低著頭，卻未曾躲開。

隔壁人家的窗內傳來悠揚的口琴聲，不知是哪一曲義大利民間小調，生生地吹慢了是夜時光。敏彥透過她垂下的髮絲看她的側臉，覺得此時的月與星都落在了她身上。

可是，予善的淚珠又滴落在他的手背，也抽回了自己的手。

「佩嫻說得沒錯。這對你不公平，我憑什麼把你當做別人的替代。你是個很好的人，不該受我的怠慢。」

「我知道你不是故意的，誰沒有一些過去的陰影。我只知道我足夠真誠，會真心對待你，我可以等你只把我當做梁敏彥。」

他又伸手，被予善躲開了。

「我沒權利要你這樣等，我也不想糟蹋你的感情和時間。這樣的壓力，我也不想有。」

「我自己願意不就可以了嗎？如果你拒絕我，我希望是因為你根本對我無意。」

「不是這樣的⋯⋯但喜不喜歡不是重點。我是個情感缺乏的人，要一份過重的安全感，弄得身邊的人很累。」

「喜不喜歡才是重點啊，唯一的重點。我⋯⋯」

「或者佩嫻⋯⋯也是個很好的女生。」她搶過了話。

小段的緘默。

「那我也不是個玩具，要被你們這樣送過來遞過去的，」敏彥
起了身，聽那口琴小調歇了下來，「早點休息。」他回房間了。

這一日第二次被拋在身後，予善抱住膝蓋，深深地將自己埋了
起來。

淅瀝的小雨從半夜開始就未停過，叫人好睡。予善慵懶地起了
床，已是將近十點，她沒叫醒佩嫻，獨自洗漱後去了客廳吃早餐。

一桌的麵包乳酪供房客享用，可偌大的客廳始終就只有予善一
個人。她嚼著麵包，隨手翻翻桌上特意放置的旅客留言本。各種國
家的語言皆有，能夠看懂的文字中，寫著對Civita的留戀，對花園
民宿的喜愛，對房東女士的讚許。最新的一頁上用中文寫著：山中
有雨，心無邪。

她還在想著這未曾署名的留言是何意，房東女士遞過來一張紙
條，說是她們同行的男生留下的。

> 予善、佩嫻：
>
> 　　不好意思，由於昨天的時間耽擱，我得先趕回羅馬參加
> 今天的工作會議。天氣轉涼，你們多加件衣服。下山一路小
> 心，有事打電話給我。
>
> 　　再見。
>
> 　　　　　　　　　　　　　　　　　　　　　梁敏彥

那麼就暫別吧。予善心中默念，可終歸是沉重的，是她自己，
三番兩次地將他人的善意與愛意推遠。

　　從二樓臥室的窗外可以看見遠處的山頭，隱約露著一些角頭輪廓，陰雨的天氣給窗戶蓋上一層稀薄的蒸汽，一切都模糊起來。臨行前，她們打算再去看一看Civita古城。

　　一人一把傘，小路被雨水浸得有些泥濘，她們花了好些時間才又走到石橋的入口。站在山崖邊，頓覺身前的世界已是另一般模樣，濃濃的雲霧彌漫在山穀的每一寸縫隙間，緩慢地遊走。最近處的Civita古城也變得若隱若現，原本就黯淡收斂的城堡色調澈底隱藏在了濃霧中，只偶爾露出一些磚牆的角落，不一會兒又不見了。

　　原來天地間的景象，昨日還是明朗可見，今日就進入了仙境般的神祕畫卷，要與人類直白的視線作區隔。因了這厚重的白色霧氣繚繞，原本不顯得那麼陡峭的山崖與岩石堆，此刻竟成了見不到底的深淵山穀，彷彿這一層是杳無人煙的雲端，再往下或許才是人間煙火。

　　連石橋都隱沒在雲霧中，她們也不打算再過一遍橋。小雨依舊下著，細密的雨水溫潤如線，飄在臉上手上是柔軟的感覺，微微涼意沁入皮膚。

　　佩嫻看得出神，予善見她打了個寒噤，忙脫下自己的外套要遞過去。佩嫻推了回去，「你穿著。我一點都不冷。」

　　離開山崖之前，予善在她們站立的欄杆旁撿到淡紫色的紙花瓣，細雨已為它褪去了些許色澤。她撿起花瓣，抹掉上面的泥點，握進手心，放進口袋。花瓣掉落的位置，旁邊是一雙深深的球鞋腳印。

　　義大利之行結束，她們在同一天各自飛回台北與上海。

　　又是漫長的十幾小時飛行，予善在來的一程中已發作得厲害，回上海的航班她已然感到身心俱疲。起飛之時連服兩顆安眠藥，本

希望能麻痺自己幾小時，沒想到恐懼感過於強烈，連藥物都沒能讓她鎮定。她腦海裡亂糟糟的一團思緒，每次飛機遇到氣流顛動，她都止不住自己的眼淚簌簌地流，全身緊張地抖動。為了掩飾自己的怪異，只得用手拼命搗住臉，又想去按住腿，整個人手足無措。

那麼，到底在恐懼什麼？

3.

台北也下起了雨。潮濕的季節又來了，對每個台北人來說都是如此習以為常，老一輩的人還會用樟腦丸，其他人買了除濕袋放在家中的角角落落。嚴宇凡為佩嫻的公寓作了認真的打掃，特別是那些容易受潮的畫作，是佩嫻特意囑咐的。她心有餘力不足，在母親的強烈要求下，住進了醫院。

病情確實往復發的方向發展了。醫生說這也是乳腺癌治療過程的一個常見可能性，也許要考慮化療。佩嫻說等一等，再觀察觀察。

母親急壞了，抽空回了宜蘭與林父一起商量，決定店裡再雇些員工，兩人輪流來台北照看女兒，且不由得佩嫻拒絕分說，事情即是這樣安排了。

林父的第一次輪班有些淩亂，摸清醫院與病房的陳設並不是難事，為女兒端飯送水，坐在病床前的獨處才是他不熟悉的事，他只得時刻找事做，忙碌起來才不至於讓彼此陷入尷尬。買了水果，打了熱水，四周張望摸索著，又拿起抹布準備擦一旁的窗玻璃。

「爸，病房的窗戶有什麼可擦的？你就坐下休息。或者你回我家睡一覺。我在這裡沒事的。」佩嫻的視線就一直跟著父親不停歇

的身影，直到她實在看不下去他擦窗戶的辛勞。

「也好，」父親停下手，「我回去給你做點粉乾晚上吃。」

傍晚之前的時光讓父女都感到輕鬆不少，佩嫻可以舒心地睡一覺，林父也能夠自在地躺到公寓沙發上小憩，再展開手腳，自在地下個廚，。

滿滿一盒湯粉乾，一盒炒粉乾準時送到醫院。林父掐準時間，打開飯盒的時候還是熱氣騰騰的。都香噴噴的，吃哪一盒呢？乾脆混合著來吧。佩嫻正準備夾起一把炒粉乾往另一邊的湯裡送，立馬被父親叫了停。

「欸欸欸，怎麼能這麼倒呢？吃了這麼多年粉乾，這點經驗還沒有。你要都想吃，就一邊吃一些，剩下的給爸吃。」他把兩個飯盒齊齊整整地為女兒擺好，筷子遞過去，又拿出一個橘子剝起來，「吃完晚飯吃水果。」

「剩下的給爸吃……」這句話掉進了心坎裡，上一次聽到，似乎還是念小學的時候。

「快吃啦，都涼了……燙嗎？不燙吧……」父親見她還未動筷，催了一句。

「爸，你做的粉乾……是比媽做的好吃欸。」

「我的手藝都是你阿公教的，我再教給你媽，你媽可能沒學到家。」他說著「呵呵」地笑了起來，一笑，皺紋就更深了。

「爸，你手臂上那個疤，到底怎麼弄的，好像在我很小的時候就有了。一直沒問過你。」她嚼著口中的食物，總想多叫父親幾聲，沒什麼說的，也要找些說的。

「你說這個啊，」林父舉舉手臂，想起從前的事，覺得有趣便來了興致，「你一歲的時候，還是兩歲的時候吧，總生病，我和你

媽經常抱著你跑醫院。你又特別嬌嫩，打針吃藥時候的哭聲啊，整個醫院都能聽見。你媽心疼，陪著你一起掉眼淚。有一次來了個新護士給你抽血還是打點滴吧，記不清了，反正怎麼都找不到你的血管，硬生生戳了好幾針都不行，你哭得整張臉通紅。我看著你手上那幾個冤枉的針眼哦，一衝動，拎起那護士就是一頓大罵。」

「爸，人家護士是女生欸？」

「是啊，所以不得了了。護士叫起來，旁邊的病人也叫起來，幾個保全衝進來就把我往牆上往地上按，我就和他們打起來。他們人太多啊，我沒打贏，手上這裡還受了傷。那他們按住了我，就把我架出了醫院，不准我再進去。我就只好一直站在外面的花壇上，踮腳尖扒窗戶看著你和你媽。」

橘子剝好了兩個，放在紙巾上。原來爸爸一口氣講這麼多話，說一個故事，是這樣親近和氣的人。小時候的爸爸像是出走了，現在忽然回來了。佩嫻從不知道這個往事，只是現在想來，父親被人趕出去扒在窗戶上的模樣叫她心酸，一滴淚悄悄落進了粉乾裡，可父親自己倒是說完後不停地自嘲自笑起來。

「爸知道自己是個粗人啦，文化不高，也不知道怎麼說話，所以希望把你們兩個都栽培成知書達理的人。爸想和你說，妹妹剛走的時候，我是怨過你，可是我也很快想明白這事情不可以怨你，你和妹妹感情那麼好，你心裡的痛不比我們做父母的少。這些年你受委屈，或者從妹妹出生你就開始受委屈，希望你不要怪我。手心手背都是肉，你性格要強，妹妹弱一點，有時候我們大人就多顧她一些，但不是因為不愛你。有什麼讓你心裡不好受的，你原諒……」

「什麼怪不怪的啦，沒有那些事。」

「佩嫻，一定要治好這個病，以後日子還長。妹妹無福享受，

但你還有大把的好人生要過，一定要好起來，一定會好起來。」他哽咽起來。

「我一定會的，你和媽都不要擔心。」

林父從包裡拿出佩嫻的成長相冊，一邊收拾著吃剩的粉乾，一邊擺到女兒面前。

佩嫻又從第一頁開始翻起，存了二十幾年的禮物，林父交到她手中。

最後還剩了好多頁的空白，她從自己的記事本裡拿出許多年前拍的全家福放了進去，那時的佩希還青澀純真，笑意盎然地依偎在父親身旁。

他看得入神，當年的一家人其樂融融，生活順遂。陰霾已經沉積在內心多年，既然楊廷瑋已經進了監牢，那便希望剩下的一家大小從此平安喜樂。他也掏出皮夾裡的老相片，是姐妹二人的中學照，對比起來，女兒們十幾歲的樣子是他懷念的。

「誰比較漂亮？」佩嫻指著相片中的自己與佩希。

「你媽比較漂亮啦。」

第一次化療之後身體不夠適應，出現了諸多的副作用。整個人時常坐也不是，躺也不是，忍受了好一段時間。好在情況漸漸趨於穩定，醫生的出院測評也達標了。佩嫻想回吳興街住幾日，便讓父母都回宜蘭了。

她開始想念從前坐在客廳長時間畫畫的日子。畫板擺在窗前，面對著外面起伏排列的屋頂，麻雀停在電線杆上嘰喳交談，不知說了什麼忽而就有一只飛走了。這樣的吳興街真是令人想念，下雨或晴天，她的畫紙總能夠在最好的狀態下被填滿。可是吳興街從來都

沒變過，是世事在變。

　　今日陰天，今日不畫少女的背影了。阿公拄著拐杖走在水田邊的水泥路上，一年比一年更佝僂了。和他散步，也得一年比一年更放慢腳步地等他，他的背影那樣遲緩，你想等他，也想讓他等等你；阿嬤總是跟在阿公身邊，對他嘮叨這，嘮叨那，一只手攬著阿公，一只手對他上下左右指手畫腳，她的背影始終黏著阿公，她一輩子的相伴。母親操持家務熟練得當，已然五十幾歲的賢妻良母有了白頭髮，她的背影低著頭，即便落淚，也瞧不見；父親話少，按他自己說的，應當就是個粗人模樣，他要頂起一個家，他的背影挺得勞累，彷彿長滿了老繭。

　　她的腦海裡輪轉著好多人，撥動一幀，就是一段回憶。回憶有滋有味，叫人一會兒笑，一會兒哭。她才二十八歲，還不足以稱得上「漫長的一生」。

　　過了幾日，嚴宇凡開車送她回宜蘭。他第一次去宜蘭林家，買了自己能想到的所有拜訪禮裝滿後備箱，心滿意足，又一路緊張。

　　只多了一個人，整個房子就熱鬧得像多了好幾桌酒席。嚴宇凡從後備箱搬了兩三趟，才清空了這整車大包小包的吃穿用品，沙發和茶几被堆滿，像過年一般。他極其有禮地應對著林家人的熱情招待，這種被當做重要客人的感覺，他竟一時感動得手忙腳亂。佩嫻在一旁看著，從頭到尾都由著他的心意，一句也未過問反對。

　　她沒說，但長輩們都將他當做了未來女婿般招待，心中喜不自勝。她親自下廚，嚴宇凡打著下手，忙前忙後做了一整桌的飯菜給全家人。豐盛的飯桌上，大家都誇食物可口，林爺爺催嚴宇凡多吃菜，林父與他碰杯飲酒。林母小心地問著他的年齡與工作情況，還

未等對方回答，又急急地擺手，「我就隨便問問，你們喝酒吃菜，吃菜。」

「宇凡是我店裡的合夥人，他幫我麵店經營得很好。」佩嫻回應。

「是合夥人哦？我原先只是以為來幫忙。好好好，一起管麵店，一起管更好啦。」林母心中的直觀推測，合夥麵店便是成為一家人的前奏。這樣儒雅真誠的男人，對生了病的女兒來說，再好不過了。

林奶奶離席，從房間拿了兩個小盒子回到餐桌。一個銀制的女士首飾盒打開，老人用手絹覆蓋著取出一支翠玉鐲子。

「這個給你的。我們佩嫻長大了，以後要做漂漂亮亮的女人，有個和和美美的家。阿嬤存很久的，你戴上最好看。」林奶奶將玉鐲鄭重遞給孫女，笑臉盈盈。

「那這個給宇凡的。幾十年前上海生產的，現在還走得准。就是你不要嫌棄這老古董，比不上你們年輕人的時髦。」林爺爺笑著從另一個盒子裡取出一塊老手錶，上海牌，由小三通初期時代流入台灣，極有價值的收藏品。

嚴宇凡頃刻間掉了手中的筷子，慌亂地擦了擦手，從椅子上站起來。他又搓著手，不敢真的去接，一個勁地點頭表示盛情難領，眼望著佩嫻。

「阿公給你，你就拿著好了。」佩嫻首肯。

他戰戰兢兢接過手錶，對林家人再三感謝。

「這個手錶貴重，我受之有愧。佩嫻在台北我會照顧好，請大家放心。」

家人都笑了，請他趕快坐下。

「不止台北啦，在哪裡都一樣啊。」祖父母心中歡喜。

只有佩嫻自顧吃著飯，不說什麼，只附和著笑兩聲。她眼中與耳中盡是阿公阿嬤的喜樂，可是他們對一切都不知情，或許也不該知情。她矛盾的是，此時讓老人這樣滿足快樂，如若自己最終無法保全，那麼帶給老人的又將是什麼？殘忍，不孝，皆是心中不忍，但無能為力。

傍晚兩人出門散步。嚴宇凡第一次感受宜蘭的涼夜月光，可真正讓他愉快的，是與佩嫻並肩走在她家鄉的小路上，這樣自然無憂。

「原來你就是在這樣的地方長大。」

「這樣的地方，是什麼樣的地方？」

「靠一雙腳就可以走到很多地方的地方，但就是不覺得累。」

「怎麼不會累？」

「一路上都是你熟悉的東西啊，田野和房子，還有土地廟，走到哪裡都離家不遠，也就不覺得累。」

「你是在作詩哦……」佩嫻開著玩笑。

嚴宇凡從外套內側掏出裝著手錶的小盒子，遞到她面前。

「幹嘛？」

「還給你啊。不會真的要送給我吧？價值不菲欸。」

佩嫻未伸手，她沒有想過他會事後歸還，畢竟這不是他們串通好的戲碼，一切都發生得那樣理所當然，她原本是打算就這樣糊塗默認的。宇凡見她沉默，便一把塞了過來，要她拿好。

「無功不受祿啦。給我一點宜蘭特產我還是會接受的，但古董手錶，得還給你。」

她被動地拿過盒子。「無功不受祿」，可她總覺得，他怎會沒

有功勞。

　　嚴宇凡第二日便回了台北，麵店還得有人打理。等到佩嫻想回台北了，他又驅車來接她回去。

　　吳興街的公寓門一打開，就聽得出家中有人。佩嫻原想著是否宇凡請了人打掃公寓，還沒問出口，房間裡蹦出個人。

　　「你怎麼來了？」她對著陳予善吃驚。

　　「我都在我房間住了兩天了，你才回來，」予善隨即又從笑臉轉向了哭腔，「你化療了是不是？疼嗎？疼不疼？」

　　「本來不疼，但被你一哭，覺得好像應該疼一下才合理。」佩嫻在沙發上坐下。

　　在意大利發生的爭執都煙消雲散了，至少在予善收到嚴宇凡關於佩嫻開始作化療的消息後，她瞬間覺得一切都不如佩嫻的身體重要。回想在Civita城牆對一個病人所說的那些話，她懊悔，也不再提及有關梁敏彥的隻言片語。

　　原來台北是這樣的。信義區寬闊的馬路上，匆匆上下班的人群踩著前面人的腳步，不抬頭不停留，但是轉入街角後的巷子裡，會看見有人蹲在牆邊餵食流浪的小貓；黃昏的紅綠燈前停下一整片機車大軍，一齊抬頭，欣賞前方從高樓的空隙中照射過來的夕陽光，頭盔下的每一張臉都緋紅一片；夜晚商業區的霓虹燈下，年輕的男生在空地拉小提琴，周圍眾人佇立觀賞，而他只閉眼演奏，只為人海裡那個專程來看他的洋裝少女盡情忘我。

　　她眼裡的台北，是宜蘭的背面，有著更高的分貝，被切割的天際線，是一個大到能夠隱藏她的不安與無措的城市。

她眼裡的台北，是散落在世界版圖島嶼上的可愛之地，她可以以相似的長相與話語混入這裡的生活，實踐自己無可擯棄的自由。

她們一起走過各自心中的台北。東區的街道上滿是小資或溫馨的咖啡店，門前的欄杆上爬滿淡黃色的月季，穿著時尚的年輕男女坐在一邊的吧台椅上互相拍照、談天說地。予善說這讓她想起上海的老租界，梧桐樹下的洋樓小館，也是這樣安安靜靜地迎接客人，或是橘城的老街門店，主人成天都在擺弄花花草草。大稻埕的騎樓下，海鮮食雜店飄著鹹鹹的氣味，佩嫻向予善介紹她不常見的海類乾貨，還有台灣的糕點小吃，桂花糕，黑糖糕，松糕，每家店門前都擺得滿滿當當，人在騎樓下得側著身子扭動向前行走。城隍廟裡的人虔誠祈福，他們口中念著生辰八字，祈求與那個心儀的人有段姻緣，從側門走出不忘喝一杯平安茶，方感圓滿。

旅遊指南上寫著，到台灣一定要騎一次機車，馳騁在台北的大道上，體驗一次台灣偶像劇的青春歲月。佩嫻騎著機車就這樣帶著予善漫無目的地遊蕩，機車的雜訊回蕩在隧道中，被她們的喊叫聲蓋過，她坐在佩嫻身後，好像要在台北飛向天空。

「台！北！我！愛！你！」

這樣的「我愛你」說得暢快又輕鬆。

佩嫻在人少的道路上又加快了速度。予善安靜下來，在後座上用雙手緊緊抱著她，耳邊只有風的呼嘯聲，佩嫻瑣碎地說著什麼，她也聽不見。

她想起小時候在農村的時光，奶奶弄來一輛鐵質的小孩車，她兩條腿飛快地蹬啊蹬，決心要騎過山頭的所有人家門前得意亮相，奶奶在旁邊走一步，就得等她的小車好半天，陪著她到日落西山，

回家吃飯；再長大一些，她坐在媽媽的舊自行車後座去菜市場，每次都要想該橫著坐還是跨著坐，一騎到上坡地帶，她就稍微抬起屁股，以為這樣可以減輕自己在車後座的重量，心中默默加把勁，聽到媽媽說，「有上坡就有下坡，沒有上坡怎麼會有下坡」，然後到了市場給她買時下流行的彩色頭繩與髮夾，再加一袋雲片糕，她心中就美滋滋的；再長大一些，她可以跟著爸爸的客運車出城了，她坐在駕駛室旁邊的引擎蓋上呆呆地看著爸爸，看著他嫻熟地開車，倒車，招呼上車的乘客，心中的自豪全都寫在臉上，可惜爸爸開車十分專注，停車後才看到她傻笑的樣子，遞給她今日出車買的生日禮物；後來，她去異國念書了，假期與好友去了瑞典西邊的離島露營，乘著斯堪的納維亞半島的海風與日光，在小島的青草路上騎腳踏車，笑得像風吹了鈴鐺；回國在上海，那個愛騎機車的他在清晨載她去閔行區的台灣小餐廳吃台式早餐，再送她去地鐵站，晚上又接她回家，他的機車後座穩穩的，總是忘記戴頭盔；同樣的場景又出現在後來的台北，陸柏承的偉士機車帶她東遊西逛，可是她總有一些從前的錯覺。

此刻在佩嫻的機車後座，她睜開眼睛抬起頭，從左邊大廈的反光玻璃看到右邊往後延伸的一整排電線，再望見後視鏡裡的佩嫻的臉，目光直直地射向前方，她忽然覺得世界都落在了此時此地。此刻在，就好，真好。

佩嫻在家睡了好久好久，予善想去敲門喊她吃東西，也不知該不該叫醒她，只一味在廚房煮著一把把從家鄉帶來的粉乾。衛生間傳來佩嫻洗漱的聲音，她加快烹飪速度，一碗加滿料的湯粉乾端上餐桌時，裡間傳來重重的摔倒聲，盥洗用品碎裂了一地……

救護車帶走了佩嫻。這日天氣晴好，亮著信號燈的車子駛離吳興街，豔陽也未曾改變絲毫。

林母林父很快從宜蘭趕來了，胸口提著一口氣，都不說話。

這間病房更白淨，天花板、牆壁、地面都是煞白的顏色，有光照進來的時候更是慘白一片。各種高端的醫療器械直直地立在周圍，用電線導管互相聯結，也從各個方位牽住佩嫻的身體。她醒過來了，慢慢看清並瞭解了四周的環境，彷彿自己像一個脆弱的初生嬰兒躺在凹陷進去的床鋪裡，不准起身，也無力起身，一舉一動有儀器們監視著。她下意識笑了，原來自己還是醒來了。直直地望著天花板，她腦中浮現出一些場景，從前的佩希也是這樣躺著，她們的視角重疊了。

一身白大褂的醫生走過來，檢查擺弄著機器。白色的身影飄動在病房裡，真的只像個影子。她有一瞬間以為那是梁敏彥，下一秒馬上回到現實，莫名地笑了。

「什麼事這麼好笑？」醫生湊過來和藹地說。

「做了個夢。」她閉上眼，稍稍歪過頭，被醫生一問，更是一臉笑意。

加護病房無法讓家屬隨時探視，但好在佩嫻醒來了，熟悉她病情的醫生做了更周密的治療計畫，這一次是要在醫院住上更久了。父母親稍松了口氣，但往後的漫長時間，唯有等待。

予善日日待在醫院，好像只要自己守著，佩嫻就能在原地寸步不離。

情況穩定下來便回到了原來的病房，予善將照顧佩嫻當成自己

的工作，每天的日程便是研究營養飲食，在家做好了帶來醫院，看
著佩嫻吃下去，再監督她定時定量吃藥，吃水果，散步。化療的副
作用逐漸明顯，頭暈嘔吐的折磨下，佩嫻的脾氣偶爾也會煩躁起
來，她不希望予善時時陪在病房裡，不想她因為自己的狼狽犧牲了
時間與精力，更不想她忍受自己突如其來的暴躁。每當她帶著壞情
緒說話時，予善便緘默不言，退到走廊裡讓她冷靜，或是去外面走
一圈，覺得時間差不多了就回來，先在門口往裡面望一眼，有時是
佩嫻睡著了，有時也是到了該準備吃藥的時間，她又開始前前後後
的忙碌。她心想，如果不來醫院，她又能去哪裡。

　　醫院的時光畢竟是枯燥的。予善從家裡拿來繪畫的工具和書，
給佩嫻消磨時光。佩嫻的不適反應消褪了些，也漸漸習慣了予善的
每日照護，不再說讓她別來的話了。她早起對著窗戶畫畫，窗外沒
有站著麻雀的電線，但能夠看到台北更廣闊的景致，耳朵裡聽著周
傑倫的〈七裡香〉依舊唱著「窗外的麻雀，在電線杆上多嘴」；予
善比她更瞭解她自己的一切狀況，病情的進展、治療的注意事項，
包括每日每時該做什麼，還為她準備了作畫的小桌子，放滿顏料和
筆，為了方便收拾，墊了一大塊塑膠布在地上和牆面上。她空閒時
就坐在佩嫻身邊，背靠著窗台看書，時而瞥一眼今天的新畫作，為
她數著這是醫院作品的第幾張。

　　隔壁病床是一對夫婦，說自己是和藝術家成了鄰居。可不是
麼，林海音說宜蘭出藝術家，佩嫻大概就是她寫的「宜蘭街上的少
年」。

　　「原來化療真的會掉頭髮。」佩嫻的指縫裡又是幾束新落的髮
絲，放到一旁，再往頭上摸一摸，整個頭皮都開始稀疏了，她心裡
隱隱地發慌、不悅。

予善將她落下的頭髮都收進一個袋子裡。

「沒事啦，用假髮還能有更多百變髮型。我陪你剃光頭。」

「你開玩笑的吧？」

「我沒有開玩笑，電影裡也是這樣啊，真正的好朋友就是敢一起剃光頭，」予善封好口袋，「還會長的啦。」

「無聊，兩個滷蛋頭好醜。」

「醜也要一起醜！我還省了洗髮精。」

予善聽起來已經主意篤定，佩嫻看著她一頭的長髮，沉默了半晌。

「欸，和你說件事，」她小聲地將予善叫到自己身邊坐下，語氣低沉起來，「和我一起變光頭不是我真正在意的事。你要是有空，可以幫我選一下照片。」

「什麼照片？」

「人走了，不都要放一張照片……」

「這種玩笑不要開。」予善露出厭惡的神情，不願在佩嫻身邊繼續這樣的對話，起身走開。

「你不要聽到這個就激動嘛……我是說，誰也不知道之後會怎樣……我有想過，與其萬一到時候什麼都來不及做，不如早些都準備好。」她話語低緩，隨即去抽屜裡拿出一張折疊好的紙遞給予善。

紙條上的標題是「告別清單」，用數字編好了一系列待做任務。予善只看了這四個字，瞟過一眼下面的一二三四，便胡亂地用力將紙條重新折起，扔回抽屜。

「林佩嫻，說真的，我每天在這裡陪你，真的不是為了陪你選什麼照片，還有這什麼鬼的『告別事項』，莫名奇妙！我想讓你早點離開這裡，帶我去台灣其他地方晃一晃，花蓮嘉義雲林我都沒去過，台

東台南台中我也沒去過，要是有台西我也想去啊。你欠我很多逛台灣的時間，到底要不要補償？還要我選照片，選什麼照片啦！」

　　她像是受了莫大的委屈，對佩嫻歎著氣，大步離開病房。佩嫻拿出紙條自己又看了一遍，捏在手心裡。

　　她們未再提及這件事。住在醫院的生活竟慢慢成為了日常，吳興街與醫院之間成為予善最熟悉的環境，水果食材店的老闆見到她就熱情地喊「陳小姐」，藥店的櫃員總是知道她採購的藥品和時間點。林家父母輪流來台北看護，她總是體諒他們還要回宜蘭顧店，便自己攬下所有繁瑣的事，不忙碌時就在網路上給人上英語課或者做一些翻譯工作。嚴宇凡稍空一些也來醫院，他們一起出去散步，說一說麵店的近況。

　　一日傍晚，予善同嚴宇凡一起去附近采買生活用品，路過琳琅滿目的文具商店不自覺走了進去。各種繪畫工具像引誘小孩的彩色糖果，把不擅畫畫的人都吸引得捨不得離開。予善挑了一些佩嫻常用的用具往購物籃裡放，不常用的也拿在手裡不停揣摩，時不時向嚴宇凡要個建議，問佩嫻有無可能用得到。

　　「這個不需要，還有這個，她從來不用的。」宇凡從購物籃裡拿了幾樣出來，放回架子上，「這個也暫時不需要，先放回去吧。」

　　「這個牌子的畫筆不是她常用的嗎？她現在天天畫，很快就舊了。」予善說著又把那一盒畫筆搶了回來。

　　「真的不需要那麼多。」宇凡接過盒子塞回架子，就推著予善往外走。

　　予善甩開他的手，「為什麼不需要？她一直都要畫下去，這些就一定用得到啊。」不容分說，轉身又去拿。

「她到底還能畫多久啊……」宇凡對著予善的背影沉悶地發問。

「你這樣說是什麼意思？在我聽來就像詛咒一樣。她不是你在意的人嗎？這樣的話你怎麼說得出口？我們每天這樣努力不是為了她早點出院嗎？怎麼你們都這樣，覺得她的命就這麼脆弱？我每天都在跟進她的病情，現在都是穩定狀態，很快就會好起來，你們到底是在悲觀什麼啊！」她說著又要多拿一些工具放進籃子。

「你只願意關注那些你想聽到的訊息……算了，你要拿就拿好了。」

「嚴宇凡我真的搞不懂你，我們不應該是期盼她早點好起來嗎？為什麼總是說那些洩氣的話？這個病不是沒有治好的可能，我們現在都是有希望的啊，多鼓勵她，多讓她做一些開心的事你不懂嗎？虧你說得出這麼殘忍難聽的話。」

宇凡不再回應，跟著她一起去結賬。

他們一前一後走在回醫院的路上，予善從櫥窗玻璃上看到自己焦慮的臉龐，心裡使勁地說，嚴宇凡太悲觀，說的話太沒道理，太胡說八道。

腳步不知為何遲疑起來，她總想回頭問問嚴宇凡為什麼要這樣說，有什麼根據，可是心中憂慮讓她身體緊張，不知怎的整個人都開始搖晃。

她才意識到，這不是她自己的身體抖動，是整個城市在晃動。地震了。

生長在江浙地區的予善第一次經歷真實的地震，一時間不由自主抬起了手，立在原地驚慌失措，而周圍的台灣居民則鎮定得多，放慢腳步，等待地震過去。以為是平日裡都能經歷到的震感，眾人往室外的空地走去，細細感知著地震強度，以經驗來觀察該作何處

置。宇凡也帶著予善往空曠處走去，一面安慰她這沒什麼可怕的。

而這一次的搖晃卻一直持續著，彷彿還有愈加強烈的趨勢。路上的物件開始擺動，輕巧的東西跳了幾下就打翻了，低樓層的商戶與住戶開始魚貫跑出，向空地聚集。人們面面相覷，像是彼此在說「這次怎麼回事」……

有人發出驚慌的叫聲，讓其他人心弦緊繃。宇凡護住予善，看著晃動的周遭，目光停留在不遠處的醫院大樓。他安撫予善在原地別動，隨即拔腿向那邊跑去。眾人看著逆向奔跑的身影，露出無奈的神情。

他使勁維持自己的腳步平穩，連自己都感知不到速度有多快，在暈眩中好似雙腿要飛起來。此時的予善才反應過來，佩嫻還獨自留在五樓的病房輸液。雖然對地震處理沒有絲毫經驗，但嘈雜聲中，她的大腦只有一個訊號，跟上嚴宇凡去救佩嫻。

宇凡的一只腳馬上要踏入樓層地面時，地震停止了。他沒有注意，只拼命地往樓梯上一層層飛奔。病人們由醫護人員指引著躲在屋內的角落或床下，但病房走廊餘悸未了，充斥著慌張的聲響，地面上散落著醫療用具，像是經歷了一場自然的浩劫。他衝進病房，佩嫻的床邊是摔碎的瓶子和液體，針頭與導管流落一地，不見人影。四下找尋，原是佩嫻拔掉自己的輸液管，跌跌撞撞躲進了洗手間。彼時有護士跑進來，準備帶領病人們找地方躲避，地震強烈起來，她與隔壁床的一家就近鑽到床下，而佩嫻一個人在洗手間倍感虛弱，隨著一陣搖晃撞到水台上，昏迷過去。

予善跑回病房的時候，宇凡已經退了出來。他將佩嫻抱上床後，護士和醫生就進門搶救了。一走廊的狼狽還未到收拾的時候，受了傷或驚嚇的患者們都需要醫護人員的幫助，兩人只得先坐在門

外守候，也好先讓自己平靜下來。

　　走廊盡頭的舊窗戶碎了，窗台下的玻璃碎片還蒙著灰塵，朦朧倒映著窗外的景象。予善死死地盯著看，卻模糊了雙眼，總覺得世界還在顫抖，玻璃還在發出叮噹的撞擊聲響。她下意識地扶住背後的牆面，不敢移動雙腳，耳朵裡斷續傳來病房醫生的操作指令。她埋頭啜泣，只在自己的臂彎裡聽到綿延的回聲。

　　又是一次慶倖，佩嫻頭上的傷口被包紮好，待她睡眠休息之後應無大礙。予善坐在病床前，久久不動彈。她彷彿在佩嫻的睡去與醒來之間等待了很多回，在命運前的無助也多少消磨了人的耐心，可是又能做什麼呢？唯有等待。

　　地震事件已過去好多天。震源在台灣東部地區，災情嚴重的鄉鎮有房屋倒塌，多人被埋在廢墟之下，多數已罹難。台北震感強烈，但索性並無人員傷亡，少量的物品損失已不值得一提。人們在電視上看到台灣的這次地震報導，都紛紛分享自己的驚險經歷。予善避免看這些每日的災情追蹤，她心中後怕；佩嫻卻是毫無避諱，她說這能提醒自己還活著。

　　「也許這幾日還會有地震吧。」予善依舊充滿了顧慮。

　　「據經驗來看，已經過去這麼多天，餘震應該不會有了。」佩嫻還在低頭看著手機螢幕上的新聞。

　　「別看了。」

　　「不看新聞不代表事情沒有發生。該來什麼，就面對什麼咯。」

　　她們對視著，向彼此傳遞著不同的觀念，避免負面訊息的接收或是繼續瞭解親身經歷的災害有多嚴重，都有各自的理由。予善不再干涉，她想到地震的那幾分鐘，若是樓房真的倒塌，或是那下撞

擊再沉重一些，又或是哪怕沒有地震，僅僅是在她外出採購的時間
裡，佩嫻就那樣忽然倒下，再也醒不過來……

她又莫名地慌張起來，將椅子湊近床邊拉了拉，打開抽屜拿出
那張折了好幾遍的「告別清單」。如果將來還有任何意外來臨，現
在把該做的事、該說的話都交代完，也許會好過突然之間的一切都
來不及。她心裡壓抑著矛盾與不情願，一行一行往下看。

佩嫻拿下頭上的假髮放在一邊，握住予善的手，滿臉盡是溫柔
的笑容凝望她。

「予善，你和佩希是有些像，可是你還是陳予善，走過那麼多
地方，收集那麼多故事和人生的經歷。而佩希永遠都在宜蘭，在很
小的世界裡度過自己的喜怒哀樂，不過我相信她大多數的時間還是
快樂的，因為我們每個人都愛她。她經歷過的痛苦可能就是離開前
那最後一次，現在的她，應該是快樂的，沒有痛苦的。但是你還有
更長的人生要走，更大的世界去看，以後一定還會遇到挫折或傷
害，我明白你內心的各種恐懼和傷痕，但你還是要學會去治癒自
己，去面對將來的各種可能。有人陪伴當然是最好的，但也要學會
面對任何不得不發生的告別。人生可能就是這樣，你的列車總有人
上，還有人下，對吧？

我們並不是要強行插手別人的人生，而是因為我希望你快樂，
我願意在你人生中留下一筆，讓你在今後的路上努力行走的時候，
記得有個人那麼在乎你。

我沒有把你當做佩希的影子，你是我很重要的朋友。你比她幸
運，也一定會擁有更好的人生。這張清單裡很多事我本來可以自己
做，但我希望，你可以和我一起，學會告別。好嗎？」

　　按照囑託，家裡的電鋼琴被予善放到了社交媒體上出售。父母帶著小孩上門來試音，覺得滿意就當場搬走了。她還記得自己第一次坐到這架鋼琴面前彈李叔同的《送別》，光線裡飄揚著細碎的塵粒，佩嫻端著溫水在後面靜靜聽著，這原是佩希的琴。

　　她們一同給嘉儀打電話，她不久前已帶著小美回香港生活了。話話家常，說一說台灣的天氣，香港的小吃，小美的新學校，嘉儀的新工作。又打電話給楊伯，小寶聽到老師的聲音開心地唱起歌來，直問她們什麼時候回昌埠；秀芳還在護理學校學習，用專業知識調理父親的雙腿，現在楊伯已經能夠靠一些輔助工具試著慢慢行走了，秀芳業餘也在護理院打著臨工，說已經攢夠錢可以還給林老師了。佩嫻自然是沒要這個錢，私下裡準備好兩萬塊人民幣交給予善，分期或者在必要的時候多多資助楊伯一家人。昌埠小學也是佩嫻心頭的牽掛，她拜託予善在網上買好大批的文具與零食寄到學校，由校長安排送給每個班級的孩子。

　　爾後佩嫻獨自在房間裡聽外面的雨聲，翻看每一個人的照片，每一年的自己。成長紀念冊的最後一頁是全家福，爸爸，媽媽，阿公，阿嬤，佩希，她的手指輕輕撫過他們的笑容，「對不起。」

　　挑了幾張自己的單人照，讓予善最終選一張，又讓她幫自己錄了好幾遍親唱的〈旋木〉，囑咐到時候不要悲傷的音樂，要放這一首：

> 我忘了只能原地奔跑的那憂傷
> 我也忘了自己是永遠被鎖上
> 不管我能夠陪你有多長
> 至少能讓你幻想與我飛翔

　　她們一起看了當年在大陸上映的電影《滾蛋吧腫瘤君》，熊頓說，爸爸和她說，「人不能因為早晚有一天會死就不想活了。死，只是一個結果，怎麼活著，才是最重要的。經歷過，愛過，堅強過，戰勝過自己，有過這些過程，才算沒有白活過吧。

　　所以人，不能因為害怕失去，就不去擁有了。」

　　白百合真是好漂亮，特別是當她穿上舞蹈裙裝旋轉的那一刻，說，

　　「沒有來不及。」

　　「到時候放三個我們的玻璃手串。」

　　「放哪？」

　　「把我放在哪，就把它們放在哪。」

　　「……」

　　「或者你戴著，去青海湖看飛鳥，去伊斯坦布爾看清真寺，去卡薩布蘭卡看日出，或者回基律那再看一次極光。帶我們一起看看嘛！」

　　還有一條，是讓予善去一趟加油站。十幾歲的冬末春初，最慘烈的火光讓予善失去了父親，從此對油罐車的恐懼有如驚弓之鳥。她要予善站在加油站裡，看著印有火苗圖樣的油罐車在她面前停下，作業完後再駛離。以後坐飛機也不要再帶安眠藥，看看窗邊的雲朵和藍天，想想前方的美好世界。油罐車與坐飛機都躲避不了一生，恐懼也是。

　　嚴宇凡推著佩嫻在公園裡散心，人們帶著滿面的春風路過他們

身邊。在池塘邊看孩子吹泡泡，老人在一邊拍手逗樂，佩嫻從隨身的小包裡拿出小盒子，上海牌的老手錶放得工工整整，遞給宇凡。

「謝謝你這些年對我的照顧，從來也沒有過怨言。我是什麼樣的人你應該清楚，很多時候你受委屈了，也從未說過什麼。不知道怎麼向你感恩，阿公的這個手錶先給你，你應得的；還有希希麵店以後就全靠你了，我們儘快把手續都辦好。

我呢，現在的這個樣子，有時候都要努力去認一認自己，還是不是一直以來的林佩嫻。但有些事就是無法圓滿的，至少我再也沒能力作出什麼承諾了。希望以後的人生裡你找到相伴的人，找一個善良的，對你好、對漫漫好的人，我才放心。不過不管我在哪裡，我都願意一直守護你，做你的知己好友。」

宇凡接過手錶，想說什麼又無從開口。站在她身後，屏住聲響，落下的淚珠在迎面的陽光裡閃著。

4.

葬禮從簡，人們聽到《旋木》，彷彿是她坐在雲端吟唱。

冬日的清晨落了細雨，有人撐傘，有人低著頭濕了髮絲。林家一片蕭瑟，予善不忍去看上兩代人的悲泣，世間的殘忍向來這般不分輕重。待儀式結束，她獨自走在腳踏車道上，野草在原地搖晃了好多年，不知重新生長了幾遍。那個能看到遠方水田與大橋的位置，從此便要放棄了等待，等待從前樂此不疲來此鑄造時光的少女，彼此懷念。

她忽然覺得她的前行之路又戛然定格了，緊緊握著自己的手臂，捏得生疼。

在台北的一個小畫廊裡舉行了佩嫻的遺作展覽。滿滿當當的少女背影，水田裡的風永遠都來自同個方向，將少女的裙擺吹向一邊。還有其他的人物背影，眼睛特寫。予善找到自己的那一張，看得深了，就覺得是佩嫻在與她說話。

她說，「青春和愛」，從來都不應該是痛苦，也不是痛苦。它就是人生，是最好的生命力。

她不久後離開台灣，來到大陸中部的城市。離市區不遠的一條街，沿著居民社區的鐵欄杆筆直走了好一會兒，過一個小十字路口，接近拐彎處是一家繁體招牌的茶飲店。

「您好，要點些什麼？」女店員熱情地招呼。

「我要……一杯常溫的珍珠奶茶。」

「好的您稍等。」

「等等。茶少一點，用鮮奶，溫熱，再幫我加椰果，仙草，紅豆，布丁，芋圓，還有……燕麥。」

「不好意思小姐，做不了這樣的哦，加不了這麼多。」

「幫我做做看，謝謝。」

「真的做不了，不好意思小姐。」

「我加錢。」

「真的不行。我們從來沒……」

「怎麼了？」裡間傳來問話的聲音。店員向走出來的老闆解釋了刁鑽客人的請求，老闆看到點餐台下的她，讓店員先去後面幫忙。

「你怎麼來了？」

「好久不見。」她停頓了一下，原來還是會心跳加速，緊張的是幾年後的再相見，她不知道該以怎樣的心情問好。

「好久不見。」

……

「可以給我做一杯嗎？我加錢。」她平靜呼吸，笑容淡然，語調低緩。

他也回應著微笑，動手做起來。確實從無人這樣刁鑽點單，她也不是挑剔之人，只不過從前是他怕她來不及吃早餐，便如此調配了滿滿一杯送到她公司裡，專門為她而做。

只有機器還有金屬碰撞的聲響，他做好後遞給她。

「多少錢？」

「少來了。」

「不知道味道還是不是一樣。」

「你試一試。」

「現在還好嗎？」

「就這樣，上班，打烊。你呢？還好嗎？」

「嗯。去了台灣。」

「台北嗎？」

「是的。」

「希望你喜歡台北。」

「很喜歡……」她吃了一小口，仍舊望著他，「你忙，我先走了。」

她轉身便離開了，往街角轉過去。他還想說些什麼，動了動嘴唇，卻跟不上她離開的背影。他跑回裡間拿了什麼東西出來，想追出去，卻看到櫃檯上的一個鑰匙。那是他們都還在上海時，還在一起時，他留給她的家門備用鑰匙。他沒有再追出去，就這樣怔怔地立著。

　　冬天的中部城市還是很冷，但幸好這日暖陽耀眼，她在路邊的陽光裡站了好久好久，像是在夢裡見了他，沒有寒意。

　　坐飛機去了杭州，在機場給梁敏彥傳了訊息。
　　她站在他工作的醫院門口，一見到他，雙眼熱淚。她從大衣左邊口袋裡拿出一塊包裝好的米糕，又從右邊口袋裡掏出一片淡紫色紙花瓣，遞過去。他伸了雙手接過，仔細端詳著，將她擁抱在懷裡……
　　在杭州安頓下來，她給母親打電話。她問母親是否願意搬來杭州同住，多年的遊離，她內心對母親的虧欠與渴望自由的矛盾或許可以在此言和。

　　台灣的春天又快來了。她想起吳興街，第一次來到這裡的那年，佩嫻穿著白T恤，歡迎她來到台北。
　　此刻坐在西湖邊看發芽的柳葉垂落進水中，船隻駛向湖中心，在一小片青山後消失不見。她悄悄閉上眼睛聽著周圍一切從容的聲響。

　　「我從不曾離開過你。」
　　他們說。

全書完

2020年8月6日　星期四　晚23:59
於上海

國家圖書館出版品預行編目

臺北告別 / 陳溪著. -- 臺北市：獵海人，
　2023.10
　　面；　公分
　　ISBN 978-626-97445-5-8(平裝)

857.7　　　　　　　　　　112015322

臺北告別

作　　者／陳　溪

出版策劃／獵海人

製作銷售／秀威資訊科技股份有限公司

　　　　　　114 台北市內湖區瑞光路76巷69號2樓

　　　　　　電話：+886-2-2796-3638

　　　　　　傳真：+886-2-2796-1377

網路訂購／秀威書店：https://store.showwe.tw

　　　　　　博客來網路書店：https://www.books.com.tw

　　　　　　三民網路書店：https://www.m.sanmin.com.tw

　　　　　　讀冊生活：https://www.taaze.tw

出版日期／2023年10月
定　　價／450元